U0137741

金圣叹批评本

〔明〕施耐庵 著 〔清〕金圣叹 批评

水浒传

下

岳麓書社·长沙

一丈青单捉王矮虎 宋公明二打祝家庄 （赵成伟 绘）

三山聚义打青州 众虎同心归水泊 （赵成伟 绘）

呼延灼月夜赚关胜　宋公明雪天擒索超　（赵成伟 绘）

時遷火燒翠雲樓 吳用智取大名府 成偉畫於京西

时迁火烧翠云楼 吴用智取大名府 （赵成伟 绘）

没羽箭飞石打英雄　宋公明弃粮擒壮士 （赵成伟 绘）

忠义堂石碣受天文 梁山泊英雄排座次 （赵成伟 绘）

第四十五回　病关索大闹翠屏山　拚命三火烧祝家店

前有武松杀奸夫淫妇一篇，此又有石秀杀奸夫淫妇一篇，若是者班乎？曰：不同也。夫金莲之淫，乃敢至于杀武大，此其恶贯盈矣，不破胸取心，实不足以蔽厥辜也。若巧云，淫诚有之，未必至于杀杨雄也。坐巧云以他日必杀杨雄之罪，此自石秀之言，而未必遂服巧云之心也。且武松之于金莲也，武大已死，则武松不得不问，此实武松万不得已而出于此。若武大固在，武松不得而杀金莲者，法也。今石秀之于巧云，既去则亦已矣，以姓石之人，而杀姓杨之人之妻，此何法也？总之，武松之杀二人，全是为兄报仇，而己曾不与焉，若石秀之杀四人，不过为己明冤而已，并与杨雄无与也。观巧云所以污石秀者，亦即前日金莲所以污武松者。乃武松以亲嫂之嫌疑，而落落然受之，曾不置辩，而天下后世，亦无不共明其如冰如玉也者。若石秀，则务必辩之。背后辩之，又必当面辩之，迎儿辩之，又必巧云辩之，务令杨雄深有以信其如冰如玉而后已。呜呼，岂真天下之大，另又有此一种巉刻狠毒之恶物欤？吾独怪耐庵以一手搦一笔，而既写一武松，又写一石秀。呜呼，又何奇也！

话说当下众邻舍结住王公，直到蓟州府里首告。知府却才升厅。一行人跪下告道："这老子挑着一担糕粥，泼翻在地下。看时，却有两个死尸在粥里。_{先说泼粥，次说死尸。妙绝。○"在粥里"妙。}^{妙。}一个是和尚，一个是头陀，俱各身上无一丝。头陀身边有刀一把。"老子告道："老汉每日常卖糕糜营生，只是五更出来赶趁。今朝起得早了些个，和这铁头猴子只顾走，不看下面，一交绊翻，碗碟都打碎了。相公可怜！_{重诉跌碎碗碟，轻带两个死尸，妙得经纪老子情性。知此，则听讼直易易也。}只见血渌渌的两个

死尸，又吃一惊！^{只诉自己吃惊，不管
两人被杀，妙妙。}不管叫起邻舍来，倒被扯住到官，^{"倒被"妙，活是
不知高低老子。}望相公明镜辨察！"知府随即取了供词，行下公文，委当方里甲带了仵作公人，押了邻舍、王公一干人等，下来简验尸首，明白回报。众人登场看简已了，回州禀复知府："被杀死僧人，系是报恩寺阇黎裴如海。傍边头陀系是寺后胡道。和尚不穿一丝，身上三四道搠伤致命方死。胡道身边见有凶刀一把，只见项上有勒死伤痕一道。系是胡道掣刀搠死和尚，惧罪自行勒死。"^{益叹石秀胸中精
细，做事出人。}知府叫拘本寺僧鞫问缘故，俱各不知情由。知府也没个决断。当案孔目禀道："眼见得这和尚裸形赤体，必是和那头陀干甚不公不法的事，互相杀死，不干王公之事。邻舍都教召保听候，尸首着仰本寺住持，即备棺木盛殓，放在别处，立个互相杀死的文书便了。"知府道："也说得是。"随即发落了一干人等，不在话下。

前头巷里^{又是一
条巷。}那些好事的子弟，做成一只曲儿唱道：

堪笑报恩和尚，撞着前生冤障，将善男瞒了，^{妙。}信女勾来，^{妙。}要他喜舍肉身，^{妙妙。}慈悲欢畅。^{妙。}怎极乐观音方才接引，^{妙。}早血盆地狱塑来出相？^{妙。○真是
绝妙好辞。}想"色空空色，空空色空"，他全不记《多心经》上。^{妙。}到如今，徒弟度生回，^{妙。倒，
绝。}连长老涅槃街巷。^{妙。绝
倒。}若容得头陀，头陀容得，和合多僧，^{妙。○"多僧"
者，上下各二也。}同房共住，^{妙妙。}未到得无常勾帐。^{妙。}只道目连救母上西天，从不见这贼秃为娘身丧！^{妙绝。}

后头巷里^{又是一
条巷。}也有几个好事的子弟，听得前头巷里唱着，却

不伏气，便也做只《临江仙》唱出来赛他道：

　　　　淫戒破时招杀报，^{妙。}因缘不爽分毫。^{妙。}本来面目忒蹊跷。^{妙。}一丝真不挂，^{妙妙。}立地吃屠刀！^{真正绝妙好辞。}

　　　　大和尚今朝圆寂了，^{绝倒。}小和尚昨夜狂骚。^{绝倒。}头陀刎颈见相交。^{妙。}为争同穴死，^{妙"同穴"绝倒。}誓愿不相饶。^{妙。}

　　两只曲，条条巷^{又是条条巷。}都唱动了。那妇人听得目瞪口呆，却不敢说，只是肚里暗暗地叫苦。

　　杨雄在蓟州府里，有人告道杀死和尚头陀，心里早知了些个，寻思："此一事准是石秀做出来的。我前日一时间错怪了他。我今日闲些，且去寻他，问他个真实。"正走过州桥前来，只听得背后有人叫道："哥哥，那里去？"杨雄回过头来，见是石秀，^{撞着略换。}便道："兄弟，我正没寻你处。"石秀道："哥哥，且来我下处，和你说话。"把杨雄引到客店里小房内，说道："哥哥，兄弟不说谎么？"^{石秀可畏，笔笔写出咄咄相逼之势。}杨雄道："兄弟，你休怪我。是我一时愚蠢，酒后失言，反被那婆娘猜破了，说兄弟许多不是。我今特来寻贤弟负荆请罪。"石秀道："哥哥，兄弟虽是个不才小人，却是顶天立地的好汉，如何肯做别样之事？^{此语，前武松亦曾说，却觉其阔大；今在石秀文中，便见其尖刻。真乃各极其妙。}怕哥哥日后中了奸计，因此来寻哥哥，有表记教哥哥看。"^{此句直贯下"尽剥在此"，皆石秀语，中间却夹写一句将出衣裳，越显石秀咄咄可畏。}将出和尚、头陀的衣裳："尽剥在此。"^{将出衣裳了，又说此四字，写得如活。}杨雄看了，心头火起，便道："兄弟休怪，我今夜碎割了这贱人，出这口恶气！"^{是杨雄。}石秀笑道："你又来了！^{石秀又狠毒，又精细，笔笔写出。}你既是公门中勾

当的人，如何不知法度？你又不曾拿得他真奸，如何杀得人？倘或是小弟胡说时，却不错杀了人？"<small>石秀转说转复可畏。</small>杨雄道："似此怎生罢休得？"<small>"罢休"二字绝倒。忽然说到"碎割"，忽然说到"罢休"，是杨雄也。</small>石秀道："哥哥，只依着兄弟的言语，教你做个好男子。"杨雄道："贤弟，你怎地教我做个好男子？"石秀道："此间东门外有一座翠屏山，好生僻静。哥哥到明日，只说道：'我多时不曾烧香，我今来和大嫂同去。'把那妇人赚将出来，就带了迎儿，同到山上。<small>精细。</small>小弟先在那里等候着，当头对面，把这是非都对得明白了。哥哥那时写与一纸休书弃了这妇人，<small>多恐杨雄不肯，且先说是休弃，到得是非对毕，飕地递过刀来。石秀节节精细，节节狠毒，我畏其人。</small>却不是上着？"杨雄道："兄弟何必说得，你身上清洁，我已知了。都是那妇人谎说！"<small>杨雄似不肯。</small>石秀道："不然，<small>咄咄可畏。</small>我也要哥哥知道他往来真实的事。"<small>写石秀可畏之极。</small>杨雄道："既然兄弟如此高见，必然不差。<small>是杨雄。</small>我明日准定和那贱人来，你却休要误了。"石秀道："小弟不来时，所言俱是虚谬。"<small>句句生棱，字字出角，转说转复可畏。</small>

　　杨雄当下别了石秀，离了客店，且去府里办事，至晚回家，并不提起，亦不说甚，只和每日一般。<small>前夜何不便尔？文情回合成趣。</small>次日天明起来，对那妇人说道："我昨夜梦见神人怪我，说有旧愿不曾还得，<small>也是还愿绝倒。</small>向日许下东门外岳庙里那炷香愿，未曾还得。今日我闲些，要去还了，须和你同去。"那妇人道："你便自去还了罢，要我去何用？"<small>同是还愿，一肯去，一不肯去，写来绝倒。</small>杨雄道："这愿心却是当初说亲时许下的，必须要和你同去。"那妇人道："既是恁地，我们早吃些素饭，烧汤洗浴了去。"杨雄道："我去买香纸，雇轿子。你便洗浴了，梳头插带了等我。就叫迎儿也去走一遭。"杨雄又来客店里相约石秀："饭罢便来，兄弟休误。"石秀道："哥

哥，你若抬得来时，只教在半山里下了轿，你三个步行上来。我自在上面一个僻处等你，不要带闲人上来。"^{石秀色色精细，可畏之甚。}

杨雄约了石秀，买了纸烛归来，吃了早饭。那妇人不知有此事，只顾打扮的齐齐整整。迎儿也插带了。轿夫扛轿子，早在门前伺候。杨雄道："泰山看家，我和大嫂烧香了便回。"潘公道："多烧香，早去早回。"^{宛然前日石秀告潘公语。回合成趣。}那妇人上了轿子，迎儿跟着，杨雄也随在后面，出得东门来。杨雄低低分付轿夫道："与我抬上翠屏山去，我自多还你些轿钱。"不到两个时辰，早来到翠屏山上。原来这座翠屏山，在蓟州东门外二十里，都是人家的乱坟，上面一望尽是青草白杨，并无庵舍寺院。当下杨雄把那妇人抬到半山，叫轿夫歇下轿子，拔去葱管，搭起轿帘，^{微细必悉。}叫那妇人出轿来。妇人问道："却怎地来这山里？"杨雄道："你只顾且上去。轿夫，只在这里等候，不要来，少刻一发打发你酒钱。"轿夫道："这个不妨，小人自只在此间伺候便了。"

杨雄引着那妇人并迎儿，三个人上了四五层山坡，只见石秀坐在上面。那妇人道："香纸如何不将来？^{妇人未上轿，杨雄以买香纸诳之，及其既上轿，杨雄便只空身跟来，以免后文收拾也。}"杨雄道："我自先使人将上去了。"把妇人一引引到一处古墓里。^{前日一引、二引、三引、四引、五引，今日只一引，回合成趣。}石秀便把包裹、腰刀、杆棒都放在树根前来^{精细之极。}道："嫂嫂拜揖。"^{只四字，亦复咄咄可畏。}那妇人连忙应道："叔叔怎地也在这里？"一头说，一面肚里吃了一惊。^{活画。}石秀道："在此专等多时。"^{咄咄可畏。}杨雄道："你前日对我说道，叔叔多遍把言语调戏你，又将手摸着你胸前，问你有孕也未。今日这里无人，你两个对得明白。"那妇人道："哎呀，过了的事，只顾说甚么！"^{妙绝绝倒。}石秀睁着眼道："嫂嫂，你怎么

说？"（活画石秀。只四字妙绝。）○那妇人道："叔叔，你没事自把髭儿提做甚么？"（妙绝，绝倒。○合前后二语，想妇人此时千难万难，妙笔能体出也。）石秀道："嫂嫂，嘻！"（只一字妙绝。○上只四字，此只一字，而石秀一片精细，满面狠毒，都活画出来。俗本妄改许多闲话，失之千里。）便打开包裹，取出海阇黎并头陀的衣服来，撒放地下，道："你认得不？"（咄咄畏人。）那妇人看了，飞红了脸，无言可对。

石秀飕地掣出腰刀，（石秀狠毒之极，笔笔写出。）便与杨雄说道："此事只问迎儿！"（看他写翠屏山，全是石秀调遣杨雄。）杨雄便揪过那丫头，（是杨雄。）跪在面前，喝道："你这小贱人，快好好实说！如何在和尚房里入奸，（一"如何"。）如何约会把香桌儿为号，（二"如何"。）如何教头陀来敲木鱼，（三"如何"。○问中三用"如何"。）实对我说，饶你这条性命。但瞒了一句，先把你剁做肉泥！"迎儿叫道："官人，不干我事！不要杀我，我说与你。"如何僧房中吃酒，（一"如何"。）如何上楼看佛牙，（二"如何"。）如何赶他下楼下看潘公酒醒，（三"如何"。）第三日如何头陀来后门化斋饭，（四"如何"。）如何教我取铜钱布施与他，（五"如何"。）如何娘子和他约定，但是官人当牢上宿，要我拨香桌儿放出后门外，便是暗号，头陀来看了，却去报知和尚，（六"如何"。）如何海阇黎扮做俗人，带顶头巾入来，娘子扯去了露出光头来，（七"如何"。）如何五更听敲木鱼响，要我开后门放他出去，（八"如何"。）如何"娘子许我一副钏镯、一套衣裳，（所许前略，此补。）我只得随顺了"，（九"如何"。）如何往来已不止数十遭，后来便吃杀了，（十"如何"。）如何又"与我几件首饰，教我对官人说石叔叔把言语调戏一节，这个我眼里不曾见，因此不敢说。（十一"如何"。○补前所无，又说得好。）只此是实，并无虚谬。"迎儿说罢，石秀便道："哥哥得知么？（石秀可畏，语语咄咄来逼。）这般言语，须不是兄弟教他如此说。（语语咄咄来逼。）请哥哥却问嫂嫂备细缘由！"（看他又调遣。）杨雄揪过那妇人来，（是杨雄。）喝道："贼贱人！丫头已都

招了，你便一些儿休赖，再把实情对我说了，饶你这贱人一条性命！"那妇人说道："我的不是了！你看我旧日夫妻之面，饶恕了我这一遍！"

石秀道："哥哥，含糊不得！_{石秀狠毒之极，我恶其人。○写得石秀拦接之间，骏疾不可当。}须要问嫂嫂一个从头备细原由。"杨雄喝道："贱人，你快说！"那妇人只得把和尚二年前如何起意，_{一"如何"。}如何来结拜我父做干爷，_{二"如何"。}做好事日如何先来下礼，_{三"如何"。}我递茶与他，如何只管看我笑，_{四"如何"。}如何石叔叔出来，连忙去了，_{五"如何"。}如何我出去拈香，只管捱近身来，_{六"如何"。}半夜如何到布帘前捏我的手，便教我还了愿好，_{七"如何"。}如何叫我是娘子，骗我看佛牙，_{八"如何"。}如何求我图个长便，_{九"如何"。}如何教我反间你，便撺得石叔叔出去，_{十"如何"。}如何定要我把迎儿也与他，说不时我便不来了，_{十一"如何"。○迎儿说一遍，巧云又说一遍，却句句不同，迎儿云所说皆是事，巧云所说皆是情也。}——一一都说了。石秀道："你却怎地对哥哥倒说我来调戏你？"_{上第十句，已明明招出石秀出来，洗刷清白，咄咄相逼，可畏可恨。}那妇人道："前日他醉了骂我，我见他骂得跷蹊，我只猜是叔叔看见破绽说与他。也是前两三夜他先教道我如此说，_{补文中之所无。}这早晨便把来支吾。实是叔叔并不曾恁地。"石秀道："今日三面说得明白了，任从哥哥心下如何措置。"_{石秀转说转更可畏。○通篇结束到此一句，写石秀只为明白自己，并非若武松之于金莲，令人可恨。}

杨雄道："兄弟，你与我拔了这贱人的头面，剥了衣裳，然后我自伏侍他！"_{杨雄好笑。}石秀便把那妇人头面、首饰、衣服都剥了，_{"便把"二字，写石秀可畏可恨。}杨雄割两条裙带，把妇人绑在树上。石秀径把迎儿的首饰也去了，_{"便把"妙，"径把"又妙，都写石秀可畏可恨。}递过刀来，_{写石秀却在人情之外，天地间固另有此一等狠毒人。}说道："哥哥，这个小贱人留他做甚么？一发斩草除根！"_{何至于此，可畏可恨。}杨雄应道："果然。_{好笑。}兄弟把刀来，我自动

手！"迎儿见头势不好，却待要叫，杨雄手起一刀，挥作两段。那妇人在树上叫道："叔叔，劝一劝！"（活画绝倒）石秀道："嫂嫂，不是我。"（石秀狠毒，句句都画出来。○不是你劝的事，又是你帮的事耶？）杨雄向前把刀先挖出舌头，一刀便割了，且教那妇人叫不得。杨雄却指着骂道："你这贼贱人！我一时误听不明，险些被你瞒过了！一者坏了我兄弟情分，二乃久后必然被你害了性命！我想你这婆娘心肝五脏怎地生着？我且看一看！"一刀从心窝里直割到小肚子下，（不堪）取出心肝五脏，挂在松树上。（闲）杨雄又将这妇人七事件分开了，却将钗钏首饰都拴在包裹里了。（好）

　　杨雄道："兄弟，你且来，和你商量一个长便。如今一个好夫，（少说了一个）一个淫妇，（亦少说一个）都已杀了，只是我和你投那里去安身？"石秀道："兄弟自有个所在，请哥哥便行。"（写石秀精细出人）杨雄道："却是那里去？"石秀道："哥哥杀了人，兄弟又杀人，不去投梁山泊入伙，却投那里去？"杨雄道："且住。我和你又不曾认得他那里一个人，如何便肯收录我们？"石秀道："哥哥差矣。如今天下江湖上皆闻山东及时雨宋公明招贤纳士，结识天下好汉，谁不知道？放着我和你一身好武艺，愁甚不收留？"杨雄道："凡事先难后易，免得后患。我却不合是公人，只恐他疑心，不肯安着我们。"石秀笑道："他不是押司出身？（石秀写得色色出人）我教哥哥一发放心。前者哥哥认义兄弟那一日，先在酒店里和我吃酒的那两个人，一个是梁山泊神行太保戴宗，一个是锦豹子杨林。他与兄弟十两一锭银子，尚兀自在包里，（忽然回合）因此可去投托他。"杨雄道："既有这条门路，我去收拾了些盘缠便走。"石秀道："哥哥，你也这般搭缠。倘或入城，事发拿住，如何脱

身？放着包裹里见有若干钗钏首饰，兄弟又有些银两，再有人同去也够用了，^{逗一句引下文，妙笔}何须又去取讨？惹起是非来，如何解救？这事少时便发，不可迟滞，我们只好望山后走。"

石秀便背上包裹，拿了杆棒，杨雄插了腰刀在身边，提了朴刀。却待要离古墓，只见松树后走出一个人来，叫道："清平世界，荡荡乾坤，把人割了，却去投奔梁山泊入伙，我听得多时了！"^{奇文}杨雄、石秀看时，那人纳头便拜。^{又奇}杨雄却认得这人，姓时名迁，祖贯是高唐州人氏，流落在此，只一地里做些飞檐走壁、跳篱骗马的勾当。曾在蓟州府里吃官司，却是杨雄救了。人都叫他做"鼓上蚤"。当时杨雄便问时迁："你如何在这里？"时迁道："节级哥哥听禀，小人近日没甚道路，在这山里掘些古坟，觅两分东西。因见哥哥在此行事，不敢出来冲撞。却听说去投梁山泊入伙，小人如今在此，只做得些偷鸡盗狗的勾当，几时是了？跟随得二位哥哥上山去，却不好？未知尊意肯带挈小人么？"石秀道："既是好汉中人物，他那里如今招纳壮士，那争你一个？若如此说时，我们一同去。"时迁道："小人却认得小路去。"^好当下引了杨雄、石秀，三个人自取小路下后山，投梁山泊去了。

却说这两个轿夫在半山里等到红日平西，不见三个下来，分付了，又不敢上去。挨不过了，^{如活}不免信步寻上山来，只见一群老鸦成团打块在古墓上。^{奇文}两个轿夫上去看时，原来却是老鸦夺那肚肠吃，以此聒噪。^{奇文}轿夫看了，吃着一惊，慌忙回家报与潘公，一同去蓟州府里首告。知府随即差委一员县尉，带了作作行人，来翠屏山简验尸首已了，回覆知府，禀道："简得一

口妇人潘巧云割在松树边，使女迎儿杀死在古墓下，坟边遗下一堆妇人与和尚头陀衣服。"_{写石秀胸中经济如许。}知府听了，想起前日海和尚、头陀的事，备细询问潘公。那老子把这僧房酒醉一节和这石秀出去的缘由，细说了一遍。知府道："眼见得这妇人与和尚通奸，那女使、头陀做脚。想石秀那厮路见不平，杀死头陀、和尚，杨雄这厮今日杀了妇人、女使无疑。定是如此！只拿得杨雄、石秀，便知端的。"当即行移文书，捕获杨雄、石秀，其余轿夫人等各放回听候。潘公自去买棺木，将尸首殡葬，不在话下。

再说杨雄、石秀、时迁离了蓟州地面，在路夜宿晓行，不则一日，行到郓州地面。过得香林洼，早望见一座高山。不觉天色渐渐晚了，看见前面一所靠溪客店。三个人行到门首，店小二却待关门，只见这三个人撞将入来。小二问道："客人，来路远，以此晚了？"时迁道："我们今日走了一百里以上路程，因此到得晚了。"小二哥放他三个入来安歇，问道："客人，不曾打火么？"时迁道："我们自理会。"小二道："今日没客歇，灶上有两只锅干净，客人自用不妨。"时迁问道："店里有酒肉卖么？"小二道："今日早起有些肉，都被近村人家买了去，只剩得一瓮酒在这里，并无下饭。"时迁道："也罢，先借五升米来做饭，却理会。"小二哥取出米来与时迁，就淘了，做起一锅饭来。石秀自在房中安顿行李。_{叙得清出。}杨雄取出一只钗儿，把与店小二，_{叙得清出。}先回他这瓮酒来吃，明日一发算帐。

小二哥收了钗儿，便去里面掇出那瓮酒来开了，将一碟儿熟菜放在桌子上。时迁先提一桶汤来，叫杨雄、石秀洗了脚手。

一面筛酒来，就来请小二哥一处坐地吃酒。^{写时迁渐引入事来。}^{非必要小二同饮，只为要问细也。}放下四只大碗，斟下酒来吃。^{起祝家备细也。}石秀看见店中檐下插着十数把好朴刀，^{奇。}问小二哥道："你家店里怎的有这军器？"小二哥应道："都是主人家留在这里。"石秀道："你家主人是甚么样人？"小二道："客人，你是江湖上走的人，如何不知我这里的名字？前面那座高山，便唤做独龙山。山前有一座凛巍巍冈子，便唤做独龙冈，上面便是主人家住宅。这里方圆三十里，却唤做祝家庄。庄主太公祝朝奉，有三个儿子，称为'祝氏三杰'。庄前庄后有五七百人家，都是佃户，各家分下两把朴刀与他。这里唤作祝家店，常有数十个家人来店里上宿，以此分下朴刀在这里。"石秀道："他分军器在店里何用？"小二道："此间离梁山泊不远，只恐他那里贼人来借粮，因此准备下。"石秀道："与你些银两，回与我一把朴刀用如何？"^{生波。}小二哥道："这个却使不得。器械上都编着字号，我小人吃不得主人家的棍棒，我这主人法度不轻。"石秀笑道："我自取笑你，你却便慌，且只顾吃酒。"小二道："小人吃不得了，先去歇了。客人自便宽饮几杯。"小二哥去了。

杨雄、石秀又自吃了一回酒。只见时迁道："哥哥，要肉吃么？"杨雄道："店小二说没了肉卖，你又那里得来？"时迁嘻嘻的笑着，去灶上提出一只老大公鸡来。^{都是生发后文，无甚出色。}杨雄问道："那里得这鸡来？"时迁道："小弟却才去后面净手，见这只鸡在笼里。寻思没甚吃酒，被我悄悄把去溪边杀了，提桶汤去后面，就那里拾得干净，煮得熟了，把来与二位哥哥吃。"杨雄道："你这厮还是这等贼手贼脚！"石秀笑道："还未改本行！"

三个笑了一回，把这鸡来手撕开吃了，一面盛饭来吃。

只见那店小二略睡一睡，放心不下，爬将起来，前后去照管。只见厨桌上有些鸡毛和鸡骨头，却去灶上看时，半锅肥汁。小二慌忙去后面笼里看时，不见了鸡，连忙出来问道："客人，你们好不达道理！如何偷了我店里报晓的鸡吃？"时迁道："见鬼了耶耶！^{如闻其声。}我自路上买得这只鸡来吃，何曾见你的鸡？"小二道："我店里的鸡，却那里去了？"时迁道："敢被野猫拖了，黄猩子吃了，鹞鹰扑去了，我却怎地得知？"^{好，如闻其声。}小二道："我的鸡才在笼里，不是你偷了是谁？"石秀道："不要争，直几钱，陪了你便罢。"店小二道："我的是报晓难，店内少他不得，你便陪我十两银子也不济，只要还我鸡。"石秀大怒道："你诈哄谁？老爷不陪你，便怎地？"店小二笑道："客人，你们休要在这里讨野火吃！只我店里不比别处客店，拿你到庄上，便做梁山泊贼寇解了去。"^{看他要生出事头，无可生处，如此曲折写来。}石秀听了，大骂道："便是梁山泊好汉，你怎么拿了我去请赏？"杨雄也怒道："好意还你些钱，不陪你，怎地拿我去？"小二叫一声："有贼！"只见店里赤条条地走出三五个大汉来，径奔杨雄、石秀来。被石秀手起，一拳一个，都打翻了。小二哥正待要叫，被时迁一拳，打肿了脸，做声不得。这几个大汉都从后门走了。

杨雄道："兄弟，这厮们一定去报人来，我们快吃了饭，走了罢。"三个当下吃饱了，把包裹分开背了，穿上麻鞋，跨了腰刀，各人去枪架子上拣了一条好朴刀。^{好。}石秀道："左右只是左右，不可放过了他！"便去灶前寻了把草，灶里点个火，望里面四下焠着。^{毕竟写出是石秀。}看那草房被风一煽，刮刮杂杂火起来。那火顷

刻间天也似般大。三个拽开脚步，望大路便走。三个人行了两个更次，只见前面后面火把不计其数，约有一二百人，发着喊赶将来。石秀道："且不要慌，我们且拣小路走。" _{石秀只是乖。}杨雄道："且住！一 _{此处忽然写杨雄。}个来，杀一个。两个来，杀一双。待天色明朗却走。" _{此处却写出杨雄。}说犹未了，四下里合拢来。杨雄当先，石秀在后，时迁在中， _{独写杨雄。}三个挺着朴刀来战庄客。那伙人初时不知，轮着枪棒赶来，杨雄手起朴刀，早戳翻了五七个。前面的便走，后面的急待要退，石秀赶入去，又戳翻了六七人。四下里庄客见说杀伤了十数人，都是要性命的，思量不是头，都退了去。三个得一步赶一步，正走之间，喊声又起，枯草里舒出两把挠钩，正把时迁一挠钩搭住，拖入草窝去了。 _{苦一时迁拖去，便令下文住手不得，出生三打祝家庄也。}石秀急转身来救时迁，背后又舒出两把挠钩来，却得杨雄眼快，便把朴刀一拨拨开，望草里便戳，发声喊，都走了。 _{不可不救，不可定救，只如此好。}两个见捉了时迁，怕深入重地，亦无心恋战，顾不得时迁了，且四下里寻路走罢。见远远地火把乱明，小路上又无丛林树木，照得有路便走， _{画出。}一直望东边去了。众庄客四下里赶不着，自救了带伤的人去，将时迁背剪绑了，押送祝家庄来。

且说杨雄、石秀走到天明，望见一座村落酒店。石秀道："哥哥，前头酒肆里买碗酒饭吃了

去，就问路程。"两个便入村店里来，倚了朴刀，坐下，叫酒保取些酒来，就做些饭吃。酒保一面铺下菜蔬，烫将酒来，方欲待吃，只见外面一个大汉走入来，生得阔脸方腮，眼鲜耳大，貌丑形粗，穿一领茶褐绸衫，戴一顶万字头巾，系一条白绢搭膊，下面穿一双油膀靴，叫道："大官人教你们挑担来庄上纳。"店主人连忙应道："装了担，少刻便送到庄上。"那人分付了，便转身，又说道："快挑来！"却待出门，正从杨雄、石秀面前过。杨雄却认得他，便叫一声："小郎，你如何在这里，不看我一看？"那人回转头来，看了一看，却也认得，便叫道："恩人！如何来到这里？"望着杨雄便拜。不是杨雄撞见了这个人，有分教：三庄盟誓成虚谬，众虎咆哮起祸殃。毕竟杨雄、石秀遇见的那人是谁，且听下回分解。

第四十六回

扑天雕两修生死书

宋公明一打祝家庄

人亦有言：不遇盘根错节，不足以见利器。夫不遇难题，亦不足以见奇笔也。此回要写宋江打祝家庄。夫打祝家庄，亦寻常战斗之事耳，乌足以展耐庵之经纬？故未制文，先制题，于祝家庄之东，先立一李家庄，于祝家庄之西，又立一扈家庄。三庄相连，势如翼虎，打东则中帅西救，打西则中帅东救，打中则东西合救，夫如是而题之难御，遂如六马乱驰非一缰所鞚，伏箭乱发非一牌所隔，野火乱起非一手所扑矣。耐庵而后回锦心，舒绣手，弄柔翰，点妙墨，早于杨雄、石秀未至山泊之日，先按下东李，此之谓絷其右臂。入下回，十六虎将浴血苦战，生擒西扈，此之谓刬其左腋。东西定，而歼厥三祝，曾不如缚一鸡之易者，是皆耐庵相题有眼，捽题有法，搊题有力，故得至是。人徒就篇尾论长数短，谓亦犹夫能事，殊未向篇首一筹量其落笔之万难也。

看他写李、祝之战，只是相当，非不欲作快笔，徒恐因而两家不得住手，便碍宋江一打笔势。故行文有时占得一笔，是多一笔，亦有时留得一笔，是多一笔也。

石秀探路一段，描出全副一个精细人。读之，益想耐庵七窍中，真乃无奇不备。

话说当时杨雄扶起那人来，叫与石秀相见。石秀便问道："这位兄长是谁？"杨雄道："这个兄弟，姓杜名兴，祖贯是中山府人氏。因为面颜生得粗莽，以此人都叫他做'鬼脸儿'。上年间做买卖来到蓟州，因一口气上打死了同伙的客人，吃官司监在蓟州府里。杨雄见他说起拳棒都省得，一力维持救了他。不想

今日在此相会。"杜兴便问道："恩人为何公事来到这里？"杨雄附耳低言道："我在蓟州杀了人命，欲要投梁山泊去入伙。昨晚在祝家店投宿，因同一个来的火伴时迁偷了他店里报晓鸡吃，一时与店小二闹将起来，性起把他店屋都烧了，我三个连夜逃走。不堤防背后赶来，我弟兄两个，搠翻了他几个，不想乱草中间舒出两把挠钩，把时迁搭了去。我两个乱撞到此，正要问路，不想遇见贤弟。"杜兴道："恩人不要慌，我教放时迁还你。"杨雄道："贤弟少坐，同饮一杯。"三人坐下，当下饮酒。杜兴便道："小弟自从离了蓟州，多得恩人的恩惠。来到这里，感承此间一个大官人见爱，收录小弟在家中做个主管。每日拨万论千，尽托付与杜兴身上，甚是信任，以此不想回乡去。"

杨雄道："此间大官人是谁？"杜兴道："此间独龙冈前面，有三座山冈，列着三个村坊。中间是祝家庄，西边是扈家庄，东边是李家庄。这三处庄上，三村里算来，总有一二万军马人家。惟有祝家庄最豪杰，为头家长，唤做祝朝奉。有三个儿子，名为'祝氏三杰'。长子祝龙，次子祝虎，三子祝彪。又有一个教师，唤做'铁棒'栾廷玉，此人有万夫不当之勇。^{可惜此人。}庄上自有一二千了得的庄客。西边那个扈家庄，庄主扈太公，有个儿子唤做'飞天虎'扈成，也十分了得。惟有一个女儿最英雄，名唤'一丈青'扈三娘，使两口日月双刀，马上如法了得。这里东村庄上，却是杜兴的主人，姓李名应。^{不说出绰号，留与下杨雄作问，甚好。}能使一条浑铁点钢枪，背藏飞刀五口，百步取人，神出鬼没。这三村结下生死，誓愿同心共意，但有吉凶，递相救应。惟恐梁山泊好汉过来借粮，因此三村准备下抵敌他。如今小弟引二位到庄上，见了李

大官人，求书去搭救时迁。"杨雄又问道："你那李大官人，莫不是江湖上唤'扑天雕'的李应？"杜兴道："正是他。"石秀道："江湖上只听得说独龙冈有个扑天雕李应是好汉，却原来在这里。^{好。}多闻他真个了得，是好男子，我们去走一遭。"杨雄便唤酒保计算酒钱，杜兴那里肯要他还？便自招了酒钱。三个离了村店，便引杨雄、石秀来到李家庄上。

杨雄看时，真个好大庄院。外面周回一遭阔港，粉墙傍岸，有数百株合抱不交的大柳树，门外一座吊桥，接着庄门。入得门来，到厅前，两边有二十余座枪架，明晃晃的都插满军器。杜兴道："两位哥哥在此少等，待小弟入去报知，请大官人出来相见。"杜兴入去不多时，只见李应从里面出来。杜兴引杨雄、石秀上厅拜见。李应连忙答礼，便教上厅请坐。杨雄、石秀再三谦让，方才坐了。李应便叫取酒来且相待。杨雄、石秀两个再拜道："望乞大官人致书与祝家庄，来救时迁性命，生死不敢有忘。"李应教请门馆先生来，商议修了一封书缄，^{看他先用代笔书，便令无层折处，生出层折。}填写名讳，使个图书印记，^{又细。}便差一个副主管赍了，^{先差副主管，亦于无层折处生层折也。}备一匹快马，星火去祝家庄取这个人来。那副主管领了东人书札，上马去了。杨雄、石秀拜谢罢，^{一谢。○写出许多谢，令下文便于变羞成怒。}李应道："二位壮士放心，小人书去便当放来。"^{写他两番托意，亦令下文便于变羞成怒也。}杨雄、石秀又谢了。^{又谢。}

李应道："且请去后堂，少叙三杯等待。"^{看他说得便极。}两个随进里面，就具早膳相待。饭罢，^{一。}吃了茶。^{二。}李应问些枪法，见杨雄、石秀说得有理，心中甚喜。^{三。}巳牌时分，^{四。○叠写四句，见去得甚久。}那个副主管回来，李应唤到后堂问道："去取的这人在那里？"

看他说得如此便极 主管答道：“小人亲见朝奉，下了书，倒有放还之心。后来走出祝氏三杰，反焦躁起来，书也不回，人也不放，定要解上州去。”李应失惊道：“他和我三家村里结生死之交，书到便当依允，如何恁地起来？必是你说得不好，以致如此。总写李应非意所料，以便下文变羞成怒也。杜主管，你须自去走一遭，副主管换正主管。○上先写书，次写主管。此却先写主管，次写书，笔法变换。亲见祝朝奉，说个仔细缘由。”杜兴道：“小人愿去，只求东人亲笔书缄，代笔书束，亲笔书束。换到那里方才肯放。”李应道：“说得是。”急取一幅花笺纸来，李应亲自写了书札，封皮面上使一个讳字图书，又细。把与杜兴接了。后槽牵过一匹快马，备上鞍辔，拿了鞭子，便出庄门，上马加鞭，奔祝家庄去了。

李应道：“二位放心，我这封亲笔书去，少刻定当放还。”又写托意。杨雄、石秀深谢了。“深谢”，总令下文李应不堪。留在后堂，饮酒等待。只是便极。看看天色待晚，前写去久用四句，此写去久只用一句，法都变换。不见杜兴回来。李应心中疑惑，再教人去接。只见庄客报道：“杜主管回来了。”李应问道：“几个人回来？”看他只是非所料，妙极。庄客道：“只是主管独自一个跑将回来。”李应摇着头道：“却又作怪！往常这厮不是这等兜搭，今日缘何恁地？”走出前厅，杨雄、石秀都跟出来。只见杜兴下了马，入得庄门。见他模样，气得紫涨了面皮，咨牙露嘴，半晌说不得话。前店中初遇时却不写，忽于此处画出一个鬼脸来，妙笔。李应道：“你且言备细缘故，怎么地来？”

杜兴气定了，方才道：画出。“小人赍了东人书札，到他那里第三重门下，却好遇见祝龙、祝虎、祝彪弟兄三个坐在那里。小人声了三个喏。杜兴尽礼。祝彪喝道：一路虽兼写三祝，而独显祝彪。○甫声喏，未开口，兜头便喝，极写祝彪无礼。‘你又来则甚？’小人躬身禀道：尽礼。‘东人有书在此拜上。’

祝彪那厮变了脸，骂道：（极写祝彪无礼。）'你那主人恁地不晓人事！早晌使个泼男女来这里下书，要讨那个梁山泊贼人时迁。如今我正要解上州里去，又来怎地？'小人说道：'这个时迁，不是梁山泊伙内人数，他自是蓟州来的客人，要投见敝庄东人。不想误烧了官人店屋，明日东人自当依旧盖还。（极善辞令，是说得不好。）万望俯看薄面，高抬贵手，宽恕宽恕。'祝家三个都叫道：（虽独写祝彪，亦有时兼写三祝，便错落之极。）'不还，不还！'小人又道：'官人，请看东人亲笔书札在此。'祝彪那厮接过书去，也不拆开来看，就手扯得粉碎，（极其无礼。）喝叫把小人直叉出庄门。（极其无礼。）祝彪、祝虎发话道：（又置祝龙，单兼祝虎，错落之极。）'休要惹老爷们性发，把你那……（言"把你那李应捉来，也解去也"，却不好唐突主人名字，忽然就"把你那"三个字下收住，下又另自尽一句礼，然后重说出来，妙笔出神入化。）小人本不敢尽言，实被那三个畜生无礼，（尽一句礼，然后重说。）说：'把你那李……（重说却因气极，又说不出，只说得一"李"字，笔笔出神入妙。）来，也做梁山泊强寇解了去！'（叠一"李"字，便活画出气极后，说不出话来时。）又喝叫庄客原拿了小人，（先说"直叉出"，又说"原拿了"，无礼之极，真不可耐矣。）被小人飞马走了。于路上气死小人！叵耐那厮枉与他许多年结生死之交，今日全无些仁义！"（又找两句，激出李应。）

李应听罢，心头那把无明业火高举三千丈，按捺不下，大呼："庄客！快备我那马来！"杨雄、石秀谏道："大官人息怒。休为小人们，坏了贵处义气。"李应那里肯听，便去房中披上一副黄金锁子甲，前后兽面掩心，穿一领大红袍，背胛边插着飞刀五把，拿了点钢枪，戴上凤翅盔，出到庄前，点起三百悍勇庄客。（画出李应。）杜兴也披一副甲，持把枪上马，（画出杜兴。）带领二十余骑马军。杨雄、石秀也抓扎起，挺着朴刀，跟着李应的马，（画出杨雄、石秀。○画李应是个大官人，画杜兴是个主管，画杨雄、石秀是个客人。各各不同。）径奔祝家庄来。日渐衔山时分，早到

独龙冈前，便将人马排开。

原来祝家庄又盖得好，占着这座独龙山冈，四下一遭阔港。那庄正造在冈上，有三层城墙，都是顽石叠砌的，约高二丈。前后两座庄门，两条吊桥。墙里四边，都盖窝铺，四下里遍插着枪刀军器，门楼上排着战鼓铜锣。李应勒马在庄前大叫："祝家三子！怎敢毁谤老爷！"只见庄门开处，拥出五六十骑马来。当先一骑似火炭赤的马，上坐着祝朝奉第三子祝彪。李应指着大骂道："你这厮！口边奶腥未退，头上胎发犹存！你爷与我结生死之交，誓愿同心共意保护村坊。你家但有事情，要取人时，早来早放，要取物件，无有不奉。我今一个平人，二次修书来讨，你如何扯了我的书札，耻辱我名？是何道理！"祝彪道："俺家虽和你结生死之交，誓愿同心协意，共捉梁山泊反贼，扫清山寨，你如何却结连反贼，意在谋叛？"李应喝道："你说他是梁山泊甚人？你这厮却冤平人做贼，当得何罪！"祝彪道："贼人时迁已自招了，你休要在这里胡说乱道，遮掩不过！你去便去，不去时连你捉了，也做贼人解送！"^{写祝彪无礼之极。}李应大怒，拍坐下马，挺手中枪，便奔祝彪。祝彪纵马去战李应。两个就独龙冈前，一来一往，一上一下，斗了十七八合。祝彪战李应不过，拨回马便走，^{极写祝彪能。}李应纵马赶将去。祝彪把枪横担在马上，左手拈弓，右手取箭，搭上箭，拽满弓，觑得较亲，背翻身一箭。^{极写祝彪能。}李应急躲时，臂上早着。李应翻筋斗，坠下马来。祝彪便勒转马来抢人。^{极写祝彪能。}杨雄、石秀见了，大喝一声，撚两把朴刀，直奔祝彪马前杀将来。祝彪抵当不住，急勒回马便走，^{极写祝彪能。○写祝彪不止是枭勇，直是灵利之极。}早被杨雄一朴刀戳在马后股上。^{此是特写杨雄。}那马负疼，壁直立起来，

险些儿把祝彪掀在马下，<small>写祝、李皆输赢相当，正好。</small>却得随从马上的人，都搭上箭射将来。<small>只须如此，收煞得正好。</small>杨雄、石秀见了，自思又无衣甲遮身，只得退回不赶。<small>只须如此，收煞得正好。</small>杜兴早自把李应救起，上马先去了。<small>等杨雄、石秀退回，然后救李应，几不成语矣。杨雄、石秀自杀奔祝彪，杜兴自救李应，极忙乱事，写得极清出，极兜搭事，写得极轻捷。妙笔。</small>杨雄、石秀跟了众庄客也走了。<small>"也走了"上，加"跟了众庄客"五字，便藏下下文无数奇情。</small>祝家庄人马赶了二三里路，见天色晚来，也自回去了。<small>只须如此。</small>

杜兴扶着李应，回到庄前，下了马，同入后堂坐定。宅眷都出来看视。<small>是个大官人。</small>拔了箭矢，伏侍卸了衣甲，<small>是个大官人。</small>便把金疮药敷了疮口，连夜在后堂商议。杨雄、石秀与杜兴说道："既是大官人被那厮无礼，又中了箭，时迁亦不能够出来，都是我等连累大官人了。我弟兄两个，只得上梁山泊去，恳告晁、宋二公并众头领，来与大官人报仇，就救时迁。"因辞谢了李应。李应道："非是我不用心，实出无奈，两位壮士只得休怪。"叫杜兴取些金银相赠。杨雄、石秀那里肯受？李应道："江湖之上，二位不必推卸。"两个方才收受，拜辞了李应。杜兴送出村口，指与大路，<small>极似闲笔，却都为后文藏下奇情。</small>杜兴作别了，自回李家庄，不在话下。

且说杨雄、石秀取路投梁山泊来，早望见远远一处新造的酒店，<small>映出。〇一是新设三座，而一座亦不出现，是犹无设也。一是姓石人来，而不用姓石人接，是为无文也。</small>那酒旗儿直挑出来。两个入到店里，买些酒吃，就问路程。这酒店却是梁山泊新添设做眼的酒店，正是石勇掌管。<small>两石相接，文随手起。</small>两个一面吃酒，一头动问酒保上梁山泊路程。石勇见他两个非常，便来答应道："你两位客人从那里来，要问上山去怎地？"杨雄道："我们从蓟州来。"石勇猛可想起道："莫非足下是石秀么？"杨雄道："我乃是杨雄，<small>问得绣错，若定向石秀问石秀，即是呆笔死墨，更有何妙。</small>这个兄弟是石秀。大哥如何得

知石秀名？"石勇慌忙道："小子不认得。前者戴宗哥哥到蓟州回来，多曾称说兄长，_{缴还戴宗。}闻名久矣。今得上山，且喜，且喜！"三个叙礼罢，杨雄、石秀把上件事都对石勇说了。石勇随即叫酒保置办分例酒来相待，_{须知此是第一番分例酒。}推开后面水亭上窗子，拽起弓，放了一枝响箭。只见对港芦苇丛中早有小喽啰摇过船来。_{须知此又另一水亭，另一对港，另一张弓，另一枝箭，另一喽啰，另一捭船也。}石勇便邀二位上船，直送到鸭嘴滩上岸。

石勇已自先使人上山去报知，早见戴宗、杨林下山来迎接。_{回翔盘舞。}俱各叙礼罢，一同上至大寨里。众头领知道有好汉上山，都来聚会大寨坐下。戴宗、杨林引杨雄、石秀上厅参见晁盖、宋江并众头领。相见已罢，晁盖细问两个踪迹。杨雄、石秀把本身武艺，投托入伙先说了，众人大喜，让位而坐。杨雄渐渐说到有个来投托大寨同入伙的时迁，不合偷了祝家店里报晓鸡，一时争闹起来，石秀放火烧了他店屋，时迁被捉，李应二次修书去讨，怎当祝家三子坚执不放，誓要捉山寨里好汉，且又千般辱骂，叵耐那厮十分无礼。不说万事皆休，才然说罢，晁盖大怒，喝叫："孩儿们，将这两个与我斩讫报来！"_{此等波磔，非为铺张山寨忠义，乃所以翻跌出宋江问罪之师也。}_{脱无此一番，而便轻举妄动，三打祝家恐类儿戏，故不得已而生此也。}宋江慌忙道："哥哥息怒。两个壮士不远千里来此协助，如何却要斩他？"晁盖道："俺梁山泊好汉，自从火并王伦之后，便以忠义为主，全施恩德于民。一个个兄弟下山去，不曾折了锐气，新旧上山的弟兄们，各各都有豪杰的光彩。_{晁盖语，读之想出其生平。}这厮两个，把梁山泊好汉的名目去偷鸡吃，_{其类至多。}因此连累我等受辱。今日先斩了这两个，将这厮首级去那里号令。我亲领军马去洗荡了那个村坊，不要输了锐气！孩儿们，

快斩了报来！"又饶一句，风棱四起。宋江劝住道："不然。哥哥不听这两位贤弟却才所说，那个鼓上蚤时迁，他原是此等人，以致惹起祝家那厮来，岂是这二位贤弟要玷辱山寨？我也每每听得有人说，祝家庄那厮要和俺山寨敌对了。自补一句，妙笔。哥哥权且息怒，即目山寨人马数多，钱粮缺少，非是我等要去寻他，那厮倒来吹毛求疵，因而正好乘势去拿那厮。若打得此庄，倒有三五年粮食。非是我们生事害他，其实那厮无礼。再三申说此句妙。只是哥哥山寨之主，岂可轻动？自此以下，凡写梁山兴师建功，宋江悉不许晁盖下山。小可不才，亲领一支军马，启请几位贤弟们下山，去打祝家庄。若不洗荡得那个村坊，誓不还山！一是山寨不折了锐气，好。二乃免此小辈，被他耻辱，好，好。三则得许多粮食，以供山寨之用，好，好。四者就请李应上山入伙。"好，好。吴学究道："公明哥哥之言最好，岂可山寨自斩手足之人？"戴宗便道："宁乃斩了小弟，不可绝了贤路。"回翔盘舞。众头领力劝，晁盖方才免了二人，杨雄、石秀也自谢罪。宋江抚谕道：晁盖、宋江各写得好，真乃恩威并著矣。"贤弟休生异心！此是山寨号令，不得不如此。便是宋江倘有过失，妙论。也须斩首，不敢容情。如今新近又立了铁面孔目裴宣做军政司，赏功罚罪，已有定例。就上文新立规制中，忽抽出一石勇，忽抽出一裴宣，便表得众多豪杰，各各用命，非尸位素餐而已。○此等插带，真是才子。贤弟只得恕罪恕罪。"杨雄、石秀拜罢，谢罪已了，晁盖叫去坐在杨林之下。山寨里都唤小喽啰来参贺新头领已毕，一面杀牛宰马，且做庆喜筵席。拨定两所房屋，教杨雄、石秀安歇，每人拨十个小喽啰伏侍。当晚席散。

次日再备筵席，会众商量议事。宋江教唤铁面孔目裴宣计较下山人数，好。启请诸位头领同宋江去打祝家庄，定要洗荡了那

个村坊。商量已定，除晁盖头领镇守山寨不动外，^{一寨之尊，写得好。}留下吴学究、刘唐并阮家三弟兄、吕方、郭盛护持大寨。^{根本重地，写得好。}原拨定守滩、守关、守店有职事人员俱各不动。^{各有专司，旧令不许调遣，写得好。}又拨新到头领孟康管造船只，顶替马麟监督战船。^{补署新到头领，写得好。○将打祝家庄，却先写许多不打祝家庄者。如此文字，虽在《史记》，不可多得。}写下告示，将下山打祝家庄头领，分作两起。头一拨宋江、花荣、李俊、穆弘、李逵、杨雄、石秀、黄信、欧鹏、杨林，带领二千小喽啰，三百马军，披挂已了，下山前进。^{前军写得好。}第二拨便是林冲、秦明、戴宗、张横、张顺、马麟、邓飞、王矮虎、白胜，也带领三千小喽啰，三百马军，随后接应。^{后军写得好。}再着金沙滩、鸭嘴滩二处小寨，只教宋万、郑天寿守把，就行接应粮草。^{军行粮接，写得好。○已上数段岂真写山泊号令哉？亦所谓寓言十九，意在讽谏也。}晁盖送路已了，自回山寨。

且说宋江并众头领径奔祝家庄来，于路无话，早来到独龙山前。尚有一里多路，前军下了寨栅。宋江在中军帐里坐下，^{此一句止为前军射定寨脚，后军犹未到。}便和花荣商议道："我听得说祝家庄里路径甚杂，未可进兵。且先使两个入去，探听路途曲折，知得顺逆路程，却才进去与他敌对。"李逵便道：^{看他并不审己量力，便插一句，绝倒。}"哥哥，兄弟闲了多时，不曾杀得一人，我便先去走一遭。"宋江道："兄弟，你去不得。若是破阵冲敌，用着你先去。这是做细作的勾当，用你不着。"李逵笑道："量这个鸟庄，何须哥哥费力！只兄弟自带了三二百个孩儿们杀将去，把这个鸟庄上人都砍了，何须要人先去打听！"宋江喝道："你这厮休胡说！且一壁厢去，叫你便来！"李逵走开去了，自说道："打死几个苍蝇，也何须大惊小怪！"宋江便唤石秀来，说道："兄弟曾到彼处，可和杨林走一

遭。”旧头领都已出色，故令新到者立功。此行文生熟停匀之法。○要知宋江点将，都是耐庵点将，则为善读书人矣。石秀便道：“如今哥哥许多人马到这里，他庄上如何不堤备？我们扮作甚么人入去好？”杨林便道：“我自打扮了解魇的法师去，身边藏了短刀，手里擎着法环，于路摇将入去。你只听我法环响，不要离了我前后。”石秀道：“我在蓟州原曾卖柴，我只是挑一担柴进去卖便了。身边藏了暗器，有些缓急，匾担也用得着。”杨林道：“好，好！我和你计较了，今夜打点，五更起来便行。”

到得明日，石秀挑着柴担先入去。行不到二十来里，只见路径曲折多杂，四下里湾环相似，树木丛密，难认路头。石秀便歇下柴担不走。是石秀。此等处，山泊人都不及也。一听得背后法环响得渐近，石秀看时，却见杨林头带一个破笠子，身穿一领旧法衣，手里擎着法环，于路摇将进来。杨林却从石秀眼中看出。○实叙石秀，虚带杨林，妙笔。石秀见没人，叫住杨林说道：“此处路径湾杂，不知那里是我前日跟随李应来时的路。文情翔舞天色已晚，他们众人烂熟奔走，正看不仔细。”又自破解一句。杨林道：“不要管他路径曲直，只顾拣大路走便了。”错也。石秀又挑了柴，只顾望大路先走。见前面一村人家，数处酒店肉店，石秀挑着柴，便望酒店门前歇了，只见各店内都把刀枪插在门前，每人身上穿一领黄背心，写个大“祝”字，往来的人亦各如此。祝家号令，亦从石秀眼中看出。石秀见了，便看着一个年老的人唱个喏，是石秀。拜揖道：“丈人，请问此间是何风俗？为甚都把刀枪插在当门？”问得好，又精细。那老人道：“你是那里来的客人？原来不知，只可快走。”石秀道：“小人是山东贩枣子的客人，消折了本钱，回乡不得，因此担柴来这里卖，不知此间乡俗地理。”老人道：“只可快走，别处躲避，这里早晚要大厮杀也！”石秀道：“此间这

等好村坊去处，怎地了大厮杀？"[问得好。]老人道："客人，你敢真个不知？我说与你。俺这里唤做祝家村，冈上便是祝朝奉衙里。如今恶了梁山泊好汉，见今引领军马在村口，要来厮杀，却怕我这村里路杂，未敢入来，见今驻扎在外面。如今祝家庄上行号令下来，每户人家，要我们精壮后生准备着，但有令传来，便要去策应。"石秀道："丈人，村中总有多少人家？"[问得精细。]老人道："只我这祝家村，也有一二万人家，东西还有两村人接应。东村唤做扑天雕李应李大官人。西村唤扈太公庄，有个女儿，唤做扈三娘，绰号'一丈青'，十分了得。"石秀道："似此如何却怕梁山泊做甚么？"那老人道："便是我们初来时，不知路的，也要吃捉了。"石秀道："丈人，怎地初来要吃捉了？"[问得紧。]老人道："我这村里的路，有旧人说道：'好个祝家庄，尽是盘陀路。容易入得来，只是出不去。'"石秀听罢，便哭起来，扑翻身便拜，[是石秀，机警之极。]向那老人道："小人是个江湖上折了本钱归乡不得的人，[妙绝。是石秀方说得出，能令老人下泪也。]倘或卖了柴出去，撞见厮杀，走不脱，却不是苦！爷爷怎地可怜见，小人情愿把这担柴相送爷爷，只指与小人出去的路罢！"[妙绝。是石秀方说得出。]那老人道："我如何白要你的柴？我就买你的。[是老人情性。]你且入来，请你吃些酒饭。"[是老人情性。○写老人情性，固也，然亦是行文精细妙处。盖宋江大军既已压境，则祝家巡绰之人，定应络绎于路，岂可一老翁，一卖柴者，叨叨说路耶？故此两句，正妙在"你且入来"四字也。]石秀拜谢了，挑着柴，跟那老人入到屋里。那老人筛下两碗白酒，盛一碗糕糜，叫石秀吃了。石秀再拜谢道："爷爷，指教出去的路径。"[是石秀，只记本题，写得机警。]那老人道："你便从村里走去，只看有白杨树便可转湾。[只须一语，令读者亦复一快。]不问路道阔狭，但有白杨树的转湾，便是活路，[上一句已明，此又再申"不问阔狭"四字，活是老人声口。]没那树时，都是死路。

但有便是活路，则如无定是死路矣，却偏要再申一句。如有别的树木转湾，也不是活路。〔既说白杨，则别树定非活路矣，却偏要再申一句。〇看他写人说话只须一句处，便要说十数句，真活画老人。〕若还走差了，左来右去，只走不出去。更兼死路里地下埋藏着竹签、铁蒺藜，若是走差了，踏着飞签，准定吃捉了，待走那里去！"〔活是老人，说得恁细。〕

石秀拜谢了，便问："爷爷高姓？"〔是石秀。〕那老人道："这村里姓祝的最多，惟有我复姓钟离，土居在此。"石秀道："酒饭小人都吃够了，改日当厚报。"正说之间，只听得外面闹吵。石秀听得道："拿了一个细作！"〔写得一波初平，一波疾起，真是妙笔。〕石秀吃了一惊，跟那老人〔是石秀，不看不得，自看又不得，"跟那老人"真写得妙。〕出来看时，只见七八十个军人背绑着一个人过来。石秀看时，却是杨林，剥得赤条条的，索子绑着。石秀看了，只暗暗地叫苦，悄悄假问老人道："这个拿了的是甚么人？为甚事绑了他？"〔此本不必打听，只为要写石秀遮掩自己，又顺便带出杨林被捉事耳。〕那老人道："你不见说他是宋江那里来的细作？"石秀又问道："怎地吃他拿了？"那老人道："说这厮也好大胆，独自一个来做细作，打扮做个解魔法师，闪入村里来。却又不认这路，只拣大路走了，左来右去，只走了死路。又不晓的白杨树转湾抹角的消息。人见他走得差了，来路跷蹊，报与庄上官人们来捉他，这厮方才又掣出刀来，手起伤了四五个人。〔补出杨林被捉时事。〕当不住这里人多，一发上，因此吃拿了。有人认得他，从来是贼，叫做锦豹子杨林。"〔杨林不必被捉也。必写杨林被捉者，一以显石秀之独能，一以激宋江之进兵也。〕说言未了，只听得前面喝道，说是："庄上三官人巡绰过来！"〔写得一波又平，一波又起，真是妙笔。〕石秀在壁缝里张时，看见前面摆着二十对缨枪，后面四五个人骑着马，都弯弓插箭。又有三五对青白哨马，中间拥着一个年少壮士，坐在一匹雪白马上，全副披挂，跨了弓箭，手执一条银枪。石秀自认

得他，特地问老人道："过去相公是谁？"又从石秀眼中极写祝彪。○得此一段，遂令石秀入村，神采焕发之极。○呼"将军"是"相公"，活是卖柴人口气。那老人道："这个人正是祝朝奉第三子，唤做祝彪，定着西村扈家庄一丈青为妻。弟兄三个，只有他第一了得。"石秀拜谢道："老爷爷，指点寻路出去！"忽然截住，急提本题。

石秀机警，写来如活。那老人道："今日晚了，前面倘或厮杀，枉送了你性命。"石秀道："爷爷，可救一命则个！"那老人道："你且在我家歇一夜，事莫急于进兵，尤莫急于进兵之有探路也，岂有机警如石秀，而肯于得路之后，再住一夜者？只因作者一心要铺张祝家号令严整，一心又要写得宋江轻入重地，作一险势，便暂留石秀一笔，若惟恐为杨林之续者。此皆文人惨淡经营之处，不可不知也。明日打听得没事，便可出去。"石秀拜谢了，坐在他家。只听得门前四五替报马报将来，排门分付道："你那百姓，今夜只看红灯为号，即花荣所射者也。齐心并力，捉拿梁山泊贼人解官请赏。"叫过去了。本是后文秘计，却先明放此处，真正才子之笔。○设使不留石秀，如何得听出来。石秀问道："这个人是谁？"那老人道："这个官人是本处捕盗巡简。今夜约会要捉宋江。"石秀见说，心中自忖了一回，讨个火把，叫了安置，自去屋后草窝里睡了。便不更说闲话。写石秀机警出人处，笔笔妙绝。

却说宋江军马在村口屯驻，不见杨林、石秀出来回报，随后又使欧鹏去到村口，出来回报道："听得那里讲动，说道捉了一个细作。小弟见路径又杂难认，不敢深入重地。"宋江听罢，忿怒道："如何等得回报了进兵？又吃拿了一个细作，必然陷了两个兄弟。我们今夜只顾进兵杀将入去，也要救他两个兄弟。宋江不肯轻入重地，则安得文章出奇？然宋江不为救两兄弟，即又安肯轻入重地也？笔墨相引而出，每每如此。未知你众头领意下如何？"只见李逵便道："我先杀入去，看是如何！"看他先因要去被喝，至此处又要去，一似并不记得曾被喝者，真写得好。宋江听得，随即便传将令，教军士都披挂了。李逵、杨雄前一队做先锋，使李俊等引军做合后，穆弘居左，黄信

居右，宋江、花荣、欧鹏等中军头领。摇旗呐喊，擂鼓鸣锣，大刀阔斧，杀奔祝家庄来。

比及杀到独龙冈上，是黄昏时分，宋江催趱前军打庄。先锋李逵脱得赤条条的，_{奇人奇情奇景，亦复奇文。}挥两把夹钢板斧，火拉拉地杀向前来。到得庄前看时，已把吊桥高高地搋起了，庄门里不见一点火，_{极写祝彪能。}李逵便要下水过去。_{奇人奇情，亦复奇文。○不许他探路，真乃别破肚皮，何意得做先锋，又被阔港截住，忽然想出下水过去，真是一片天真烂漫，令我读之又吓又笑也。}杨雄扯住道："使不得！关闭庄门，必有计策。待哥哥来，别有商议。"李逵那里忍得住？拍着双斧，隔岸大骂_{战阵之事，偏写出天真烂熳来，妙绝。}道："那鸟祝太公老贼，你出来，黑旋风爷爷在这里！"庄上只是不应。_{极写祝彪能。}宋江中军人马到来，杨雄接着，报说庄上并不见人马，亦无动静。宋江勒马看时，庄上不见刀枪军马，心中疑忌，猛省道："我的不是了！天书上明明戒说：'临敌休急暴。'_{此五字何必天书始能言之？有意无意逼此一句，正表宋江天书之诈也。}是我一时见不到，只要救两个兄弟，以此连夜进兵；不期深入重地，直到了他庄前，不见敌军，他必有计策。"快教三军且退。李逵叫道："哥哥，军马到这里了，休要退兵！我与你先杀过去，你们都跟我来。"

说犹未了，庄上早知。只听得祝家庄里一个号炮直飞起半天里去，_{极写祝彪能。}那独龙冈上千百把火把，一齐点着，那门楼上，弩箭如雨点般射将来。宋江急取旧路回军，只见后军头领李俊人马先发起喊来，说道："来的旧路都阻塞了，必有埋伏！"_{写得纸上炎炎震动。}宋江教军兵四下里寻路走。李逵挥起双斧，往来寻人厮杀，不见一个敌军。_{极忙中写李逵三番气闷事。第一番要做探路，宋江不许；第二番得做先锋，阔港截住；第三番寻人厮杀，不见一个。思之绝倒。}只见独龙冈上，山顶又放一个炮来。_{极写祝彪能。}响声未绝，四下里喊声震

地，惊得宋公明目睁口呆，罔知所措。你便有文韬武略，怎逃出地网天罗？正是：安排缚虎擒龙计，要捉惊天动地人。毕竟宋公明并众将军怎地脱身，且听下回分解。

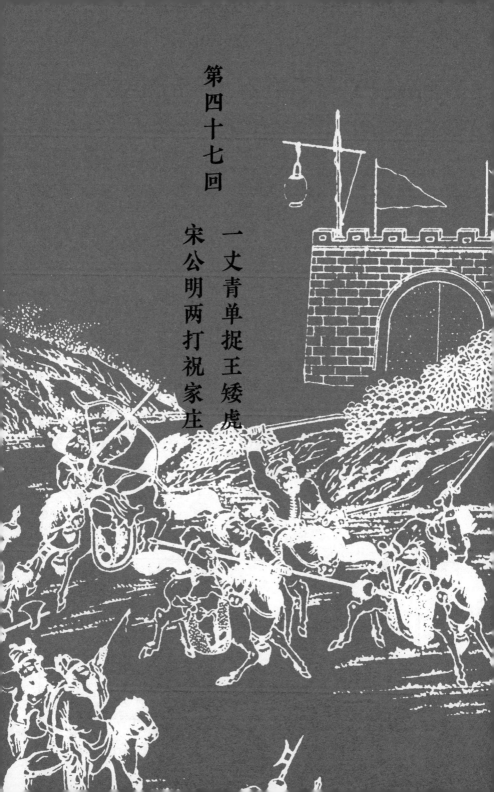

第四十七回

一丈青单捉王矮虎

宋公明两打祝家庄

一丈青單捉王矮虎

　　吾幼见陈思镜背八字，顺逆伸缩，皆成二句，叹以为妙。稍长，读苏氏织锦回文，而后知天下又有如是化工肖物之才也。幼见希夷方圆二图，参伍错综，悉有定象，以为大奇。稍长，闻诸葛八阵图法，而后知天下又有如是纵横神变之道也。今观耐庵二打祝家一篇，亦犹是矣。以墨为兵，以笔为马，以纸为疆场，以心为将令。我试读其文，真乃墨无停兵，笔无住马，纸几穿于蹂躏，心已绝于磨旗者也。欧鹏救矮虎，三娘便战欧鹏。邓飞助欧鹏奔三娘，祝龙便助三娘取宋江。马麟为宋江迎祝龙，邓飞便弃欧鹏保宋江。宋江呼秦明替马麟，秦明便舞狼牙取祝龙。马麟得秦明便夺矮虎，三娘却撇欧鹏战马麟。廷玉助祝龙取秦明，欧鹏便撇三娘接廷玉。邓飞舍宋江救欧鹏，廷玉却撇邓飞诱秦明。邓飞救秦明赶廷玉，马麟便撇三娘保宋江。此是第一阵。此军落荒正走，忽然添出穆弘、杨雄、石秀、花荣三路人马。彼军亦添出小郎君祝彪。虽李俊、张横、张顺下水不得，而戴宗、白胜亦在对岸助喊。此是第二阵。第一阵，妙于我以四将战彼三将，而我四将中前后转换，必用一将保护宋江，则亦以三将战三将，而迭跃挥霍写来，便有千万军马之势。第二阵妙于借秦明过第一拨中，却借第三拨花荣、穆弘作第二拨前来策救，真写出一时临敌应变，不必死守宋江成令，而末又补出戴宗、白胜隔港呐喊，以见不漏一人也。然又有奇之尤奇者，于鸣金收军之后，忽然变出三娘独赶宋江，而手足无措之际，却跳出一李逵。吾不怪其至此又作奇峰，正怪其前文如何藏过。乃一之为甚，而岂意跳出李逵之后，尚藏过一林冲。盖此第三阵尤为绝笔矣！

　　如此一篇血战文字，却以王矮虎做光起头，遂使读者胸中只

谓儿戏之事，而一变便作轰雷激电之状，直是惊吓绝人。

矮虎、三娘本夫妻二人，而未入此回，则夫在此，妻在彼。
既过此回，即妻在此，夫在彼。一篇以捉其夫去始，以捉其妻来
终，皆属耐庵才子戏笔。

话说当下宋江在马上看时，四下里都有埋伏军马，且教小喽
啰只往大路杀将去；只听得三军屯塞住了，众人都叫起苦来。宋
江问道："怎么叫苦？"众军都道："前面都是盘陀路，走了一
遭，又转到这里。"宋江道："教军马望火把亮处有房屋人家，
取路出去。"又走不多时，只见前军又发起喊来，叫道："甫能
望火把亮处取路，又有苦竹签，铁蒺藜，遍地撒满鹿角，都塞了
路口！"宋江道："莫非天丧我也？"

正在慌急之际，只听得左军中间，穆弘队里闹动，^{写来令人又吃一吓，笔法淋漓突兀之极。}报来说道："石秀来了！"^{只一石秀来，写得淋漓突兀至此。}宋江看时，见石
秀撚着口刀，奔到马前道："哥哥休慌，兄弟已知路了。暗传下
将令，教三军只看有白杨树便转湾走去，不要管他路阔路狭。"
宋江催趱人马，只看有白杨树便转。约走过五六里路，只见前面
人马越添得多了。^{笔笔写来，淋漓骏绝。}宋江疑忌，便唤石秀问道："兄弟，
怎么前面贼兵众广？"石秀道："他有烛灯为号。"花荣在马上
看见，^{忽然记得将军神箭，笔笔生龙活虎。}把手指与宋江道："哥哥，你看见那树影里
这碗烛灯么？只看我等投东，他便把那烛灯望东扯。若是我们投
西，他便把那烛灯望西扯。只那些儿，想来便是号令。"^{如此写出祝彪英灵，真}
^{有不烦一刀，不费一矢之略。}宋江道："怎地奈何得他那碗灯？"花荣道："有何
难哉！"便拈弓搭箭，纵马向前，望着影中只一箭，不端不正，

恰好把那碗红灯射将下来。若写祝家赶杀，便是俗笔；若写山寨血战，亦是俗笔。看他写祝家只是一碗灯，写宋江只是一枝箭。战阵之事，写来全是仙笔，亦大奇也。四下里埋伏军兵，不见了那碗红灯，便都自乱撺起来。_{妙。}宋江叫石秀引路，且杀出村口去。只听得前山喊声连天，一带火把纵横撩乱。宋江教前军扎住，_{写来令人又吃一吓，笔笔淋漓突兀之极。}且使石秀领路去探。不多时，回来报道："是山寨中第二拨军马到了，_{石秀来作一吓，第二拨到又作一吓，其用笔之奇至此。}接应杀散伏兵。"宋江听罢，进兵夹攻，夺路奔出村口。祝家庄人马四散去了。会合着林冲、秦明等众人军马，同在村口驻扎，却好天明，去高阜处下了寨栅。整点人马，数内不见了镇三山黄信。宋江大惊，询问缘故。有昨夜跟去的军人见的来说道："黄头领听着哥哥将令，前去探路，不提防芦苇丛中舒出两把挠钩，拖翻马脚，被五七个人活捉去了，救护不得。"宋江听罢大怒，要杀随行军汉："如何不早报来？"林冲、花荣劝住宋江。众人纳闷道："庄又不曾打得，倒折了两个兄弟。似此怎生奈何？"杨雄道：_{石秀既有探路之功，便让杨雄说出李应。}"此间有三个村坊结并。所有东村李大官人前日已被祝彪那厮射了一箭，见今在庄上养病。哥哥何不去与他计议？"宋江道："我正忘了也。他便知本处地理虚实。"分付教取一对缎匹羊酒，选一骑好马并鞍辔，亲自上门去求见。

林冲、秦明权守栅寨，宋江带同花荣、杨雄、石秀_{一个护身，两个介绍。}上了马，随行三百马军，取路投李家庄来。到得庄前，早见门楼紧闭，吊桥高拽起了，墙里摆着许多庄兵人马，门楼上早擂起鼓来。宋江在马上叫道："俺是梁山泊义士宋江，特来谒见大官人，别无他意，休要堤备。"庄门上杜兴看见有杨雄、石秀在彼，_{好。}慌忙开了庄门，放只小船过来，与宋江声喏。宋江慌忙

下马来答礼。杨雄、石秀近前禀道：好。"这位兄弟便是引小弟两个投李大官人的，唤做鬼脸儿杜兴。"宋江道："原来是杜主管。相烦足下对李大官人说：俺梁山泊宋江，久闻大官人大名，无缘不曾拜会。今因祝家庄要和俺们做对头，经过此间，特献彩缎名马羊酒薄礼，只求一见，别无他意。"杜兴领了言语，再渡过庄来，直到厅前。李应带伤披被坐在床上，杜兴把宋江要求见的言语说了。李应道："他是梁山泊造反的人，我如何与他厮见？无私有意。你可回他话道，只说我卧病在床，动止不得，难以相见，改日却得拜会。所赐礼物，不敢祗受。"杜兴再渡过来，见宋江禀道："俺东人再三拜上头领，本欲亲身迎迓，奈缘中伤，患躯在床，不能相见，容日专当拜会。适蒙所赐厚礼，并不敢受。"宋江道："我知你东人的意了。我因打祝家庄失利，欲求相见则个，他恐祝家庄见怪，不肯出来相见。"杜兴道："非是如此，委实患病。只一句截住。小人虽是中山人氏，到此多年了，颇知此间虚实事情。何必见李应？见杜兴犹见李应矣。用笔何等净便之极。中间是祝家庄，东是俺李家庄，西是扈家庄。这三村庄上，誓愿结生死之交，有事互相救应。今番恶了俺东人，自不去救应，只一句便放倒一边，皆耐庵匠心所运也。只恐西村扈家庄上要来相助。他庄上别的不打紧，只有一个女将唤做'一丈青扈三娘'，使两口日月刀，好生了得。详。○又即引动下文。却是祝家庄第三子祝彪定为妻室，早晚要娶。若是将军要打祝家庄时，不须堤备东边，只要紧防西路。特特折笔写到李家，只为要提出此句也。得此一笔，下文便好注意只写西边，此所谓耐庵匠心之笔也。祝家庄上，前后有两座庄门：详。一座在独龙冈前，一座在独龙冈后。若打前门，却不济事，须是两面夹攻，方可得破。详。前门打紧，路杂难认，一遭都是盘陀路径，阔狭不等，但有白杨

树便可转湾，方是活路，如无此树，便是死路。」详。○此虽石秀已知，然在杜兴口中，不得不写一过。石秀道：「他如今都把白杨树木斫伐去了，将何为记？」前并不见此事，忽然口中问出，虚实互用，笔法妙绝。杜兴道：「虽然斫伐了树，如何起得根尽？也须有树根在彼。作书不过弄笔之事也，乃写来便若真有其事，而亲临其地者，真正才子，谁其匹之！只宜白日进兵去攻打，黑夜不可进去。」详。

　　宋江听罢，谢了杜兴，一行人马却回寨里来。足矣，此行可谓不虚。林冲等接着，都到大寨里坐下。宋江把李应不肯相见，并杜兴说的话对众头领说了。李逵便插口道：「好意送礼与他，那厮不肯出来迎接哥哥。我自引三百人去打开鸟庄，脑揪这厮出来拜见哥哥！」宋江道：「兄弟，你不省的，他是富贵良民，惧怕官府，如何造次肯与我们相见？」李逵笑道：「那厮想是个小孩子，怕见。」众人一齐都笑起来。宋江道：「虽然如此说了，两个兄弟陷了，不知性命存亡。你众兄弟可竭力向前，跟我再去攻打祝家庄。」众人都起身说道：「哥哥将令，谁敢不听？不知教谁前去？」黑旋风李逵说道：定是大哥，暗中亦猜得着。「你们怕小孩子，我便前去。」宋江道：「你做先锋不利，今番用你不着。」此篇每以闲笔写李逵气闷，令读者绝倒。李逵低了头忍气，宋江便点马麟、邓飞、欧鹏、王矮虎四个，「跟我亲自做先锋去。」第二点戴宗、秦明、杨雄、石秀、李俊、张横、张顺、白胜，准备下水路用人。第三点林冲、花荣、穆弘、李逵，分作两路策应。众军标拨已定，都饱食了，披挂上马。

　　且说宋江亲自要去做先锋，攻打头阵，前面打着一面大红帅字旗，一面红旗，引出两面白旗。引着四个头领，一百五十骑马军，一千步军，杀奔祝家庄来。直到独龙冈前，宋江勒马，看那祝家庄上飏起两

面白旗，旗上明明绣着十四个字道："填平水泊擒晁盖，踏破梁山捉宋江。"〔极写祝彪可人。〕当下宋江在马上，心中大怒，设誓道："我若打不得祝家庄，永不回梁山泊！"众头领看了，一齐都怒起来。

宋江听得后面人马都到了，留下第二拨头领攻打前门，〔写得明画。〕宋江自引了前部人马，转过独龙冈后面来。看祝家庄时，后面都是铜墙铁壁，把得严整。正看之时，只见直西一彪军马，呐着喊，从后杀来。〔三庄相联，殊难布笔，先以一段按下李应，次作一番先写扈家，是皆耐庵匠心运成，非易构之笔也。〕宋江留下马麟、邓飞，把住祝家庄后门，〔写得明画。〕自带了欧鹏、王矮虎，分一半人马，前来迎接。山坡下来军约有二三十骑马军，当中簇拥着一员女将，正是扈家庄女将一丈青扈三娘。一骑青鬃马上，〔加一"青"字，便觉青极。〕轮两口日月双刀，引着三五百庄客，前来祝家庄策应。宋江道："刚说扈家庄有这个女将好生了得，想来正是此人。谁敢与他迎敌？"说犹未了，只见这王矮虎是个好色之徒，〔亲迎则得妻，不亲迎则不得妻，必亲迎乎？〕听得说是个女将，指望一合便捉得过来。当时喊了一声，骤马向前，挺手中枪，便出迎敌。两军呐喊。那扈三娘拍马舞刀来战王矮虎。一个双刀的熟娴，一个单枪的出众。〔忽作戏论。〕两个斗敌十数合之上，宋江在马上看时，见王矮虎枪法架隔不住，原来王矮虎初见一丈青，恨不得便捉过来，谁想斗过十合之上，看看的手颤脚麻，枪法便都乱了。不是两个性命相扑时，王矮虎却要做光起来。〔绝倒。〕那一丈青是个乖觉的人，心中道："这厮无礼！"便将两把双刀直上直下砍将入来。这王矮虎如何敌得过？拨回马却待要走，被一丈青纵马赶上，把右手刀挂了，轻舒粉臂，将王矮虎提脱雕鞍，众庄客齐上，横拖倒拽，活捉去了。欧鹏见捉了王英，〔疾接出欧鹏。〕便挺枪来救。

一丈青纵马跨刀，接着欧鹏，两个便斗。原来欧鹏祖是军班子弟出身，使得好一条铁枪，_{欧鹏。}^{如此忙，又有闲笔写欧鹏武艺。}宋江看了，暗暗的喝采。怎的欧鹏枪法精熟，也敌不得那女将半点便宜。邓飞在远处^{忽插出邓飞。}看见捉了王矮虎，欧鹏又战那女将不下，跑着马，舞起一条铁链，大发喊赶将来。^{邓飞本欲助欧鹏战三娘，却因祝龙来取宋江，便疾退转保护；此发喊赶来，乃在半道，写得迅疾骇人。}祝家庄上已看多时，诚恐一丈青有失，慌忙放下吊桥，开了庄门，祝龙^{彼军添出祝龙。}亲自引了三百余人，骤马提枪来捉宋江。^{不说"助三娘"，却说"捉宋江"，迅疾骇人。}马麟看见，^{疾接出马麟。}一骑马使起双刀，来迎住祝龙厮杀。^{亦不说救宋江，却说战祝龙。马麟迎住祝龙，而邓飞疾回保护。笔笔迅疾骇人。}_{马麟。}邓飞恐宋江有失，^{疾掣转邓飞。}不离左右，看他两边厮杀，喊声迭起。宋江见马麟斗祝龙不过，^{马麟、祝龙一对。}欧鹏斗一丈青不下，^{欧鹏、三娘一对。}正慌哩，只见一彪军马从刺斜里杀将来。宋江看时，大喜，却是霹雳火秦明，^{忽转出秦明。}_{秦明。}听得庄后厮杀，前来救应。宋江大叫："秦统制，你可替马麟！"秦明是个急性的人，更兼祝家庄捉了他徒弟黄信，正没好气，^{如此忙，又有闲笔写秦明心事。}拍马飞起狼牙棍，便来直取祝龙。祝龙也挺枪来敌秦明。马麟引了人却夺王矮虎。那一丈青看见了马麟来夺人，便撇了欧鹏，却来接住马麟厮杀。两个都会使双刀，马上相迎着，正如风飘玉屑，雪撒琼花，宋江看得眼也花了。^{秦明直取祝龙，便已替下马麟；乃马麟偏不归阵，却去救夺矮虎；三娘见来夺人，便反撇了欧鹏，来战马麟。一番接换，忽变出四口刀来，迅疾骇人，不独宋江眼花也。}

这边秦明和祝龙斗到十合之上，祝龙如何敌得秦明过？庄门里那教师栾廷玉，_{彼军添出栾廷玉。}带了铁锤，上马挺枪，杀将出来。欧鹏便来迎住栾廷玉厮杀。_{三娘方撇欧鹏，欧鹏恰迎廷玉，迅疾骇人。}栾廷玉也不来交马，带住枪时，刺斜里便走。欧鹏赶将去，被栾廷玉一飞锤，正打着，_{写廷玉亦极迅疾。}翻筋斗撺下马去。邓飞大叫："孩儿们救人！"_{疾接入邓飞。}舞着铁链，径奔栾廷玉。宋江急唤小喽啰，救得欧鹏上马。_{邓飞舍宋江奔廷玉，宋江便得救欧鹏，迅疾骇人之极。}那祝龙当敌秦明不住，拍马便走。栾廷玉也撇了邓飞，却来战秦明。_{邓飞舍宋江奔廷玉，廷玉却撇邓飞战秦明，笔笔迅疾骇人，不曾有点墨少停。}两个斗了一二十合，不分胜败。栾廷玉卖个破绽，落荒即走。秦明舞棍径赶将去。栾廷玉便望荒草之中，跑马入去。秦明不知是计，也追入去。原来祝家庄那等去处都有人埋伏，见秦明马到，拽起绊马索来，连人和马都绊翻了，发声喊，捉住了秦明。_{写秦明被捉亦极迅疾。}邓飞见秦明坠马，_{疾赶上邓飞。}慌忙来救时，见绊马索起，却待回身，两下里叫声："着！"挠钩似乱麻一般搭来，就马上活捉了去。_{写邓飞被捉，又极迅疾。○看廷玉撇了邓飞却战秦明，及捉得秦明，便并捉得邓飞，笔笔跳掷而去，非五指之所得搁定也。}宋江看见，只叫得苦，止救得欧鹏上马。

马麟撇了一丈青，急奔来保护宋江，_{疾掣回马麟。○已上一番血战，骤读之，疑谓此以四人战彼三人。及细读之，而始知此四人者，段段除出一人保护宋江，实止三人出战也。真正才子，真正奇文。}望南而走。背后栾廷玉、祝龙、一丈青分投赶将来。看看没路，正待受缚，只见正南上一个好

汉飞马而来，疾。背后随从约有五百人马。宋江看时，乃是没遮拦穆弘。忽飞出穆弘。东南上也有三百余人，两个好汉，飞奔前来。疾。一个是病关索杨雄，一个是拼命三郎石秀。又飞出杨雄、石秀。东北上又一个好汉，高声大叫："留下人着！"疾。宋江看时，乃是小李广花荣。又飞出花荣。〇行文固有水穷云起之法，不图此处水到极穷，云起极变也。使我读之，头目岑岑矣。三路人马一齐都到，宋江心下大喜，一发并力来战栾廷玉、祝龙。庄上望见，恐怕两个吃亏，且教祝虎守把住庄门，如此忙，又有闲笔顿此一句。小郎君祝彪骑一匹劣马，使一条长枪，自引五百余人马从庄后杀将出来，彼军又添出祝彪。一齐混战。庄前李俊、张横、张顺又回顾到李俊、张横、张顺。下水过来，被庄上乱箭射来，不能下手。戴宗、白胜又补出戴宗、白胜。只在对岸呐喊。只补写二段，亦复天摇地震。宋江见天色晚了，急叫马麟先保护欧鹏出村口去。如此忙，用笔偏如此周折。宋江又教小喽啰筛锣，聚拢众好汉，且战且走。宋江自拍马到处寻了看，只恐弟兄们迷了路。上来如此一篇奇文，真是天崩地塌，山摇海啸，非复目光所照，心魂所知矣。读至此句，方图少得休息，不意下文一转，忽然兴精作怪，重出奇情。才子之笔，千载无两。

穆弘。

杨雄、石秀。

花荣。

李俊、张横、张顺、戴宗、白胜。

正行之间，只见一丈青飞马赶来。迅疾骇人。宋江措手不及，便拍马望东而走。迅疾骇人。背后一丈青紧追着，八个马蹄翻盏撒钹相似，迅疾骇人。赶投深村处来。一丈青正赶上宋江，待要下手，迅疾骇人。只听得山坡上有人大叫道："那鸟婆娘赶我哥哥那里去？"宋江看时，却是黑旋风李逵无数好汉莫不各出死力，血战至深，乃至

李逵。

戴宗、白胜亦复收拾已毕，却于不意中独漏一李逵，至此忽然跳出，奇情奇文，不知其先构局、后下笔，先下笔、后变局也。

轮两把板斧，引着七八十个小喽啰，大踏步赶将来。连日闷闷，此得一吐。一丈青便勒转马，望这树林边去。宋江也勒住马看时，只见树林边转出十数骑马军来，

林冲。

当先簇拥着一个壮士，正是豹子头林冲，收拾众人已毕，忽然漏一李逵，已属意外之事，不谓还有一林冲也。才子奇情，我直无以测之矣。在马上大喝道："兀那婆娘，走那里去！"一丈青飞刀纵马，直奔林冲。林冲挺丈八蛇矛迎敌，两个斗不到十合，林冲卖个破绽，放一丈青两口刀砍入来。林冲把蛇矛逼个住，两口刀逼斜了，赶拢去，轻舒猿臂，款扭狼腰，把一丈青只一拽，活挟过马来。头上活捉矮虎过去，尾上活捉三娘过来。是役也，只是夫妻二人交易而退，为之失笑。宋江看见，喝声采，不知高低。林冲叫军士绑了，骤马向前道："不曾伤犯哥哥么？"宋江道："不曾伤着。"便叫李逵快走村中，接应众好汉，"且教来村口商议；天色已晚，不可恋战。"黑旋风领本部人马去了。林冲保护宋江，押着一丈青在马上，取路出村口来。当晚众头领不得便宜，急急都赶出村口来。祝家庄人马也收回庄上去了，满村中杀死的人不计其数。祝龙教把捉到的人都将来陷车囚了，一发拿了宋江，却解上东京去请功。扈家庄已把王矮虎解送到祝家庄去了。

且说宋江收回大队人马，到村口下了寨栅，先教将一丈青过来，"先教"妙。唤二十个老成的小喽啰，"老成"妙。着四个头目，骑四匹快马，"快马"妙。把一丈青

拴了双手，也骑一匹马，"连夜与我送上梁山泊去，^{"连夜"}交与我^{妙。}父亲宋太公收管，^{交太公}便来回话。^{便回话}待我回山寨，自有发^{妙。}落"。^{"待我"妙。○}众头领都只道宋江自要这个女子，尽皆小心送^{字字都成妙语。}去。^{妙，绝倒。○一篇天摇地震文字之后，忽作}先把一辆车儿教欧鹏上山^{此风致煞笔，奇笔妙笔，总出常人意外。}去将息。^{细匝}一行人都领了将令，连夜去了。

　　宋江其夜在帐中纳闷，一夜不睡，坐而待旦。次日，只见探事人报来说："军师吴学究引将三阮头领并吕方、郭盛带五百人马到来。"宋江听了，出寨迎接了军师吴用，到中军帐里坐下。吴学究带将酒食来，与宋江把盏贺喜，^{何喜可贺？下文又未及详，遂}^{令读者无不疑为一丈青也。}一面犒赏三军众将。吴用道："山寨里晁头领多听得哥哥先次进兵不利，特地使将吴用并五个头领来助战。不知近日胜败如何？"宋江道："一言难尽。叵耐祝家那厮，他庄门上立两面白旗，写道：'填平水泊擒晁盖，踏破梁山捉宋江。'这厮无礼！先一遭进兵攻打，因为失其地利，折了杨林、黄信。夜来进兵，又被一丈青捉了王矮虎，栾廷玉锤打伤了欧鹏，绊马索拖翻捉了秦明、邓飞。如此失利，若不得林教头恰活捉得一丈青时，折尽锐气！今来似此如之奈何！若是宋江打不得祝家庄破，救不出这几个兄弟来，情愿自死于此地，也无面目回去见得晁盖哥哥！"

　　吴学究笑道："这个祝家庄也是合当天败。恰好有这个机会，吴用想来，事在旦夕可破。"宋江听罢，十分惊喜，连忙问道："这祝家庄如何旦夕可破？机会自何而来？"吴学究笑着，不慌不忙，叠两个指头，说出这个机会来。正是：空中伸出拿云手，救出天罗地网人。毕竟军师吴用说出甚么机会来，且听下回分解。

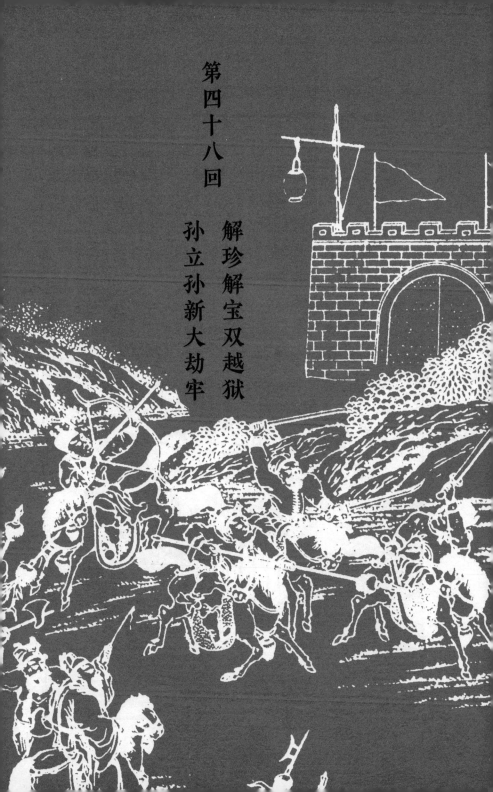

第四十八回　解珍解宝双越狱　孙立孙新大劫牢

勤大宋新立獄雙研碎
案人孫孫越審窖

千军万马后忽然飐去，别作湍悍娟致之文，令读者目不暇易。

乐和说："你有个哥哥。"解珍却说："我有个姐姐。"乐和所说哥哥，乃是娘面上来。解珍所说姐姐，却自爷面上起。乐和说起哥哥，乐和却是他的妻舅。解珍说起姐姐，解珍又是他兄弟的妻舅。无端撮弄出一派亲戚，却又甜笔净墨，绝无囷蠹彭亨之状。昨读《史记》霍光与去病兄弟一段，叹其妙笔，今日又读此文也。

赖字，出《左传》。赖人姓毛，出《大藏》。然此族今已蔓延天下矣，如之何！

话说当时吴学究对宋公明说道："今日有个机会，却是石勇面上来投入伙的人，又与栾廷玉那厮最好，亦是杨林、邓飞的至爱相识。他知道哥哥打祝家庄不利，特献这条计策来入伙，以为进身之礼，随后便至。五日之内，可行此计，却是好么？"宋江听了，大喜道："妙哉！"方才笑逐颜开。

原来这段话正和宋公明初打祝家庄时一同事发。如此风急火急之文，忽然一阔阔起，却去另叙一事，见其才大如海也。○欲乃是山东海边有个州郡，唤做赋天台山，却指东海霞，真是奇情恣笔。登州。登州城外有一座山，山上多有豺狼虎豹，出来伤人。因此登州知府拘集猎户，当厅委了杖限文书，捉捕登州山上大虫。又仰山前山后里正之家也要捕虎文状，限外不行解官，痛责枷号不恕。

且说登州山下有一家猎户，弟兄两个，哥哥唤做解珍，兄弟唤做解宝。弟兄两个都使浑铁点钢叉，有一身惊人的武艺。当州

里的猎户们都让他第一。那解珍一个绰号唤做"两头蛇"，这解宝绰号叫做"双尾蝎"。二人父母俱亡，不曾婚娶。_{只八个字，写得二解单兄双弟，更无一丝半线，入后忽然因亲及亲，牵出许多绳索来，又是一样方法。}那哥哥七尺以上身材，紫棠色面皮，腰细膀阔。_{写出好汉。}这兄弟更是利害，也有七尺以上身材，面圆身黑，两只腿上刺着两个飞天夜叉，有时性起，恨不得拔树摇山，腾天倒地。_{写出好汉。}那弟兄两个当官受了甘限文书，回到家中，整顿窝弓、药箭、弩子、锐叉，穿了豹皮裤、虎皮套体，拿了铁叉，_{详悉写之，以见二解得虎之难，而毛之赖之为不仁也。○今世之前人心竭力尽而后人就口便吞者，亦岂少哉！}两个径奔登州山上，下了窝弓，去树上等了一日，不济事，_{得虎之难如此。}收拾窝弓下去。次日，又带了干粮，再上山伺候，看看天晚，弟兄两个再把窝弓下了，爬上树去，直等到五更，又没动静。_{得虎之难如此。}两个移了窝弓，却来西山边下了，坐到天明，又等不着。_{得虎之难如此。}两个心焦，说道："限三日内要纳大虫，迟时须用受责，却是怎地好？"两个到第三日夜，伏至四更时分，不觉身体困倦，两个背厮靠着且睡。_{一路皆极写得虎之苦。}未曾合眼，忽听得窝弓发响。两个跳将起来，拿了钢叉，四下里看时，只见一个大虫中了药箭，在那地上滚。_{写大虫入圈，亦不是一笔妙。}两个撺着钢叉向前来。那大虫见了人来，带着箭便走。_{第一句是"滚"，第二句是"走"，第三句方是入圈里去，妙。}两个追将向前去，不到半山里时，药力透来，那大虫当不住，吼了一声，骨渌渌滚将下山去了。_{上得虎不作一笔，此失虎亦不作一笔，可见文无大小，皆无浪笔。}

解宝道："好了！我认得这山是毛太公_{姓便不佳。○今日此族最盛。}庄后园里，我和你下去他家取讨大虫。"当时弟兄两个提了钢叉，_{细。}径下山来，投毛太公庄上敲门，此时方才天明。两个敲开庄门入去，庄客报与太公知道。多时，_{事不佳矣。}毛太公出来。解珍、解宝放

下钢叉，^{细。}声了喏，说道："伯伯，多时不见，今日特来拜扰。"毛太公道："贤侄，如何来得这等早？有甚话说？"解珍道："无事不敢惊动伯伯睡寝。如今小侄因为官司委了甘限文书，要捕获大虫，一连等了三日；今早五更射得一个，不想从后山滚下在伯伯园里。望烦借一路，取大虫则个。"毛太公道："不妨。^{二字是口头便语，而小人之奸猾者，尤说之最熟。}既是落在我园里，二位且少坐。敢是肚饥了？吃些早饭去取。"^{可见早饭不可乱吃。}叫庄客且去安排早膳来相待。当时劝二位吃了酒饭。^{又多时。}解珍、解宝起身谢道："感承伯伯厚意，望烦引去取大虫还小侄。"毛太公道："既是在我庄后，却怕怎地？且坐吃茶，^{吃饭后又吃茶，皆极其那延。}却去取未迟。"解珍、解宝不敢相违，只得又坐下，庄客拿茶来教二位吃了。^{又多时。}

　　毛太公道："如今和贤侄去取大虫。"解珍、解宝道："深谢伯伯。"毛太公引了二人，入到庄后，方叫庄客把钥匙来开门，^{"入到庄后方叫"妙，便活写出老奸矣。}百般开不开。^{又多时。}毛太公道："这园多时不曾有人来开，敢是锁镳锈了，^{活写老奸。○只合应云"不是"。}因此开不得？去取铁锤来，打开了罢。"庄客身边取出铁锤，^{钥匙便到了方讨，铁锤便身边取出，皆极力写出老奸败笔。}打开了锁，众人都入园里去看时，遍山边去看寻不见。毛太公道："贤侄，你两个莫不错看了，认不仔细？敢不曾落在我园里？"^{看他一路渐渐赖来。}解珍道："怎地得我两个错看了？

是这里生长的人，如何不认得？"毛太公道："你自寻便了，有时自抬去。"上犹作通长商量语，此渐作白眼冷看语矣。毛口毛舌，真是写来如画。解宝道："哥哥，你且来看。如画。这里一带草，滚得平平地都倒了，一证又有血路在上头，二证。○看此二句，便知二解不是无端来赖毛家，且令下文苦要还虎，便更无商量也。如何说不在这里？必是伯伯家庄客抬了过了。"先指庄客，后斥太公，讨虎亦不作一笔。

毛、解争虎，一声一口，是一篇绝妙小文字。

毛太公道："你休这等说。我家庄上的人如何得知有大虫在园里，便又抬得过？你也须看见方才当面敲开锁来，看他说得极干净，便如活画。和你两个一同入园里来寻。你如何这般说话！"解珍道："伯伯，你须还我这个大虫去解官。"上犹云"庄客抬过"，此竟云"你须还我"，其辞渐迫。毛太公道："你这两个好无道理。我好意请你吃酒饭，酒饭便作话本。老奸可畏可丑，每每如此。你颠倒赖我大虫！"解宝道："有甚么赖处！你家也见当里正，官府中也委了甘限文书，却没本事去捉，倒来就我见成。真是毒极。你倒将去请功，教我兄弟两个吃限棒！"真是毒极。毛太公道："你吃限棒，干我甚事！"老奸可畏，上犹赖，至此竟不复赖矣。解珍、解宝睁起眼来，便道："你敢教我搜一搜么？"毛太公道："我家比你家写老奸相凌之语，如画。各有内外！你看这两个叫化头不知教谁看，活画老奸声口。○句句明欺之。倒来无礼！"解宝抢近厅前，寻不见，心中火起，便在厅前打将起来。解珍也就厅前攀折栏杆，打将入去。毛太公叫道："解珍、解宝白昼抢劫！"看他只叫出八个字，而喝其名字喝其罪状，字无虚发，活画老奸。

　　那两个打碎了厅前椅桌，见庄上都有准备，两个便拔步出门，指着庄上骂道："你赖我大虫，和你官司里去理会！"那两个正骂之间，只见两三匹马投庄上来，引着一伙伴当。解珍认得是毛太公儿子毛仲义，^{虽姓毛，幸名义，疑尚可诉也。其又孰知虽锡嘉名，实承恶教，父子不义，同恶相济也哉！甚矣！名之不足以定人，而仁义忠信，徒欺我也。○名之佳者莫如霍去病、辛弃疾、晁无咎、张无垢，皆以改过自勉，其他以好字立名者，我见其人矣！}接着说道："你家庄上庄客，^{仍旧托辞庄客，写二解未尝无礼。}捉过了我大虫，你爹不讨还我，颠倒要打我弟兄两个。"毛仲义道："这厮村人不省事，我父亲必是被他们瞒过了。你两个不要发怒，随我到家里，^{宛然留吃早饭，铁锤打锁教法。}讨还你便了。"解珍、解宝谢了毛仲义，叫开庄门，教他两个进去。待得解珍、解宝入得门来，^{疾。}便叫关上庄门，^{疾。}喝一声："下手！"^{疾。}两廊下走出二三十个庄客，并恰才马后带来的都是做公的。^{疾。}那兄弟两个措手不及，众人一发上，把解珍、解宝绑了。^{疾。○有是父，有是子。}毛仲义道："我家昨夜自射得一个大虫，^{看他说。}如何来白赖我的！乘势抢掳我家财，打碎家中什物，当得何罪？解上本州，也与本州除了一害！"原来毛仲义五更时，先把大虫解上州里去了，却带了若干做公的来捉解珍、解宝。不想他这两个不识局面，正中了他的计策，^{注一通，此又一文法也。}分说不得。

　　毛太公教把他两个使的钢叉^{一。}做一包赃物，^{二。○赃物上写"做"字，令人失笑。}扛抬了许多打碎的家火什物，^{三。}将解珍、解宝剥得赤条条地，背剪绑了，解上州里来。本州有个六案孔目，姓王名正，^{又是一个好名字人。}却是毛太公的女婿，^{村中既有毛男，州里又有毛女，毛头毛脑既多，而毛手毛脚，遂不可当矣。○此篇写得因亲及亲，如此句，亦是先衬一笔也。}已自先去知府面前禀说了，才把解珍、解宝押到厅前，不由分说，捆翻便打，定要他两个招做混赖大虫，各执钢叉，因而抢掳财物。解珍、解宝吃拷不过，只得依他招了。知府

教取两面二十五斤的重枷来枷了，钉下大牢里去。毛太公、毛仲义自回庄上商议道："这两个男女却放他不得！不若一发结果了他，免致后患。"当时子父二人自来州里，分付孔目王正："与我一发斩草除根，了此一案，我这里自行与知府透打关节。"

却说解珍、解宝押到死囚牢里，引至亭心上来，^{亭心一见。}见这个节级。为头的那人姓包名吉，^{又是一个好名字人。○极贪鄙人却名"义"，极奸邪人却名"正"，极凶恶人却名"吉"，可叹可笑。}已自得了毛太公银两，并听信王孔目之言，教对付他两个性命，便来亭心里坐下。^{亭心。}小牢子对他两个说道："快过来跪在亭子前！"^{看他特地将亭子写一番。}包节级喝道："你两个便是甚么两头蛇、双尾蝎，是么？"解珍道："虽然别人叫小人们这等混名，实不曾陷害良善。"^{其语隐然相刺，亦真有两头蛇、双尾蝎之能。}包节级喝道："你这两个畜生！今番我手里，教你两头蛇做一头蛇，双尾蝎做单尾蝎！且与我押入大牢里去。"那一个小牢子把他两个带在牢里来，见没人，那小节级便道："你两个认得我么？我是你哥哥的妻舅。"^{遥遥贤亲，凭空而坠。}解珍道："我只亲弟兄两个，别无那个哥哥。"^{故作一折，文澜横溢。○一哥哥不肯认，下却弯环枝蔓，牵出无数亲戚，又是一样文情。}那小牢子道："你两个须是孙提辖的兄弟？"^{且置妻舅而辨哥哥，声声如话。}解珍道："孙提辖是我姑舅哥哥，^{第一句认哥哥。}我却不曾与你相会。^{第二句不认哥哥妻舅。}足下莫非是乐和舅？"^{第三句又忽然想出，声}

^{解、乐认亲，一声一口，是一篇绝妙小文字。}

那小节级道：（声如语。）"正是。我姓乐名和，祖贯茅州人氏。先祖挈家到此，将姐姐嫁与孙提辖为妻。我自在此州里勾当，做小牢子。人见我唱得好，都叫我做'铁叫子'乐和。姐夫见我好武艺，也教我学了几路枪法在身。"原来这乐和是一个聪明伶俐的人，诸般乐品学着便会，作事道头知尾，说起枪棒武艺，如糖似蜜价爱。（好乐和。）为见解珍、解宝是个好汉，有心要救他，只是单丝不线，孤掌难鸣，只报得他一个信（"只报一个信"句，与下"只央寄个信"句，闲中穿应，甚好。）乐和说道："好教你两个得知：如今包节级得受了毛太公钱财，必然要害你两个性命。你两个却是怎生好？"解珍道："你不说起孙提辖则休，你既说起他来，只央你寄一个信。"（真是行到水穷，坐看云起，而所起之云，又止肤寸，不图后文冉冉而兴，腾龙降雨，作此奇观也。）乐和道："你却教我寄信与谁？"解珍道："我有个姐姐，（乐和说你有个哥哥，解珍却云"我有个姐姐"，东穿西透，绝世文情。）是我爷面上的，（乐和所说哥哥，娘面上来。解珍所说姐姐，爷面上出。东穿西透，绝世文情。）却与孙提辖兄弟为妻，（乐和算来是孙提辖妻舅，二解算来又是孙提辖妻舅，东穿西透，绝世文情。○上文先云父母双亡，不谓父面上却寻出如此一派亲眷，真正绝世奇文）见在东门外十里牌住。他是我姑娘的女儿，叫做'母大虫'顾大嫂，开张酒店，家里又杀牛开赌。我那姐姐有三二十人近他不得，姐夫孙新这等本事也输与他。（此本赞姐姐语，却连姐夫都赞出来，妙笔。○又似戏语，乐和妙人，定曾失笑。）只有那个姐姐和我弟兄两个最好。孙新、孙立的姑娘却是我母亲，以此他两个又是我姑舅哥哥。（上云孙提辖是我姑舅哥哥，此又云顾大嫂是我爷面上姐姐，诚恐读者疑姑舅亦是爷面上）

（亲上叙亲，极繁曲处偏清出如画，史公列传多有之，须留眼细读，始尽其妙，无以小文而忽之也。）

亲，便令妙文塞断，央烦得你暗暗地寄个信与他，把我的事说知，姐故特特又自注一句。姐必然自来救我。"乐和听罢，分付说："贤亲，你两个且宽心着。"先去藏些烧饼肉食，来牢里开了门，把与解珍、解宝吃了，推了事故，锁了牢门，教别个小节级看守了门，一径奔到东门外，望十里牌来。

早望见一个酒店，门前悬挂着牛羊等肉，后面屋下，一簇人在那里赌博。如画。乐和见酒店里一个妇人坐在柜上，心知便是顾大嫂，走向前唱个喏，道："此间姓孙么？"顾大嫂慌忙答道："便是。足下却要沽酒，却要买肉？如要赌钱，后面请坐。"接连三句，遂令乐之乐和道："小人便是孙提辖妻弟乐和的便是。"来，真乃甚风吹到。顾大嫂笑道："原来却是乐和舅，可知尊颜和姆姆一般模样。此句不惟为乐大娘子作引，亦妙且请里面拜茶。"乐和跟进里面，客位里坐写出乐和人物标致也。下。顾大嫂便动问道："闻知得舅舅在州里勾当，家下穷忙少闲，不曾相会。是亲戚今日甚风吹得到此？"乐和答道："小人无中语事，也不敢来相恼。今日厅上偶然发下两个罪人进来，虽不曾相会，是亲戚多闻他的大名。一个是两头蛇解珍，一个是双尾蝎解中语宝。"顾大嫂道："这两个是我的兄弟，不知因甚罪犯，下在牢里？"乐和道："他两个因射得一个大虫，被本乡一个财主毛太公赖了，又把他两个强扭做贼，抢掳家财，解入州里来。他又上上下下都使了钱物，早晚间要教包节级牢里做翻他两个，结果了性命。小人路见不平，独力难救。只想一者占亲，二乃义气为重，特地与他通个消息。他说道，只除是姐姐便救得他。若不早早用心着力，难以救拔。"顾大嫂听罢，一片声叫起苦来，一篇写顾大嫂，全用不着"窈便叫火家："快去寻得二哥家来说话。"这几个窕淑女"四字。

火家去不多时，寻得孙新归来，与乐和相见。

原来这孙新，祖是琼州人氏，军官子孙，因调来登州驻扎，弟兄就此为家。孙新生得身长力壮，全学得他哥哥的本事，使得几路好鞭枪。因此，人多把他弟兄两个比尉迟恭，叫他做"小尉迟"。^{连哥说弟。}顾大嫂把上件事对孙新说了，孙新道："既然如此，教舅舅先回去。他两个已下在牢里，全望舅舅看觑则个。我夫妻商量个长便道理，却径来相投。"乐和道："但有用着小人处，尽可出力向前。"顾大嫂置酒相待已了，将出一包碎银，付与乐和道："烦舅舅将去牢里散与众人并小牢子们，好生周全他两个弟兄。"乐和谢了，收了银两，自回牢里来替他使用，不在话下。

且说顾大嫂和孙新商议道："你有甚么道理，救我两个兄弟？"孙新道："毛太公那厮，有钱有势，他防你两个兄弟出来，须不肯干休，定要做翻了他两个，似此必然死在他手。若不去劫牢，别样也救他不得。"顾大嫂道："我和你今夜便去。"^{"我和你"妙，"今夜便去"妙，真乃目无难事。○亦可号之为"母旋风"，意思实与李逵无二。}孙新笑道："你好粗卤！我和你也要算个长便，劫了牢，也要个去向。若不得我那哥哥^{乐和本说哥哥，解珍忽说姐姐；乐和寻着姐姐，孙新仍挽到哥哥。笔笔盘旋，处处跌打，妙绝妙绝。}和这两个人时，^{又于许多亲戚外，添出两个人。}行不得这件事。"顾大嫂道："这两个是谁？"孙新道："便是那叔侄两个最好赌的邹渊、邹闰，^{十五字一句，便如两人在纸背踢跳而出。}如今见在登云山台峪里聚众打劫。他和我最好，若得他两个相帮，此事便成。"顾大嫂道："登云山离这里不远，你可连夜去请他叔侄两个来商议。"孙新道："我如今便去。你可收拾了酒食肴馔，我去定请得来。"

顾大嫂分付火家宰了一口猪，铺下数盘果品按酒，排下桌子。天色黄昏时候，只见孙新引了两筹好汉归来。那个为头的姓邹名渊，原是莱州人氏，自小最好赌钱，闲汉出身，为人忠良慷慨，更兼一身好武艺，性气高强，不肯容人，江湖上唤他绰号"出林龙"。^{写出好汉。}第二个好汉，名唤邹闰，是他侄儿，年纪与叔叔仿佛，二人争差不多，身材长大，天生一等异相，脑后一个肉瘤，往常但和人争闹，性起来，一头撞去。忽然一日，一头撞折了涧边一株松树，看的人都惊呆了，因此都唤他做"独角龙"。^{写出好汉。}当时顾大嫂见了，请入后面屋下坐地，却把上件事告诉与他。次后商量劫牢一节，邹渊道："我那里虽有八九十人，只有二十来个心腹的。明日干了这件事，便是这里安身不得了。我却有个去处，我也有心要去多时，只不知你夫妇二人肯去么？"顾大嫂道："遮莫甚么去处，都随你去，只要救了我两个兄弟。"^{写顾大嫂何等肝肠。}邹渊道："如今梁山泊十分兴旺，宋公明大肯招贤纳士。他手下见有我的三个相识在彼，一个是锦豹子杨林，^{已被祝家捉去。}一个是火眼狻猊邓飞，^{亦已被祝家捉去。}一个是石将军石勇，^{此在山泊边开店。○先一映出。}都在那里入伙了多时。我们救了你两个兄弟，都一发上梁山泊，投奔入伙去如何？"顾大嫂道："最好。有一个不去的，我便乱枪戳死他！"^{写顾大嫂，活是黑旋风。}邹闰道："还有一件：我们倘或得了人，诚恐登州有些军马追来，如之奈何？"

孙新道："我的亲哥哥见做本州兵马提辖。如今登州只有他一个了得，^{得此一语后便省手。}几番草寇临城，都是他杀散了，到处闻名。^{不惟表出孙立本事，亦遂为对调张本也。}我明日自去请他来，要他依允便了。"邹渊道："只怕他不肯落草。"孙新说道："我自有良法。"当夜吃了半

夜酒，歇到天明，留下两个好汉在家里，却使一个火家带领了一两个人，推一辆车子，"快去城中营里，请我哥哥孙提辖并嫂嫂乐大娘子，说道：'家中大嫂害病沉重，便烦来家看觑。'"顾大嫂又分付火家道："只说我病重临危，有几句紧要的话，须是便来，只有一番相见嘱付。"<small>大虫口中又能作此情语，奇妙无比。〇我年虽幼，而眷属凋伤独为至多，骤读此言，不觉泪下。</small>火家推车儿去了。孙新专在门前伺候，等接哥哥。

饭罢时分，远远望见车儿来了，<small>远望如画。</small>载着乐大娘子，<small>近睹如画。</small>背后孙提辖骑着马，十数个军汉跟着，<small>远望是车，车上是乐大娘子，乐大娘子背后是孙提辖，孙提辖背后是军汉。写得一行如画。〇非画来人，画望来人者也。</small>望十里牌来。孙新入去报与顾大嫂得知，说："哥嫂来了。"顾大嫂分付道："只依我如此行。"孙新出来，接见哥嫂。且请嫂嫂下了车儿，同到房里看视弟媳妇病症。孙提辖下了马，入门来，端的好条大汉。淡黄面皮，<small>是"病"。</small>落腮胡须，<small>是"尉迟"。</small>八尺以上身材，<small>是"尉迟"。</small>姓孙名立，绰号"病尉迟"。射得硬弓，骑得劣马，使一管长枪，腕上悬一条虎眼竹节钢鞭，<small>是"尉迟"。</small>海边人见了望风便跌。<small>写出好汉。</small>当下病尉迟孙立下马来，进得门，便问道："兄弟，婶子害甚么病？"孙新答道："他害的症候甚是蹊跷，请哥哥到里面说话。"孙立便入来。

孙新分付火家着这伙跟马的军士去对门店里吃酒。<small>精细。</small>便教火家牵过马，请孙立入到里面来坐下。良久，孙新道："请哥哥嫂嫂去房里看病。"孙立同乐大娘子入进房里，见没有病人。孙立问道："婶子病在那里房内？"只见外面走入顾大嫂来；邹渊、邹闰跟在背后。<small>写得奇绝。</small>孙立道："婶子，你正是害甚么病？"顾大嫂道："伯伯拜了。<small>万福一句，亦与寻常妇人不同。</small>我害些救兄弟的病。"<small>四百四病中未闻有此症，笔势踢跳之极。</small>孙立道："却又作怪，救甚么兄弟？"顾大嫂道："伯

<small>897</small>

伯，你不要推聋妆哑，_{口未开，便责之，活是黑旋风意思。}你在城中，岂不知道他两个_{不出姓名妙绝。}是我兄弟，偏不是你的兄弟！"_{上文两番叙亲，至此一句忽合，绝世文情。}孙立道："我并不知因由，是那两个兄弟？"_{照上不出姓名句。}顾大嫂道："伯伯在上。今日事急，_{绝妙，大嫂字字读之快。}只得直言拜禀。这解珍、解宝被登云山下毛太公与同王孔目设计陷害，早晚要谋他两个性命。我如今和这两个好汉商量已定，要去城中劫牢，救出他两个兄弟，都投梁山泊入伙去。恐怕明日事发，先负累伯伯，因此我只推患病，请伯伯姆姆到此，说个长便。若是伯伯不肯去时，我们自去上梁山泊去了。如今天下有甚分晓，走了的到没事，见在的便吃官司！常言道：'近火先焦。'伯伯便替我们吃官司坐牢，那时又没人送饭来救你，伯伯尊意若何？"孙立道："我却是登州的军官，怎地敢做这等事？"顾大嫂道："既是伯伯不肯，我今日便和伯伯并个你死我活！"_{绝妙大嫂，佩服其言，可以愈疟。}顾大嫂身边便掣出两把刀来，_{如火。}邹渊、邹闰各拔出短刀在手。_{如火。}

孙立叫道："婶子且住！_{写伯伯叫，衬出婶姆凶来。}休要急速，待我从长计较，慢慢地商量。"乐大娘子惊得半晌做声不得。_{闲笔能到。}顾大嫂又道："既是伯伯不肯去时，即便先送姆姆前行，我们自去下手。"孙立道："虽要如此行时，也待我归家去收拾包裹行李，看个虚实，方可行事。"顾大嫂道："伯伯，你的乐阿舅透风与我们了，_{又牵出他内亲，一时妙口妙手。}一就去劫牢，一就去取行李不迟。"孙立叹了一口气，说道："你众人既是如此行了，我怎地推却得？终不成日后倒要替你们吃官司！罢、罢、罢！都做一处商议了行！"先叫邹渊去登云山寨里收拾起财物、马匹，_{马匹重。}带了那二十个心腹的人来店里取齐，邹渊去了。又使孙新入城里来问乐和讨信，

就约会了，暗通消息解珍、解宝得知。

次日，登云山寨里邹渊收拾金银已了，自和那起人到来相助，孙新家里也有七八个知心腹的火家并孙立带来的十数个军汉，共有四十余人。孙新宰了两个猪，一腔羊，众人尽吃了一饱。顾大嫂贴肉藏了尖刀，扮做个送饭的妇人先去。〔绝妙大嫂，只"先去"二字，活是黑旋风意思。〕孙新跟着孙立，〔弟跟兄。〕邹渊领了邹闰，〔叔领侄。〇两句只十二字，又用一颠一倒，笔端乃妙之极。〕各带了火家，分作两路入去。〔线索清出。〕

却说登州府牢里包节级得了毛太公钱物，只要陷害解珍、解宝的性命。当日，乐和拿着水火棍，正立在牢门里狮子口边。只听得拽铃子响，乐和道："甚么人？"顾大嫂应道："送饭的妇人。"乐和已自瞧科了，便来开门，放顾大嫂入来，再关了门，将过廊下去。包节级正在亭心里，〔亭心再见。〕看见便喝道："这妇人是甚么人，敢进牢里来送饭？自古狱不通风！"乐和道："这是解珍、解宝的姐姐，自来送饭。"包节级喝道："休要教他入去！你们自与他送进去便了。"〔又作一勒。〕乐和讨了饭，却来开了牢门，〔开了牢门。〕把与他两个。解珍、解宝问道："舅舅，夜来所言的事如何？"〔补出夜来暗约。〕乐和道："你姐姐入来了，只等前后相应。"乐和便把匣床与他两个开了。〔开了匣床。〕

只听的小牢子入来报道："孙提辖敲门要走入来。"包节级道："他自是营官，来我牢里有何事干？休要开门。"〔又作一勒。〕顾大嫂一蹾，蹾下亭心边去。〔疾甚！〇亭心。〕外面又叫道："孙提辖焦躁了打门。"包节级忿怒，便下亭心来。〔亭心。〕顾大嫂大叫一声："我的兄弟在那里？"〔其势极凶，其声极痛，令我吓，又令我酸。〕身边便掣出两把明晃晃尖刀来。包节级见不是头，望亭心外便走。〔亭心。〕解珍、解宝提起枷，

从牢眼里钻将出来，^{疾甚。}正迎着包节级。包节级措手不及，被解宝一枷梢打去，把脑盖劈得粉碎。^{包完。}当时顾大嫂手起，早戳翻了三五个小牢子，一齐发喊，从牢里打将出来。孙立、孙新两个把住牢门，见四个从牢里出来，一发望州衙前便走。^{想见其夜来定计，写得疾甚。}邹渊、邹闰早从州衙里提出王孔目头来。^{王正完，又疾甚。○只勤叙一边，一边只一句便足。}一行人大喊，步行者在前，孙提辖骑着马，弯着弓，搭着箭，压在后面。^{写得如火如锦。}街上人家都关上门，不敢出来。^{又衬一句。}一州里做公的人认得是孙提辖，谁敢向前拦当？^{又衬一句。}众人簇拥着孙立，奔出城门去，一直望十里牌来，扶挽乐大娘子上了车儿。^{"扶挽"二字，人知写出闺房之秀，不知正反衬女中大虫也。}顾大嫂上了马，帮着便行。^{妯娌绝倒。}

解珍、解宝对众人道："叵耐毛太公老贼冤家，如何不报了去！"^{是。○论事不报不快，论文不报不完。}孙立道："说得是。"便令兄弟孙新与舅舅乐和，先护持车儿前行着，^{是。}"我们随后赶来。"孙新、乐和簇拥着车儿，先行去了。孙立引着解珍、解宝、邹渊、邹闰并火家伴当一径奔毛太公庄上来。正值毛仲义与太公在庄上庆寿饮酒，^{"庆寿"妙绝，随手成趣。}却不堤备。一伙好汉呐声喊，杀将入去，就把毛太公、毛仲义并一门老小尽皆杀了，不留一个。^{毛太公、毛仲义完。○可谓杀得精光。}去卧房里搜简得十数包金银财宝，后院里牵得七八匹好马，^{马匹重。}把四匹捎带驮载。解珍、解宝拣几件好的衣服穿了，^{换去囚服甚细。}将庄院一把火齐放起烧了。各人上马，带了一行人，赶不到三十里路，早赶上车仗人马，一处上路行程。于路庄户人家又夺得三五匹好马，^{马匹重。}一行星夜奔上梁山泊去。不一二日，来到石勇酒店里。

那邹渊与他相见了，问起杨林、邓飞二人。石勇说起："宋

公明去打祝家庄，二人都跟去，两次失利。听得报来说，杨林、邓飞俱被陷在那里，不知如何。备闻祝家庄三子豪杰，又有教师铁棒栾廷玉相助，千丈游丝忽然飘到。因此二次打不破那庄。"孙立听罢，大笑道："我等众人来投大寨入伙，正没半分功劳。献此一条计，去打破祝家庄，为进身之报，如何？"石勇大喜道："愿闻良策。"孙立道："栾廷玉和我是一个师父教的武艺。我学的枪刀，他也知道。他学的武艺，我也尽知。我们今日只做登州对调来郓州守把经过，来此相望，他必然出来迎接。我们进身入去，里应外合，必成大事。此计如何？"正与石勇说计未了，只见小校报道："吴学究下山来，前往祝家庄救应去。"斗笋都紧簇。石勇听得，便叫小校快去报知军师，请来这里相见。

说犹未了，已有军马来到店前，乃是吕方、郭盛并阮氏三雄，随后军师吴用带领五百人马到来。石勇接入店内，引着这一行人都相见了，备说投托入伙，献计一节。吴用听了大喜，说道："既然众位好汉肯作成山寨，且休上山，便烦疾往祝家庄行此一事，成全这段功劳，如何？"孙立等众人皆喜，一齐都依允了。吴用道："小生如今人马先去，众位好汉随后一发便来。"

吴学究商议已了，先来宋江寨中。见宋公明眉头不展，面带忧容，吴用置酒与宋江解闷，备说起："石勇、杨林、邓飞三个的一起相识是登州兵马提辖病尉迟孙立，和这祝家庄教师栾廷玉是一个师父教的。今来共有八人，投托大寨入伙，特献这条计策，以为进身之报。今已计较定了，里应外合，如此行事，随后便来参见兄长。"宋江听说罢，大喜，把愁闷都撇在九霄云外。忙叫寨内置酒，安排筵席，等来相待。

却说孙立教自己的伴当人等，跟着车仗人马投一处歇下，只带了解珍、解宝、邹渊、邹闰、孙新、顾大嫂、乐和，共是八人，来参宋江。都讲礼已毕，宋江置酒设席管待，不在话下。吴学究暗传号令与众人，教第三日如此行，第五日如此行。分付已了，孙立等众人领了计策，一行人自来和车仗人马投祝家庄进身行事。再说吴学究道："启动戴院长到山寨里走一遭，快与我取将这四个头领来，又奇。○跨节生枝，又一住法。我自有用他处。"不是教戴宗连夜来取这四个人来，有分教：水泊重添新羽翼，山庄无复旧衣冠。毕竟吴学究取那四个人来，且听下回分解。

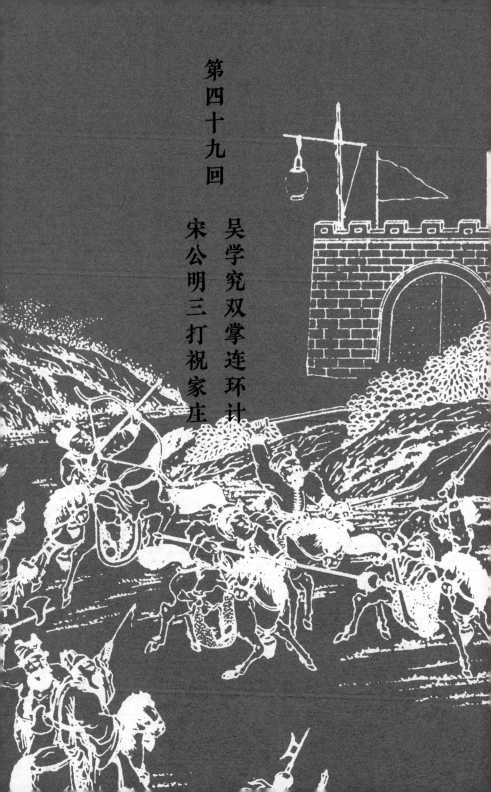

第四十九回　吴学究双掌连环计　宋公明三打祝家庄

吴学究
双掌连
环计

　　三打祝家，变出三样奇格，知其才大如海，而我之所尤为叹赏者，如写栾廷玉竟无下落。呜呼，岂不怪哉！夫开庄门，放吊桥，三祝一栾一齐出马，明明在纸，我得而读之也，如之何三祝有杀之人，廷玉无死之地，从此一别，杳然无迹，而仅据宋江一声叹惜，遂必断之为死也？吾闻昔者英雄，知可为则为之，知不可为则瞥然飏去。譬如鹰隼击物不中，而高飞远引深自灭迹者，如是等辈往往而有，即又恶知廷玉之不出此？如是则廷玉当亦未死。然吾观扈成得脱，终成大将，名在中兴，不可灭没，彼岂真出廷玉上哉！而显著若此，彼廷玉非终贫贱者，而独不为更出一笔，然则其死是役，信无疑也。所可异者，独为当日宋江之军，林冲、李俊、阮二在东，花荣、张横、张顺在西，穆弘、杨雄、李逵在南，而廷玉当先出马，乃独冲走正北。夫不取有将之三面，而独取无将之一面，存此一句之疑，诚不能无未死之议。然吾独谓三鼓一炮之际，四马势如蝎虎，使此时廷玉早有所见，力犹可以疾按三祝全军不动，其如之何而仅以身遁，计出至下乎？此又其必死之明验也。曰：然则独走正北无将之一面者，何也？曰：正北非无将之面也。宋江军马四面齐起，而不书正北，当是为廷玉讳也。盖为书之则必详之，详之而廷玉刀不缺，枪不折，鼓不衰，箭不竭，即廷玉不至于死。廷玉而终亦至于必死，则其刀缺、枪折、鼓衰、箭竭之状，有不可言者矣。《春秋》为贤者讳，故缺之而不书也。曰：其并不书正北领军头领之名，何也？曰：为杀廷玉则恶之也。呜呼，一栾廷玉死，而用笔之难至于如此，谁谓稗史易作，稗史易读乎耶？

　　史进寻王教头，到底寻不见，吾读之胸前弥月不快。又见张

青店中麻杀一头陀，竟不知何人，吾又胸前弥月不快。至此忽然又失一栾廷玉下落，吾胸前又将不快弥月也。岂不知耐庵专故作此鹘突之笔，以使人气闷。然我今日若使看破寓言，更不气闷，便是辜负耐庵，故不忍出此也。

第二连环计，何其轻便简净之极！三打祝家一篇累坠文字后，不可无此捷如风、明如玉之笔以挥洒之。

话说当时军师吴用启烦戴宗道："贤弟可与我回山寨去，取铁面孔目裴宣、圣手书生萧让、通臂猿侯健、玉臂匠金大圣。〔玄之又玄，几乎玄杀。〕可教此四人带了如此行头，连夜下山来，我自有用他处。"戴宗去了。

只见寨外军士来报，西村扈家庄上扈成牵牛担酒，特来求见。宋江叫请入来。扈成来到中军帐前，再拜恳告道："小妹一时粗卤年幼，不省人事，误犯威颜。今者被擒，望乞将军宽恕。奈缘小妹原许祝家庄上，前者不合奋一时之勇，陷于缧绁。如蒙将军饶放，但用之物，当依命拜奉。"宋江道："且请坐说话。祝家庄那厮，好生无礼，平白欺负俺山寨，因此行兵报仇，须与你扈家无冤。只是令妹引人捉了我王矮虎，因此还礼，拿了令妹。你把王矮虎放回还我，我便把令妹还你。"扈成答道："不期已被祝家庄拿了这个好汉去。"吴学究便道："我这王矮虎今在何处？"扈成道："如今拘锁在祝家庄上，小人怎敢去取？"宋江道："你不去取得王矮虎来还我，如何能够得你令妹回去？"吴学究道："兄长休如此说。〔忽然接来一按按住，遂令祝家西臂亦断，妙绝。〕只依小生一言，今后早晚祝家庄上但有些响亮，你的庄上切不可令人来救

护。倘或祝家庄上有人投奔你处，你可就缚在彼。若是捉下得人时，那时送还令妹到贵庄。只是如今不在本寨，前日已使人送在山寨，奉养在宋太公处。你且放心回去，我这里自有个道理。"扈成道："今番断然不敢去救应他。若是他庄上果有人来投我时，定缚来奉献将军麾下。"^{西臂已断，写得决绝。}宋江道："你若是如此，便强似送我金帛。"扈成拜谢了去。

　　孙立便把旗号上改换作"登州兵马提辖孙立"，领了一行人马，都来到祝家庄后门前。^{好。}庄上墙里，望见是登州旗号，报入庄里去。栾廷玉听得是登州孙提辖到来相望，说与祝氏三杰道："这孙提辖是我弟兄，自幼与他同师学艺。今日不知如何到此？"带了二十余人马，开了庄门，放下吊桥，^{开庄门，放吊桥。○此回勤写庄门吊桥，以为一篇节目。}出来迎接。孙立一行人都下了马。众人讲礼已罢，栾廷玉问道："贤弟在登州守把，如何到此？"孙立答道："总兵府行下文书，对调我来此间郓州守把城池，堤防梁山泊强寇。便道经过，闻知仁兄在此祝家庄，特来相探。本待从前门来，因见村口庄前俱屯下许多军马，^{是远来不知头路语。}不好冲突，特地寻觅村里，从小路问到庄后，入来拜望仁兄。"栾廷玉道："便是这几时连日与梁山泊强寇厮杀，已拿得他几个头领在庄里了。只要捉了宋江贼首，一并解官。天幸今得贤弟来此间镇守，正如锦上添花，旱苗得雨。"孙立笑道："小弟不才，且看相助捉拿这厮们，成全兄长之功。"栾廷玉大喜，当下都引一行人进庄里来，再拽起了吊桥，关上了庄门。^{拽吊桥，关庄门。}孙立一行人安顿车仗人马，更换衣裳，都在前厅来相见祝朝奉，与祝龙、祝虎、祝彪三杰都相见了，一家儿都在厅前相接。栾廷玉引孙立等上到厅上相见。讲礼已罢，

便对祝朝奉说道："我这个贤弟孙立，绰号'病尉迟'，任登州兵马提辖。今奉总兵府对调他来镇守此间郓州。"祝朝奉道："老夫亦是治下。"孙立道："卑小之职，何足道哉。早晚也要望朝奉提携指教。"祝氏三杰相请众位尊坐。孙立动问道："连日相杀，征阵劳神。"祝龙答道："也未见胜败。众位尊兄鞍马劳神不易。"孙立便叫顾大嫂引了乐大娘子，叔伯姆两个去后堂拜见宅眷。^{好。}唤过孙新、解珍、解宝参见了，说道："这三个是我兄弟。"^{好。}指着乐和便道："这位是此间郓州差来取的公吏。"^{好。}指着邹渊、邹闰道："这两个是登州送来的军官。"^{好。}祝朝奉并三子虽是聪明，却见他又有老小^{一。}并许多行李车仗人马，^{二。}又是栾廷玉教师的兄弟，^{三。}那里有疑心？只顾杀牛宰马，做筵席管待众人饮酒。

过了一两日，到第三日，^{提动。}庄兵报道："宋江又调军马杀奔庄上来了！"祝彪道：^{第一日，只写祝彪出庄。}"我自去上马拿此贼！"便出庄门，放下吊桥，^{出庄门，放吊桥。}引一百余骑马军杀将出来。早迎见一彪军马，约有五百来人。当先拥出那个头领，弯弓插箭，拍马轮枪，乃是小李广花荣。祝彪见了，跃马挺枪，向前来斗。花荣也纵马来战祝彪。两个在独龙冈前约斗了十数合，不分胜败。花荣卖个破绽，拨回马便走。^{"卖个破绽，拨马便走"，当如此日将令，原只要如此，俗本自增"引他赶来"四字，失之千里。}祝彪正待要纵马追去，背后有认得的，说道："将军休要去赶，恐防暗器，此人深好弓箭。"祝彪听罢，便勒转马来不赶，领回人马，投庄上来，拽起吊桥。^{投庄上，拽吊桥。}看花荣时，已引军马回去了。^{可知将令。}祝彪直到厅前下马，进后堂来饮酒。孙立动问道："小将军，今日拿得甚贼？"祝彪道："这厮们伙里有个甚么小李广

花荣，枪法好生了得。斗了五十余合，那厮走了。我却待要赶去追他，军人们道，那厮好弓箭，因此各自收兵回来。"孙立道："来日看小弟不才，拿他几个。"当日筵席上叫乐和唱曲，^{闲中点笔。}众人皆喜。至晚席散，又歇了一夜。

到第四日午牌，^{提动。}忽有庄兵报道："宋江军马又来在庄前了！"堂下祝龙、祝虎、祝彪三子都披挂了，出到庄前门外。^{第二日，写三祝出庄。○出庄门。}远远地听得鸣锣擂鼓，呐喊摇旗，对面早摆下阵势。这里祝朝奉坐在庄门上，左边栾廷玉，右边孙提辖，祝家三杰并孙立带来的许多人伴，都摆在门边。早见宋江阵上豹子头林冲高声叫骂。祝龙焦躁，^{先祝龙。}喝叫放下吊桥，^{放吊桥。}绰枪上马，引一二百人马，大喊一声，直奔林冲阵上。庄门下擂起鼓来，两边各把弓弩射住阵脚。林冲挺起丈八蛇矛，和祝龙交战，连斗到三十余合，不分胜败。两边鸣锣，各回了马。^{可知将令。}祝虎大怒，^{次祝虎。}提刀上马，跑到阵前，高声大叫："宋江决战！"说言未了，宋江阵上早有一将出马，乃是没遮拦穆弘来战祝虎。两个斗了三十余合，又没胜败。^{可知将令。}祝彪见了大怒，^{三祝彪。}便绰枪飞身上马，引二百余骑，奔到阵前。宋江队里病关索杨雄，一骑马，一条枪，飞抢出来战祝彪。孙立看见两队儿在阵前厮杀，心中忍耐不住，^{故意作此疑笔。}便唤孙新："取我的鞭枪来！就将我的衣甲、头盔、袍袄把来！"披挂了，牵过自己马来。这骑马，号"乌骓马"。^{是尉迟。○此句乃补写第四十八回"淡黄面皮"一段文。}备上鞍子，扣了三条肚带，腕上悬了虎眼钢鞭，绰枪上马。祝家庄上一声锣响，孙立出马在阵前。^{可知将令。}宋江阵上，林冲、穆弘、杨雄都勒住马，立于阵前。^{可知将令。}孙立早跑马出来，说道："看小可捉这厮们！"孙立把马兜

住，喝问道："你那贼兵阵上有好厮杀的，出来与我决战！"宋江阵内鸾铃响处，一骑马跑将出来。众人看时，乃是拼命三郎石秀来战孙立。两马相交，双枪并举，两个斗到五十合，孙立卖个破绽，让石秀一枪搠入来，虚闪一个过，把石秀轻轻的从马上捉过来。直挟到庄前撇下，喝道："把来缚了！"^{只如戏事。}祝家三子把宋江军马一搅，都赶散了。^{一赶便散，可知将令。}

三子收军，回到门楼下，见了孙立，众皆拱手钦伏。孙立便问道："共是捉得几个贼人？"祝朝奉道："起初先捉得一个时迁，次后拿得一个细作杨林，又捉得一个黄信，扈家庄一丈青捉得一个王矮虎。阵上拿得两个秦明、邓飞。今番将军又捉得这个石秀，这厮正是烧了我店屋的。共是七个了。"孙立道："一个也不要坏他。^{妙，只如戏事。}快做七辆囚车装了，与些酒饭，将养身体，休教饿损了他，不好看。^{只如戏事，读之失笑。}他日拿了宋江，一并解上东京去，教天下传名说这个祝家庄三杰！"^{真会说，只如戏事。}祝朝奉谢道："多幸得提辖相助，想是这梁山泊当灭了。"邀请孙立到后堂筵宴。石秀自把囚车装了。

看官听说：石秀的武艺不低似孙立，要赚祝家庄人，故意教孙立捉了，使他庄上人一发信他。^{自注一遍。}孙立又暗暗地使邹渊、邹闰、乐和去后房里把门户都看了出入的路数。杨林、邓飞见了邹渊、邹闰，心中暗喜。乐和张看得没人，便透个消息与众人知了。顾大嫂与乐大娘子在里面，又看了房户出入的门径。^{将写第五日，却先详此数笔，甚妙。}

至第五日，^{提动。}孙立等众人都在庄上闲行。当日辰牌时候，早饭已后，只见庄兵报道："今日宋江分兵做四路，^{此处说分兵四路，}

下却只写三路，奇矣。又正少栾廷玉一路，更奇之奇也。盖其用笔之妙，都非世人所知矣。来打本庄！"孙立道："分十路待怎地！你手下人且不要慌，早作准备便了。先安排些挠钩套索，须要活捉，拿死的也不算！"妙。只如戏笔。○已捉者惟恐饿坏，未捉者又恐失手，处处丁宁详至。庄上人都披挂了。祝朝奉亲自率引着一班儿上门楼来看时，见正东上一彪人马，当先一个头领乃是豹子头林冲，背后便是李俊、阮小二，正东上，叙头领。约有五百以上人马。次叙人马。正西上又有五百来人马，正西上先叙人马。当先一个头领乃是小李广花荣，随背后是张横、张顺。次叙头领。正南门楼上望时，也有五百来人马，当先三个头领，乃是没遮拦穆弘、病关索杨雄、黑旋风李逵。正南上头领。总叙二段换三。四面都是兵马，战鼓齐鸣，喊声大举。栾廷玉听了道："今日这厮们厮杀，不可轻敌。我引了一队人马出后门，一个出去了。杀这正西北上的人马。"此一句便结果栾廷玉矣。不惟不知其如何杀死，亦并不知人马为谁也。祝龙道："我出前门，两个出去了。杀这正东上的人马。"祝虎道："我也出后门，三个出去了。杀那西南上的人马。"祝彪道："我自出前门，四个都出去了。捉宋江，是要紧的贼首。"祝朝奉大喜，都赏了酒。偏写细事。各人上马，尽带了三百余骑，奔出庄门。其余的都守庄院门楼前呐喊。此时，二字妙，又用一法提动。邹渊、邹闰已藏了大斧，只守在监门左侧。邹渊、邹闰在监侧。解珍、解宝藏了暗器，不离后门。解珍、解宝在后门。孙新、乐和已守定前门左右，孙新、乐和在前门。顾大嫂先拨军兵保护乐大娘子，妙。却自拿了两把双刀，在堂前趸，只听风声，便乃下手。顾大嫂在堂前。○已上一段，写人人磨擦，事事齐备。

　　且说祝家庄上擂了三通战鼓，放了一个炮，把前后门都开，前后庄门都开了。放下吊桥，放下吊桥了。一齐杀将来。都杀出去了。四路军兵出了门，四下里分投去厮杀。临后，二字妙，又用一法提动。孙立带了十数个军兵立在吊桥上。妙绝，如火如锦。门里孙新便把原带来的旗号插起在门楼上，妙绝，如火如

锦。○暗用拔帜立帜事。乐和便提着枪直唱将入来。妙绝，如火如锦。邹渊、邹闰听得乐和唱，便忽哨了几声，轮动大斧，早把守监门的庄兵砍翻了数十个，便开了陷车，放出七只大虫来，各各架上拔了枪。妙绝，如火如锦。一声喊起，顾大嫂掣出两把刀，妙绝，如火如锦。直奔入房里，把应有妇人，一刀一个尽都杀了。祝家门毕。祝朝奉见头势不好了，却待要投井时，早被石秀一刀剁翻，割了首级。祝朝奉毕。那十数个好汉分投来杀庄兵。后门头解珍、解宝便去马草堆里放起把火，黑焰冲天而起。妙绝，如火如锦。○已上一段写庄内伏兵拉杂四起。四路人马见庄上火起，并力向前。祝虎见庄里火起，先奔回来。祝虎从前门回来。孙立守在吊桥上，妙绝。大喝一声："你那厮那里去！"拦住吊桥。是以通篇勤写吊桥也。祝虎省口，便拨转马头，再奔宋江阵上来。这里吕方、郭盛两戟齐举，早把祝虎和人连马搠翻在地。众军乱上，剁做肉泥。祝虎毕。前军四散奔走，孙立、孙新迎接宋公明入庄。百忙中先定主将，真正奇笔，真正大笔。东路祝龙斗林冲不住，飞马望庄后而来。祝龙望后门回来。到得吊桥边，是以勤写吊桥也。见后门头解珍、解宝妙绝。把庄客的尸首一个个揎将下来火焰里。祝龙急回马，望北而走，猛然撞着黑旋风，踊身便到，轮动双斧，早砍翻马脚。祝龙措手不及，倒撞下来，被李逵只一斧，把头劈翻在地。祝龙毕。祝彪见庄兵走来报知，不敢回，直望扈家庄投奔，祝彪又变一法，却写得情势都活。被扈成叫庄客捉了，绑缚下。正解将来见宋江，恰好遇着李逵，只一斧，砍翻祝彪头来。祝彪毕。○已上一段写祝家兄弟一齐殄灭。庄客都四散走了。李逵再轮起双斧，便看着扈成砍来。扈成见局面不好，拨马落荒而走，弃家逃命，投延安府去了。——后来中兴内也做了个军官武将。百忙中有此闲笔。且说李逵正杀得手顺，直抢入扈家庄里，把扈太公一门老幼尽数杀了，不留一个。快人，快事，快笔。叫小喽啰牵了有

的马匹，把庄里一应有的财赋，捎搭有四五十驮，将庄院门一把火烧了，^{快人，快事，快笔。}却回来献纳。

再说宋江已在祝家庄上正厅坐下，众头领都来献功，生擒得四五百人，夺得好马五百余匹，活捉牛羊不计其数。^{纪功也。}宋江见了，大喜道："只可惜杀了栾廷玉那个好汉！"正嗟叹间，^{前并不见有一笔写到栾廷玉相持，以及被杀之事，至此忽然嗟叹其杀了可惜。文法疏奇之甚，皆学史公笔也。○读此回，却不曾见栾廷玉如何死，与前文史进寻王进不见，张青店中头陀不知何人三事俱极闷闷，乃作者固欲人闷闷，以为娱乐也。}闻人报道："黑旋风烧了扈家庄，砍得头来献纳。"宋江便道："前日扈成已来投降，谁教他杀了此人，如何烧了他庄院？"只见黑旋风一身血污，腰里插着两把板斧，直到宋江面前唱个大喏，^{极画黑旋风。}说道："祝龙是兄弟杀了，祝彪也是兄弟砍了，扈成那厮走了，扈太公一家都杀得干干净净，兄弟特来请功。"宋江喝道："祝龙曾有人见你杀了，别的怎地是你杀了？"黑旋风道："我砍得手顺，望扈家庄赶去，正撞见一丈青的哥哥解那祝彪出来，被我一斧砍了，只可惜走了扈成那厮。^{宋江说"只可惜杀了栾廷玉那汉"，李逵偏道"只可惜走了扈成那厮"，二语天然成对，妙绝。}他家庄上，被我杀得一个也没了！"宋江喝道："你这厮，谁叫你去来？你也须知扈成前日牵牛担酒，前来投降了。如何不听我的言语，擅自去杀他一家，故违了我的将令？"李逵道："你便忘记了，我须不忘记。那厮前日教那个鸟婆娘赶着哥哥要杀，你今却又做人情。你又不曾和他妹子成亲，便又思量阿舅、丈人！"^{忽然将上文一丈青公案再一勾染，便令下文异样出色，妙心妙笔。}宋江喝道："你这铁牛，休得胡说！我如何肯要这妇人？我自有个处置。你这黑厮，拿得活的有几个？"李逵答道："谁鸟耐烦，见着活的便砍了！"^{非为黑旋风快心满意，正为一丈青死心塌地也，用笔之巧如此。}宋江道："你这厮违了我的军令，本合斩首，且把杀祝龙、祝彪的功劳折过

了。下次违令，定行不饶！"黑旋风笑道："虽然没了功劳，也吃我杀得快活！"*所谓人生行乐耳，须富贵何时。〇三打祝家，通篇以密见奇，中间又夹叙李逵，正复以疏入妙。一文之中，疏密并行，真是奇事。*

只见军师吴学究引着一行人马都到庄上来，与宋江把盏贺喜。宋江与吴用商议，要把这祝家庄村坊洗荡了。石秀禀说起这钟离老人指路之力，"也有此等善心良民在内，亦不可屈坏了好人。"*前文极写石秀狠毒，至此忽然作石秀劝宋江语，作者正深表宋江之狠毒，更过于石秀也。*宋江听罢，叫石秀去寻那老人来。石秀去不多时，引着那个钟离老人来到庄上，拜见宋江、吴学究。宋江取一包金帛赏与老人，永为乡民："不是你这个老人面上有恩，把你这个村坊尽数洗荡了，不留一家。因为你一家为善，以此饶了你这一境村坊人民。"*已上吴学究一掌连环计。*那钟离老人只是下拜。宋江又道：*极写宋江奸猾转变。*"我连日在此搅扰你们百姓，今日打破了祝家庄，与你村中除害，所有各家赐粮米一石，以表人心。"*忽然相忘，便放出狠毒，直要洗荡村坊；忽然提着，便装出仁心，又赐粮米一石。接连二事，绝不相蒙，顷刻之间做人两截，写宋江内小人而外君子，真是笔笔如镜。*就着钟离老人为头给散。*老人毕。*一面把祝家庄多余粮米尽数装载上车，金银财赋犒赏三军众将，其余牛羊骡马等物将去山中支用。打破祝家庄，得粮五十万石。*收足出军本题。*宋江大喜。大小头领将军马收拾起身，又得若干新到头领孙立、孙新、解珍、解宝、邹渊、邹闰、乐和、顾大嫂，并救出七个好汉。孙立等将自己马也捎带了自己的财赋，同老小

乐大娘子，跟随了大队军马上山。当有村坊乡民，扶老挈幼，香花灯烛，于路拜谢。宋江等众将一齐上马，将军兵分作三队摆开，连夜便回山寨。

话分两头。且说扑天雕李应恰才将息得箭疮平复，闭门在庄上不出，暗地使人常常去探听祝家庄消息，已知被宋江打破了，惊喜相半。只见庄客入来报说："有本州知府带领三五十部汉到庄，^{突如其来。}便问祝家庄事情。"李应慌忙叫杜兴开了庄门，放下吊桥，迎接入庄。李应把条白绢搭膊络着手，^{为避罪计。}出来迎迓，邀请进庄里前厅。知府下了马，来到厅上，居中坐了。侧首坐着孔目，^{奇。}下面一个押番，^{奇。}几个虞候，^{奇。}阶下尽是许多节级牢子。^{奇。}李应拜罢，立在厅前。知府问道："祝家庄被杀一事如何？"李应答道："小人因被祝彪射了一箭，有伤左臂，一向闭门，不敢出去，不知其实。"知府道："胡说！祝家庄见有状子告你结连梁山泊强寇，引诱他军马，打破了庄。前日又受他鞍马、羊酒、彩缎、金银，你如何赖得过？"李应告道："小人是知法度的人，如何敢受他的东西？"知府道："难信你说！且提去府里，你自与他对理明白！"^{妙。}喝教狱卒牢子捉了，带他州里去，与祝家分辩。两下押番、虞候把李应缚下，众人簇拥知府上了马。知府又问道："那个是杜主管杜兴？"^{又突如其来。}杜兴道："小人便是。"知府道：

篇初先按下李应，而篇后先收完扈成。李应不受宋江羊酒，而终归山泊。扈成献宋江以羊酒，而反佐中兴，皆作者立篇命格之大略。

"状上也有你名，一同带去！"^{妙。}也与他锁了。一行人都出庄门，当时拿了李应、杜兴，离了李家庄，脚不停地解来。^{奇绝妙绝。}行不过三十余里，只见林子边撞出宋江、林冲、花荣、杨雄、石秀一班人马拦住去路。^{奇绝妙绝。}林冲大喝道："梁山泊好汉合伙在此！"^{奇绝妙绝。}那知府人等不敢抵敌，撇了李应、杜兴逃命去了。^{奇绝妙绝。}宋江喝叫："赶上！"^{奇绝妙绝。}众人赶了一程回来，说道："我们若赶上时，也把这个鸟知府杀了，但已不知去向。"^{奇绝妙绝。}便与李应、杜兴解了缚索，开了锁，便牵两匹马过来，与他两个骑了。^{奇绝妙绝。}宋江便道："且请大官人上梁山泊躲几时如何？"^{奇绝妙绝。○真是不劳而定，却又毫无痕迹。}李应道："却是使不得。知府是你们杀了，不干我事。"宋江笑道："官司里怎肯与你如此分辩？我们去了，必然要负累了你。既然大官人不肯落草，且在山寨消停几日。打听得没事了时，再下山来不迟。"当下不由李应、杜兴不行，大队军马中间如何回得来？^{笔下戛戛有声。}一行三军人马，迤逦回到梁山泊了。

寨里头领晁盖等众人，擂鼓吹笛，下山来迎接，把了接风酒，都上到大寨里聚义厅上，扇圈也似坐下。请上李应与众头领都相见了。两个讲礼已罢，李应禀宋江道："小可两个已送将军到大寨了，既与众头领亦都相见了，在此趋侍不妨。只不知家中老小如何，可教小人下山则个。"吴学究笑道："大官人差矣！宝眷已都取到山寨了。贵庄一把火已都烧做白地，大官人却回那里去？"李应不信，早见车仗人马队队上山来。^{奇绝妙绝。}李应看时，却见是自家的庄客并老小人等。李应连忙来问时，妻子说道："你被知府捉了来，随后又有两个巡简引着四个都头，带领三百

来土兵到来，抄扎家私，^{又补出一番奇事，奇绝，妙绝。}把我们好好地教上车子，将家里一应箱笼牛羊马匹驴骡等项都拿了去，又把庄院放起火来都烧了。"^{又向妻子口中决绝一句。}李应听罢，只叫得苦。晁盖、宋江都下厅伏罪道："我等兄弟们端的久闻大官人好处，因此行出这条计来，万望大官人情恕。"李应见了如此言语，只^{已上吴学究二掌连环计。}得随顺了。宋江道："且请宅眷后厅耳房中安歇。"李应又见厅前厅后这许多头领，亦有家眷老小在彼，便与妻子道："只得依允他过。"宋江等当时请至厅前，叙说闲话，众皆大喜。宋江便取笑道："大官人，你看我叫过两个巡简并那知府过来相见。"^{奇妙。}那扮知府的是萧让，^{奇妙。}扮巡简的两个是戴宗、杨林，^{奇妙。}扮孔目的是裴宣，^{奇妙。}扮虞候的是金大坚、侯健。^{奇妙。}又叫唤那四个都头，却是李俊、张顺、马麟、白胜。^{奇妙。}李应都看了，目睁口呆，言语不得。

宋江喝叫小头目快杀牛宰马与大官人陪话，庆贺新上山的十二位头领，乃是李应、孙立、孙新、解珍、解宝、邹渊、邹闰、杜兴、乐和、时迁，女头领扈三娘、顾大嫂，同乐大娘子、李应宅眷，另做一席，在后堂饮酒。大小三军，自有犒赏。正厅上大吹大擂，众多好汉饮酒至晚方散。新到头领，俱各拨房安顿。

次日，又作席面会请众头领作主张，宋江唤王

矮虎来说道："我当初在清风山时，许下你一头亲事，^{文情如瀑}布千尺，^{当头挂}落。悬悬挂在心中，不曾完得此愿。今日我父亲有个女儿，招你为婿。"^{明是一丈青矣，却又作此一闪，}^{真是灵心利笔，处处引人入胜。}宋江自去请出宋太公来，引着一丈青扈三娘到筵前。宋江亲自与他陪话，说道："我这兄弟王英，虽有武艺，不及贤妹。是我当初曾许下他一头亲事，一向未曾成得。今日贤妹你认义我父亲了，众头领都是媒人，今朝是个良辰吉日，贤妹与王英结为夫妇。"一丈青见宋江义气深重，推却不得，两口儿^{三字骤合，}^{为之一笑。}只得拜谢了。晁盖等众人皆喜，都称颂宋公明真乃有德有义之士。当日尽皆筵宴，饮酒庆贺。

正饮宴间，只见山下有人来报道："朱贵头领酒店里有个郓城县人在那里，^{谁耶？}要来见头领。"晁盖、宋江听得报了，大喜道："既是这恩人上山来入伙，足遂平生之愿。"正是：恩仇不辨非豪杰，黑白分明是丈夫。毕竟来的是郓城县甚么人，且听下回分解。

第五十回

插翅虎枷打白秀英

美髯公误失小衙内

插翅虎枷打白秀英

此篇为朱、雷二人合传。前半忽作香致之调，后半别成跳脱之笔，真是才子腕下，无所不有。

写雷横孝母，不须繁辞，只落落数笔，便活画出一个孝子。写朱仝不肯做强盗，亦不须繁辞，只落落数笔，便直提出一副清白肚肠。笑宋江传中，越说得真切，越哭得悲痛，越显其忤逆不肖；越要尊朝廷，守父教，矜名节，爱身体，越见其以做强盗为性命也。人云：宁犯武人刀，莫犯文人笔。信哉！

景之奇幻者，镜中看镜。情之奇幻者，梦中圆梦。文之奇幻者，评话中说评话。如豫章城双渐赶苏卿，真对妙景，焚妙香，运妙心，伸妙腕，蘸妙墨，落妙纸，成此妙裁也。虽然，不可无一，不可有二。江瑶柱连食，当复口臭，何今之弄笔小儿学之至十百，卒未休也？

豫章城双渐赶苏卿，妙绝处正在只标题目，便使后人读之，如水中花影，帘里美人，意中早已分明，眼底正自分明不出。若使当时真尽说出，亦复何味耶？

雷横母曰："老身年纪六旬之上，眼睁睁地只看着这个孩儿！"此一语，字字自说母之爱儿，却字字说出儿之事母。何也？夫人老至六十之际，大都百无一能，惟知仰食其子。子与之食，则得食。子不与之食，则不得食者也。子与之衣服钱物，则可以至人之前。子不与之衣服钱物，则不敢以至人之前者也。其眼睁睁地只看孩儿，政如初生小儿眼睁睁地只看母乳，岂曰求报，亦其势则然矣。乃天下之老人，吾每见其垂首向壁，不来眼睁睁地看其孩儿者无他，眼睁睁看一日，而不应，是其心悲可知也。明日又眼睁睁看一日，而又不应，是其心疑可知也。又明日

又眼睁睁看一日，而终又不应，是其心夫而后永自决绝，誓于此生不复来看。何者？为其无益也！今雷横独令其母眼睁睁地无日不看，然则其日日之承伺颜色、奉接意思为何如哉！《陈情表》曰："臣无祖母，无以至今日。祖母无臣，无以终余年。"雷横之母亦曰："若是这个孩儿有些好歹，老身性命也便休了！"悲哉，仁孝之声，读之如闻夜猿矣！

话说宋江主张一丈青与王英配为夫妇，众人都称赞宋公明仁德。当日又设席庆贺。正饮宴间，只见朱贵酒店里使人上山来报道："林子前大路上一伙客人经过，小喽啰出去拦截，数内一个称是郓城县都头雷横。朱头领邀请住了，见在店里饮分例酒食，先使小校报知。"晁盖、宋江听了大喜，随即同军师吴用三个下山迎接。^{异数。}朱贵早把船送至金沙滩上岸。宋江见了，慌忙下拜^{写宋江独拜，何以处晁盖哉？咄咄之色，}^{我不欲读。}道："久别尊颜，常切思想，今日缘何经过贱处？"雷横连忙答礼道："小弟蒙本县差遣，往东昌府公干回来，经过路口，小喽啰拦讨买路钱，小弟提起贱名，因此朱兄坚意留住。"宋江道："天与之幸！"请到大寨，教众头领都相见了，置酒管待。一连住了五日，每日与宋江闲话。晁盖动问朱全消息，^{晁盖直性人，至今未见雷横好处，故又独问朱全，写得性情都有。然其实是借此一笔，为下作引也。}雷

前不接，后不续，忽然一现，如院本之楔子。

横答道："朱仝见今参做本县当牢节级，[先放在此，笔法最好。]新任知县好生欢喜。"宋江宛曲把话来说雷横上山入伙，雷横推辞："老母年高，不能相从。待小弟送母终年之后，却来相投。"[徒以有老母在。○正写雷横大孝，反显宋江不端笔，妙。]雷横当下拜辞了下山。宋江等再三苦留不住，众头领各以金帛相赠，宋江、晁盖自不必说。雷横得了一大包金银下山。[亦先放此一笔，以见下文勾栏中，不是无钱使。俗子不知，遂为雷横食指跳动也。]众头领都送至路口辞别，把船渡过大路，自回郓城县去了，[山泊每添一番人马，必换一番调遣，此忽将雷横上山插放未及调遣之前，有云断月出之妙。]不在话下。

且说晁盖、宋江回至大寨聚义厅上，起请军师吴学究定议山寨职事。吴用已与宋公明商议已定，[何至晁盖不及与闻？笔笔写宋江呐呐之色，令我更不欲读。]次日会合众头领听号令。先拨外面守店头领。宋江道：[上无晁盖，下无吴用，公然竟是宋江独说。只三字写尽呐呐之色。]"孙新、顾大嫂原是开酒店之家，着令夫妇二人替回童威、童猛别用。[西山新店。○新人旧职。]再令时迁去帮助石勇，[北山新店。○新人添。]乐和去帮助朱贵，[东山旧职。]郑天寿[旧于鸭嘴滩下寨。]去帮助李立。[南山新店。旧人旧职。]○东南西北四座店内卖酒卖肉，每店内设两个头领，招接四方入伙好汉。[酒店为一山眼目，故番番调遣，必先申之。]一丈青、王矮虎后山下寨，监督马匹。[王矮虎旧于鸭嘴滩下寨。○新。]金沙滩小寨，童威、童猛弟兄两个守把。[二童旧于西山新店。○旧人旧职。]鸭嘴滩小寨，邹渊、邹闰叔侄两个守把。[新人旧职。]山前大路，黄信、燕顺部领马军下寨守护。[旧人新职。]解珍、解宝，守把山前

[此一段又是一篇大排调文字。]

第一关。山前三座大关，旧令杜迁总行守把，今分。○新人新职。杜迁、宋万，守把宛子城第二关。宋万旧于金沙滩下寨。○旧人旧职。刘唐、穆弘，守把大寨口第三关。旧人新职。阮家三雄，守把山南水寨。旧人旧职。孟康仍前监造战船，新人旧职，未打祝家时替管。李应、杜兴、蒋敬，总管山寨钱粮金帛。蒋敬旧人旧职，李应、杜兴新添。陶宗旺、薛永，监筑梁山泊内城垣雁台。陶宗旺旧人旧职，薛永旧人新添。侯健专管监造衣袍、铠甲、旌旗、战袄。旧人旧职。朱富、宋清提调筵宴。朱富旧收钱粮。○旧人旧职。穆春、李云监造屋宇寨栅。李云旧人旧职，穆春旧管钱粮。萧让、金大坚，掌管一应宾客书信公文。旧分今合。裴宣专管军政司，赏功罚罪。新人新职。其余吕方、郭盛、孙立、欧鹏、马麟、邓飞、杨林、白胜，分调大寨八面安歇。吕方、郭盛旧住忠义耳房，马麟旧管战船，白胜金沙滩下寨。晁盖、宋江、吴用居于山顶寨内。中军。花荣、秦明居于山左寨内。左军。○旧人新职。林冲、戴宗居于山右寨内。右军。○旧人新职。李俊、李逵居于山前。前军。○旧人新职。张横、张顺居于山后，后军。○旧人新职。杨雄、石秀守护聚义厅两侧。新人旧职，替吕方、郭盛。一班头领，分拨已定，每日轮流一位头领做筵席庆贺。山寨体统甚是齐整。每每一番大发放后，便有一篇大结束。巨笔如椽，肉眼不识。

再说雷横离了梁山泊，背了包裹，提了朴刀，取路回到郓城县。到家参见老母，一篇提纲。更换些衣服，赍了回文，径投县里来。拜见了知县，回了话，销缴公文批帖，且自归家暂歇。依旧每日县中书画卯酉，听候差使。因一日行到县衙东首，只听

前来无数雄奇震骇之篇，忽于此卷别作点染掩抑之调，如游太华归，忽登虎丘也。

得背后有人叫道："都头，几时回来？"雷横回过脸来看时，却是本县一个帮闲的李小二。〔引子〕雷横答道："我却才前日来家。"李小二道："都头出去了许多时，不知此处近日有个东京新来打踅的行院，〔字法〕色艺双绝，叫做白秀英。那妮子来参都头，〔反借此句，显出雷横已是县里出色人物。〕却值公差出外不在。如今见在勾栏里说唱诸般品调，每日有那一般打散，〔字法〕或是戏舞，〔一般技艺〕或是吹弹，〔又一般技艺〕或是歌唱，〔又是一般技艺，说得耳热脚痒。〕赚得那人山人海价看，〔称述一句〕都头如何不去睃一睃？〔从更一端的是好个粉头！"〔又自家赞赏一句，声声口口真令雷横耳热脚痒。〕雷横听了，又遇心闲，〔四字，不但写雷横肯去之故，亦已先伏后文无钱之故矣。〕便和那李小二径到勾栏里来看。只见门首挂着许多金字帐额，旗杆吊着等身靠背。入到里面，便去青龙头上〔字法〕第一位坐了。〔坐得不尴尬，便生出事来。〕看戏台上，却做笑乐院本。〔字法〕那李小二人丛里撇了雷横，自出外面赶碗头脑去了。〔李小二既已引入，便随手放去，妙。○字法〕院本下来，只见一个老儿〔章法〕裹着磕脑儿头巾，穿着一领茶褐罗衫，系一条皂绦，拿把扇子，上来开科〔字法。○形如画。〕道："老汉是东京人氏，白玉乔的便是，如今年迈，只凭女儿秀英歌舞吹弹，普天下伏侍看官。"〔句法。○七字其实妙语。〕锣声响处，那白秀英早上戏台，〔章法〕参拜四方。〔一。○好看〕拈起锣棒，如撒豆般点动。〔二。○好看〕拍下一声界方，〔三。○好看〕念出四句七言诗道："新鸟啾啾旧鸟归，老羊羸瘦小羊肥。〔定场诗，只是寻常叹世语耳，却偏直贯入雷横双耳，真是绝妙之笔。○第一句言子望母，第二句言母念子，天下岂有无母之人哉，读之能不泪下也？固以四句联贯一篇，不在求四句之联贯也。○第三句七字，说尽此意，又一样泪下。〕人生衣食真难事，〔四句并不联贯，而实联贯入妙者，彼刺合棚众人耳，到第四句，忽然转到自家身上，显出与知县相好。只四句诗，便将一回情事，罗撮出来。才子妙笔，有一无两。○俗本失此一段，可谓食蚌蜻，乃弃其整矣。○此书每每横插诗歌，如五台亭里，瓦官寺前，黄泥冈上，鸳鸯楼下，皆妙不可言。〕不及鸳鸯处处飞。"〔一二句刺入雷横耳，第三句刺入合棚众人耳，到第四句，忽然转到自家身上，显出与知县相好。〕雷横听了，喝声采。〔采，是动心前二句，不是感伤后二句也。○三字中并无一孝字，而已活写出孝子来。〕那白秀英道："今日秀英招牌上明

写着这场话本，是一段风流韫藉的格范，唤做'豫章城双渐赶苏卿'。^{我未见其书，只是题目已文妙无双矣。}说了开话又唱，唱了又说，^{详处极详，省处极省。}合棚价众人喝采不绝。

那白秀英唱到务头，^{章法字法。}这白玉乔按喝^{字法。}道："'虽无买马博金艺，要动聪明鉴事人'。看官喝采是过去了，我儿且下来，^{声声如画。}这一回便是衬交鼓儿的院本。"^{字法。○笑乐院本既毕，又先许是交鼓院本，便令合棚众人不得不为缠头，如耐庵自己每回住处，必用惊疑之笔，即其法也。}白秀英拿起盘子，指着道："财门上起，利地上住，吉地上过，旺地上行。^{全副构栏语，句法字法都妙。}手到面前，休教空过。"^{四字不过口头便语，乃入下却偏是空过，故妙不可言。}白玉乔道："我儿且走一遭，看官都待赏你。"^{声声如画。}白秀英托着盘子，先到雷横面前。^{青龙头上第一座，绝倒。}雷横便去身边袋里摸时，不想并无一文。^{绝倒。○只"并无一文"四字，费耐庵无数心血。盖直于山泊下来时，便写一句"得了一大包金银"，以表雷横不同贫乞之人并无一文。又于遇李小二时，再写一句又心闲，以表雷横亦不谓自己身边并无一文。如此便令上文青龙一座既不梦梦，下文又羞又恼，都有因由也。若俗手亦复解写"并无一文"四字，何能少缺一点一画，而彼此相较，遂如金泥，才与不才，岂计道理！}

雷横道："今日忘了，不曾带得些出来，明日一发赏你。"白秀英笑道：^{一笑不堪。}"'头醋不酽二醋薄'。^{乃至以合棚之罪归之，不堪之官甚。"头醋""二醋"字法。}官人坐当其位，^{四字尤其不堪。}可出个标首。"^{字法。}雷横通红了面皮道："我一时不曾带得出来，非是我舍不得。"白秀英道："官人既是来听唱，如何不记得带钱出来？"^{辩折得不堪之甚。}雷横道："我赏你三五两银子，也不打紧，却恨今日忘记带来。"白秀英道："官人今日眼见一文也无，提甚三五两银子！^{不堪之甚，恶毒之甚。}正是教俺望梅止渴，画饼充饥。"^{恰好妙对，声声院本。○句法。}白玉乔叫道：^{章法。}"我儿，你自没眼！不看城里人村里人^{骂女儿，却是骂雷横，妙妙。}只顾问他讨甚？且过去自问晓事的恩官^{赞别人，却又骂雷横，妙妙。}告个标首。"雷横道："我怎地不是晓事的？"白玉乔道："你若省得这子弟门庭时，^{字法。}狗头上

生角！"〔不堪之甚，恶毒之甚。○句法。〕众人齐和起来。〔旁衬一句，尤极不堪。○章法。〕雷横大怒，便骂道："这忤奴，〔字法。〕怎敢辱我！"白玉乔道："便骂你这三家村使牛的，〔字法。〕打甚么紧！"有认得的喝道："使不得，这个是本县雷都头！"〔此一衬，却定不可少。〕白玉乔道："只怕是驴筋头！"〔"雷、驴、都、筋、头"字，随口相混成句，恶毒不可言。〕雷横那里忍耐得住？从坐椅上直跳下戏台来，揪住白玉乔，一拳一脚，便打得唇绽齿落。众人见打得凶，都来解拆，又劝雷横自回去了。勾栏里人一哄尽散。

原来这白秀英却和那新任知县旧在东京两个来往，今日特地在郓城县开勾栏。〔"鸳鸯处处飞"，斯言验矣。〕那花娘〔字法。○李贺诗有"花面丫头"四字，殊妙。〕见父亲被雷横打了，又带重伤，叫一乘轿子，径到知县衙内，诉告："雷横殴打父亲，搅散勾栏，意在欺负奴家！"〔好货。〕知县听了，大怒道：〔好货。〕"快写状来！"这个唤做"枕边灵"。〔句法。〕便教白玉乔写了状子，验了伤痕，指定证见。本处县里有人都和雷横好的，替他去知县处打关节，怎当那婆娘守定在衙内，撒娇撒痴，不由知县不行。〔一路都写花娘有死之道。〕立等知县差人把雷横捉拿到官，当厅责打，取了招状，将具枷来枷了，押出去号令示众。〔第一段责枷。○逐段详写，以表雷横一枷梢，非陡然性起，其由来者渐也。〕那婆娘要逞好手，〔写花娘有死之道。〕又去知县行说了，定要把雷横号令在勾栏门首。第二日，那婆娘再去做场，知县却教把雷横号令在勾栏门首。〔第二段号令。〕这一班禁子人等，都是和雷横一般的公人，如何肯绑扒他？这婆娘寻思一会："既是出名奈何了他，只是一怪！"〔写花娘有死之道。〕走出勾栏门，去茶坊里坐下，叫禁子过去，发话道："你们都和他有首尾，却放他自在。知县相公叫你们绑扒他，你倒做人情！少刻我对知县说了，看道奈何得你们也不！"禁子道："娘子不必发怒，我们自去绑扒他便了。"

白秀英道:"恁地时,我自将钱赏你。"禁子们只得来对雷横说道:"兄长,没奈何,且胡乱绑一绑。"把雷横绑扒在街上。^{第三段}绑扒。

人闹里,却好雷横的母亲正来送饭,"新鸟啾啾""老羊羸瘦"之言,又验矣。看见儿子吃他绑扒在那里,便哭起来,骂那禁子们道:"你众人也和我儿一般在衙门里出入的人,衬出美髯来。钱财直这般好使?谁保得常没事!"禁子答道:"我那老娘听我说,我们却也要容情,怎禁被原告人监定在这里要绑,我们也没做道理处。不时,便要去和知县说,苦害我们,因此上做不得面皮。"那婆婆道:"几曾见原告人自监着被告号令的道理!"禁子们又低低道:"老娘,他和知县来往得好,一句话便送了我们,因此两难。"那婆婆一面自去解索,一头骂,一头先解绑扒,妙笔,便放活雷横手脚,生出下文情事来也。一头口里骂道:"这个贼贱人,直恁的倚势!我且解了这索子,看他如今怎的!"白秀英却在茶房里听得,走将过来,便道:"你那老婢子!却才道甚么?"那婆婆那里有好气?便指着骂道:"你这千人骑、万人压、乱人入的贱母狗,做甚么倒骂我!"白秀英听得,柳眉倒竖,星眼圆睁,大骂道:"老咬虫,乞贫婆!贱人怎敢骂我!"^{第四段}大骂。婆婆道:"我骂你,待怎的?你须不是郓城县知县!"白秀英大怒,抢向前,只一掌,把那婆婆打个踉跄。那婆婆却待挣扎,白秀英再赶入去,老大

此篇将雷横、朱仝分作两段文字,第一段写雷横孝母是真孝,不比宋江孝父是假孝。

耳光子只顾打。_{第五段毒打。〇凡用五段文字，跌出一枷梢来。}这雷横已是衔愤在心，又见母亲吃打，一时怒从心发，_{与前喝采句应。〇俗本此处增"雷横大孝的人"句。}扯起枷来，望着白秀英脑盖上只一枷梢，打个正着，劈开了脑盖，扑地倒了。众人看时，脑浆进流，眼珠突出，动掸不得，情知死了。众人见打死了白秀英，就押带了雷横，一发来县里首告，见知县备诉前事。

知县随即差人押雷横下来，会集相官，拘唤里正邻佑人等，对尸简验已了，都押回县来。雷横一面都招承了，并无难意。_{徒以有老母在。}他娘自保领回家听候。把雷横枷了，下在牢里。当牢节级却是美髯公朱仝。_{忽然转出髯公。}见发下雷横来，也没做奈何处，只得安排些酒食管待，教小牢子打扫一间净房，安顿了雷横。少间，他娘来牢里送饭，哭着哀告朱仝道："老身年纪六旬之上，眼睁睁地只看着这个孩儿！_{绝世妙文，绝世奇文，读之乃觉《陈情表》不及其沉痛。天下岂有无母之人哉，读之其能不泪下也！}望烦节级哥哥看日常间弟兄面上，可怜见我这个孩儿，看觑看觑。"朱仝道："老娘自请放心归去，今后饭食不必来送，_{不是朱仝包办，亦图收住老娘也。设无此句，送饭何日是了。}小人自管待他。倘有方便处，可以救之。"雷横娘道："哥哥救得孩儿，却是重生父母！若孩儿有些好歹，老身性命也便休了！"_{绝世妙文，绝世奇文，《陈情表》不及沉痛。}朱仝道："小人专记在心，_{美髯生平一片之心。}老娘不必挂念。"那婆婆拜谢了去。朱仝寻思了一日，没做道理救他处，_{极写其难，以表朱仝。}又自央人去知县处打关节，上下替他使用人情。那知县虽然爱朱仝，只是恨这雷横打死了他表子白秀英，也容不得他说了，又怎奈白玉乔那厮催并叠成文案，要知县断教雷横偿命。因在牢里六十日限满断结，解上济州。主案押司抱了文卷先行，却教朱仝解送雷横。_{曲曲折折，生出事情来。}

朱仝引了十数个小牢子，监押雷横，离了郓城县。约行了十数里地，见个酒店。朱仝道：^{合三句，是个专记在心者。}"我等众人就此吃两碗酒去。"众人都到店里吃酒。朱仝独自带过雷横，只做水火，来后面僻净处，开了枷，放了雷横，^{叙得直截爽快。}分付道："贤弟自回，快去家里取了老母，^{可谓子与子言孝矣，写得妙绝。}星夜去别处逃难。这里我自替你吃官司。"^{馨真绝伦超群，写来令人感激。}雷横道："小弟走了自不妨，必须要连累了哥哥。"朱仝道："兄弟，你不知，知县怪你打死了他表子，把这文案都做死了。解到州里，必是要你偿命。我放了你，我须不该死罪。况兼我又无父母挂念，^{惟孝子能知孝子，笔笔妙绝。○此语雷横能得之于朱仝，而宋江不能得之于一时万世者，则真假之别也。}家私尽可赔偿。你顾前程万里，快去！"雷横拜谢了，便从后门小路奔回家里，收拾了细软包裹，引了老母，^{雷横传毕。}星夜自投梁山泊入伙去了，^{徒以有老母在。}不在话下。

^{雷横传毕。}

却说朱仝拿这空枷撺在草里，^{细。}却出来对众小牢子说道："吃雷横走了，却是怎地好！"众人道："我们快赶去他家里捉！"朱仝故意延迟了半晌，料着雷横去得远了，却引众人来县里出首。朱仝告道："小人自不小心，路上被雷横走了，在逃无获，情愿甘罪无辞。"^{雷横为母，朱仝为友，写得一样慷慨。○雷横招承，并无难色，徒以有老母在；朱仝情愿甘罪无辞，徒以吾友有老母在也。两句合来，不过十数字，而其势遂欲与史公《游侠》诸传分席争雄，洵奇事也。}知县本爱朱仝，有心将就出脱他，被白玉乔要

赴上司陈告朱仝故意脱放雷横，知县只得把朱仝所犯情由申将济
州去。朱仝家中自着人去州里使钱透了，却解朱仝到济州来。当
厅审录明白，断了二十脊杖，刺配沧州牢城。朱仝只得带上行
枷，两个防送公人领了文案，押送朱仝上路。

　　家间自有人送衣服盘缠，先赍发了两个公人。当下离了郓城
县，迤逦望沧州横海郡来，于路无话。到得沧州，入进城中，投
州衙里来，正值知府升厅。两个公人押朱仝在厅阶下，呈上公
文。知府看了，见朱仝一表非俗，貌如重枣，美髯过腹，知府先
有八分欢喜，便教："这个犯人休发下牢城营里，只留在本府听
候使唤。"当下除了行枷，便与了回文，两个公人相辞了自回。

　　只说朱仝自在府中，每日只在厅前伺候呼唤。那沧州府里押
番、虞候、门子、承局、节级、牢子，都送了些人情，又见朱仝
和气，因此上都欢喜他。忽一日，本官知府正在厅上坐堂，朱仝
在阶侍立。知府唤朱仝上厅，问道："你缘何放了雷横，自遭配
在这里？"^{句句写出}朱仝禀道："小人怎敢故放了雷横。只是一时
间不小心，被他走了。"知府道："你也不必得此重罪。"
^{句句写出}朱仝道："被原告人执定要小人如此招做故放，以此问得
重了。"知府道："雷横为何打死了那娼妓？"朱仝却把雷横上
项的事备细说了一遍。知府道："你敢见他孝道，为义气上放了
他？"^{句句写出爱}朱仝道："小人怎敢欺公罔上。"正问之间，只
见屏风背后转出一个小衙内来，年方四岁，生得端严美貌，乃是
知府亲子，知府爱惜，如金似玉。^{肯写完母子恩爱，又接出父子恩爱来，奇文妙笔，是联是断。○母无不爱之子，而老妪爱子尤剧。父亦无不爱之子，而幼子可爱尤甚。雷横老娘知府衙内，似断却连，似连仍断，作者命意之妙，当于笔墨之外寻之。}那 小 衙 内
见了朱仝，径走过来，便要他抱。^{要抱，是第一段，看他文情渐渐生出来。}朱仝只得抱起

小衙内在怀里。那小衙内双手扯住朱仝长髯，说道："我只要这胡子抱。"_{不要别人抱，只要朱仝抱，是第二段。}知府道："孩儿快放了手，_{写知府爱惜朱仝固也，此却写到知府爱惜朱仝美髯。夫云长制囊珍护，茂先不复御被，灵运临刑犹施维摩，此皆自有髯自惜之，而此知府乃独至于惜人之髯，真写出名士风流也。}休要啰唣。"小衙内又道："我只要这胡子抱，和我去耍。"_{抱了要耍，是第三段。}朱仝禀道："小人抱衙内去府前闲走，耍一回了来。"知府道："孩儿既是要你抱，你和他去耍一回了来。"_{知府教抱去耍，是第四段。看他文情渐渐生来。}朱仝抱了小衙内，出府衙前来，买些细糖果子与他吃。转了一遭，再抱入府里来。知府看见，问衙内道："孩儿那里去来？"小衙内道："这胡子和我街上看耍，又买糖和果子请我吃。"知府说道："你那里得钱买物事与孩儿吃？"_{句句写出爱惜。}朱仝禀道："微表小人孝顺之心，何足挂齿。"知府教取酒来与朱仝吃。府里侍婢捧着银瓶果盒筛酒，连与朱仝吃了三大赏钟。_{此一句不重赏酒，单重侍婢，盖此处逗出侍婢，便令后文传送衙内早晚无禁，皆细心安顿之笔也。}知府道："早晚孩儿要你耍时，你可自行去抱他耍去。"_{知府教可自抱，是第五段。看他文情渐渐生出来。}朱仝道："恩相台旨，怎敢有违！"

自此为始，每日来和小衙内上街闲耍。朱仝囊箧又有，只要本官见喜，小衙内面上尽自赔费。_{用省笔叙抱耍已惯，是第六段。}时过半月之后，便是七月十五日，盂兰盆大斋之日。_{于闲笔点染处，忽然又将雷横大孝一提，盖盂兰盆为报母佛事也。}年例各处点放河灯，修设好事。当日天晚，堂里侍婢奶子叫道：_{前"银瓶果盒"一行，专为此句耳。}"朱都头，小衙内今夜要去看河灯。夫人分付，你可抱他去看一看。"朱仝道："小人抱去。"那小衙内穿一领绿纱衫儿，头上角儿拴两条珠子头须，从里面走出来。_{写来可爱，便活有小儿在纸上也。}朱仝拖在肩头上，转出府衙门前来，望地藏寺里去看点放河灯。那时才交初更时分，朱仝肩背着小衙内绕寺看了一遭，却来水陆

堂放生池边看放河灯。那小衙内爬在栏干上，看了
笑耍。只见背后有人拽朱仝袖子道："哥哥，借一
步说话。"朱仝回头看时，却是雷横，吃了一惊。
<small>笔势亦跳脱而出，
读之吃惊。</small>便道："小衙内，且下来，坐在这
里，我去买糖来与你吃，切不要走动。"小衙内
道："你快来，我要去桥上看河灯。"朱仝道：
"我便来也。"转身却与雷横说话。朱仝道："贤
弟因何到此？"雷横扯朱仝到净处，拜道："自从
哥哥救了性命，和老母无处归着，只得上梁山泊，
投奔了宋公明入伙。小弟说哥哥恩德，宋公明亦甚
思想哥哥旧日放他的恩念，晁天王和众头领皆感激
不浅，因此特地教吴军师同兄弟前来相探。"朱仝
道："吴先生见在何处？"背后转过吴学究，道：
"吴用在此。"言罢便拜。<small>笔笔跳脱而出，
令人吃惊。</small>朱仝慌忙
答礼道："多时不见，先生一向安乐！"吴学究
道："山寨里众头领多多致意，今番教吴用和雷都
头特来相请足下上山，同聚大义。<small>不答寒暄，直说来
意，笔势跳脱，令
人吃
惊。</small>到此多日了，不敢相见。今夜伺候得着，请仁
兄便那尊步，同赴山寨，以满晁、宋二公之意。"
<small>更不商量，笔
势跳脱之甚。</small>朱仝听罢，半晌答应不得，便道："先
生差矣。<small>看他"半晌答应不得"下，却失口
喝出"先生差矣"四字，妙绝。</small>这话休题，恐
被外人听了不好。雷横兄弟，他自<small>"他自""我自"
明画之极。心直口</small>
<small>快，乃有此语，宋
江一生亦说不出。</small>犯了该死的罪。我因义气放了他，他
出头不得，上山入伙，<small>真正说得做强盗是末等事，口齿
明画之极，不是宋江假惺惺语。</small>我

第二段写朱仝不
肯落草，是真正
不肯点污身体，
不比宋江假道
学。

自为他配在这里。天可怜见，一年半载，挣扎还乡，复为良民。我却如何肯做这等的事？_{明画之极，是宋江语。}你二位便可请回，休在此间惹口面不好。"_{"他自""我自"两段下，便急接"请回"句，写出美髯一片冰心，决决绝绝也。}雷横道："哥哥在此，无非只是在人之下，伏侍他人，非大丈夫男子汉的勾当。不是小弟纠合上山，端的晁、宋二公仰望哥哥久矣，休得迟延有误。"朱仝道："兄弟，_{上一段与吴用说，此一段与雷横说，各妙。}你是甚么言语？_{写得骇笑之极，一似蜂虿入怀者，妙绝。}你不想，_{句。}我为你母老家寒上，_{说出"母老家寒"四字，真正仁人孝子，遂觉豪杰肝胆，都是乱民。}放了你去，今日你倒来陷我为不义！"_{斩钉截铁，天地鉴之，不是宋江假惺惺语。}吴学究道："既然都头不肯去时，我们自告退，相辞了去休。"_{突然而来，蓦然便去，笔笔跳脱。}朱仝道："说我贱名，上覆众位头领。"_{只如此，更无半语周旋，妙绝。}一同到桥边。

朱仝回来，不见了小衙内，_{笔笔跳脱，令人吃惊。}叫起苦来。两头没路去寻，雷横扯住朱仝道："哥哥休寻，_{笔笔跳脱。}多管是我带来的两个伴当听得哥哥不肯去，因此倒抱了小衙内去了。我们一同去寻。"朱仝道："兄弟，不是要处！若这个小衙内有些好歹，知府相公的性命也便休了。"_{上文雷横娘云："若这个孩儿有些好歹，老身的性命也便休了。"此忽云："若这个小衙内有些好歹，知府相公的性命也便休了。"闲中作一关锁，两传遂成一篇。}雷横道："哥哥，且跟我来。"朱仝帮住雷横、吴用，三个离了地藏寺，径出城外。_{笔笔跳脱。}朱仝心慌，便问道："你的伴当抱小衙内在那里？"雷横道："哥哥且走到我下处，包还你小衙内。"朱仝道："迟了时，恐知府相公见怪。"吴用道："我那带来的两个伴当是没分晓的，一定直抱到我们的下处去了。"朱仝道："你那伴当姓甚名谁？"雷横答道："我也不认得，只听闻叫做黑旋风。"_{笔笔跳脱，令人吃惊。}朱仝失惊道："莫不是江州杀人的李逵么？"吴用道："便是此人。"朱仝跌脚叫苦，

慌忙便赶。离城约走到二十里，只见李逵在前面叫道："我在这里。"（笔笔作奇鬼撺人之势，跳脱之极）朱仝抢近前来，问道："小衙内放在那里？"李逵唱个喏道："拜揖（写一个慌忙作耍，令我失笑）节级哥哥，小衙内有在这里。"（只论有无，绝倒）朱仝道："你好好的抱出来还我。"李逵指着头上道："小衙内头须儿却在我头上。"（笔笔不犯人，跳脱之极。○问衙内，却答头须。忙着忙极，顽者顽极，令我失笑不已。）朱仝看了，慌问："小衙内正在何处？"李逵道："被我拿些麻药抹在口里，直拖出城来，如今睡在林子里，你自请去看。"朱仝乘着月色明朗，径抢入林子里寻时，只见小衙内倒在地上。朱仝便把手去扶时，只见头劈做两半个，已死在那里。（读至此句，失声一叹者，痴也，自耐庵奇文耳，岂真有此事哉！）当时朱仝心下大怒，奔出林子来，早不见了三个人。（笔笔作奇鬼之状。）四下里望时，只见黑旋风远远地拍着双斧叫道："来，来，来！"（笔笔作奇鬼之状。○俗本此处多一句。）

朱仝性起，奋不顾身揢扎起布衫，大踏步赶将来。李逵回身便走，（笔笔作奇鬼之状。）背后朱仝赶来。这李逵却是穿山度岭惯走的人，朱仝如何赶得上？先自喘做一块。李逵却在前面又叫："来，来，来！"（笔笔作奇鬼弄人之状，跳脱不可言。○俗本此处又增一句。）朱仝恨不得一口气吞了他，只是赶他不上。赶来赶去，天色渐明。李逵在前面急赶急走，慢赶慢行，不赶不走，（三句写得墨气淋漓，却是极省之笔。）看看赶入一个大庄院里去了。（竟是奇鬼身分。○读书须要留心，如此篇，但能留心记得美髯所配州名，则此座大庄院，便不吃他一惊也。）朱仝看了道："那厮既有下落，我和他干休不得！"朱仝直赶入庄院内厅前去，见里面两边都插着许多军器。朱仝道："想必也是个官宦之家。"（不止。）立住了脚，高声叫道："庄里有人么？"只见屏风背后转出一个人来。（鬼没神出，读之又惊又喜。笔墨之事，遂乃至此。）那人是谁？（顿一句。）正是小旋风柴进，（跳脱而出。○此篇另用一样笔法，读之有"野树花争发，春塘水乱流"之势，于全书中为变调也。）问道："兀的是谁？"朱

全见那人趋走如龙，神仪照日，_{八字妙文。画出王孙。别处移用不得。}慌忙施礼，答道："小人是郓城县当牢节级朱仝，犯罪刺配到此。昨晚因和知府的小衙内出来看放河灯，被黑旋风_{不说出李逵二字，对下读之。}杀了小衙内，见今走在贵庄，望烦添力捉拿送官。"柴进道："既是美髯公，且请坐。"朱仝道："小人不敢拜问官人高姓？"柴进答道："小可小旋风便是。"_{亦不说姓柴名进。○不见黑旋风，却见小旋风，无端自成关锁。}朱仝道："久闻柴大官人。"连忙下拜，道：_{上下句连此五字，乃夹叙也。}"不期今日得识尊颜。"柴进说道："美髯公亦久闻名，且请后堂说话。"

朱仝随着柴进直到里面。朱仝道："黑旋风那厮_{妙。}如何却敢径入贵庄躲避？"柴进道："容覆。小可小旋风_{妙。○文情只如小鸟斗口，一接一妙。}专爱结识江湖上好汉。为是家间祖上有陈桥让位之功，先朝曾敕赐丹书铁券，但有做下不是的人，停藏在家，无人敢搜。近间有个爱友，和足下亦是旧交，目今见在梁山泊做头领，名唤及时雨宋公明，写一封密书，令吴学究、雷横、黑旋风俱在敝庄安歇，礼请足下上山，同聚大义。因见足下推阻不从，故意教李逵杀害了小衙内。先绝了足下归路，_{竟说明。奇绝。○只得上山坐把交椅。此回都不用婉语。}吴先生，_{句。}雷兄，_{句。}如何不出来陪话？"_{此篇真另是一样机杼，笔笔不犯人。}只见吴用、雷横从侧首阁子里出来，_{写得真有鬼神出没之状。}望着朱仝便拜，_{便拜，妙。}说道："兄长，望乞恕罪！皆是宋公明哥哥将令，分付如此。若到山寨，自有分晓。"朱仝道："是则是你们弟兄好情意，只是忒毒些个！"柴进一力相劝。朱仝道："我去则去，只教我见黑旋风面罢。"柴进道："李大哥，你快出来陪话。"李逵也从侧首出来，_{奇妙之极。}唱个大喏。_{却不拜，只唱喏，又妙。}

朱仝见了，心头一把无明业火高三千丈，按纳不下，起身抢

近前来，要和李逵性命相搏。柴进、雷横、吴用三个苦死劝住。朱仝道："若是我上山时，依得我一件事，我便去。"^{奇。}吴用道："休说一件事，遮莫几十件，也都依你。愿闻那一件事？"不争朱仝说出这件事来，有分教：大闹高唐州，惹动梁山泊。直教招贤国戚遭刑法，好客皇亲丧土坑。毕竟朱仝说出甚么事来，且听下回分解。

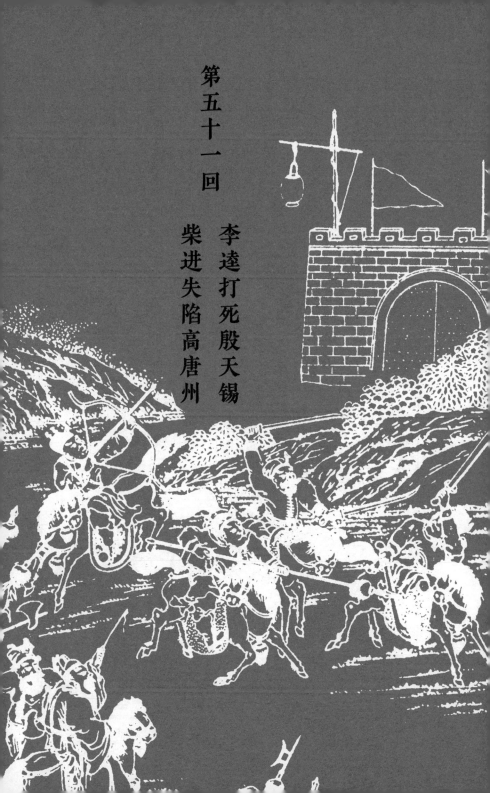

第五十一回

李逵打死殷天锡

柴进失陷高唐州

李逵打殺
錫天瓦

此是柴进失陷本传也。然篇首朱仝欲杀李逵一段，读者悉误认为前回之尾，而不知此已与前了不相涉，只是偶借热铛，趁作煎饼，顺风吹花，用力至便者也。吾尝言读书者切勿为作书者所瞒。如此一段文字，瞒过世人不为不久。今日忍俊不禁，就此一处道破，当于处处思过半矣，不得以其稗官也而忽之也！

柴皇城妻写作继室者，所以深明柴大官人之不得不亲往也。以偌大家私之人，而既已无儿无女，乃其妻又是继室，以此而遭人亡家破之日，其分崩决裂可胜道哉！继室则年尚少，年尚少而智略不足以御强侮，一也。继室则来未久，来未久而恩威不足以压众心，二也。继室则其志未定，志未定而外有继嗣未立，内有帷箔可忧，三也，四也。然则柴大官人即使早知祸患，而欲敛足不往，亦不可得也。

嗟乎！吾观高廉倚仗哥哥高俅势要，在地方无所不为，殷直阁又倚仗姐夫高廉势要，在地方无所不为，而不禁愀然出涕也。曰：岂不甚哉！夫高俅势要，则岂独一高廉倚仗之而已乎？如高廉者，仅其一也。若高俅之势要，其倚仗之以无所不为者，方且百高廉正未已也。乃是百高廉，又当莫不各有殷直阁其人，而每一高廉，岂仅仅于一殷直阁而已乎？如殷直阁者，又其一也。若高廉之势要，其倚仗之以无所不为者，又将百殷直阁正未已也。夫一高俅，乃有百高廉，而一一高廉，各有百殷直阁，然则少亦不下千殷直阁矣！是千殷阁也者，每一人又各自养其狐群狗党二三百人，然则普天之下，其又复有宁宇乎哉！呜呼，如是者，其初高俅不知也，既而高俅必当知之！夫知之而能痛与戢之，亦可以不至于高俅也。知之而反若纵之甚者，此高俅之所以为高

俅也。

此书极写宋江权诈，可谓处处敲骨而剔髓矣。其尤妙绝者，如此篇铁牛不肯为鬈陪话处，写宋江登时捏撮一片好话，逐句断续，逐句转变，风云在口，鬼蜮生心，不亦怪乎！夫以才如耐庵，即何难为江拟作一段联贯通畅之语，而必故为如是云云者，凡所以深著宋江之穷凶极恶，乃至敢于欺纯是赤子之李逵，为稗史之《梼杌》也。

写宋江入伙后，每有大事下山，宋江必劝晁盖："哥哥山寨之主，不可轻动。"如祝家庄、高唐州，莫不皆然。此作者特表宋江之凶恶，能以权术软禁晁盖，而后乃得惟其所欲为也。何也？盖晁盖去，则功归晁盖，晁盖不去，则功归宋江，一也。晁盖去，则宋江为副，众人悉听晁盖之令，晁盖不去，则宋江为帅，众人悉听宋江之令，二也。夫出则其位至尊，入则其功至高，位尊而功高，咄咄乎取第一座有余矣！此宋江之所以必软禁晁盖，而作者深著其穷凶极恶，为稗史之《梼杌》也。

劫寨乃兵家一试之事也。用兵而至于必劫寨，甚至一劫不中而又再劫，此皆小儿女投掷之戏耳。而今耐庵偏若不得不出于此者，盖为欲破高廉，斯不得不远取公孙，远取公孙，斯不得不按住高廉。意在杨林之一箭，斯不得不用学究之料劫也。

此篇本叙柴进失陷，然至柴进既陷而又必盛张高廉之神师者，非为难于搭救柴进，正以便于收转公孙。所谓墨酣笔疾，其文便连珠而下，梯接而上，正不知亏公孙救柴进，亏柴进归公孙也。读书者切勿为作书者所瞒，此又其一矣。

玄女而真有天书者，宜无不可破之神师也。玄女之天书而不

能破神师者，耐庵亦可不及天书者也。今偏要向此等处提出天书，而天书又曾不足以奈何高廉，然则宋江之所谓玄女可知，而天书可知矣。前曰："终日看习天书。"此又曰："用心记了咒语。"岂有终日看习而今始记咒语者？明乎前之看习是诈，而今之记咒又诈也。前曰："可与天机星同观。"此忽曰："军师放心，我自有法。"岂有终日两人看习，而今吴用尽忘者？明乎前之未尝同观，而今之并非独记也。著宋江之恶至于如此，真出篝火狐鸣下倍蓰矣。

话说当下朱仝对众人说道："若要我上山时，你只杀了黑旋风，与我出了这口气，我便罢！"

奇谈骇事。○文章妙处，全在脱卸。脱卸之法，千变万化，而总以使人读之，如神鬼搬运，全无踪迹，为绝技也。只如上回已赚得朱仝，则其文已毕。入此回，正是失陷柴进之正传。今看他不更别起事端，而便留李逵做一关捩，却又更借朱仝怒气顺手带下，遂令读者深叹美髯之忠，而竟不知耐庵之巧。真乃文坛中拔赵帜、立赤帜之材也。○每见读此文者，误认尚是前回余文。小说之不能读，而欲读天下奇书，其谁欺？欺小衙内乎？李逵听了大怒道："教你咬我鸟！

看他过接法。

晁、宋二位哥哥将令，干我屁事！""将令"与"屁"合作一句，李大哥妙人有此妙语。朱仝怒发，又要和李逵厮并，三个又劝住了。朱仝道："若有黑旋风时，我死也不上山去！"奇谈骇事。○总之是耐庵立意要脱卸到下文，非美髯立意要死并李逵也。柴进道："怎地也却容易，我自有个道理，只留下李大哥在我这里便了。"看他文章过接奇绝处，如星移电掣，瞥然便去，不令他人留目。你们三个自上山去，以满晁、宋二公之意。"朱仝道："如今做下

这件事了，知府必然行移文书，去郓城县追捉，拿我家小，如之奈何？"吴学究道："足下放心，此时多敢宋公明已都取宝眷在山上了。"朱全方才有些放心。柴进置酒相待，就当日送行。三个临晚辞了柴大官人便行。柴进叫庄客备三骑马，送出关外。临别时，吴用又分付李逵道："你且小心，只在大官人庄上住几时，切不可胡乱惹事累人。^{每于事前先逗一线，如游丝惹花，将迎复脱，妙不可言。}待半年三个月，等他性定，却来取你还山，^{此一句极似承上文吃紧语，然却是假笔。}多管也来请柴大官人入伙。"^{此一句极似无来历突然语，然却是正笔。○只此二笔，要分正反，洵知文之难作，与文之难读也。}三个自上马去了。

不说柴进和李逵回庄，且只说朱全随吴用、雷横来梁山泊入伙。行了一程，出离沧州地界，庄客自骑了马回去。^{细。}三个取路投梁山泊来，于路无话，早到朱贵酒店里，先使人上山寨报知。晁盖、宋江引了大小头目，打鼓吹笛，直到金沙滩迎接，一行人都相见了。各人乘马回到山上大寨前下了马，都到聚义厅上，叙说旧话。朱全道："小弟今蒙呼唤到山，沧州知府必然行移文书去郓城县捉我老小，如之奈何？"宋江大笑道："我教兄长放心。尊嫂并令郎，已取到这里多日了。"朱全便问道："见在何处？"宋江道："奉养在家父太公歇处，兄长请自己去问慰便了。"朱全大喜。宋江着人引朱全直到宋太公歇所，见了一家老小并一应细

软行李。妻子说道："近日有人赍书来，说你已在山寨入伙了，因此收拾，星夜到此。"朱仝出来拜谢了众人。宋江便请朱仝、雷横山顶下寨，陡然将朱、雷一结，令两龙齐来入穴，看他何等笔力。○闲中忽大书"宋江便请"四字，见宋江之无餍盖也。又大书"山顶下寨"四字，见宋江之多树援也。一笔一削，遂拟《春秋》，岂意稗官有此奇事。一面且做筵席，连日庆贺新头领，不在话下。毕。

不但结朱仝，并结雷横，谓之两头一结法。

却说沧州知府至晚不见朱仝抱小衙内回来，差人四散去寻了半夜。次日，有人见杀死在林子里，报与知府知道。府尹听了大惊，亲自到林子里看了，痛哭不已，备办棺木烧化。次日升厅，便行开公文，诸处缉捕，捉拿朱仝正身。郓城县已自申报朱仝妻子挈家在逃，不知去向。行开各州县出给赏钱捕获，笔墨周致，又补郓城县事。不在话下。毕。

只说李逵在柴进庄上住了一个来月，闲杀铁牛。忽一日，轻轻三字，生出后回无数大文字。见一个人赍一封书火急奔庄上来。柴大官人却好迎着，接书看了，大惊道："既是如此，我只得去走一遭！"李逵便问道：须知急插入真是妙笔，不得但赞描画李逵如活而已。"大官人有甚紧事？"柴进道："我有个叔叔柴皇城，见在高唐州居住，今被本州知府高廉的老婆兄弟殷天锡那厮来要占花园，呕了一口气，卧病在床，早晚性命不保，必有遗嘱的言语分付，特来唤我。想叔叔无儿无女，注出必须亲往之故。必须亲身去走一遭。"李逵道："既是大官人去时，我也跟大官人去走一遭如何？"以事论之，谓是旁文，以文论之，却是正事。须看耐庵妙笔，莫只看

945

<small>李逵妙人也。</small>柴进道:"大哥肯去时,就同走一遭。"柴进即便收拾行李,选了十数匹好马,带了几个庄客,次日五更起来,柴进、李逵并从人都上了马,离了庄院,望高唐州来。不一日,来到高唐州,入城直至柴皇城宅前下马,留李逵和从人在外面厅房内。

柴进自径入卧房里来看视叔叔,坐在榻前,放声恸哭。皇城的继室<small>既已无儿无女矣,乃其妻又是继室,皆所以深明柴进之必亲往也。</small>出来劝柴进道:"大官人鞍马风尘不易,初到此间,且休烦恼。"<small>家破人亡之时,只有妇人哭、男子劝之理,岂有男子哭、妇人反劝之理哉?分明写出皇城家中,又无痛痒,又无缓急,此继室之所以为继室,而柴进之不得不亲往也。○只"继室"二字,直从意匠惨淡处经营出来,作文岂是易事,而读文又乌得不难也!</small>柴进施礼罢,便问事情。继室答道:"此间新任知府高廉,兼管本州兵马,<small>便伏交战诸文,语,下直取而杀之可也。</small>是东京高太尉的叔伯兄弟,倚仗他哥哥势要,在这里无所不为。<small>一部书并不正写高俅一笔,而高俅之恶贯于斯盈矣。"无所不为"者,一辞不足以尽之之谓也。</small>带将一个妻舅殷天锡来,人尽称他做'殷直阁',那厮年纪却小,又倚仗他姐夫的势要,又在这里无所不为。<small>高俅无所不为,犹可限也,高俅之伯叔弟无所不为,胡可限也!高俅之伯叔兄弟无所不为,不可限也,高俅之伯叔兄弟,又有亲戚,又复无所不为,胡可限也!高俅之伯叔兄弟,又有亲戚,又复无所不为,不可限也,高俅伯叔兄弟之亲戚,又当各有其狐狗奔走之徒,又当各各无所不为,胡可限也!嗟乎,天下者朝廷之天下也,百姓者朝廷之赤子也!今也纵不可限之虎狼,张不可限之馋吻,夺不可限之儿肉,填不可限之溪壑,而欲民之不畔,国之不亡,胡可得也!</small>有那等献勤的卖科,对他说我家宅后有个花园水亭盖造得好。<small>前书高俅之伯叔兄弟夺人妻女,此书高俅伯叔兄弟之妻舅夺人田宅。盖高俅之党愈多,而高俅之势愈赫矣。前书高俅因伯叔兄弟夺人妻女,而欲诬诛林冲。此书高俅因伯叔兄弟之妻舅夺人田宅,而至祸连甲乙。盖高俅之势愈赫,而高俅之恶愈盈矣。</small>那厮带将许多奸诈不及的三二十人,径入家里来宅子后看了,<small>写得赫赫。</small>便要发遣我们出去,他要来住。<small>写得赫赫。</small>皇城对他说道:'我家是金枝玉叶,有先朝丹书铁券在门,诸人不许欺侮。你如何敢夺占我的住宅,赶我老小那里去?'那厮不容所言,定要我们出屋。皇城去扯他,反被这厮推抢殴打,因此受这口气,一卧不起,饮食不吃,服药无效,眼见得上天远、入地近。今日得大

官人来家做个主张，便有些山高水低，也更不忧。"柴进答道：

"尊婶放心，只顾请好医士调治叔叔，但有门户，小侄自使人回

沧州家里去取丹书铁券来，和他理会。先顿一句在此者，非表丹书铁券之即来，正表丹书铁券之未来也。

便告到官府、今上御前，此四字是叠一句法，本言便告到官府也不怕他，却于"官府"二字下，叠出"今上御前"四字，以表丹书

铁券之老大足恃，而也不怕他。"继室道："皇城干事全不济事，还谓后文之殊不然也。

是大官人理论是得。"

　　柴进看视了叔叔一回，却出来和李逵并带来人从说知备细。

李逵听了，跳将起来，说道："这厮好无道理！忽然提出"道理"二字，令奸臣一吓。

我有大斧在这里，教他吃我几斧，却再商量！"柴进道："李大

哥，你且息怒，没来由，和他粗卤做甚？他虽是倚势欺人，我

家放着有护持圣旨。这里指高廉和他理论不得，须是京师也有大似

他的，指道君也。必道君皇帝方大似他，然则他之为他，其大何如哉！○只知这里之有高廉，而不知大似他的身边之有高俅，何哉！放着明明

的条例，和他打官司！"李逵道："条例，条例！若还依得，天

下不乱了！快论确论我只是前打后商量！五字是李大哥生平，亦是一大篇题目，不得作一句闲话读也。那

厮若还去告状，和那鸟官一发都砍了！"亦是下文一大篇题目，不是口头顺便快语而已。柴

进笑道："可知朱仝要和你厮并，见面不得。本为要留李逵生出事来，故上文写作朱仝恼发耳。

今偏倒捆此笔，以自掩其笔墨之迹。耐庵每每如此。这里是禁城之内，如何比得你山寨里横

行！"李逵道："禁城便怎地？江州无为军偏我不曾杀人？"

妙人妙语，全是妩媚，毫无粗卤，令我读之解颐。柴进道："等我看了头势，用着大哥时，那时

相央，无事只在房里请坐。"又于柴进口中特作按压之语，以见下文突如其来，非柴进之所料也。

　　正说之间，里面侍妾慌忙来请大官人看视皇城。柴进入到里

面卧榻前，只见皇城阁着两眼泪，对柴进说道："贤侄志气轩

昂，不辱祖宗。我今日被殷天锡殴死，你可看骨肉之面，亲赍书

往京师拦驾告状，与我报仇。九泉之下，也感贤侄亲意。保重，

保重！再不多嘱。"言罢便放了命。柴进痛哭了一场。继室恐怕昏晕，不惟不哭，反劝人勿哭，极写"继室"二字。劝住柴进道："大官人烦恼有日，只四字，写尽新死人家相劝人语。且请商量后事。"柴进道："誓书在我家里，不曾带得来，星夜教人去取，须用将往东京告状。叔叔尊灵，且安排棺椁盛殓，成了孝服，却再商量。"柴进教依官制，备办内棺外椁，依礼铺设灵位。一门穿了重孝，大小举哀。李逵在外面听得堂里哭泣，自己磨拳擦掌价气。妙人，得如画。问从人，都不肯说。一发可恼。宅里请僧修设好事功果。

至第三日，只见这殷天锡骑着一匹撺行的马，"撺行"妙。将引闲汉三二十人，手执弹弓、川弩、吹筒、气球、拈竿、乐器，城外游玩了一遭，带五七分酒，佯醉假颠，径来到柴皇城宅前，勒住马，叫里面管家的人出来说话。描写如画，正与高衙内一样脚色。柴进听得说，挂着一身孝服慌忙出来答应。那殷天锡在马上问道："你是他家甚么人？"柴进答道："小可是柴皇城亲侄柴进。"殷天锡道："我前日分付道，教他家搬出屋去，如何不依我言语？"柴进道："便是叔叔卧病，不敢移动。夜来已自身故，待断七了搬出去。"殷天锡道："放屁！我只限你三日便要出屋。三日外不搬，先把你这厮枷号起，先吃我一百讯棍！"柴进道："直阁休恁相欺！我家也是龙子龙孙，放着先朝丹书铁券，谁敢不敬？"殷天锡喝道："你将出来我看！"好。柴进道："见在沧州家里，已使人去取来。"殷天锡大怒道："这厮正是胡说！便有誓书铁券，我也不怕！又好。左右，与我打这厮！"众人却待动手，原来黑旋风李逵在门缝里张看，全是妩媚，毫无粗卤，妙人。听得喝打柴进，便拽开房门，大吼一声，直抢到马边，早把殷天锡揪下马来，一拳打翻。何等快便，何等条直，

那二三十人却待抢他，_{写得好。}被李逵手起，早打倒五六个，一哄都走了。却再拿殷天锡提起来，拳头脚尖一发上，柴进那里劝得住！看那殷天锡时早已打死在地。_{只是一顿打，却作两截写。○快活。}柴进只叫得苦，便教李逵且去后堂商议。柴进道："眼见得便有人到这里，你安身不得了。官司我自支吾，你快走回梁山泊去。"李逵道："我便走了，须连累你。"_{至性人语。○纯是一团道理在胸中，方说得出此八个字来。怪不得他骂人无道理也。○必如此人，方能与人同生同死，他人只是闲时好听语耳。}柴进道："我自有誓书铁券护身，你便去是，事不宜迟。"李逵取了双斧，带了盘缠，出后门，自投梁山泊去了。

不多时，只见二百余人，各执刀杖枪棒，围住柴皇城家。柴进见来捉人，便出来说道："我同你们府里分诉去。"众人先缚了柴进，便入家里搜捉行凶黑大汉。不见，只把柴进绑到州衙内，当厅跪下。知府高廉听得打死了他的舅子殷天锡，正在厅上咬牙切齿忿恨，只待拿人来，早把柴进驱翻在厅前阶下。高廉喝道："你怎敢打死了我殷天锡！"柴进告道："小人是柴世宗嫡派子孙，家门有先朝太祖誓书铁券，见在沧州居住。为是叔叔柴皇城病重，特来看视，不幸身故，见今停丧在家。殷直阁将带三二十人到家，定要赶逐出屋，不容柴进分说，喝令众人殴打，被庄客李大救护，一时行凶打死。"高廉喝道："李大见在那里？"柴进道："心慌逃走了。"高廉道："他是个庄客，不得你的言语，如何敢打死人！你又故纵他逃走了，却来瞒昧官府。你这厮，不打如何肯招！牢子下手，加力与我打这厮！"柴进叫道："庄客李大救主，误打死人，非干我事！放着先朝太祖誓书，如何便下刑法打我？"高廉道："誓书有在那里？"_{好。}柴进

拦驾告状，何为也哉！

道："已使人回沧州去取来了。"高廉大怒，喝道："这厮正是抗拒官府！左右，腕头加力，好生痛打！"众人下手，把柴进打得皮开肉绽，鲜血迸流，只得招做"使令庄客李大打死殷天锡。"取那二十五斤死囚枷钉了，发下牢里监收。殷天锡尸首简验了，自把棺木殡葬，不在话下。这殷夫人要与兄弟报仇，教丈夫高廉抄扎了柴皇城家私，监禁下人口，封占了房屋园院，柴进自在牢中受苦。

却说李逵连夜回梁山泊，到得寨里来见众头领。朱仝一见李逵，怒从心起，掣条朴刀，径奔李逵。须知此只是周旋前文，盖既已一时借作波折，便不得不与之收拾完缴，所谓情生文，文又生情，了不得已也。黑旋风拔出双斧，便斗朱仝。胸中自有一场大祸，且未及说，而见人要厮杀，便且与之厮杀，妙人之妙如此。晁盖、宋江并众头领，一齐向前劝住。宋江与朱仝陪话道："前者杀了小衙内，不干李逵之事，却是军师吴学究因请兄长不肯上山，一时定的计策。今日既到山寨，便休记心，只顾同心协力，共兴大义，休教外人耻笑。"便叫李逵："兄弟，与美髯陪话。"李逵睁着怪眼，叫将起来，有时要他死亦肯，有时要他陪话亦不肯，真是第一妙人。说道："他直恁般做得起！我也多曾在山寨出气力，自是李逵心口如一语。他又不曾有半点之功，却怎地倒教我陪话！"宋江道："兄弟，却是你杀了小衙内。此语与下语不连。虽是军师严令。此语与下语又不连。论齿序，他也是你哥哥。此语与下语又不连。且看我面与他伏个礼，看他句句不连。我却自拜你便了。"湾湾曲曲，一句一换，直换到此句，不

此是余文，不入朱仝传，亦不作李逵传。

得不令李逵心肯，写尽宋江权术，当面转变而出。○耐庵何难为宋江作一片理直气畅语，足使李逵心服，而必故为如此屈曲断续之辞？此盖所以深明宋江之权术，乃至忍于欺天性一直之李逵，而又敢于李逵面前明明变换以欺之，所谓深恶痛绝之笔也。李逵吃宋江央及不过，便道："我不是怕你，为是哥哥逼我没奈何了，与你陪话。"一"逼"字，"没奈何了"四字，写李逵服宋江毕竟不是心服，妙笔。李逵吃宋江逼住了，只得撇了双斧，拜了朱仝两拜。朱仝方才消了这口气。毕。山寨里晁头领且教安排筵席，与他两个和解。补写晁盖，正是反剔宋江。正李逵说起：方才说起。虽文势不得不然，亦活写李逵天趣。"柴大官人因去高唐州看亲叔叔柴皇城病症，却被本州高知府妻舅殷天锡要夺屋宇花园，殴骂柴进，吃我打死了殷天锡那厮。"宋江听罢，失惊道："你自走了，须连累柴大官人吃官司！"吴学究道："兄长休惊，等戴宗回山，便有分晓。"未审虚实，轻动大军，既不可；差人往探，稽延时日，又不可。忽然斜插一句，有意无意，便似恰好凑着者，巧心妙笔，独我能知之耳。李逵问道："戴宗哥哥那里去了？"吴用道："我怕你在柴大官人庄上惹事不好，特地教他来唤你回山，他到那里不见你时，必去高唐州寻你。"反作一注注开去，以自掩其笔墨之迹，妙绝。○每每有一段事，前文不能及，因向后文补叙出者，此自是补叙之一例。今此文乃是前文实实本无，而一时不得不生出此一法，以自叙其两难之笔，谓之随手撰出例，并非补叙之一例也。说言未绝，只见小校来报："戴院长回来了。"看他何等迅疾。○看此句，始悟上文之能。宋江便去迎接，到了堂上坐下，便问柴大官人一事。戴宗答道："去到柴大官人庄上，已知同李逵投高唐州去了。径奔那里去打听，只见满城人传说殷天锡因争柴皇城庄屋，被一个黑大汉打死了。见今负累了柴大官人陷于缧绁，下在牢里。柴皇城一家人口家私，尽都抄扎了。柴大官人性命早晚不保。"晁盖道："这个黑厮又做出来了，但到处便惹口面！"李逵道："柴皇城被他打伤，呕气死了，又来占他房屋，又喝教打柴大官人，便是活佛也忍不得！"妙人妙语，正以不可解为奇，并不知活佛又是甚东西也。

晁盖道："柴大官人自来与山寨有恩，今日他有危难，如何

不下山去救他？我亲自去走一遭。"宋江道："哥哥是山寨之主，如何可便轻动？<small>写宋江自到山寨，便软禁晁盖，不许转动，而又每以好语遮饰之，权诈可畏如画。</small>小可和柴大官人旧来有恩，情愿替哥哥下山。"吴学究道："高唐州城池虽小，人物稠穰，军广粮多，不可轻敌。烦请林冲、<small>第一员便点林冲，陡然提出五岳楼下故事。</small>花荣、秦明、李俊、吕方、郭盛、孙立、欧鹏、杨林、邓飞、马麟、白胜十二个头领，部引马步军兵五千，作前队先锋；中军主帅宋公明、吴用，并朱仝、雷横、戴宗、李逵、张横、张顺、杨雄、石秀十个头领，部引马步军兵三千策应。"共该二十二位头领，辞了晁盖等众人，离了山寨望高唐州进发。

梁山泊前军到得高唐州地界，早有军卒报知高廉。高廉听了，冷笑道："你这伙草贼，在梁山泊窝藏，我兀自要来剿捕你，今日你倒来就缚，此是天教我成功！左右，快传下号令，整点军马，出城迎敌，着那众百姓上城守护。"这高知府上马管军，下马管民，一声号令下去，那帐前都统、监军、统领、统制、提辖军职一应官员，各各部领军马，就教场里点视已罢，诸将便摆布出城迎敌。高廉手下有三百梯己军士，号为"飞天神兵"，<small>轻轻添出四字，便就柴进传中收出公孙胜来，可谓文心梯接而上，不得认真谓当时真有其人也。</small>一个个都是山东、河北、江西、湖南、两淮、两浙选来的精壮好汉。知府高廉亲自引了，披甲背剑，<small>便奇。</small>

<small>看他趁势过接。</small>

上马出到城外，把部下军官周回排成阵势，却将三百神兵列在中军。摇旗呐喊，擂鼓鸣金，只等敌军来到。

却说林冲、花荣、秦明〔总出三人〕引领五千人马到来，两军相迎，旗鼓相望，各把强弓硬弩，射住阵脚。两军中吹动画角，发起擂鼓，花荣、秦明〔别出二人。○上总出三人，此又别出二人，便单单让出林冲一个头来，为五岳楼下、白虎堂前、山神庙里无数大书，一齐吐气也。○作书须学此等笔法。〕带同十个头领都到阵前，把马勒住。头领林冲横丈八蛇矛，跃马出阵，〔自岳楼下忍此一口气，节堂前再忍一口气，草场外再忍一口气，乃至水泊里再忍一口气，直到此一处，方乃一齐发作，快文亦快事也。〕厉声高叫："姓高的贼！快快出来！"〔"姓高的贼"所包甚广，俗本讹。〕高廉把马一纵，引着三十余个军官都出到门旗下，勒住马，指着林冲骂道："你这伙不知死的叛贼，怎敢直犯俺的城池！"林冲喝道："你这个害民强盗，〔骂高廉只此一句，下自痛骂高俅，妙绝。〕我早晚杀到京师，把你那厮欺君贼臣高俅，碎尸万段，方是愿足！"〔对高廉骂高俅，各人心中自有怨毒，妙绝。○柴进传中忽为林冲传作结，真所谓借他人酒杯，浇自己垒块矣。○此等意思，又确是林武师，宋江不尔，武松不尔，鲁达不尔，李逵不尔。石秀近之矣，而犹不尔。〕

高廉大怒，回头问道："谁人出马先捉此贼去？"军官队里转出一个统制官，姓于名直，拍马抢刀，竟出阵前。林冲见了径奔于直。两个战不到五合，于直被林冲心窝里一蛇矛刺着，翻筋斗撇下马去。〔小喜折。〕高廉见了大惊："再有谁人出马报仇？"军官队里又转出一个统制官，姓温，双名文宝，使一条长枪，骑一匹黄骠马，銮铃响，珂珮鸣，早出到阵前，四只马蹄荡起征尘，直奔林冲。秦明见了，大叫："哥哥稍歇，看我立斩此贼！"林冲勒住马，收了点钢矛，让秦明战温文宝。两个约斗十合之上，秦明放个门户让他枪搠进来，手起棍落，把温文宝削去半个天灵盖，死于马下。那马跑回本阵去了。〔小喜作折。〕两阵军相对齐声呐喊。

高廉见连折二将，便去背上掣出那口太阿宝剑来，口中念念有词，喝声道："疾！"^{（"念念有词，喝声道：'疾！'"八字，耐庵撰之于前，诸小说家用之后，至今日已成烂熟旧语，乃读之，便似活画出一位法官，字字有身分，有威势，有声响，有棱角，始信前人描画之工也。）}只见高廉队中卷起一道黑气，那道气散至半空里，飞沙走石，撼地摇天，刮起怪风，径扫过对阵来。林冲、秦明、花荣等众将对面不能相顾，惊得那坐下马乱撺咆哮，众人回身便走。高廉把剑一挥，指点那三百神兵，从阵里杀将出来；背后官军协助，一掩过来。赶得林冲等军马星落云散，七断八续，呼兄唤弟，觅子寻爷，五千军兵折了一千余人，直退回五十里下寨。^{（先将两番小喜作一波折，然后转出一番大败来，看他处处不作直笔。）}高廉见人马退去，也收了本部军兵入高唐州城里安下。

却说宋江中军人马到来，林冲等接着，具说前事。宋江、吴用听了大惊，与军师道："是何神术，如此利害？"吴学究道："想是妖法。若能回风返火，便可破敌。"宋江听罢，打开天书看时，第三卷上有"回风返火破阵之法"。^{（忽然又作一折。）}宋江大喜，用心记了咒语并秘诀，整点人马，五更造饭吃了，摇旗擂鼓，杀进城下来。有人报入城中，高廉再点了得胜人马并三百神兵，开放城门，布下吊桥，出来摆成阵势。宋江带剑纵马出阵前，望见高廉军中一簇皂旗。^{（如画。）}吴学究道："那阵内皂旗便是使'神师计'的军兵，但恐又使此法，如何迎敌？"宋江道："军师放心，我自有破阵之法。诸军众将勿得惊疑，只顾向前杀去。"高廉分付大小将校："不要与他强敌挑斗，但见牌响，一齐并力擒获宋江，我自有重赏。"两军喊声起处，高廉马鞍轿上挂着那面聚兽铜牌，上有龙章凤篆，^{（先插在前。）}手里拿着宝剑，出到阵前。宋江指着高廉骂道："昨夜我不曾到，兄弟们误折一阵，今日我必要

把你诛尽杀绝！"高廉喝道："你这伙反贼！快早早下马受缚，省得我腥手污脚！"言罢，把剑一挥，口中念念有词，喝声道："疾！"黑气起处，早卷起怪风来。宋江不等那风到，口中也念念有词，左手捏诀，右手把剑一指，喝声道："疾！"那阵风不望宋江阵里来，倒望高廉神兵队里去了。^{小喜作折。}宋江却待招呼人马，杀将过去。高廉见回了风，急取铜牌，把剑敲动，向那神兵队里卷一阵黄沙，就中军走出一群怪兽毒虫，直冲过来。^{又是一番大败，却于其前亦先作一波折。}宋江阵里众多人马惊呆了。宋江撇了剑，拨回马先走。^{可知天书非玄女所授。}众头领簇捧着，尽都逃命。大小军校，你我不能相顾，夺路而走。高廉在后面把剑一挥，神兵在前，官军在后，一齐掩杀将来。宋江人马，大败亏输。高廉赶杀二十余里，鸣金收军，城中去了。

宋江来到土坡下，收住人马，扎下寨栅。虽是损折了些军卒，却喜众头领都有。^{特特注明。}屯住军马，便与军师吴用商议道："今番打高唐州，连折了两阵，无计可破神兵，如之奈何？"吴学究道："若是这厮会使'神师计'，他必然今夜要来劫寨，^{须知此非学究妙算，正是耐庵妙笔。○详见下批。}可先用计堤备。此处只可屯扎些少军马，我等去旧寨内驻扎。"宋江传令，只留下杨林、白胜看寨，^{杨林、白胜于众中为下材，然却不可使之无所树立，故每于此等事，便调遣之，耐庵真有宰相之才。}其余人马，退去旧寨内将息。

此一段是为后回作法地。

955

且说杨林、白胜引人离寨半里草坡内埋伏。等到一更时分，只见风雷大作。杨林、白胜同三百余人在草里看时，只见高廉步走，引领三百神兵吹风唿哨，杀入寨里来，见是空寨，回身便走。杨林、白胜呐声喊。高廉只怕中了计，四散便走，三百神兵各自奔逃。杨林、白胜乱放弩箭，只顾射去，一箭正中高廉左肩。妙绝。○上文吴用只合云：那厮会使"神师计"，必须请将公孙胜来方可。却忽然又算两军并杀方急，若必须请将公孙胜来，则又将如何按住高廉一面耶？左思右想，陡然算到不如射他一箭。然日里方夺路逃命之际，情势必所不及，故又左思右想，算出预备劫寨一番。此皆良工心苦，独我能知之也。○后文又劫寨者，盖言高廉惯要劫寨，以遮掩此文笔墨之迹，切切勿为古人所瞒，则称善读书人矣。众军四散，冒雨赶杀。高廉引领了神兵，去得远了。杨林、白胜人少，不敢深入。只要一箭足矣，不用深入也。少刻，雨过云收，复见一天星斗。月光之下，草坡前搠翻射倒，拿得神兵二十余人，如画。解赴宋公明寨内，且说雷雨风云之事。宋江、吴用见说，大惊道："此间只隔得五里远近，却又无雨无风。"众人议道："正是妖法。只在本处，离地只有三四十丈，云雨气味，是左近水泊中摄将来的。"便写得一似真有此事。杨林说："高廉也自披发仗剑，杀入寨中，身上中了我一弩箭，回城中去了。为是人少，不敢去追。"宋江分赏杨林、白胜，把拿来的中伤神兵斩了。分拨众头领，下了七八个小寨，围绕大寨，堤备再来劫寨。岂有再来劫寨之理？正是耐庵自掩之笔也。○后文偏又当真再来劫寨，则耐庵弄奇犯险，每以此等笔法为能事也。一面使人回山寨，取军马协助。于高廉中箭前后传出二令，一备再劫，一取救兵，皆故意避开取公孙胜一句，以自掩其笔墨之迹，妙绝。且说高廉自中了箭，回到城中养病，令军士："守护城池，晓夜堤备，且休与他厮杀。待我箭疮平复起来，捉宋江未迟。"劫寨一段文字，乃正为此句耳，须知之。

却说宋江见折了人马，心中忧闷，和军师吴用商量道："只这个高廉尚且破不得，倘或别添他处军马，并力来助，如之奈

何？"吴学究道："我想要破高廉妖法，只除非依我……如此如此。若不去请这个人来，柴大官人性命也是难救，高唐州城子，永不能得。"正是：要除起雾兴云法，须请通天彻地人。毕竟吴学究说这个人是谁，且听下回分解。

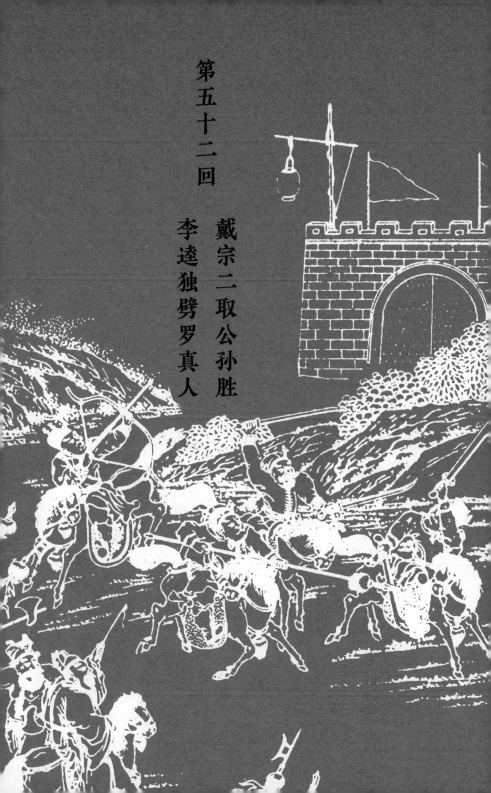

第五十二回　戴宗二取公孙胜　李逵独劈罗真人

戴二公孫勝宗取孫

此篇纯以科诨成文，是传中另又一样笔墨。然在读者，则必须略其科诨，而观其意思。何则？盖科诨，文章之恶道也。此传之间一为之者，非其未能免俗而聊复尔尔，亦其意思真有甚异于人者也。何也？盖传中既有公孙，自不得不又有高廉。夫特生高廉以衬出公孙也，乃今不向此时盛显其法术，不且虚此一番周折乎哉！然而盛显法术，固甚难矣。不张皇高廉，斯无以张皇公孙也。顾张皇高廉以张皇公孙，而斯两人者，争奇斗异，至于牛蛇神鬼，且将无所不有，斯则与彼《西游》诸书又何以异？此耐庵先生所义不为也。吾闻文章之家，固有所谓避实取虚之法矣。今兹略于破高廉，而详于取公孙，意者其用此法与？然业已略于高廉，而详于公孙，则何不并略公孙，而特详于公孙之师？盖所谓避实取虚之法，至是乃为极尽其变，而李大哥特以妙人见借，助成局段者也。是故凡李大哥插科打诨，皆所以衬出真人。衬出真人，正所以衬出公孙也。若不知作者意思如此，而徒李大哥科诨之是求，此真东坡所谓士俗不可医，吾未如之何也。

此篇又处处用对锁作章法，乃至一字不换，皆惟恐读者堕落科诨一道去故也。

此篇如拍桌溅面一段，不省说甚一段，皆作者呕心失血而得，不得草草读过。

话说当下吴学究对宋公明说道："要破此法，只除非快教人去蓟州寻取公孙胜来，便可破得高廉。"宋江道："前番戴宗去了几时，全然打听不着，却那里去寻？"吴用道："只说蓟州，有管下多少县治、句。镇市、句。乡村，句。他须不曾寻得到。

我想公孙胜他是个学道的人，必然在个名山大川，洞天真境居住。〔为学道人一锥。○吾闻其语矣，未见其人也。〕今番教戴宗可去绕蓟州管下山川去处寻觅一遭，不愁不见他。"宋江听罢，随即叫请戴院长商议，可往蓟州寻取公孙胜。戴宗道："小可愿往。只是得一个做伴的去方好。"〔非院长怕途中寂寞，耐庵怕文章寂寞也。〕吴用道："你作起神行法来，谁人赶得你上？"戴宗道："若是同伴的人，我也把甲马拴在他腿上，教他也便走得快了。"李逵便道：〔院长真说得快，大哥又接得快。○肉飞眉动之文。〕"我与戴院长做伴走一遭。"戴宗道："你若要跟我去，须要一路上吃素，〔恶。○前并不以此难杨林，今忽偏以此难铁牛，故恶。○亏得题目恶，方生出妙文来。〕都听我的言语。"李逵道："这个有甚难处，〔今日不曾难，真是不难，后日难起来，真是不易。○铁牛真是心直口直。〕我都依你便了！"宋江、吴用分付道："路上小心在意，休要惹事。若得见了，早早回来。"李逵道："我打死了殷天锡，却教柴大官人吃官司，我如何不要救他？〔情理俱到，剜心剔胆之言，圣贤菩萨，只存得此一片心耳。〕今番并不许惹事了。"〔不曰"并不敢"，而曰"并不许"，自家分付自家，铁牛可爱如此。〕

二人各藏了暗器，拴缚了包裹，拜辞宋江并众人，离了高唐州，取路投蓟州来。走得二三十里，李逵立住脚道："大哥，买碗酒吃了走也好。"〔却早来了！妙人。〕戴宗道："你要跟我作神行法，须要只吃素酒。"李逵笑道：〔看他赔一"笑"字，妙人。〕"便吃些肉也打甚么紧？"〔只作先探一句。〕戴宗道："你又来了！今日已晚，且向前寻个客店宿了，明日早行。"两个又走了三十余里，天色昏黑，寻着一个客店歇了。烧起火来做饭，沽一角酒来吃。李逵搬一碗素饭〔一碗。〕并一碗菜汤，〔一碗。〕来房里与戴宗吃。〔妙绝之笔，并不曾写李逵如何，而读者早已为之失笑矣。〕戴宗道："你如何不吃饭？"李逵应道："我且未要吃饭哩。"〔看他说谎，铁牛苦心。〕戴宗寻思："这厮必然瞒着我背地里吃荤。"戴宗自把

菜饭吃了，悄悄地来后面张时，见李逵讨两角酒，一盘牛肉，立着在那里乱吃。"两角酒""一盘牛肉"，自不必说，妙处乃在"乱吃"字与"立着"字，活写出铁牛饥肠馋吻，又心慌智乱也。戴宗道："我说甚么！且不要道破他，明日小小地要他耍便了！"恶。戴宗先去房里睡了。李逵吃了一回酒肉，恐怕戴宗问他，也轻轻的来房里睡了。"轻轻"妙，李逵亦有"轻轻"之日。真是奇事，俗本作"暗暗"，可笑。到五更时分，戴宗起来，叫李逵打火做些素饭吃了。各分行李在背上，算还了房宿钱，离了客店。行不到二里多路，戴宗说道："我们昨日不曾使神行法，今日须要赶程途，你先把包裹拴得牢了，我与你作法，行八百里便住。"戴宗取四个甲马，去李逵两只腿上缚了，分付道："你前面酒食店里等我。"恶。戴宗念念有词，吹口气在李逵腿上。李逵拽开脚步，浑如驾云的一般，飞也似去了。戴宗笑道："且着他忍一日饿！"戴宗也自拴上甲马随后赶来。

李逵不省得这法，只道和他走路一般好耍，是以来也。那当得耳朵边有如风雨之声，两边房屋树木一似连排价倒了的，脚底下如云催雾趱。神行法奇事，偏有此奇笔描写之。李逵怕将起来，李逵亦有"怕将起来"之日，奇事。几遍待要住脚，两条腿那里收拾得住？却似有人在下面推的相似，脚不点地只管走去了。看见酒肉饭店连排飞也似过去，又不能够入去买吃。恶极，恶极。李逵只得叫："爷爷，看他口中叫唤，无伦无次。且住一住！"看看走到红日平西，好笔力。肚里又饥又渴，越不能够住脚，惊得一身臭汗，气喘做一团。戴宗从背后赶来，叫道："李大，怎的不买些点心吃了去？"恶极。李逵应道："哥哥，再叫"哥哥"，哀切之至，如闻其声。救我一救，饿杀铁牛了！"戴宗怀里摸出几个炊饼来自吃。恶极。李逵叫道："我不能够住脚买吃，你与我个充饥。"戴宗道："兄弟，你立住了，与你吃。"恶极。李逵伸着手，只隔一丈来远近，只接不

着。^{恶极。}李逵叫道："好哥哥，<sup>"哥哥"上，又加"好"字，且住一住！"戴宗道："便是今日有些蹊蹊，我的两条腿也不能够住。"李逵道："阿也！^{稚子声口}我这鸟脚不由我半分，只管自家在下边奔了去。^{脚则我之脚也，今日不由我，又曰"只管自家"，便若我自我，不脚自脚，各不相及也者。如此妙语，自非李大哥，谁能道之。}不要讨我性发，把大斧砍了下来！"^{以大斧唬吓自家之脚，妙语，非李大哥不能道。}戴宗道："只除是恁的般方好；^{恶极}不然，直走到明年正月初一日也不能住！"^{恶极}李逵道："好哥哥，^{又叫"好哥哥"哀切之至。}休使道儿耍我！砍了腿下来，把甚么走回去？"^{写李大哥，偏用又憨又猾之笔，令人绝倒。}戴宗道："你敢是昨夜不依我？今日连我也奔不得住，你自奔去！"李逵叫道："好爷爷，^{"哥哥"二字，忽换作"爷爷"，越哀越切，情事如画。}你饶我住一住！"戴宗道："我的这法不许吃荤，第一戒的是牛肉。若还吃了一块牛肉，直要走一世方才得住！"^{恶极。○"走一世方才得住"，亦是妙语；质言之，正是"走杀"二字耳。○脱犹未死，则何以为"一世"哉！}李逵道："却是苦也！我昨夜不合瞒着哥哥，其实偷买五七斤牛肉吃了！正是怎么好！"^{的的妙人。○就此处写出夜来牛肉多少，妙笔。}戴宗道："怪得今日连我的这腿也收不住，你这铁牛害杀我也！"^{恶极。}李逵听罢，叫起撞天屈来。^{妙人。}戴宗笑道："你从今已后，只依得我一件事，我便罢得这法。"李逵道："老爹，^{看他口中无伦无次，哀切如画。}你快说来，看我依你！"^{"看我依你"妙语非李大哥不能道。}戴宗道："你如今敢再瞒我吃荤么？"李逵道："今后但吃时，舌头上生碗来大疔疮！^{奇语。○此语至今日已成烂熟恶贼之句，然在此处读之，宛然新出于口，何也？}我见哥哥会吃素，^{吃素又有会不会，妙语非李大哥不能道。}铁牛却其实烦难，^{"烦难"妙，却不道有甚难处。}因此上瞒着哥哥试一试。今后并不敢了！"^{吃荤又有"试一试"，又有"并不敢"，句句妙绝。}戴宗道："既是恁地，饶你这一遍！"赶上一步，把衣袖去李逵腿上只一拂，喝声："住！"李逵应声立定。戴宗道："我先去，你且慢慢的来。"^{不便收缴，再作一波。}李逵正待抬脚，

那里移得动？拽也拽不起，一似生铁铸就了的。<small>恶极。</small>李逵大叫道："又是苦也！哥便再救我一救！"<small>其辞宛转衰切，的的画出妙人。</small>戴宗转回头来笑道："你方才罚咒真么？"<small>恶极。</small>李逵道："你是我亲爷，<small>其辞愈衰，其声愈切。</small><small>○由哥哥改作好哥哥，由好哥哥改作好爷爷，由好爷爷改作老爹，由老爹改作亲爷，可谓无伦无次，无所不叫矣。</small>却如何敢违了你的言语！"戴宗道："你今番真个依我？"便把手绾了李逵，喝声："起！"两个轻轻地走了去。李逵道："哥哥，可怜见铁牛，早歇了罢！"<small>宛转衰切，的的妙人。○九字中全不诉适来之苦，而苦情一时诉尽，妙笔。</small>见个客店，两个入来投宿。戴宗、李逵入到房里，去腿上卸下甲马，取出几陌纸钱烧送了，问李逵道："今番却如何？"李逵扪着脚叹气道："这两条腿方才是我的了！"<small>的的画出妙人。○有不信此脚之意。</small>戴宗便叫李逵安排些素酒素饭吃了，烧汤洗了脚，上床歇息。睡到五更，起来洗漱罢，吃了饭，还了房钱，两个又上路。行不到三里多路，戴宗取出甲马道："兄弟，今日与你只缚两个，教你慢行些。"李逵道："亲爷，<small>昨入店时，已叫哥哥，此处忽然重叫亲爷，活画出谈虎色变来。</small>我不要缚了！"<small>不要缚诚是，然何计与神行者相追逐哉？</small>戴宗道："你既依我言语，我和你干大事，如何肯弄你？你若不依我，教你一似夜来，只钉住在这里，直等我去蓟州寻见了公孙胜，回来放你。"李逵慌忙叫道："你缚！你缚！"<small>诚乃早知如此，悔不当初矣。</small>戴宗与李逵当日各只缚两个甲马，作起神行法，扶着李逵同走。原来戴宗的法，要行便行，要住便住。李逵从此那里敢违他言语？于路上只是买些素酒素饭，吃了便行。

　　话休絮繁。两个用神行法，不旬日，迤逦来蓟州城外客店里歇了。次日，<small>一日。</small>两个入城来，戴宗扮做主人，李逵扮做仆者，绕城中寻了一日，并无一个认得公孙胜的，两个自回店里歇了。次日，<small>又一日。</small>又去城中小街狭巷寻了一日，绝无消耗。李逵心焦，

骂道："这个乞丐道人，却鸟躲在那里？^{无亲无疏，无上无下，但不合意，便大骂之。三代直道而行，我仅见李大哥耳。}我若见时，脑揪将去见哥哥！"戴宗瞅道："你又来了，便不记得吃苦！"^{妙语。}李逵陪笑道："不敢！不敢！我自这般说一声儿耍。"^{的的写出妙人。与上对锁作章法。}○戴宗又埋怨了一回，李逵不敢回话，^{妙人。}两个又来店里歇了。次日早起，^{又一日。}却去城外近村镇市寻觅。戴宗但见老人，^{先逗出"老人"二字，然后转过面店老人来，行文亦有步步莲花之法。}便施礼拜问公孙胜先生家在那里居住，并无一人认得。

戴宗也问过数十处。^{前已空过两日，到第三日，读者已料更空不过，却偏要再分上半日作一空也。}当日晌午时分，^{当日晌午。}两个走得肚饥，路旁边见一个素面店，两个直入来，买些点心吃。只见里面都坐满，没一个空处，戴宗、李逵立在当路。^{看他如此做出机会来，曲笔妙笔，非人所能也。}过卖问道："客官要吃面时，和这老人合坐一坐。"^{只是轻轻地落出一笋，绝不见斧削之迹。}戴宗见个老丈独自一个占着一副大座头，便与他施礼，唱个喏，两个对面坐了。李逵坐在戴宗肩下。分付过卖造四个壮面来。戴宗道："我吃一个，你吃三个不少么？"李逵道："不济事，一发做六个来，我都包办。"^{本欲便写拍桌}溅汁，斗出机会，然又恐突然便拍，不惟无此粗糙李逵，亦无此粗糙文章。今先写肚饥，作第一段。过卖见了也笑。等了半日，不见把面来，^{写等久，作第二段。}李逵却见都搬入里面去了，^{写都搬进去，作第三段。}○^{其实不堪，不得不拍。}心中已有五分焦躁，只见过卖却搬一个热面放在合坐老人面前。^{写单搬一个，作第四段。○一发不堪，不得不拍。}那老人也不谦让，拿起面来便吃。^{写老人"便吃"，作第五段。○一发不堪，不得不拍。○只李逵一拍，看他曲曲写来，誓不肯作直笔。}那分面却热，老儿低着头伏桌儿吃。^{上五段为拍桌作引，此一段为溅汁作注，看他笔法安顿之妙。}李逵性急，叫一声："过卖！"骂道："却教老爷等了这半日！"把那桌子只一拍，^{先有上五段。}^{便令此句不突。}溅那老人一脸热汁，^{先有前一注，便令此句不突。○看他如此斗出机会来，曲笔妙笔，非人所能也。}那分面都泼翻了。老儿焦躁，便来揪住李逵喝道："你是何道理，打

翻我面！"李逵捻起拳头，要打老儿。

戴宗慌忙喝住，与他陪话道："丈丈休和他一般见识，小可陪丈丈一分面。"那老人道："客官不知，老汉路远，早要吃了面回去听讲，〔反从老人口中陡然出笋，用戴宗开言访问，妙绝。〕迟时误了程途。"戴宗问道："丈丈何处人氏？却听谁人讲甚么？"老儿答道："老汉是本处蓟州管下九宫县〔好县名。〕二仙山下人氏，〔好山名。○如七宝村、桃花庄、狮子桥、对影山等，皆与本文关合作致，〕〔不是无端指斥。〕因来这城中买些好香回去，听山上罗真人讲说长生不死之法。"戴宗寻思："莫不公孙胜也在那里？"便问老人道："丈丈贵庄曾有个公孙胜么？"老人道："客官问别人定不知，多有人不认得他。老汉和他是邻舍。他只有个老母在堂，〔着。〕这个先生一向云游在外，〔着。〕比时唤做公孙一清。〔着。〕如今出姓，都只叫他清道人，不叫做公孙胜。此是俗名，无人认得。"〔为前一遭及昨二日寻不着注破。〕戴宗道："正是'踏破铁鞋无觅处，得来全不费工夫'。"又拜问："丈丈，九宫县二仙山离此间多少路？清道人在家么？"老人道："二仙山只离本县四十五里便是。清道人他是罗真人上首徒弟，他本师如何放他离左右？"戴宗听了大喜，连忙催趱面来吃。和那老人一同吃了，〔若此处又必分俵戴宗吃一个，李逵吃五个，岂不是呆鸟？〕算还面钱，同出店肆，问了路途。戴宗道："丈丈先行，〔不令先行，少间如何销缴？凡作事须切记此法。〕小可买些香纸，也便来也。"老人作别去了。

戴宗、李逵回到客店里，取了行李包裹，再拴上甲马，离了客店，两个取路投九宫县二仙山来。戴宗使起神行法，四十五里，片时到了。二人来到县前问二仙山时，有人指道："离县投东，只有五里便是。"两个又离了县治，投东而行，果然行不到五里，早来到二仙山下。见个樵夫，戴宗与他施礼，说道："借

问此间清道人家在何处居住？"樵夫指道："只过这个山嘴，门外有条小石桥的便是。"山居如画。○先问居，次问人，文章极小处都有节次。两个抹过山嘴来，见有十数间草房，一周围矮墙，墙外一座小小石桥。山居如画。两个来到桥边，见一个村姑提一篮新果子出来。山居如画。○诗云："野兔眼岸有闲意，老树着花无丑枝。"一樵夫，一村姑，一石桥，一果篮，写来真令人想杀山居也。戴宗施礼问道："娘子从清道人家出来，清道人在家么？"村姑答道："在屋后炼丹。"山居如画。○高唐州厮杀忙杀人，二仙山炼丹闲杀人，乃忙者不知忙到何时方了，闲者又不知闲到何时方了，令我一叹也。戴宗心中暗喜，分付李逵道："你且去树多处躲一躲，待我自入去，见了他，却来叫你。"

戴宗自入到里面看时，一带三间草房，门上悬挂一个芦帘。山居如画。戴宗咳嗽了一声，只见一个白发婆婆从里面出来。戴宗当下施礼道："告禀老娘：小可欲求清道人相见一面。"婆婆问道："官人高姓？"戴宗道："小可姓戴名宗，从山东到此。"婆婆道："孩儿出外云游，不曾还家。"戴宗道："小可是旧时相识，要说一句紧要的话，无紧要，尚回不在家，安有有紧要，反望其出来耶？戴宗徒知"紧要"之"紧要"，而不知世上之所谓"紧要"，乃山中之所谓"扯淡"真可笑，亦可哀也。求见一面。"婆婆道："不在家里。有甚话说，留下在此不妨。待回家，自来相见。"戴宗道："小可再来。"就辞了婆婆，却来门外对李逵道："今番须用着你。是以院长必须得一个做伴同来也。方才他娘说道不在家里，如今你可去请他；他若说不在时，你便打将起来，好。却不得伤犯他老母。又好。我来喝住你便罢。"又好。○未放火，先算收火者，待李逵不得不尔也。李逵先去包裹里取出双斧，插在两胯下，数日闲人，一时松颊，写得活画。入得门里，大叫一声："着个出来！"四字绝倒。深山学道人家，曾未尝闻此声，真非李大哥道不出也。○明知学道之家，定无余人，而云"着个出来"者，盖言自出来也得，娘出来也得。四字中已画出火杂杂板斧之势矣。○读之觉纸上有声甚厉。婆婆慌忙迎着问道："是谁？"见了李逵睁着双眼，先有八分怕他，问道："哥哥有甚话说？"李逵道："我乃梁山泊黑

旋风，<small>我常笑世间出将入相之人，其名震天震地，而以告于住山学道之士，方且瞠目不省何物，如黑旋风到处惊人，今日便欲以之惊此老母，可且也。</small>奉着哥哥将令，教我来请公孙胜，你叫他出来，佛眼相看。若还不肯出来，放一把鸟火，把你家当都烧做白地！”又大叫一声：“早早出来！”<small>妙人妙绝。</small>婆婆道：“好汉莫要恁地！我这里不是公孙胜家，自唤做清道人。”李逵道：“你只叫他出来，我自认得他鸟脸！”<small>妙人妙绝。</small>婆婆道：“出外云游未归。”李逵拔出大斧，先砍翻一堵壁，<small>妙人妙绝。</small>婆婆向前拦住。李逵道：“你不叫你儿子出来，我只杀了你！”拿起斧来便砍，<small>妙人妙绝。</small>把那婆婆惊倒在地。只见公孙胜从里面奔将出来，叫道：“不得无礼！”<small>一个“只见”。</small>只见戴宗便来喝道：“铁牛如何吓倒老母！”<small>又一个“只见”。○看他用两“只见”，便知都从李逵眼中写出，笔法之妙如此。</small>戴宗连忙扶起。李逵撇了大斧，便唱个喏道：“阿哥休怪，不恁地你不肯出来！”<small>妙人妙绝。</small>

　　公孙胜先扶娘入去了，<small>写公孙胜好。若写宋江，便要跪问其母不已，埋怨李逵不已矣。</small>却出来拜请戴宗、李逵，邀进一间净室坐下，<small>写公孙胜好。</small>问道：“亏二位寻得到此。”戴宗道：“自从哥哥下山之后，小可先来蓟州寻了一遍，并无打听处，只纠合得一伙弟兄上山。今次宋公明哥哥因去高唐州救柴大官人，致被知府高廉两三阵用妖法赢了，无计奈何，只得教小可和李逵径来寻请足下。绕遍蓟州，并无寻处，偶因素面店中得个此间老丈指引到此。却见村姑说足下在家烧炼丹药，老母只是推却，因此使李逵激出哥哥来。这个太莽了些，望乞恕罪！宋公明哥哥在高唐州界上度日如年，请哥哥便可行程，以见始终成全大义之美。”公孙胜道：“贫道<small>只开口二字，已不肯去矣。</small>幼年飘荡江湖，多与好汉们相聚。自从梁山泊分别回乡，非是昧心，一者母亲年老，无人奉侍，<small>真孝。</small>二乃本师罗真人留在座前，<small>真悌。</small>恐怕

山寨有人寻来，故意改名清道人，隐居在此。"戴宗道："今者宋公明正在危急之际，哥哥慈悲，只得去走一遭。"公孙胜道："干碍老母无人养赡。本师罗真人如何肯放？其实去不得了。"戴宗再拜恳告，公孙胜扶起戴宗，说道："再容商议。"公孙胜留戴宗、李逵在净室里坐定，安排些素酒素食相待。三个吃了一回，戴宗又苦苦哀告道："若是哥哥不肯去时，宋公明必被高廉捉了，山寨大义，从此休矣！"公孙胜道："且容我去禀问本师真人。若肯容许，便一同去。"戴宗道："只今便去启问本师。"公孙胜道："且宽心住一宵，明日早去。"^{亦先逗出"一宵"二字。}戴宗道："公明在彼，一日如度一年，烦请哥哥便问一遭。"公孙胜便起身，引了戴宗、李逵，离了家里，取路上二仙山来。

此时已是秋残冬初时分，日短夜长，容易得晚，来到半山里，却早红轮西坠。^{不惟写景，亦已觑定夜半矣。}松阴里面一条小路，^{山居如画。}直到罗真人观前，见有朱红牌额上，写着"紫虚观"三个金字。^{真乃如画。}三人来到观前着衣亭上，整顿衣服，从廊下入来，径投殿后松鹤轩里去。两个童子^{童子。}看见公孙胜领人入来，报知罗真人。传法旨，教请三人来。当下公孙胜引着戴宗、李逵到松鹤轩内，正值是真人朝真才罢，坐在云床上。公孙胜向前行礼起居，躬身侍立。戴宗当下见了，慌忙下拜。^{自见宋公明，几以为天下之人物至此而止矣，又岂知深山穷谷之处，又有如是之人物乎！写戴宗慌忙下拜，盖戴宗于是乎恍然自失矣。}李逵只管光着眼看。^{有戴宗，不可无李逵。写得各极其妙。}罗真人问公孙胜道："此二位何来？"公孙胜道："便是昔日弟子曾告我师，山东义友是也。今为高唐州知府高廉显逞异术，有兄宋江，特令二弟来此呼唤弟子，未敢擅便，故来禀问我师。"罗真人道："一清既脱火坑，学炼长生，何得再慕此境？"戴宗再拜

道："容乞暂请公孙先生下山，破了高廉，便送还山。"罗真人道："二位不知，此非出家人闲管之事。汝等自下山去商议。"不因此一跌，安得生出下文绝奇文字来？看官须感激真人，莫便错怪真人也。公孙胜只得引了二人，离了松鹤轩，连晚下山来。"连晚"妙，为下文蛛丝马迹。李逵问道："那老仙先生说甚么？"妙笔妙笔，设无此一曲，则竟当时发作早，又安肯待到半夜耶？才子作文，真乃心到手到，非他人之所知也。○"老仙先生"四字，是铁牛胸中忽然杜撰出来之文，字字出人意外，又字字在人眼前，妙绝妙绝，令我绝倒。戴宗道："你偏不听得！"李逵道："便是不省得这般鸟做声！"妙人妙绝，令我绝倒。戴宗道："便是他的师父说道教他休去！"李逵听了，叫起来道："教我两个走了许多路程，我又吃了若干苦，知其受创之深。寻见了却放出这个屁来！莫要引老爷性发，一只手捻碎你这道冠儿，一只手提住腰胯，把那老贼道倒直撞下山去！"于事则先有此语，而后有半夜之事，于文则先有半夜之事，而后有此语，盖是先衬之法也。○又与前"脑揪"相对作法章。戴宗瞅着道："你又要钉住了脚！"李逵陪笑道："不敢，不敢！我自这般说一声儿耍。"与前对锁作章法。三个再到公孙胜家里。

当夜安排些晚饭，戴宗和公孙胜吃了，李逵却只呆想不吃。偷吃牛肉，便吃五七斤；同吃壮面，便吃五六个；干事不成，便只呆想不吃。李大哥诚乃无处不是。○俗本讹。公孙胜道："且权宿一宵，明日再去恳告本师。涉笔成趣。若肯时，便去。"戴宗只得叫了安置，收拾行李，和李逵来净室里睡。这李逵那里睡得着？胸中既有"连累柴大官人"一事，耳中又有"必捉公明哥哥"一句，真是如何"睡得着"？写李逵忠孝过人，令人感泣。捱到五更左侧，轻轻地爬将起来，李逵又有"轻轻"之日，妙人妙绝。听那戴宗时，正齁齁的睡熟。妙。自己寻思道：一"寻思"。○李逵又有寻思之日，李逵又有寻思两遍之日，都是妙人奇事。"却不是干鸟气么？你原是山寨里人，却来问甚么鸟师父！快论确论。我本待一斧砍了，出口鸟气，不争杀了他，却又请那个去救俺哥哥？"妙。○是李逵寻语语。又寻思道："设使明朝那厮又不肯，却不误了哥哥的大事？极快极确。我只是忍不得了，妙妙。○"只是忍不得"，一似李逵又有忍得之日，妙人奇事。莫若杀了那个老贼道，教他

没问处，只得和我去！"^{快论确论。}

李逵当时摸了两把板斧，轻轻地开了房门，^{为了弟兄，便有无数"轻轻"。吾闻}^{其语，未见其人也。}乘着星月明朗，一步步摸上山来。到得紫虚观前，却见两扇大门关了，旁边篱墙苦不甚高。李逵腾也跳将过去，开了大门，一步步摸入里面来。直至松鹤轩前，只听隔窗有人念诵什么经号之声。^{不省得这般鸟做声，妙绝。○俗本作"玉枢宝经"，}^{谁知之，谁识之乎？甚矣古本之不可读也！}李逵爬上来，搠破纸窗张时，^{李逵又有搠破窗张别}^{人之日，妙人奇事。}见罗真人独自一个坐在日间这件东西上，^{云床也。乃自戴宗眼中写之，则曰"云床"，自李}^{逵眼中写之，则曰"东西"，妙绝。○俗本讹。}面前桌儿上烟煨煨地^{香也，却从李逵眼中写成四字，用笔之妙，}^{几于出入神化矣。○俗本又讹，真乃可恨。}两枝蜡烛点得通亮。李逵道："这贼道却不是当死！"一趸趸过门边来，把手只一推，扑的两扇亮槅齐开。李逵抢将入去，提起斧头，便望罗真人脑门上只一劈，早斫倒在云床上。^{奇文。}李逵看时，流出白血来，^{奇文。○一个}^{"看时"。}笑道："眼见得这贼道是童男子身，颐养得元阳真气，不曾走泄，正没半点的红。"^{奇文。○因此文，忽然想到李大哥亦定是童}^{男子身，不尔，教他何处破身也？一笑。}李逵再仔细看时，连那道冠儿劈做两半，一颗头直砍到项下。^{两个"看时"。○再看一遍，以见不}^{曾眼错，皆特特与明早作照耀也。}李逵道："这个人只可驱除了他，^{与后}^{真人语对锁作}^{章法。}先不烦恼公孙胜不去。"便转身出了松鹤轩，从侧首廊下奔将出来。只见一个青衣童子拦住李逵，^{奇文不欲便住，}^{故再蹴起一波。}喝道："你杀了我本师，待走那里去！"李逵道："你这个小贼道，也吃我一斧！"手起斧落，把头早砍下台基边去。^{偏不杀一个，}^{妙笔。}李逵笑道："如今只好撒开！"径取路出了观门，飞也似奔下山来。到得公孙胜家里，闪入来，闭上了门。净室里听戴宗时，^{妙。}兀自未觉，李逵依前轻轻地睡了。^{李逵要他只管"轻}^{轻"，真是奇事。}

直到天明，公孙胜起来安排早饭，相待两个吃了。戴宗道：

"再请先生同引我二人上山，恳告真人。"李逵听了，咬着唇冷笑，"冷笑"如画。○又好笑，又怕神行法，"咬唇"二字，活画出妙人。三个依原旧路再上山来，入到紫虚观里，松鹤轩中，见两个童子。依然妙。公孙胜问道："真人何在？"童子答道："真人坐在云床上养性。"李逵听说，吃了一惊。把舌头伸将出来，半日缩不入去。妙人妙绝。○此句至今日亦成烂熟套语，乃今在此处读之，依旧妙不可言，何也？三个揭起帘子入来看时，三个"看时"。见罗真人坐在云床上中间。奇文。李逵暗暗想道："昨夜我敢是错杀了？"妙人妙想。○"我敢是错杀"，"你敢是错认"，对锁作章法。罗真人便道："汝等三人又来何干？"戴宗道："特来哀告我师慈悲，救取众人免难。"罗真人道："这黑大汉是谁？"此一问，真乃陡然相逼，下文却变出趣事，文情转变，令人不测。戴宗答道："是小可义弟，姓李名逵。"真人笑道："本待不教公孙胜去，看他的面上，教他去走一遭。"真人无假，只是顽耳。戴宗拜谢，对李逵说了。五字妙，紧照上文"不省鸟做声"句也。俗本失之，其过不小。李逵寻思："那厮知道我要杀他，却又鸟说！"偏奸猾，妙人。只见罗真人道："我教你三人片时便到高唐州，如何？"三个谢了。戴宗寻思：李逵寻思，戴宗寻思，总写真人小小狡狯，便令二人无不颠倒。"这罗真人，又强似我的神行法！"涉笔成趣。真人唤道童取三个手帕来。戴宗道："上告我师，却是怎生教我们便能够到高唐州？"罗真人便起身道："都跟我来。"

三个人随出观门外石岩上来，先取一个红手帕铺在石上，道："一清可登。"公孙胜双脚踏在上面，罗真人把袖一拂，喝声道："起！"那手帕化作一片红云，载了公孙胜冉冉腾空便起，离山约有二十余丈。便为擒高廉时作影。罗真人喝声："住！"那片红云不动。却铺下一个青手帕，教戴宗踏上，喝声："起！"那手帕却化作一片青云，载了戴宗，起在半空里去了。那两片青红二

云，如芦席大，起在天上转，李逵看得呆了。^{写得如画。○爱神行则爱，爱腾云则爱，}^{妙人妙}^{绝。}罗真人却把一个白手帕，铺在石上，唤李逵踏上。李逵笑道："你不是耍，若跌下来，好个大疙瘩！"^{偏奸猾，妙人。○只一罗}^{"跌"字，亦必先逗。}罗真人道："你见二人么？"李逵立在手帕上，罗真人喝一声："起！"那手帕化作一片白云，飞将起去。李逵叫道："阿也！^{稚子之}^{声。}我的不稳，放我下来！"^{偏奸猾，}^{妙人。}罗真人把右手一招，那青、红二云平平坠将下来。戴宗拜谢，侍立在右手，公孙胜侍立在左手。李逵在上面叫道："我也要撒尿撒屎！你不着我下来，我劈头便撒下来也！"^{妙人妙语。○反以劈}^{头唬吓人，绝倒。}罗真人问道："我等自是出家人，不曾恼犯了你，你因何夜来越墙而过，入来把斧劈我？若是我无道德，已被杀了，又杀了我一个道童！"李逵道："不是我，你敢是错认了？"^{与上文对锁}^{作章法。}罗真人笑道："虽然只是砍了我两个葫芦，^{直到此处}^{方注出。}其心不善，且教你吃些磨难！"把手一招，喝声："去！"一阵恶风，把李逵吹入云端里。只见两个黄巾刀士，押着李逵，耳朵边有如风雨之声，下头房屋树木一似连排曳去的，脚底下如云催雾趱，正不知去了多少远，唬得魂不着体，手脚摇战。^{与前神行法对}^{锁作章法。}忽听得刮剌剌地响一声，却从蓟州府厅屋上骨碌碌滚将下来。^{奇文。}

当日正值府尹马士弘坐衙，^{偏撰一名，}^{真有之者。}厅前立着许多公吏人等，看见半天里落下一个黑大汉来，^{奇文。○"半天"二字，是谁量}^{定，亦是千古奇文，而人人不觉}^{者，附记}^{于此。}众皆吃惊。马知府见了，叫道："且拿这厮过来！"当下十数个牢子狱卒，把李逵驱至当面。马府尹喝道："你这厮是那里妖人？^{特来请法师破"妖人"，却反被法师弄}^{做"妖人"，笔颠墨倒，妙不可言。}如何从半天里吊将下来？"李逵吃跌得头破额裂，半晌说不出话来。^{绝倒。}马知府道：

"必然是个妖人！"教去取些法物来。^{奇文。}牢子、节级将李逵捆翻，驱卜厅前草地里。一个虞候掇一盆狗血，没头一淋。又一个提一桶尿粪来，望李逵头上直浇到脚底下。李逵口里耳朵里都是狗血尿屎。^{亲做一遍妖人，便学得许多破妖人之法，明日回去，即以此知府之法，还破彼知府之妖可也。○未见公孙胜作法破高廉，先见马知府作法破李逵，笔颠墨倒，妙不可言。}李逵叫道："我不是妖人，我是跟罗真人的伴当！"^{偏奸猾妙人。}原来蓟州人都知道罗真人是个现世的活神仙，从此便不肯下手伤他，再驱李逵到厅前。早有吏人禀道："这蓟州罗真人是天下有名的得道活神仙，若是他的从者，不可加刑。"马府尹笑道："我读千卷之书，每闻今古之事，未见神仙有如此徒弟。^{丑语。○汝读千卷之书，每闻古今之事，曾见神仙如何徒弟？}即系妖人，牢子，与我加力打那厮！"众人只得拿翻李逵，打得一佛出世，二佛涅槃。^{奇语。}马知府喝道："你那厮快招了妖人，便不打你！"李逵只得招做"妖人李二"。^{换来换去，只是李大、李二，绝倒。}取一面大枷钉了，押下大牢里去。

李逵来到死囚狱里，说道："我是直日神将，如何枷了我？好歹教你这蓟州一城人都死！"^{偏奸猾妙人。}那押牢节级、禁子都知罗真人道德清高，谁不钦服，都来问李逵："你端的是甚么人？"李逵道："我是罗真人亲随直日神将，因一时有失，恶了真人，把我撇在此间，教我受些苦难，三两日必来取我。你们若不把些酒肉来将息我时，我教你们众人全家都死！"^{偏奸猾妙人。}那节级、牢子见了他说，倒都怕他，只得买酒买肉请他吃。^{戴宗不得而禁之也，绝倒之文。}李逵见他们害怕，越说起风话来。牢里众人越怕了，又将热水来与他洗浴了，换些干净衣裳。^{细。}李逵道："若还缺了我酒肉，我便飞了去，教你们受苦！"^{连日作神行法，真令铁牛瘦了一半，深感真人，送我乐土。}牢里禁子只得倒陪告他。李逵陷在蓟州牢里不题。

且说罗真人把上项的事一一说与戴宗。戴宗只是苦苦哀告，求救李逵。罗真人留住戴宗在观里宿歇，动问山寨里事务。戴宗诉说晁天王、宋公明仗义疏财，专只替天行道，誓不损害忠臣烈士、孝子贤孙、义夫节妇，许多好处。罗真人听罢默然。^{四字写出真人。俗}本作"听罢甚喜"，^{真俗耳本！}一住五日，戴宗每日磕头礼拜，求告真人，乞救李逵。罗真人道："这等人只可驱除了罢，^{与前对锁作章法，俗本悉无，真是可恨。}休带回去。"戴宗告道："真人不知，这李逵虽是愚蠢，不省礼法，也有些小好处。第一，鲠直，分毫不肯苟取于人；第二，不会阿谄于人，虽死其忠不改；第三，并无淫欲邪心，贪财背义，敢勇当先。^{明明分出第一第二第三，而其文拉杂无辨。一见戴宗心忙口乱，一见李逵赞叹不尽也。}因此宋公明甚是爱他，不争没了这个人回去，教小可难见兄长宋公明之面。"罗真人笑道："贫道已知这人，是上界天杀星之数，^{于真人口中轻轻先逗出两座星辰名字，为第七十回通气。}为是下土众生作业太重，故罚他下来杀戮。吾亦安肯逆天，坏了此人？^{甚矣定业可畏，而释官之劝戒不小也。}只是磨他一会，我叫取来还你。"戴宗拜谢。罗真人叫一声："力士安在？"就松鹤轩前起一阵风，风过处，一尊黄巾力士出现，躬身禀覆："我师有何法旨？"^{此回纯是}^{此等文字，盖笔墨亦有有气类也。}罗真人道："先差你押去蓟州的那人，罪业已满。你还去蓟州牢里，取他回来，速去速回。"力士声喏去了。约有半个时辰，从虚空里把李逵撇将下来。戴宗连忙扶住李逵，问道："兄弟，这两日在那里？"李逵看了罗真人，只管磕头拜说："亲爷爷！铁牛不敢了也！"^{忽然移过"亲爷爷"三字来，妙人妙不可言。}罗真人道："你从今已后，可以戒性，竭力扶持宋公明，休生歹心。"李逵再拜道："你是我的亲爷，却如何敢违了你的言语！"^{与前对锁作章法。}戴宗道："你正去那里走了这几日？"^{戴宗只道是走，妙绝。○半日只写李逵，可谓冷杀戴宗矣。故如"又强似我神行法""你去}

那里走几日"之句，皆趯笔相顾之法也。李逵道："自那日一阵风，直刮我去蓟州府里，从厅屋脊上直滚下来，被他府里众人拿住。那个鸟知府道我是妖人，捉翻我捆了，却教牢子狱卒把狗血和尿屎淋我一头一身，打得我两腿肉烂，把我枷了，下在大牢里去。众人问我：'是何神将，从天上落下来？'只吃我说道：'罗真人的亲随直日神将。因有些过失，罚受此苦，过三二日，必来取我。'虽是吃了一顿棍棒，却也诈得些酒肉噇。那厮们惧怕真人，却与我洗浴，换了一身衣裳。方才正在亭心里诈酒肉吃，真有"此间乐，不思蜀"之意。只见半空里跳下这个黄巾力士，把枷锁开了，喝我闭眼，一似睡梦中，直扶到这里。"公孙胜道："师父似这般的黄巾力士，有一千余员，都是本师真人的伴当。"李逵听了，叫道："活佛，自好哥、老爷、亲爷以至活佛，不伦不次，信口而出，妙人妙绝。○称道士是佛，绝倒。你何不早说！免教我做了这般不是！"只顾下拜。反责他人，妙人妙绝。

　　戴宗也再拜恳告道："小可端的来得多日了，高唐州军马甚急，望乞师父慈悲，放公孙先生同弟子去救哥哥宋公明，破了高廉，便送还山。"罗真人道："我本不教他去，今为汝大义为重，权教他去走一遭。我有片言，汝当记取。"公孙胜向前跪听真人指教。正是：满还济世安邦愿，来作乘鸾跨凤人。毕竟罗真人对公孙胜说出甚话来，且听下回分解。

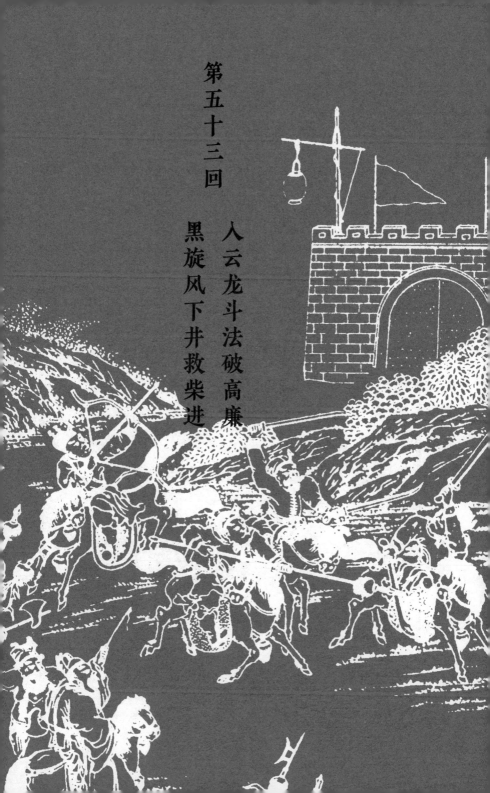

第五十三回

入云龙斗法破高廉

黑旋风下井救柴进

入雲龍鬪法破高廉

　　请得公孙胜后，三人一同赶回，可也。乃戴宗忽然先去者，所以为李逵买枣糕地也。李逵特买枣糕者，所以为结识汤隆地也。李逵结识汤隆者，所以为打造钩镰枪地也。夫打造钩镰枪，以破连环马也。连环马之来，固为高廉报仇也。高廉之死，则死于公孙胜也。今公孙胜则犹未去也。公孙胜未去，是高廉未死也。高廉未死，则高俅亦不必遣呼延也。高俅不遣呼延，则亦无有所谓连环马也。无有所谓连环马，则亦不须所谓钩镰枪也。无有连环马，不须钩镰枪，则亦不必汤隆也。乃今李逵已预结识也。为结识故，已预买糕也。为买糕故，戴宗亦已预去也。夫文心之曲，至于如此，洵鬼神之所不得测也。

　　写公孙神功道法，只是一笔两笔，不肯出力铺张，是此书特特过人一筹处。

　　写公孙破高廉，若使一阵便了，则不显公孙；然欲再持一日，又太张高廉。趁前篇劫寨一势，写作又来劫寨，因而便扫荡之。不轻不重，深得其宜矣。

　　前劫寨是乘胜而来，后劫寨是因败而至。前后两番劫寨，以此为其分别。然作者其实以后劫寨自掩前劫寨之笔痕墨迹，如上卷论之详矣。

　　此回独大书林冲战功者，正是高家清水公案，非浪笔漫书也。太史公曰："怨毒之于人甚矣哉！"不其然乎。

　　李逵朴至人，虽极力写之，亦须写不出。乃此书但要写李逵朴至，便倒写其奸猾。写得李逵愈奸猾，便愈朴至，真奇事也。

　　古诗云："井水知天风。"盖言水在井中，未必知天风也。今两旋风都入高唐枯井之底，殆寓言当时宋江扰乱之恶，至于无

处不至也。

卷末描画御赐踢雪乌骓只三四句，却用两"那马"句，读之遂抵一篇妙绝马赋。

话说当下罗真人道："弟子，你往日学的法术，却与高廉一般。吾今特授与汝'五雷天心正法'，依此而行，可救宋江，保国安民，替天行道。你的老母，我自使人早晚看视，勿得忧念。_{独此母不入山泊，为一部书之所无。}汝本上应天闲星数，_{略逗。}以此暂容汝去一遭。切须专持从前学道之心，休被人欲摇动，误了自己脚跟下大事。"_{其言使人读之生惧，不枉是一代真人。〇只此数句，便是五雷天心正法，何处更有别法？}公孙胜跪受了诀法，便和戴宗、李逵拜辞了罗真人，别了众道伴下山。归到家中，收拾了宝剑二口并铁冠道衣等物了当，拜辞老母，离山上路。行过了三四十里路程，戴宗道："小可先去报知哥哥，_{好，又显事急，又显神足。}先生和李逵大路上来，却得再来相接。"公孙胜道："正好。贤弟先往报知，吾亦趱行来也。"戴宗分付李逵道："于路小心伏侍先生，但有些差池，教你受苦。"李逵答道："他和罗真人一般的法术，我如何敢轻慢了他！"_{余波作笑。}

戴宗拴上甲马，作起神行法来，预先去了。却说公孙胜和李逵两个离了二仙山、九宫县，取大路而行，到晚寻店安歇。李逵惧怕罗真人法术，十分小心伏侍公孙胜，那里敢使性。两个行了三日，来到一个去处，地名唤做武冈镇。只见街市人烟辏集。公孙胜道："这两日于路走得困倦，买碗素酒素面吃了行。"李逵道："也好。"_{"也好"者，仅好而有所未尽之辞也。}却见驿道傍边一个小酒店，两个入来店里坐下。公孙胜坐了上首，李逵解了腰包，_{单写李逵解包，便显待先生如此}

其敬也下首坐了。叫过卖一面打酒，就安排些素馔来吃。公孙胜道："你这里有甚素点心卖？"过卖道："我店里只卖酒肉，没有素点心。市口人家有枣糕卖。"李逵道："我去买些来。"迤逦生出事来。便去包内取了铜钱，径投市镇上来，买了一包枣糕。欲待回来，只听得路傍侧首，有人喝采道："好气力！"奇文骇笔。○李大哥耳边，忽然有此三字，虽欲不生出事来，不可得也。李逵看时，一伙人围定一个大汉，把铁瓜锤在那里使，众人看了，喝采他。李逵看那大汉时，先看大汉看得出色。七尺以上身材，面皮有麻，鼻子上一条大路。就李逵眼中，写出大汉形状来。李逵看那铁锤时，次看铁锤看得出色。约有三十来斤。就李逵眼中写出铁锤斤两来。那汉使得发了，一瓜锤正打在压街石上，把那石头打做粉碎，众人喝采。此一行正为上文"好气力"三字作注，非李逵亲见此事也。李逵忍不住，便把枣糕揣在怀里，便来拿那铁锤。妙人。○此一拿，全从"好气力"三字中生出来。○须知此一拿，全是心服大汉气力真好，非是要显自己气力又好，来比落大汉也。下文只因那汉喝道"甚么鸟人"，便不免翻出恼来，亦喝道"甚么鸟好"。其实此时一片都是心服，看他一看大汉，又看一看铁锤，一时眼前心上，真有十二分爱惜也。○此一拿，正是端详铁锤，不是轻觑大汉，写李大哥不肯一笔轻薄，是此书手法。那汉喝道："你是甚么鸟人，敢来拿我的锤！"眼光声口，恰是李逵一流人物。李逵道："你使得甚好鸟好，教众人喝采，看了到污眼！你看老爷使一回教众人看！"妙人。○胸中实实爱惜，只因他出口轻薄，便亦接口轻薄之，真乃一片天趣。那汉道："我借与你。你若使不动时，且吃我一顿脖子拳了去！"眼光声口，恰是李逵一流人物。李逵接过瓜锤，如弄弹丸一般，使了一回，轻轻放下，面又不红，心头不跳，口内不喘。那汉看

买枣糕忽然生出一段奇文来。

了，倒身便拜，说道："愿求哥哥大名！"^{写大汉意思，恰是李逵一流人物。}李逵道："你家在那里住？"^{一边问，一边却问住处，非是李逵精细，不肯人前漏泄，盖图便于收卷，不肯延捱笔墨也。}那汉道："只在前面便是。"引了李逵到一个所在，见一把锁锁着门，^{便早写出无妻小、无家当来，皆图便于收卷，不肯延捱笔墨耳。}那汉把钥匙开了门，请李逵到里面坐地。

李逵看他屋里都是铁砧、铁锤、火炉、钳、凿家伙，寻思道："这人必是个打铁匠人，山寨里正用得着，何不叫他也去入伙？"^{公孙到，方才破高廉。高廉死，方才惊太尉。太尉怒，方才遣呼延。呼延至，方才赚徐宁。徐宁来，方才用汤隆。一路文情本乃如此生去，今却忽然先将汤隆倒插前面，不惟教钩镰之文未起，并用钩镰之故亦未起，乃至并公孙先生，亦尚坐在酒店中间，而铁匠却已预先整备。其穿插之妙，真不望世人知之矣。}

李逵又道："汉子，你通个姓名，教我知道。"那汉道："小人姓汤名隆，父亲原是延安府知寨官，因为打铁上，遭际老种经略相公帐前叙用。近年父亲在任亡过。小人贪赌，^{所好略同，闲中点染。}流落在江湖上，因此权在此间打铁度日。入骨好使枪棒。^{字法奇。}为是自家浑身有麻点，人都叫小人做'金钱豹子'。^{前请公孙，遇一豹子，此请公孙，又遇一豹子，何豹子之多也！}敢问哥哥高姓大名？"李逵道："我便是梁山泊好汉黑旋风李逵。"汤隆听了，再拜道："多闻哥哥威名，谁想今日偶然得遇！"李逵道："你在这里，几时得发迹！不如跟我上梁山泊入伙，教你也做个头领。"汤隆道："若得哥哥不弃，肯带携兄弟时，愿随鞭镫。"就拜李逵为兄，李逵认汤隆为弟。^{一片恩爱，与他人结拜不同。}

汤隆道："我又无家人伴当，同哥哥去市镇上吃三杯淡酒，表结拜之意。今晚歇一夜，明日早行。"^{故作一折。}李逵道："我有个师父在前面酒店里，等我买枣糕去吃了便行，担阁不得，只可如今便行。"汤隆道："如何这般要紧？"^{故作一折。○上午街头弄锤，下午随人落草，实是出奇之事，不得不作一折。}李逵道："你不知，宋公明哥哥见今在高唐州界首厮杀，只等

我这师父到来救应。”汤隆道：“这个师父是谁？”李逵道：“你且休问，快收拾了去。”来得迅疾，结得迅疾，真正绝奇文字。

汤隆急急拴了包裹盘缠银两，戴上毡笠儿，跨了口腰刀，提条朴刀，弃了家中破房旧屋、粗重家火，跟了李逵，直到酒店里来见公孙胜。公孙胜埋怨道：“你如何去了许多时？再来迟些，我依前回去了！”呼延未到，先备汤隆，可谓亦太早计矣。忽然反衬出一句公孙回去来，夫得一未便使用之汤隆，却失一急欲用之公孙，奇情幻笔，非人所知也。李逵不敢做声回话，引过汤隆拜了公孙胜，备说结义一事。活写出新得兄弟，分外快活来。公孙胜见说他是打铁出身，心中也喜。李逵取出枣糕，叫过卖将去整理。三个一同饮了几杯酒，吃了枣糕，算还了酒钱。李逵、汤隆各背上包裹，单写李逵、汤隆背包，显得先生如此其敬也。与公孙胜离了武冈镇，迤逦望高唐州来。

三个于路三停中走了两停多路，那日早却好迎着戴宗来接。是待公孙先生礼。公孙胜见了大喜，连忙问道：“近日相战如何？”戴宗道：“高廉那厮，近日箭疮平复，陡然接出，擒纵在手。每日引兵来搦战，哥哥坚守，不敢出敌，只等先生到来。”公孙胜道：“这个容易。”李逵引着汤隆拜见戴宗，说了备细。活写出新得兄弟快活来。四人一处奔高唐州来。离寨五里远，早有吕方、郭盛引一百余骑军马迎接着。是待公孙先生礼。四人都上了马，一同到寨。

宋江、吴用等出寨迎接。是待公孙先生礼。各施礼罢，摆了接风酒，叙间间阔之情，请入中军帐内，众头领亦来作庆。李逵引过汤隆来参见宋江、吴用并众头领等。活写出新得兄弟，分外快活来。○看他如此佪偟之际，只知得意自家新有兄弟，全是一派天趣。○然其实描写李逵得意处，却都是遮掩其倒插之法耳。读者毋为作者所瞒也。讲礼已罢，寨中且做庆贺筵席。上文与公孙作庆已过，此正是庆李逵之得汤隆也。次日中军帐上，宋江、吴用、公孙胜商议破高廉一事。公孙胜道：“主将传令，且着拔寨都起，看敌军如

何，小弟自有区处。"当日宋江传令各寨，一齐引军起身，直抵高唐州城壕，下寨已定。次早五更造饭，军人都披挂衣甲，宋公明、吴学究、公孙胜三骑马，直到军前，摇旗擂鼓，呐喊筛锣，杀到城下来。

再说知府高廉在城中箭疮已痊，隔夜小军来报知宋江军马又到，早辰都披挂了衣甲，便开了城门，放下吊桥，将引三百神兵并大小将较出城迎敌。两军渐近，旗鼓相望，各摆开阵势。两阵里花腔鼍鼓擂，杂彩绣旗摇。宋江阵门开处，分出十骑马来，雁翅般摆开在两边。左手下五将，花荣、秦明、朱仝、欧鹏、吕方，右手下五将是林冲、孙立、邓飞、马麟、郭盛，中间三个总军主将，三骑马出到阵前。看对阵金鼓齐鸣，门旗开处，也有二三十个军官，簇拥着高唐州知府高廉，出在阵前，立马门旗之下，厉声喝骂道："你那水洼草贼，既有心要来厮杀，定要见个输赢，走的不是好汉！"宋江问一声："谁人出马，立斩此贼？"小李广花荣挺枪跃马，直至垓心。高廉见了，喝问道："谁与我直取此贼去？"那统制官队里转出一员上将，唤做薛元辉，使两口双刀，骑一匹劣马，飞出垓心，来战花荣。两个在阵前斗了数合，花荣拨回马，望本阵便走。薛元辉纵马舞刀，尽力来赶，花荣略带住了马，拈弓取箭，扭转身

（眉批）雁翅般是一样军容，纺车般是一样军容，十队破连环是一样军容。看他只是洒笔布墨，便有无数阵图摆出，不似《三国志》处处战到若干合，一刀斩于马下而已。

绝妙军容。

绝妙军容。

躯，只一箭，把薛元辉头重脚轻射下马去。两军齐呐声喊。

高廉在马上见了大怒，急去马鞍鞒前取下那面聚兽铜牌，把剑去击。那里敲得三下，只见神兵队里卷起一阵黄沙来，罩得天昏地暗，日色无光。喊声起处，豺狼虎豹、怪兽毒虫就这黄沙内卷将出来。众军恰待都起，公孙胜在马上早掣出那一把松文古定剑来，"松文"好色泽，指着敌军，口中念念有词，喝声道："古定"好名目，指着敌军，口中念念有词，喝声道："疾！"只见一道金光射去，那伙怪兽毒虫都就黄沙中乱纷纷坠于阵前。众军人看时，却都是白纸剪的虎豹走兽，黄沙尽皆荡散不起。此等处，看他只略叙，不肯 宋江看了，鞭梢一指，大小三军一齐极力铺张，皆特避俗笔也。掩杀过去，但见人亡马倒，旗鼓交横。高廉急把神兵退走入城。宋江军马赶到城下，城上急拽起吊桥，闭上城门，擂木、炮石如雨般打将下来。宋江叫且鸣金，收聚军马下寨，整点人数，各获大胜。回帐称谢公孙先生神功道德，随即赏劳三军。次日，分兵四面围城，尽力攻打。公孙胜对宋江、吴用道："昨夜虽是杀败敌军大半，眼见得那三百神兵退入城中去了。今日攻击得紧，那厮夜间必来偷营劫寨。前劫寨，所以为一箭地也，此又劫寨，所以免明今晚日之再战也，然两文对立，亦便借作章法矣。可收军一处。至夜深，分去四面埋伏，这里虚扎寨栅，教众将只听霹雳响，看寨中火起，一齐进兵。"传令已了，当日攻城至未牌时分，都收四面军兵还寨，却在营中大吹大擂饮酒。谋定之军，看看天色渐晚，众头领暗暗分拨开去，四面埋伏已定。每每如此。

却说宋江、吴用、公孙胜、花荣、秦明、吕方、郭盛上土坡等候。是夜高廉果然点起三百神兵，背上各带铁葫芦，于内藏着硫黄焰硝、烟火药料。各人俱执钩刀铁扫帚，口内都衔芦哨。劫寨神兵结束，二更前后，大开城门，放下吊桥，高廉当先，驱领神前略此详。

兵前进，背后却带三十余骑，奔杀前来。离寨渐近，高廉在马上作起妖法，却早黑气冲天，狂风大作，飞沙走石，播土扬尘。三百神兵各取火种，去那葫芦口上点着。一声芦哨齐响，黑气中间，火光罩身，大刀阔斧，滚入寨里来。高埠处公孙胜仗剑作法，就空寨中平地上刮剌剌起个霹雳。三百神兵急待退步，只见那空寨中火起，光焰乱飞，上下通红，无路可出。四面伏兵齐赶，围定寨栅，黑处偏见。^{只是略叙，不肯极力铺张。}三百神兵不曾走得一个，都被杀在阵里。^{先了神兵。}高廉急引了三十余骑奔走回城。背后一枝军马追赶将来，乃是豹子头林冲。看看赶上，急叫得放下吊桥。高廉只带得八九骑入城，其余尽被林冲和人连马生擒活捉了去。^{独写林冲者，直为五岳楼下，白虎堂前，山神庙里吐气也。}高廉进到城中，尽点百姓上城守护。^{吾闻设兵将以保障城池，以奠安百姓也，未闻兵亡将折，而反驱百姓以守其城池也。千古通弊，为之浩叹。}高廉军马神兵，被宋江、林冲杀个尽绝。^{大书宋江，以明主军。大书林冲，以志快活。笔法妙绝。}

次日，宋江又引军马四面围城甚急。高廉寻思："我数年学得术法，不想今日被他破了，似此如之奈何？"只得使人去邻近州府求救。急急修书二封，教去东昌、寇州："二处离此不远，这两个知府都是我哥哥抬举的人，^{丑。}教星夜起兵来接应。"差了两个帐前统制官，赍擎书信，放开西门，杀将出来，投西夺路去了。众将却待去追赶，吴用传令："且放他出去，可以将计就计。"宋江问道："军师如何作用？"吴学究道："城中兵微将寡，所以他去求救。我这里可使两枝人马，诈作救应军兵，于路混战。高廉必然开门助战，乘势一面取城，把高廉引入小路，必然擒获。"宋江听了大喜。令戴宗回梁山泊，另取两枝军马，分作两路而来。

且说高廉每夜在城中空阔处堆积柴草，竟天价放火为号，城上只望救兵到来。过了数日，守城军兵望见宋江阵中不战自乱，^{好。}急忙报知。高廉听了，连忙披挂上城瞻望，只见两路人马，战尘蔽日，喊杀连天，冲奔前来。四面围城军马，四散奔走。^{好。}高廉知是两路救军到了，尽点在城军马，大开城门，分头掩杀出去。

且说高廉撞到宋江阵前，看见宋江引着花荣、秦明三骑马望小路而走。^{妙，写得如锦如火。}高廉引了人马，急去追赶，忽听得山坡后连珠炮响，心中疑惑，便收转人马回来。两边锣响，左手下小温侯，^{一个古人。}右手下赛仁贵，^{又一个古人。}各引五百人马冲将出来。高廉急夺路走时，部下军马折其大半，奔走脱得垓心时，望见城上已都是梁山泊旗号。^{妙，写得如锦如火。}举眼再看，无一处是救应军马。只得引着些败卒残兵，投山僻小路而走。行不到十里之外，山背后撞出一彪人马，当先拥出病尉迟^{又一个古人。}拦住去路，厉声高叫："我等你多时，好好下马受缚！"高廉引军便回。背后早有一彪人马截住去路，当先马上却是美髯公。^{又一个古人。○看他四面截住，便撮出四个古人，真乃以文为戏，读之令人叹绝。○极小一篇文字，亦必作一章法。真是不得不叹绝也。}两头夹攻将来，四面截了去路，高廉只得弃了马，^{次了马。}却走上山。那四下里部军一齐赶上山去，高廉慌忙口中念念有词，喝声道："起！"驾一片黑云，冉冉腾空，直上山顶。^{高廉妖术不便住，至此又生出一段。}只见山坡下转出公孙胜来，见了，便把剑在马上望空作用，口中也念念有词，喝声道："疾！"将剑望上一指，只见高廉从云中倒撞下来。^{只是略叙，不侧首抢过插翅虎雷肯费力铺张。}横，一朴刀把高廉挥做两段。雷横提了首级，都下山来。^{前独详写林冲者，}^{所以使沉冤一快也；此必大书雷横者，所以使新来立功也。耐庵笔下调遣众人，不肯草草如此。}先使人去飞报主帅。

宋江已知杀了高廉，收军进高唐州城内。先传下将令：休得伤害百姓。一面出榜安民，秋毫无犯。^{如此言，所谓仁义之师也。今强盗而忽用仁义之师，是强盗之权术也。强盗之权术而又书之者，所以深叹当时之官军反不能然也。彼三家村学究，不知作史笔法，而遽因此等语，过许强盗真有仁义，不亦怪哉！○看他写宋江此来，本是救柴进，却反将救柴进作第二句，将假仁义陡然翻作第一句，以表江之权术，真有大过人者，为诸盗之魁也。}且去大牢中救出柴大官人来。那时当牢节级、押狱禁子已都走了，止有三五十个罪囚，尽数开了枷锁释放，数中只不见柴大官人一个。^{千曲百折，得破高唐，无不以为救出柴进，易如探囊也，忽然又作一跌，真正出自意外。}

不见柴进，第一跌。

宋江心中忧闷。寻到一处监房内，却监着柴皇城一家老小。又一座牢内，监着沧州提捉到柴进一家老小，同监在彼。^{补前所无。}为是连日厮杀，未曾取问发落。^{自注一句。}只是没寻柴大官人处。^{再一跌。○前一跌，是初入之时，此一跌是搜遍之后，写得妙绝。}吴学究教唤集高唐州押狱禁子跟问时，数内有一个禀道："小人是当牢节级蔺仁。前日蒙知府高廉所委，专一牢固监守柴进，不得有失。^{补一。}又分付道：'但有凶吉，你可便下手。'^{补二。}三日之前，知府高廉要取柴进出来施刑，小人为见本人是个好男子，不忍下手，只推道：'本人病至八分，不必下手。'^{补三。}后又催并得紧，小人回称'柴进已死'。^{补四。}因是连日厮杀，知府不闲，小人却恐他差人下来看视，必见罪责，昨日引柴进去后面枯井边，开了枷锁，推放里面躲避，如今不知存亡。"^{真正奇文，出自意外。}

宋江听了，慌忙着蔺仁引入。直到后牢枯井边

望时，见里面黑洞洞地，不知多少深浅。^{写枯井。}上面叫时，那得人应？^{写枯井。}把索子放下去探时，约有八九丈深。^{写枯井。○先写枯井，便衬出李逵舍身下探之忠勇，妙笔。}宋江道："柴大官人眼见得都是没了！"宋江垂泪。吴学究道："主帅且休烦恼，谁人敢下去探看一遭，便见有无。"话犹未了，转过黑旋风李逵来，大叫道："等我下去！"^{妙人。○一半忠勇，一半好奇。一半忠勇，为"连累你吃官司"句作结。一半好奇，为神行法、青红云作结。}宋江道："正好。当初也是你送了他，今日正宜报本。"^{掂斤播两，是宋江语，令人闻之，可恼可畏。我若作李逵，便不复下去。}李逵笑道："我下去不怕，你们莫要割断了绳索！"^{自神行法吃亏后，处处小心叮嘱，又处处好奇欲试，写出妙人妙绝。○与上"大疙瘩"句，一样句法。}吴学究道："你却也忒奸猾！"^{骂得妙，妙于极不确，却妙于极确，令人忽然失笑。}且取一个大篾箩，把索子络了，接长索头，扎起一个架子，把索挂在上面。李逵脱得赤条条的，手拿两把板斧，坐在箩里却放下井里去。索上缚两个铜铃，渐渐放到底下，李逵却从箩里爬将出来，去井底下摸时，摸着一堆却是骸骨。^{故作吓人语，妙笔妙笔。}李逵道：^{（右侧）摸着骸骨，第二跌。}"爷娘，甚鸟东西在这里！"^{此句写出井底之黑，画井底真是井底。}又去这边摸时，底下湿漉漉的没下脚处。^{此句写井底湿，画井底真是井底。}李逵把双斧拔放箩里，两手去摸底下，四边却宽。^{此句写井底空洞，画井底真是井底。}一摸摸着一个人，做一堆儿墩在水坑里。李逵叫一声："柴大官人！"那里见动？^{又故作吓人语，妙笔妙笔。○入监不见柴进，是第一跌。下井摸着骸骨，是第二跌。摸着叫唤不应，是第三跌。此书之妙，莫妙于逐步作跌，而俗子偏学其科诨以为奇也。}^{（右侧）那里见动，第三跌。}把手去摸时，只觉口内微微声唤。李逵

道："谢天地！[三个字，直与柴皇城家出后门时两句说话正是一副道理。]恁地时，还有救性！"随即爬在箩里，摇动铜铃。众人扯将上来，却只李逵一个，[妙人妙绝，绝倒我也。]备细说了下面的事。宋江道："你可再下去，先把柴大官人放在箩里，先发上来，却再放箩下来取你。"李逵道："哥哥不知，我去蓟州着了两道儿，今番休撞第三遍。"[真是好猾。○两番写李逵奸猾，忽翻出下文发喊大叫来，妙文随手而成，正不知有意得之，无意得之也。]宋江笑道："我如何肯弄你，你快下去！"李逵只得再坐箩里，又下井去。[偏是他下井，偏是他下去两遍，字字可为失笑。○写李逵好奇，故肯下去；又好猾，故不肯下去。妙人妙绝处，全在"只得"二字。]到得底下，李逵爬将出箩去，却把柴大官人抱在箩里，摇动索上铜铃。上面听得，早扯起来。到上面，众人大喜。[先喜寻着。]及见柴进头破额裂，两腿皮肉打烂，眼目略开又闭，众人甚是凄惨，[次悲受苦，写得有节次。]叫请医士调治。李逵却在井底下发喊大叫。[不惟自己要紧，亦急要看柴大官人也。]宋江听得，急叫把箩放将下去，取他上来。李逵到得上面，发作道："你们也不是好人，[妙人妙绝。]便不把箩放下来救我！"宋江道："我们只顾看顾柴大官人，因此忘了你，休怪！"

［只一李逵，第四跌。］

宋江就令众人把柴进扛扶上车睡了。先把两家老小并夺转许多家财，共有二十余辆车子，叫李逵、雷横先护送上梁山泊去。[护送用雷横、李逵，一是新到效劳，一是完连累案。]却把高廉一家老小良贱三四十口，处斩于市。[快活。]赏谢了蔺仁。再把府库财帛、仓廒粮米并高

廉所有家私，尽数装载上山。大小将校离了高唐州，得胜回梁山泊。所过州县，秋毫无犯。_{特笔之，以愧当时官军也。}在路已经数日，回到大寨。柴进扶病起来，称谢晁、宋二公并众头领。晁盖教请柴大官人就山顶宋公明歇处，另建一所房子，与柴进并家眷安歇。_{每一人上山，}_{必特书宋江牢笼作自己心腹，今此独书出自晁盖，岂晁盖至此已悟耶？}晁盖、宋江等众皆大喜。自高唐州回来，又添得柴进、汤隆两个头领，且作庆贺筵席，不在话下。

再说东昌、寇州两处，_{顺风斜渡，}_又_{一过接之法。}已知高唐州杀了高廉，失陷了城池，只得写表差人申奏朝廷。又有高唐州逃难官员，都到京师说知真实。高太尉听了，知道杀死他兄弟高廉。_{特书高俅黩皇师，报私怨，以深恶之也。}次日五更，在待漏院中专等景阳钟响。百官各具公服，直临丹墀，伺候朝见。当日五更三点，道君皇帝升殿。净鞭三下响，文武两班齐。天子驾坐，殿头官喝道："有事出班启奏，无事卷帘退朝。"高太尉出班奏道："今有济州梁山泊贼首晁盖、宋江，累造大恶，打劫城池，抢掳仓廒。聚集凶徒恶党，见在济州杀害官军，闹了江州、无为军。今又将高唐州官民杀戮一空，仓廒库藏尽被掳去。此是心腹大患，若不早行诛剿，他日养成贼势，难以制伏。伏乞圣断。"天子闻奏大惊，随即降下圣旨，就委高太尉选将调兵前去剿捕，务要扫清水泊，杀绝种类。高太尉又奏道："量此草寇，不必兴举大兵。臣保一人，可去收复。"天子道："卿若举用，必无差错，即令起行。飞捷报功，加官赐赏，高迁任用。"高太尉奏道："此人乃开国之初河东名将呼延赞嫡派子孙，单名唤个灼字，使两条铜鞭，有万夫不当之勇。见受汝宁郡都统制，手下多有精兵勇将。臣举保此人，可以征剿梁山泊。可授兵马指挥使，领马步精锐军士，克日扫清山寨，班师还

朝。"天子准奏，降下圣旨：着枢密院即便差人赍敕前往汝宁州，星夜宣取。_{奉旨调将，是第一段。○一路特详呼延出军重大，以明是役之惊天动地，非得前文小小捕盗之比。}当日朝罢，高太尉就于帅府着枢密院拨一员军官，赍擎圣旨，前去宣取。当日起行，限时定日，要呼延灼赴京听命。

奉旨调将。

却说呼延灼在汝宁州统军司坐衙，听得门人报道："有圣旨特来宣取将军赴京，有委用的事。"呼延灼与本州官员出郭迎接到统军司，开读已罢，设筵管待使臣。火急收拾了头盔衣甲，鞍马器械，带引三四十从人，一同使命，离了汝宁州，星夜赴京。于路无话，早到京师城内殿司府前下马来见高太尉。_{未见天子，先见太尉，可叹可笑。}当日高俅正在殿帅府坐衙。门吏报道："汝宁州宣到呼延灼，见在门外。"高太尉大喜，叫唤进来参见。高太尉问慰已毕，与了赏赐。次日早朝，引见道君皇帝。天子看见呼延灼一表非俗，喜动天颜，就赐踢雪乌骓一匹，_{下文将有连环马一篇奇文，便先向此处生出踢雪乌骓一匹，装作头彩，绝妙章法也。}那马，_{句。}浑身墨锭似黑，四蹄雪练价白，因此名为"踢雪乌骓"。_{先画其毛片。○那马，句。○二"那马"句，神彩奕奕}那马，_{句。}日行千里，_{次叹其德性。又一段。}奉圣旨赐与呼延灼骑坐，_{两"那马"下，又撰一道圣旨，文势淋漓突兀。}呼延灼

天子赐马。

谢恩已罢，_{天子赐马，是第二段。}随高太尉再到殿帅府，_{既见天子，又到太尉，可叹可笑。}商议起军剿捕梁山泊一事。

呼延灼道："禀明恩相，小人观探梁山泊，兵粗将广，马劣枪长，_{绝妙好辞，遂为山泊作赞。}不可轻敌小觑。乞

保二将为先锋，同提军马到彼，必获大功。"高太尉听罢大喜，问道："将军所保谁人，可为前部先锋？"不争呼延灼举保此二将，有分教：宛子城重添良将，梁山泊大破官军。且教功名未上凌烟阁，姓字先标聚义厅。毕竟呼延灼对高太尉保出谁来，且听下回分解。

第五十四回

高太尉大兴三路兵

呼延灼摆布连环马

高太尉大興三路兵

此回凡三段文字。第一段，写宋江纺车军。第二段，写呼延连环军，皆极精神极变动之文。至第三段，写计擒凌振，却只如儿戏也。所以然者，盖作者当提笔未下之时，其胸中原只有连环马军一段奇思，却因不肯突然便推出来，故特就"连环"二字上颠倒生出"纺车"二字，先于文前别作一文，使读者眼光盘旋跳脱，卓策不定了，然后忽然一变，变出排山倒海异样阵势来。今试看其纺车轻，连环重，以轻引重，一也。纺车逐队，连环一排，以逐队引一排，二也。纺车人各自战，连环一齐跑发，以各自引一齐，三也。纺车忽离忽合，连环铁环连锁、以离合引连锁，四也。纺车前军战罢，转作后军，连环无前无后，直冲过来，以前转作后引无前无后，五也。纺车有进有退，连环只进无退，以有进有退引只进无退，六也。纺车写人，连环写马，以人引马，七也。盖如此一段花团锦簇文字，却只为连环一阵做得引子，然后入第二段。正写本题毕，却又不肯霎然一收便住，又特就马上生出炮来，做一拖尾。然又惟恐两大番后，又极力写炮，便令文字累坠不举，所以只将闲笔余墨写得有如儿戏相似也。呜呼！只为中间一段，变成前后三段，可谓极尽中间一段之致。乃前后二段，只为中间一段，而每段又各各极尽其致。世人即欲起而争彼才子之名，吾知有所断断不能也。

前后二段，又各各极尽其致者。如前一段写纺车军，每一队欲去时，必先有后队接住。一接一卸，譬如鹅翎也。耐庵却又忽然算到第五队欲去时，必须接出押后十将，此处一露痕迹，便令纺车二字老大败阙，故特特于第五队方接战时，便写宋江十将预先已到，以免断续之咎，固矣。然却又算到何故一篇章法，独于

第五队中忽然变换？此处仍露痕迹，毕竟鼯鼠技穷，于是特特又于第四队方接战时，便写第五队预先早到，以为之衬。真苦心哉，良工也。

又如前一段写纺车军五队，一队胜如一队，固矣。又须看他写到第四队，忽然阵上飞出三口刀。既而一变，变作两口刀，两条鞭。既而又一变，变作三条鞭。越变越奇，越奇越骇，越骇越乐，洵文章之盛观矣。

后一段，则如晁盖传令，且请宋江上山，宋江坚意不肯。读之只谓意在灭此朝食耳，却不知正为凌振放炮作衬，此真绝奇笔法，非俗士之所能也。

又如要写炮，须另有写炮法。盖写炮之法，在远不在近。今看他于凌振来时，只是称叹名色，设立炮架，而炮之威势，则必于宋江弃寨上关后，砰然闻之。真绝奇笔法，非俗士之所能也。

写接连三个炮后，又特自注云两个打在水里，一个打在小寨上者，写两个以表水泊之阔，写一个以表炮势之猛也。

至于此篇之前之后，别有奇情妙笔，则如将写连环马，便先写一匹御赐乌骓以吊动之；将写徐宁甲，因先写若干关领甲仗以吊动之。若干马则以一匹马吊动，一副甲则以若干甲吊动，洵非寻常之机杼也。

话说高太尉问呼延灼道："将军所保何人，可为先锋？"呼延灼禀道："小人举保陈州团练使，姓韩名滔，原是东京人氏，曾应过武举出身，使一条枣木槊，人呼为'百胜将军'，此人可为正先锋。又有一人，乃是颍州团练使，姓彭名玘，亦是东京人

氏，乃累代将门之子，使一口三尖两刃刀，武艺出众，人呼为'天目将军'，此人可为副先锋。"高太尉听了，大喜道："若是韩、彭二将为先锋，何愁狂寇不灭！"当日高太尉就殿帅府押了两道牒文，着枢密院差人星夜往陈、颍二州，调取韩滔、彭玘，火速赴京。不旬日间，二将已到京师，径来殿帅府，参见了太尉并呼延灼。

次日，高太尉带领众人，都往御教场中操演武艺。看军了当，却来殿帅府，会同枢密院官计议军机重事。高太尉问道："你等三路总有多少人马在此？"呼延灼答道："三路军马计有五千，连步军数及一万。"高太尉道："你三人亲自回州，拣选精锐马军三千，步军五千，约会起程，收剿梁山泊。"呼延灼禀道："此三路马步军兵都是训练精熟之士，人强马壮，不必殿帅忧虑。但恐衣甲未全，只怕误了日期，取罪不便，乞恩相宽限。"高太尉道："既是如此说时，你三人可就京师甲仗库内，不拘数目，任意选拣衣甲盔刀，关领前去。务要军马整齐，好与对敌。出师之日，我自差官来点视。"呼延灼领了钧旨，带人往甲仗库关支。呼延灼选讫铁甲三千副，熟皮马甲五千副，铜铁头盔三千顶，长枪二千根，滚刀一千把，弓箭不计其

保举将材。

保举将材，是第三段。

太尉看操，是第四段。

太尉看操。

枢院议兵。

枢院议兵，是第五段。

以踢雪乌骓吊动连环马，以关领衣甲吊动徐宁甲，真妙绝之文。○以一匹马吊动许多马，以许多甲吊动一副甲，真奇绝之文也。○或有俗士不信此评者，圣叹因愿闻特写呼延之军衣甲未全之故，何故也？

数，火炮铁炮五百余架，都装载上车。临辞之日，高太尉又拨与战马三千匹。三个将军各赏了金银段匹，三军尽关了粮赏。_{关领甲仗，是第六段。}呼延灼和韩滔、彭玘，都与了必胜军状，辞别了高太尉并枢密院等官，三人上马，都投汝宁州来。于路无话。

关领甲仗。

到得本州，呼延灼便遣韩滔、彭玘各往陈、颍二州起军，前来汝宁会合。不够半月之上，三路兵马都已完足。呼延灼便把京师关到衣甲盔刀、旗枪鞍马，并打造连环铁铠、军器等物，分俵三军已了，伺候出军。_{三路合军，是第七段。}高太尉差到殿帅府两员军官前来点视。犒赏三军已罢，呼延灼摆布三路兵马出城。_{太尉犒军，是第八段。}前军开路韩滔，中军主将呼延灼，后军催督彭玘。马步三军人等，浩浩荡荡，杀奔梁山泊来。_{"浩浩荡荡"四字，写军容绝妙好辞，抵过无数"车如流水马如龙""落日照大旗，马鸣风萧萧"语。}

三路合军。

太尉犒军。

却说梁山泊远探报马径到大寨报知此事。聚义厅上，当中晁盖、宋江，上首军师吴用，下首法师公孙胜并众头领，各与柴进贺喜，终日筵宴。听知报道："汝宁州双鞭呼延灼，引着军马到来征进。"众皆商议迎敌之策。吴用便道："我闻此人，乃开国功臣河东名将呼延赞之后，武艺精熟，使两条铜鞭，卒不可近。必用能征敢战之将，先以力敌，后用智擒。"说言未了，黑旋风李逵便道："我与你去捉这厮！"_{不是描写铁牛，正是提清题目，言此番大文，尚从打死殷天锡根上起。}宋江道："你怎去得？我自有调度。可请霹雳火秦

此下凡两段文字。此一段详梁山，略呼延。后一段详呼延，略梁山。

明打头阵，豹子头林冲打第二阵，小李广花荣打第三阵，一丈青扈三娘打第四阵，病尉迟孙立打第五阵。将前面五阵一队队战罢，如纺车般转作后军。

调拨出奇，真是以兵为戏，亦是以文为戏。我亲自带引十个弟兄，引大队人马押后。左军五将，朱仝、雷横、穆弘、黄信、吕方，右军五将，杨雄、石秀、欧鹏、马麟、郭盛。好。水路中可请李俊、张横、张顺、阮家三弟兄驾船接应。好。却教李逵与杨林引步军分作两路埋伏救应。好。"宋江调拨已定，前军秦明 第一拨。早引人马下山，向平山旷野之处列成阵势。此时虽是冬天，却喜和暖。偏是百忙时偏有本事作此闲笔。等候了一日，早望见官军到来。先锋队里百胜将韩滔领兵扎下寨栅，当晚不战。

第一番详山泊，略呼延，作引文。

次日天晓，两军对阵。三通画鼓，出到阵前。马上横着狼牙棍，望对阵门旗开处，先锋将韩滔横槊勒马大骂秦明道："天兵到此，不思早早投降，还敢抗拒，不是讨死！我直把你水泊填平，梁山踏碎，生擒活捉你这伙反贼解京，碎尸万段！"秦明本是性急的人，听了也不打话，就性格上作省笔。便拍马舞起狼牙棍，直取韩滔。韩滔挺槊跃马来战秦明。两个斗到二十余合，韩滔力怯，只待要走，背后中军主将呼延灼已到。见韩滔战秦明不下，便从中军舞起双鞭，纵坐下那匹御赐踢雪乌骓，咆哮嘶喊，来到阵前。此一合中，呼延忽来。○此段文字，本以山泊为主，以呼延为宾，今看他详写山泊诸将纺车般脱换，又插写呼延将

军掷狮来去，以一笔兼写两家健将，遂令两篇章法一齐俱成，妙绝。 秦明见了，欲待来战呼延灼，第二拨

豹子头林冲已到，接第二拨。便叫："秦统制少歇，看我战三百合却理

会！"林冲挺起蛇矛，奔呼延灼，秦明自把军马从左边趱向山坡

后去。第一拨纺车般转去矣。这里呼延灼自战林冲。两个正是对手，枪来鞭去

花一团，鞭去枪来锦一簇。绝妙好辞，不过两句九个字，而便令人眼光霍霍不定。两个斗到五十

合之上，不分胜败。第三拨小李广花荣军到，接第三拨。阵门下大叫

道："林将军少歇，看我擒捉这厮！"林冲拨转马便走。呼延灼

因见林冲武艺高强，也回本阵。此一合后，呼延忽去。林冲自把本部军马一

转，转过山坡后去，第二拨纺车般转去矣。让花荣挺枪出马。呼延灼后军也

到，天目将彭玘横着那三尖两刃四窍八环刀，骤着五明千里黄花

马，绝妙好辞，三、两、四、八、五、千，六个字用在一处，遂成异样花色。出阵大骂花荣道："反国逆

贼，何足为道，与吾并个输赢！"花荣大怒，也不答话，便与彭

玘交马，两个战二十余合。呼延灼看见彭玘力怯，纵马舞鞭，直

奔花荣。此一合中，呼延忽又来。

　　斗不到三合，第四拨一丈青扈三娘人马已到，接第四拨。大叫：

"花将军少歇，看我捉这厮！"花荣也引军望右边趱转山坡下去

了。第三拨纺车般转去矣。彭玘来战一丈青未定，第五拨病尉迟孙立军马早

到，便入第五拨，法变。勒马于阵前摆着，看这扈三娘去战彭玘。此处忽然增出第五

拨人马看战，便令精彩加倍耀艳，真文章之盛观也。两个正在征尘影里，杀气阴中，一个使大杆

刀，是一样刀。一个使双刀。又是一样刀。○虽两将一样使刀，然实是两样刀也。忽然两样刀，引出一样鞭来，真文章之盛观也。

两个斗到二十余合，一丈青把双刀分开，回马便走。彭玘要逞功

劳，纵马赶来。一丈青便把双刀挂在马鞍鞒上，袍底下取出红绵

套索，上有二十四个金钩，等彭玘马来得近，扭过身躯，把套索

望空一撒，看得亲切，彭玘措手不及，早拖下马来。孙立喝教众

军一发向前，把彭玘捉了。呼延灼看见大怒，忿力向前来救，一丈青便拍马来迎敌。^{看他忽又来。}呼延灼恨不得一口水吞了那一丈青。两个斗到十合之上，急切赢不得一丈青。呼延灼心中想道："这个泼妇人，在我手里斗了许多合，倒恁地了得！"心忙意急，卖个破绽，放他入来，却把双鞭只一盖，盖将下来，^{好呼延灼，真惊死人。}那双刀却在怀里。^{又好一丈青，真惊死人。}提起右手铜鞭，望一丈青顶门上打下来，^{好呼延灼，真惊死人。}却被一丈青眼明手快，早起刀，只一隔，右手那口刀望上直飞起来。^{又好一丈青，真惊死人。}却好那一鞭打将下来，正在刀口上，铮地一声响，火光迸散。^{好呼延灼，又好一丈青，真惊死人。}一丈青回马望本阵便走。呼延灼纵马赶来，病尉迟孙立见了，^{接第五拨。}便挺枪纵马向前，迎住厮杀。背后宋江却好引十员良将都到，列成阵势。^{五拨人马既毕，纺车几乎停住矣，陡然接出押后大队来，真文章之盛观也。}一丈青自引了人马，也投山坡下去了。^{第四拨纺车般转去矣。}

宋江见活捉得天目将彭玘，心中甚喜，且来阵前看孙立与呼延灼交战。^{又是一番看战，真乃十倍精彩。○文章声势，一段胜似一段，使人叹绝。}孙立也把枪带住手腕上，绰起那条竹节钢鞭，来迎呼延灼。两个都使钢鞭，却更一般打扮。^{上文三口刀，中间忽然变出两口刀，两条鞭，至此又忽然变出三条鞭，真文章之盛观也。}病尉迟孙立是交角铁幞头，^{交角。}大红罗抹额，^{大红罗。}百花点翠皂罗袍，^{百花点翠。}乌油戗金甲，^{乌油戗金。}骑一匹乌骓马，^{乌骓。}使一条竹节虎眼鞭，^{竹节虎眼。}赛过尉迟恭。^{借一古人画出孙立。}这呼延灼却是冲天角铁幞头，^{冲天角。}销金黄罗抹额，^{销金黄罗。}七星打钉皂罗袍，^{七星打钉。}乌油对嵌铠甲，^{乌油对嵌。}骑一匹御赐踢雪乌骓，^{踢雪乌骓。}使两条水磨八棱钢鞭，^{水磨八棱。}左手的重十二斤，右手的重十三斤，^{加倍添写两句，异样精彩。}真似呼延赞。^{亦借一古人画出呼延。}两个在阵前左盘右旋，斗到三十余合，不分胜败。

官军阵里韩滔，见说折了彭玘，便去后军队里，尽起军马，一发向前厮杀。宋江只怕冲将过来，便把鞭梢一指，十个头领引了大小军士掩杀过去。背后四路军兵，分作两路夹攻拢来。^{所谓转作后军也。}呼延灼见了，急收转本部军马，各敌个住。为何不能全胜？^{忽问一句，笔力奇绝。}却被呼延灼阵里都是"连环马军"，^{至此方表出马带马连环马。}马带马甲，人披铁铠。马带甲，只露得四蹄悬地；人披铠，只露着一对眼睛。^{此回都作绝妙好辞。}宋江阵上虽有甲马，只是红缨面具、铜铃雉尾而已。^{好。}这里射将箭去，那里甲都护住了。^{好。}那三千马军各有弓箭，对面射来，^{好。}因此不敢近前。^{借答作叙，笔力奇绝。}宋江急叫鸣金收军，呼延灼也退二十余里下寨。^{已上第一阵，详山泊，略官军。}

宋江收军，退到山西下寨，屯住军马，且叫左右群刀手簇拥彭玘过来。宋江望见，便起身喝退军士，亲解其缚，扶入帐中，分宾而坐。宋江便拜。彭玘连忙答拜道："小子被擒之人，理合就死，何故将军宾礼相待？"宋江道："某等众人，无处容身，暂占水泊，权时避难。今者朝廷差遣将军前来收捕，本合延颈就缚，但恐不能存命，因此负罪交锋，误犯虎威，敢乞恕罪！"^{此等悉是宋江权诈之辞，而学究借作续貂之本。}彭玘答道："素知将军仗义行仁，扶危济困，不想果然如此义气。倘蒙存留微命，当以捐躯报效。"宋江当日就将天目将彭玘使人送上大寨，教与晁天王相见，留在寨里。这里自一面犒赏三军，并众头领计议军情。

再说呼延灼收军下寨，自和韩滔商议如何取胜梁山水泊。韩滔道："今日这厮们见俺催军近前，他便慌忙掩击过来。明日尽数驱马军向前，必获大胜。"呼延灼道："我已如此安排下了，只要和你商量相通。"^{要知此一语非计议明日，正注解今日也。不然，何不便驱过来？}随即传下将令，

教三千匹马军做一排摆着。^{好。}每三十匹一连，却把铁环连锁。^{好。}但遇敌军，远用箭射，近则使枪，直冲入去。^{好。}三千连环马军，分作一百队锁定，^{好。}五千步军在后策应。^{好。}"明日休得挑战，^{好。}我和你押后掠阵。^{好。}但若交锋，分作三面冲将过去。"^{好。}计策商量已定，次日天晓出战。

却说宋江次日把军马分作五队在前，后军十将簇拥，两路伏兵分于左右。秦明当先，搦呼延灼出马交战。只见对阵但只呐喊，并不交锋。^{比昨日忽然换出一样阵势，便令笔墨都变，真文章之盛观也。}为头五军都一字儿摆在阵前。中是秦明，左是林冲、一丈青，右是花荣、孙立，在后随即宋江引十将也到，重重叠叠摆着人马。^{仍依昨日所拨，而纺车换作一字，便令笔墨尽变。}看对阵时，约有一千步军，只是擂鼓发喊，并无一人出马交锋。^{写并无一人，却写得异样精彩。}宋江看了，心中疑惑，暗传号令，教后军且退。^{赖此句，便令宋江一军不至覆没，用笔之妙如此。}却纵马直到花荣队里窥望，猛听对阵里连珠炮响，^{异样精彩。}一千步军，忽然分作两下，^{异样精彩。}放出三面连环马军，直冲将来。^{异样精彩。}两边把弓箭乱射，^{异样精彩。}中间尽是长枪。^{异样精彩。}宋江看了大惊，急令众军把弓箭施放。那里抵敌得住？每一队三十匹马，一齐跑发，不容你不向前走。^{注疏明快，直画出连环马声势来也。}那连环马军漫山遍野，横冲直撞将来。前面五队军马望见，便乱撺了，策立不定。后面大队人马拦当不住，各自逃生。宋江慌忙飞马便走，十将拥护而

第二番详呼延，略山泊，为正文。

行。背后早有一队连环马军追将来，却得伏兵李逵、杨林引人从芦苇中杀出来，救得宋江。<small>始知前文拨
伏兵不虚。</small>逃至水边，却有李俊、张横、张顺、三阮六个水军头领摆下战船接应。<small>始知前文拨
水军不虚。
周匝。</small>宋江急急上船，便传将令，教分头去救应众头领下船。那连环马直赶到水边，乱箭射来，<small>异样声势，
异样精彩。</small>船上却有傍牌遮护，不能损伤。慌忙把船掉到鸭嘴滩头，尽行上岸。就水寨里整点人马，折其大半。却喜众头领都全。虽然折了些马匹，都救得性命。少刻，只见石勇、时迁、孙新、顾大嫂都逃命上山，却说："步军冲杀将来，把店屋平拆了去。我等若无号船接应，尽被擒捉！"<small>陡然插出
奇文，令</small>
<small>人出于意外，犹如怪峰飞来，然又却是眼前景色。才子之文，诚绝世
无双矣。○并不写连环马，却写得连环马异样声势，文亦异样精彩。</small>宋江一一亲自抚慰。计点众头领时，中箭者六人，林冲、雷横、李逵、石秀、孙新、黄信。小喽啰中伤带箭者不计其数。晁盖闻知，同吴用、公孙胜下山来动问。宋江眉头不展，面带忧容。吴用劝道："哥哥休忧，胜败乃兵家常事，何必挂心？别生良策，可破连环军马。"晁盖便传号令，分付水军牢固寨栅，船只保守滩头，晓夜堤备，请宋公明上山安歇。宋江不肯上山，只就鸭嘴滩寨内驻扎，<small>闲处忽然布此一笔，不知乃为后文
炮手作地，用笔之妙，不望人赏。</small>只教带伤头领上山养病。

却说呼延灼大获全胜，回到本寨，开放连环马，<small>如此等句，必
不肯漏，不为</small>
<small>此书长处，只因必漏此句，</small>乃都次第前来请功。杀死者不计其数，生擒
<small>他书短处，遂令此书独步也。</small>得五百余人，夺得战马三百余匹。随即差人前去京师报捷，一面犒赏三军。却说高太尉正在殿帅府坐衙。门上报道："呼延灼收捕梁山泊得胜，差人报捷。"心中大喜，次日早朝，越班奏闻天子。天子甚喜，敕赏黄封御酒十瓶，锦袍一领，差官一员，赏钱十万贯，前去行营赏军。<small>御赐袍酒
是第九段。</small>高太尉领了圣旨，回到殿帅

府，随即差官赍捧前去。

御賜袍酒。

却说呼延灼已知有天使到，与韩滔出二十里外迎接。接到寨中，谢恩受赏已毕，置酒管待天使。一面令韩先锋俵钱赏军，且将捉到五百余人囚在寨中，待拿得贼首，一并解赴京师，示众施行。天使问："彭团练如何不见？" 高太尉不曾奏闻天子 此报捷之通诀也。 呼延灼道："为因贪捉宋江，深入重地，至被擒捉。今次群贼必不敢再来。小可分兵攻打，务要肃清山寨，扫尽水洼，擒获众贼，拆毁巢穴。但恨四面是水，无路可进。遥观寨栅，只除非得火炮飞打，以碎贼巢。久闻东京有个炮手凌振，名号'轰天雷'。此人善造火炮，能去十四五里远近，石炮落处，天崩地陷，山倒石裂。若得此人，可以攻打贼巢。更兼他深通武艺，弓马熟娴。若得天使回京，于太尉前言知此事，可以急急差遣到来，克日可取 申请炮手。 贼巢。"天使应允。次日起程，于路无话。回到京师，来见高太尉，备说呼延灼求索炮手凌振，要建大功。高太尉听罢，传下钧旨，教唤甲仗库副使炮手凌振那人来。原来凌振祖贯燕陵人，是宋朝天下第一个炮手，所以人都号他是轰天雷；更兼武艺精熟。当下凌振来参见了高太尉，就受了行军统领官文凭，便教收拾鞍马军器起身。 申请炮手， 是第十段。

且说凌振把应用的烟火、药料，就将做下的诸色火炮并一应的炮石炮架，装载上车，带了随身衣

甲盔刀行李等件，并三四十个军汉，离了东京，取路投梁山泊来。到得行营，先来参见主将呼延灼，次见先锋韩滔。借问水寨远近路程，制炮要领。山寨嵌峻去处，安排三等炮石攻打。第一是风火炮，名色奇妙。第二是金轮炮，名色奇妙。第三是子母炮。名色奇妙。○便写出三等名色，异样精彩。先令军健整顿炮架，直去水边竖起，准备放炮。未见放炮，先竖炮架，写得异样精彩。

却说宋江正在鸭嘴滩上小寨内，和军师吴学究商议破阵之法，无计可施。有探细人来报道："东京新差一个炮手，唤做轰天雷凌振，即日在于水边竖起架子，安排施放火炮，攻打寨栅。"吴学究道："这个不妨。我山寨四面都是水泊，港汉甚多，宛子城离水又远，总有飞天火炮，如何能够打得到城边？数语先为读者作一安慰。且弃了鸭嘴滩小寨，看他怎地设法施放，却做商议。"当下宋江弃了小寨，便都起身，且上关来。上文特写不肯上关，只谓宋江誓欲灭此朝食耳，不意正为凌振作渲染也，妙笔。晁盖、公孙胜接到聚义厅上，问道："似此如何破敌？"动问未绝，早听得山下炮响。写炮又是一样声势，文亦又是一样精彩。一连放了三个火炮，两个打在水里，又是一样精彩。○此句特表水泊之阔，不是闲笔。一个直打到鸭嘴滩边小寨上。此句正表炮势之大，又是一样精彩，写得骇人。○写战必须写近，写炮必须写远，此故谁当知之？○宋江见说，心中展转忧闷，众头领尽皆失色。吴学究道："若得一人诱引凌振到水边，先捉了此人，方可商议破敌之法。"晁盖道："可着李俊、张横、张顺、三阮六人棹船如此行事，岸上朱仝、雷横如此接应。"

且说六个水军头领得了将令，分作两队：李俊和张横先带了四五十个会水的，用两只快船从芦苇深处悄悄过去。背后张顺、三阮棹四十余只小船接应。再说李俊、张横上到对岸，便去炮架子边呐声喊，把炮架推翻。只如儿戏，奇妙之极。军士慌忙报与凌振知道。凌

振便带了风火二炮，拿枪上马，引了一千余人赶将来。李俊、张横领人便走。^{只如儿戏。}凌振追至芦苇滩边，看见一字儿摆开四十余只小船，船上共有百十余个水军。李俊、张横早跳在船上，故意不把船开。看看人马到来，呐声喊，都跳下水里去了。^{只如儿戏。}凌振人马已到，便来抢船。朱仝、雷横却在对岸呐喊擂鼓。^{只如儿戏，奇妙之极。}凌振夺得许多船只，叫军健尽数上船，便杀过去。船才行到波心之中，只见岸上朱仝、雷横鸣起锣来。^{只如儿戏、奇妙之绝。}水底下早钻起四五十水军，尽把船尾楔子拔了，^{只如儿戏。}水都滚入船里来，外边就势扳翻船，军健都撞在水里。凌振急待回船，船尾舵橹已自被拽下水底去了。^{奇妙之极、只如儿戏。}两边却钻上两个头领来，把船只一扳，^{奇妙之极、只如儿戏。}仰合转来，凌振却被合下水里去。水底下却是阮小二一把抱住，直拖到对岸来。^{连环马已大难事，忽然又增出一轰天雷来，诚所谓心摇胆落，手足无措之事也。一段只轻轻用五七个人，百十只船，彼以火攻，此以水胜，用力不多，而大难立解。令人读之，只如儿戏，真文章之盛观也。}岸上早有头领接着，便把索子绑了，先解上山来。水中生擒二百余人，一半水中淹死，些少逃得性命回去。呼延灼得知，急领马军赶将来时，船都已过鸭嘴滩去了。^{绝倒。}箭又射不着，^{绝倒。}人都不见了，^{绝倒。}只忍得气。^{绝倒。○此一段纯用戏笔。}呼延灼恨了半晌，只得引了人马回去。

且说众头领捉得轰天雷凌振，解上山寨，先使人报知。宋江便同满寨头领，下第二关迎接。见了凌振，连忙亲解其缚，便埋怨众人道："我教你们礼请统领上山，如何恁地无礼！"凌振拜谢不杀之恩。宋江便与他把盏已了，自执其手，^{宋江执凌振手。}相请上山。到大寨，见了彭玘已做了头领，凌振闭口无言。彭玘劝道："晁、宋二头领，替天行道，招纳豪杰，专等招安，与国家出力。既然我等到此，只得从命。"宋江却又陪话。凌振答道：

"小的在此趋侍不妨，争奈老母妻子都在京师，倘或有人知觉，必遭诛戮，如之奈何！"宋江道："但请放心，限日取还统领。"凌振谢道："若得头领如此周全，死亦瞑目。"晁盖道："且教做筵席庆贺。"

次日，厅上大聚会众头领。饮酒之间，宋江与众又商议破连环马之策。正无良法，只见金钱豹子汤隆起身道：读至此句，始信圣叹前批不谬。为造枪故，先备汤隆，今反借汤隆，生出徐宁，笔法屈曲，其妙无比。"小人不材，愿献一计。除是得这般军器和我一个哥哥，可以破得连环甲马。"吴学究便问道："贤弟，你且说用何等军器，你这个令亲哥哥是谁？"汤隆不慌不忙，叉手向前，说出这般军器和那个人来。正是：计就玉京擒獬豸，谋成金阙捉狻猊。毕竟汤隆对众说出那般军器、甚么人来，且听下回分解。

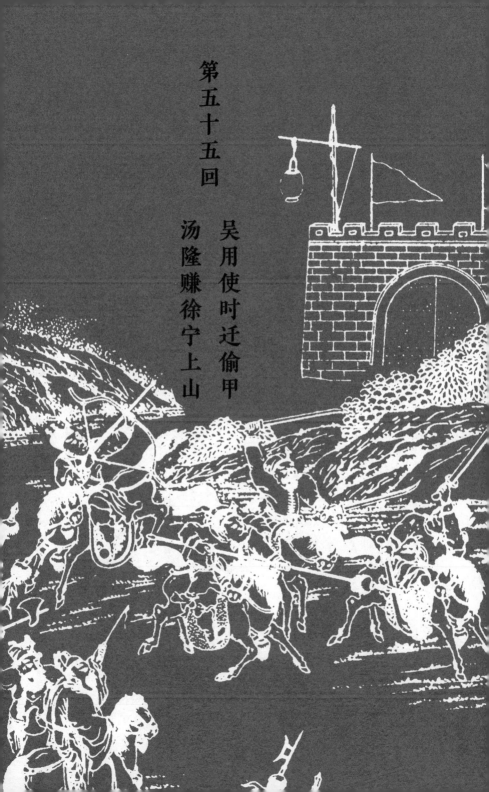

第五十五回　　吴用使时迁偷甲　　汤隆赚徐宁上山

吳用智賺玉麒麟
張順夜鬧金沙渡

　　盖耐庵当时之才，吾直无以知其际也。其忽然写一豪杰，即居然豪杰也。其忽然写一奸雄，即又居然奸雄也。甚至忽然写一淫妇，即居然淫妇。今此篇写一偷儿，即又居然偷儿也。人亦有言，非圣人不知圣人。然则非豪杰不知豪杰，非奸雄不知奸雄也。耐庵写豪杰，居然豪杰，然则耐庵之为豪杰可无疑也。独怪耐庵写奸雄，又居然奸雄，则是耐庵之为奸雄又无疑也。虽然，吾疑之矣。夫豪杰必有奸雄之才，奸雄必有豪杰之气。以豪杰兼奸雄，以奸雄兼豪杰，以拟耐庵，容当有之。若夫耐庵之非淫妇、偷儿，断断然也。今观其写淫妇居然淫妇，写偷儿居然偷儿，则又何也？噫嘻，吾知之矣！非淫妇定不知淫妇，非偷儿定不知偷儿也。谓耐庵非淫妇非偷儿者，此自是未临文之耐庵耳。夫当其未也，则岂惟耐庵非淫妇，即彼淫妇亦实非淫妇；岂惟耐庵非偷儿，即彼偷儿亦实非偷儿。经曰："不见可欲，其心不乱。"群天下之族，莫非王者之民也。若夫既动心而为淫妇，既动心而为偷儿，则岂惟淫妇偷儿而已。惟耐庵于三寸之笔，一幅之纸之间，实亲动心而为淫妇，亲动心而为偷儿。既已动心，则均矣，又安辩泚笔点墨之非入马通奸，泚笔点墨之非飞檐走壁耶？经曰："因缘和合，无法不有。"自古淫妇无印板偷汉法，偷儿无印板做贼法，才子亦无印板做文字法也。因缘生法，一切具足。是故龙树著书，以破因缘品而弁其篇，盖深恶因缘；而耐庵作《水浒》一传，直以因缘生法为其文字总持，是深达因缘也。夫深达因缘之人，则岂惟非淫妇也，非偷儿也，亦复非奸雄也，非豪杰也。何也？写豪杰、奸雄之时，其文亦随因缘而起，则是耐庵固无与也。或问曰：然则耐庵何如人也？曰：才子也。

何以谓之才子也？曰：彼固宿讲于龙树之学者也。讲于龙树之学，则菩萨也。菩萨也者，真能格物致知者也。

读此批也，其于自治也，必能畏因缘。畏因缘者，是学为圣人之法也。传称"戒慎不睹，恐惧不闻"是也。其于治人也，必能不念恶。不念恶者，是圣人忠恕之道也。传称"王道平平，王道荡荡"是也。天下而不乏圣人之徒，其必有以教我也。

此篇文字变动，又是一样笔法。如欲破马，忽赚枪，欲赚枪，忽偷甲。由马生枪，由枪生甲，一也。呼延既有马，又有炮，徐宁亦便既有枪，又有甲。呼延马虽未破，炮先为山泊所得。徐宁亦便枪虽未教，甲先为山泊所得，二也。赞呼延踢雪骓时，凡用两"那马"句，赞徐宁赛唐猊时，亦便用两"那副甲"句，三也。徐家祖传枪法，汤家却祖传枪样。二"祖传"字对起，便忽然从意外另生出一祖传甲来，四也。于三回之前，遥遥先插铁匠，已称奇绝，却不知已又于数十回之前，遥遥先插铁匠，五也。

写时迁入徐宁家，已是更余，而徐宁夫妻偏不便睡。写徐宁夫妻睡后，已入二更余，而时迁偏不便偷。所以者何？盖制题以构文也。不构文而仅求了题，然则何如并不制题之为愈也。

前文写朱全家眷，忽然添出令郎二字者，所以反衬知府舐犊之情也。此篇写徐宁夫妻，忽然又添出一六七岁孩子者，所以表徐氏之有后，而先世留下镇家之甲定不肯漫然轻弃于人也。作文向闲处设色，惟毛诗及史迁有之，耐庵真正才子，故能窃用其法也。

写时迁一夜所听说话，是家常语，是恩爱语，是主人语，是

使女语，是楼上语，是寒夜语，是当家语，是贪睡语。句句中间有眼，两头有棱，不只死写几句而已。

写徐家楼上夫妻两个说话，却接连写两夜，妙绝，奇绝！

汤隆、徐宁互说红羊皮匣子，徐宁忽向内里增一句云："里面又用香绵裹住。"汤隆便忽向外面增一句云："不是上面有白线刺着绿云头如意，中间有狮子滚绣球的？"只"红羊皮匣子"五字，何意其中又有此两番色泽。知此法者，赋海欲得万言，固不难也。

由东京至山泊，其为道里不少，便分出三段赚法来，妙不可言。

正赚徐宁时，只用空红羊皮匣子，及赚过徐宁后，却反两用雁翎砌就圈金赛唐猊甲。实者虚之，虚者实之，真神掀鬼踢之文也。

话说当时汤隆对众头领说道："小可是祖代打造军器为生。先父因此艺上遭际老种经略相公，得做延安知寨。先朝曾用这连环甲马取胜。欲破阵时，须用钩镰枪可破。汤隆祖传已有画样在此，若要打造，便可下手。未有枪法，已有枪样，未有教枪人，先有打枪手，又是一样出题法。○枪法祖传，枪样亦祖传，下因别生出一样祖传宝贝来，妙绝。汤隆虽是会打，却不会使。忽然一擒，忽然一纵，笔势变动。若要会使的人，只除非是我那个姑舅哥哥。不必姑舅哥哥也。先写是姑舅哥哥，为便于得知藏甲之处也。会使这钩镰枪法，只有他一个教头。他家祖传习学，不教外人。此三句见非徐宁不可。或是马上，或是步行，都有法则；此三句见非教使不可。端的使动，神出鬼没！"一个人说言未了，赞。林冲问道："莫不是见做金枪班教师徐宁？"汤隆称叹半日，却忽然换林冲口出其名字。虽为东京二字关锁，然文势亦极变动也。汤隆应道："正是此

人。"林冲道:"你不说起,我也忘了。这徐宁的金枪法、（先衬一句作宾。）钩镰枪法,（次出主。○汤隆独赞钩镰者,为破呼延计也。林冲并赞金枪者,为识徐宁注也。）端的是天下独步。在京师时,多与我相会,较量武艺,彼此相敬相爱。（又一个人赞。○不惟赞徐宁,兼复自赞矣,妙笔。）只是如何能够得他上山来?"汤隆道:"徐宁祖传一件宝贝,（徐既祖传枪法,汤又祖传枪样,则破呼延固必用钩镰,而教钩镰固必赚徐宁矣。今便就两个祖传上,再生出一个祖传来,成此一篇绝妙奇文,则真正凭空结撰之才也。）世上无对,乃是镇家之宝。汤隆比时曾随先父知寨往东京视探姑姑时,多曾见来,是一副雁翎砌就圈金甲。（写得活现。○上是眼见,下是耳闻,妙绝。）这副甲,（一句"这副甲"。○赞踢雪乌骓时,用两"那马"句,赞雁翎金甲时,用两"这甲"句,各成异样花色。）披在身上,又轻又稳,（四字写出一副妙甲来。○轻是甲之材,稳是甲之德。）○轻刀剑箭矢急不能透,（此句补赞入上四字内。）人都唤做'赛唐猊'。（名色奇妙。）多有贵公子要求一见,造次不肯与人看。（此句既显徐宁极爱,又显汤隆独知。）这副甲,（又一句"这副甲"。）是他的性命。（五字写爱甲入神,然正为追赃作地也。）用一个皮匣子盛着,直挂在卧房中梁上。（非姑舅兄弟,何从得知?）若是先对付得他这副甲来时,不由他不到这里。"吴用道:"若是如此,何难之有?放着有高手弟兄在此,（耐庵用人之法如此。）今次却用着鼓上蚤时迁去走一遭。"时迁随即应道:"只怕无此一物在彼。若端的有时,好歹定要取了来。"汤隆道:"你若盗得甲来,我便包办赚他上山。"宋江问道:"你如何去赚他上山?"汤隆去宋江耳边低低说了数句,宋江笑道:"此计大妙!"

吴学究道:"再用得三个人同上东京走一遭。一个到京收买烟火药料并炮内用的药材,（百忙中,忽然插出别事,妙笔。）两个去取凌统领家老小。"（妙笔。）彭玘见了,便起身禀道:"若得一人到颍州取得小弟家眷上山,实拜成全之德。"（上文百忙中忽然插出二事,虽与偷甲无涉,然犹是东京顺带之事。若此句则并不关东京矣。）（亦就百忙中一齐插出,不惟妙笔,真奇笔也。）宋江便道:"团练放心,便请二位修书,小可自教人去。"便唤:"杨林可将金银书信,带领伴当,前往颍州取

彭玘将军老小。薛永扮作使枪棒卖药的，往东京取凌统领老小。李云扮作客商，同往东京，收买烟火药料等物。乐和随汤隆同行，又挈薛永往来作伴。"一面先送时迁下山去了。[看他写众人起身，又分作三次，不肯作一率笔。]次后且叫汤隆打起一把钩镰枪做样，[入下偷甲文既毕，即徐宁已到山寨矣。打枪安顿此处，妙绝。]却叫雷横提调监督。[新铁匠下又陪出一旧铁匠，奇不可言。○倒插铁匠于三回之前，已谓奇不可言，又岂知先已倒插一位于数十回之前耶！]再说汤隆打起钩镰枪样子，教山寨里打军器的照着样子打造，自有雷横提督，不在话下。大寨做个送路筵席，当下杨林、薛永、李云、乐和、汤隆辞别下山去了。[第二番起身。]次日，又送戴宗下山往来探听事情。[第三番起身。]这段话，一时难尽。

这里且说时迁[忽然安放看官一句，只谓少间定将逐段说来，却不知其骗我也。]离了梁山泊，身边藏了暗器、诸般行头，在路迤逦来到东京，投个客店安下了。次日，踅进城来，寻问金枪班教师徐宁家。有人指点道："入得班门里，靠东第五家黑角子门便是。"[如画。]时迁转入班门里，[班门。]先看了前门。[前门。]次后踅来，相了后门。[后门。]见是一带高墙，[墙。]墙里望见两间小巧楼屋，[楼。]侧首却是一根戗柱。[戗柱。○每欲画出一篇妙绝文字，必先向前文一一将应用字眼，逐件排出，如棋家先列后着也。]时迁看了一回，又去街坊问道："徐教师在家里么？"人应道："直到晚方归来，五更便去内里随班。"[明日五更事，邻舍隔晚先说，便见不是捏凑之文。]时迁叫了"相扰"，且回客店里来。取了行头，藏在身边，分付店小二道："我今夜多敢是不归，照管房中则个。"小二道："但放心自去，这里禁城地面，并无小人。"[劈面注射语，读之绝倒。○与瓦官寺和尚对鲁智深说"那里似个出家人，只像绿林中强盗一般"，是一样文法。]

时迁再入到城里，买了些晚饭吃了，却踅到金枪班徐宁家。左右看时，没一个好安身去处。[入手忽作一跌，令人吃惊。]看看天色黑了，时迁拽入班门里面。[一层。]是夜，寒冬天色，却无月光。[不惟点出时景，亦复安放时迁一夜。]

第一节，时迁挨入班门。

时迁看见土地庙后一株大柏树，便把两只腿夹定，一节节爬将树头顶上去，骑马儿坐在枝柯上。[又一层]

第二节，时迁上树。

悄悄望时，只见徐宁归来，望家里去了。["只见"如画。]只见班里两个人提出灯笼出来关门，把一把锁锁了，各自归家去了。["只见"如画。○第一"只见"是主，第二"只见"是宾，第三"只见"宾主双亡。只][此小小一段，便是妙绝之文。]早听得谯楼禁鼓，却转初更。[初更。]云寒星斗无光，露散霜花渐白。只见班里静悄悄地，["只见"如画。"只见"徐宁归家，"只见"两人关门，"只见"静悄悄地，前两"只见"，是有所见，后一"只见"，是无所见，活画出做贼人眼中节次。]

第三节，时迁下树，爬过墙，伏厨外。

却从树上溜将下来，趱到徐宁后门边。从墙上下来，不费半点气力，爬将过去。[又一层。]看里面时，却是个小小院子。时迁伏在厨房外张时，见厨房下灯明，两个丫嬛兀自收拾未了。[是收拾将了之辞，便省却徐宁夫妻吃晚饭一段也。]

第四节，时迁从馋柱上楼檐。

时迁却从馋柱上盘到膊风板边，伏做一块儿，张那楼上时，见那金枪手徐宁和娘子对坐炉边向火，[写出寒景。]怀里抱着一个六七岁孩儿，[偏写出不是便睡光景，妙绝。○徐宁有儿妙。前朱仝有儿，所以能推知府爱子之心；此徐宁有儿，所以宝惜几世留传之甲也。]时迁看那卧房里时，见梁上果然有个大皮匣拴在上面。[指出正经题目。○张见皮匣是主，并张见弓箭腰刀衣服是宾。张见皮匣后，又必张见弓箭腰刀衣服者，多恐单写皮匣，便令房中寒俭也。○贼眼中无所见，写来如画。]房门口挂着一副弓箭、一口腰刀，衣架上挂着各色衣服。[上张见皮匣是主，此又张见弓箭腰刀衣服乃宾也，然亦活衬出内里随直妆束来。]徐宁口里叫道："梅香，你来与我折了衣服。"[上写弓箭、腰刀、衣服，只是陪伴皮匣，使不寂寞耳。此忽然便就三句内抽出衣服一句来，另自细细描写一通，以见本日真从内里随直出来，却句句恰与匣中金甲先作映衬，别成异样色泽也。]下面一个丫嬛上来，就侧首春台上先折了一领紫绣圆领，[一。]又折一领官绿衬里

袄子，二。并下面五色花绣踢串，三。一个护项彩色锦帕，四。一条红绿结子并手帕一包，五。另用一个小黄帕儿，包着一条双獭尾荔枝金带，六。〇此六句与金甲映衬。共放在包袱内，此一句，与皮匣映衬。把来安在烘笼上。与梁上映衬。时迁都看在眼里。本为梁上匣中金匣而来，却反看了烘笼上包袱内许多衣服，做贼真有如此苦事。

　　约至二更以后，二更交三更。徐宁收拾上床。娘子问道："明日随直也不？"妮妮如画。徐宁道："明日正是天子驾幸龙符宫，须用早起五更去伺候。"不惟说明日出去必早之故，亦并说明日归来独迟之故矣。娘子听了，便分付梅香道："官人明日要起五更出去随班，你们四更起来烧汤，安排点心。"只一五更随直，街上邻舍先说，隔夜娘子又先说，妙绝。〇向火、弄儿、折衣服后，偏问此一段话，便令匆匆早睡有故。时迁自忖道："眼见得梁上那个皮匣子，便是盛甲在里面，我若赶半夜下手便好。倘若闹将起来，明日出不得城，却不误了大事？且捱到五更里下手不迟。"偏写作不便偷。〇此篇是全副贼文章，故上写贼眼脑，此写贼心肝，后写贼手脚也。听得徐宁夫妻两口儿上床睡了，"听"、"得"字妙。两个丫鬟在房门外打铺。若作一碍，令人吃惊。房里桌上却点着碗灯，那五个人都睡着了。两个梅香一日伏侍到晚，精神困倦，齁齁打呵。活画小儿女。时迁溜下来，去身边取个芦管儿，就窗棂眼里，只一吹，把那碗灯早吹灭了。又一层。

　　看看伏到四更左侧，四更。徐宁起来，便唤丫鬟起来烧汤。那两个使女从睡梦里起来，活画小儿女。看

第五节，时迁溜至楼窗外。

房里没了灯，叫道："阿呀！今夜却没了灯！"徐宁道："你不去后面讨灯，等几时！"极似下半句催促梅香，却不知上半句引逗时迁也，妙绝。那个梅香开楼门下胡梯响，时迁听得，二"听得"字。却从柱上只一溜，来到后门边黑影里伏了。

又一层。听得娅嬛正开后门出来便去开墙门，三"听得"字。○只见他去开墙门，不知他去讨火，写得妙绝。

第六节，时迁仍从戗柱溜下伏后门外。

时迁却潜入厨房里，贴身在厨桌下。又一层。梅香讨了灯火入来，又去关门，闲细之笔。却来灶前烧火。这个女使也起来生炭火上楼去。一"上去"。○又写出寒景。

第七节，时迁潜入厨房，伏厨桌。

多时，汤滚，捧面汤上去，二"上去"。徐宁洗漱了，叫烫些热酒上来。写出寒景。娅嬛安排肉食炊饼上去，三"上去"。○炭火上去，面汤上去，肉食上去，三"上去"字，都是厨桌下人分中语。徐宁吃罢，叫把饭与外面当直的吃。又有此闲细之笔。时迁听得徐宁下来叫伴当吃了饭，背着包袱，拿了金枪出门。

四"听得"字○二十四字句。两个梅香点着灯送徐宁出去。不惟时事如画，亦为遣开梅香，便于时迁入来耳。时迁却从厨桌下出来，便上楼去，从

第八节，时迁上楼伏梁上。

橱子边直蹓到梁上，却把身躯伏了。又一层。两个娅嬛又关闭了门户，吹灭了灯火，此是提灯○细级。上楼来，脱了衣裳，倒头便睡。活画小儿女。

　　时迁听得两个梅香睡着了，五"听得"字。在梁上把那芦管儿指灯一吹，那灯又早灭了。时迁却从梁上轻轻解了皮匣，又一层。正要下来，徐宁的娘子觉来，听得响，忽作险笔，令人吃惊。叫梅香道："梁上甚么响？"时迁做老鼠叫。妙。娅嬛道："娘子不听得是老鼠叫？因厮打，这般响。"小儿女贪睡怕冷，不肯起来，便随口附会一句，真乃如画。时迁就便

学老鼠厮打，溜将下来。^{反借此语而下，奇妙之极。}悄悄地开了楼门，款款地背着皮匣，下得胡梯，从里面直开到外门。^{偷甲来毕。}来到班门口，已自有那随班的人出门，四更便开了锁。^{如此一段奇文，却将两头随班人下锁开锁作章法，奇绝。}时迁得了皮匣，从人队里趁闹出去了。一口气奔出城外，到客店门前。此时天色未晓，敲开店门，去房里取出行李，拴束做一担儿挑了。计算还了房钱，出离店肆，投东便走。行到四十里外，方才去食店里打火做些饭吃，只见一个人也撞将入来。^{写得突兀。}时迁看时，不是别人，却是神行太保戴宗。见时迁已得了物，两个暗暗说了几句话。戴宗道："我先将甲投山寨去，^{妙妙。}你与汤隆慢慢地来。"时迁打开皮匣，取出那副雁翎锁子甲来，做一包袱包了。戴宗拴在身上，出了店门，作起神行法，自投梁山泊去了。

　　时迁却把空皮匣子明明的拴在担子上，^{奇奇妙妙。}吃了饭食，还了打火钱，挑上担儿，出店门便走。到二十里路上，撞见汤隆，两个便入酒店里商量。汤隆道："你只依我从这条路去。^{妙妙。}但过路上酒店、饭店、客店，门上若见有白粉圈儿，^{奇奇妙妙。}你便可就在那店里买酒买肉吃。客店之中，就便安歇。特地把这皮匣子，放在他眼睛头。^{奇奇妙妙。}离此间一程外等我。^{奇奇妙妙。}时迁依计去了。汤隆慢慢地吃了一回酒，却投东京城里来。

第九节，时迁溜下梁来。

第十节，时迁去了。

且说徐宁家里。天明，两个娅鬟起来，只见楼门也开了，下面中门大门都不关。慌忙家里看时，一应物件都有。^{写得变动。}两个娅嬛上楼来，对娘子说道："不知怎的，门户都开了，却不曾失了物件。"娘子便道：^{"便道"者，不起身而道也，一写不曾失物，一写寒天懒起，的的如画。}"五更里听得梁上响，你说是老鼠厮打，你且看那皮匣子没甚事么？"^{何遽便及皮匣？故}^{从五更鼠打而入，妙妙。不更作俄延，竟瞥然而入，妙妙。}两个娅嬛看了，只叫得苦："皮匣子不知那里去了！"那娘子听了，慌忙起来^{听得不曾失物，且卧而不起，听得不见皮匣，便慌忙起来，只一娘子起身，亦必挑剔尽妙如此。}道："快央人去龙符宫里报与官人知道，教他早来跟寻。"娅嬛急急寻人去龙符宫报徐宁，连央了三四替人，^{写忙处忙极。}都回来说道："金枪班直随驾内苑去了。^{写缓处缓极。}外面都是亲军护御守把，谁人能够入去？^{缓处缓极。}直须等他自归。"^{缓处缓极。}徐宁娘子并两个娅嬛如热锇子上蚂蚁，走头无路，不茶不饭，慌做一团。^{写忙处忙极。}

徐宁直到黄昏时候，^{写缓处缓极。}方才卸了衣袍服色，着当直的背了，^{缓处缓极。}将着金枪慢慢家来。^{缓处缓极。}到得班门口，邻舍说道：^{偏写邻舍说，表出家中嚷做一片。}"娘子在家失盗！等候得观察不见回来。"徐宁吃了一惊，^{先知失贼，次知失甲，写吃惊都有轻重。}慌忙走到家里。两个娅嬛迎门道：^{先是邻舍，次是娅嬛，次是娘子，如画。}"官人五更出去，却被贼人闪将入来，单单只把梁上那个皮匣子盗将去了！"徐宁听罢，只叫那连声的苦，从丹田底下直滚出口角来。^{奇语。}娘子道："这贼正不知几时闪在屋里！"^{写娘子活是娘子，娅嬛又说，娘子只应如此矣。○邻舍说，}徐宁道：^{不答娘子妙绝。}"别的都不打紧，这副雁翎甲，乃是祖宗留传四代之宝，不曾有失，花儿王太尉曾还我三万贯钱，我不曾舍得卖与他，^{忽然撰出一段事，妙绝。}恐怕久后军前阵后要用，生怕有些差池，因此拴在梁上。多少人要看我的，只推没

了。今次声张起来，枉惹他人耻笑。^{或问失此宝贝，何得不去缉捕，故作此语解之。○不去缉捕，便单等汤隆笑。}今却失去，如之奈何！"徐宁一夜睡不着，思量道："不知是甚么人盗了去？^{自问。}也是曾知我这副甲的人！"^{自答。○活画出失物人家恍恍惚惚，心口问答来。}娘子想道："敢是夜来灭了灯时，那贼已躲在家里了？^{亦自答还自问。○前娘子问，徐宁不答，此徐宁自问自答，娘子不接话头，亦只是自答。活画出失物人家，恍恍惚惚，东猜西测来。}必然是有人爱你的，将钱问你买不得，因此使这个高手贼来盗了去。^{此一段与花儿太尉一段对。}你可央人慢慢缉访出来，别作商议，且不要打草惊蛇。"^{此一段与枉惹耻笑一段对。}徐宁听了，到天明起来，坐在家中纳闷。

早饭时分，只听得有人扣门，当直的出去问了名姓，入来报道：^{是失物纳闷人家气色。}"有个延安府汤知寨儿子汤隆，特来拜望。"徐宁听罢，教请进客位里相见。汤隆见了徐宁，纳头拜下，说道："哥哥一向安乐？"徐宁答道："闻知舅舅归天去了，一者官身羁绊，二乃路途遥远，不能前来吊问，并不知兄弟信息。一向正在何处，今次自何而来？"汤隆道："言之不尽！自从父亲亡故之后，时乖运蹇，一向流落江湖。今从山东径来京师探望兄长。"徐宁道："兄弟少坐。"便叫安排酒食相待。汤隆去包袱内取出两锭蒜条金，重二十两，送与徐宁，^{是钩镰教师聘礼，为之一笑。○有此，便见不是为甲报信而来。}说道："先父临终之日，留下这些东西，教寄与哥哥做遗念。为因无心腹之人，不曾捎来，今次兄弟特地到京师纳还哥哥。"徐宁道："感承舅舅如此挂念，我又不曾有半分孝顺处，怎地报答？"汤隆道："哥哥，休恁地说。先父在日之时，常是想念哥哥这一身武艺。只恨山遥水远，不能够相见一面，因此留这些物与哥哥做遗念。"徐宁谢了汤隆，交收过了，且安排酒来管待。

汤隆和徐宁饮酒中间，徐宁只是眉头不展，面带忧容。汤隆起身道："哥哥，如何尊颜有些不喜？心中必有忧疑不决之事。"徐宁叹口气道："兄弟不知，一言难尽！夜来家间被盗。"汤隆道："不知失去了多少物事？"_{妙绝，便剔出"单单"二字来。}徐宁道："单单只盗去了先祖留下那副雁翎锁子甲，又唤做赛唐猊。昨夜失了这件东西，以此心下不乐。"汤隆道："哥哥那副甲，兄弟也曾见来。端的无比，先父常常称赞不尽。_{说我先人，便剔起彼先人，说我先人犹称赞不尽，便剔起彼先人着实宝惜，盖分明劝之必追矣。}却是放在何处被盗了去？"_{若在山泊中并不曾说梁上也者。}徐宁道："我把一个皮匣子盛着，拴缚在卧房中梁上；正不知贼人甚么时候入来盗了去。"汤隆问道："却是甚等样皮匣子盛着？"_{若在酒店中并不曾见红羊皮也者。}徐宁道："是个红羊皮匣子盛着，里面又用香绵裹住。"_{忽然在红羊皮里，另又添出一样铺设，妙不可言。}汤隆失惊道："红羊皮匣子？"_{接口说五个字一顿顿住，妙绝。}问道：_{俗本失"问道"二字，便令上文"红羊皮匣子"五字不得一顿，神色便减多少。}"不是上面有白线刺着绿云头如意，中间有狮子滚绣球的？"_{徐宁在红羊皮匣里添出色泽，汤隆在红羊皮匣外添出色泽，妙文对剔而起，妙不可言。}徐宁道："兄弟，你那里见来？"汤隆道："小弟夜来离城四十里，在一个村店里沽酒吃，见个鲜眼睛黑瘦汉子_{一百八人，有正出身便画者，有未出身先画者，有已出身却不画，少间别借一人眼中画出者。奇莫奇于时迁，在四十五回出身，直至此篇方与一画也。}担儿上挑着。我见了心中也自暗忖道：'这个皮匣子，却是盛甚么东西的？'_{只此三行文字，亦分作三段读，第一段是红羊皮匣。}临出门时我问道：'你

这皮匣子作何用？'那汉子应道：'原是盛甲的，_{第二段是盛甲红羊皮匣。}如今胡乱放些衣服。'_{第三段是空红羊皮匣，妙绝。}必是这个人了！我见那厮却似闪朒了腿的，一步步挑着了走。_{奇奇妙妙，见必可追着。}何不我们追赶他去？"徐宁道："若是赶得着时，却不是天赐其便！"汤隆道："既是如此，不要担阁，便赶去罢。"_{不令再计，行兵如脱兔，此之谓也。} _{此第一段望空赶。}

徐宁听了，急急换上麻鞋，带了腰刀，提条朴刀，便和汤隆两个出了东郭门，拽开脚步，迤逦赶来。前面见有白圈壁上酒店里，汤隆道："我们且吃碗酒了赶，就这里问一声。"_{奇奇妙妙。}汤隆入得门坐下，便问道："主人家，借问一声，曾有个鲜眼黑瘦汉子挑个红羊皮匣子过去么？"店主人道："昨夜晚是有这般一个人，挑着个红羊皮匣子过去了；一似腿上吃跌了的，一步一擸走。"_{此句不曾问，却答出来，文字变动之极。}汤隆道："哥哥你听却何如？"_{一路汤隆语，段段作踢跳之调。}徐宁听了，做声不得。_{是气昏人。}两个连忙还了酒钱，出门便去。前面又见一个客店，壁上有那白圈。汤隆立住了脚，_{奇奇妙。}说道："哥哥，兄弟走不动了，和哥哥且就这客店里歇了，明日早去赶。"徐宁道："我却是官身，倘或点名不到，官司必然见责，如之奈何？"汤隆道："这个不用兄长忧心，嫂嫂必自推个事故。"当晚又在客店里问时，店小二答道："昨夜有一个鲜眼黑瘦汉子_{此句前在汤隆口中，此}

在小二口中，^文字变动之极。在我店里歇了一夜，直睡到今日小日中方才去了，^{前店显说跌胂，此店虚写}_{跌胂，文字变动之极。}口里只问山东路程。"^{忽然插出路}_{引，妙绝。}汤隆道："怎地，可以赶了。"^{段段}_{作踢跳之调。}当夜两个歇了。次日起个四更，离了客店，又迤逦赶来。汤隆但见壁上有白粉圈儿，便做买酒买食，吃了问路，处处皆说得一般。^{省文。}徐宁心中急切要那副甲，只顾跟随着汤隆赶了去。^{是气昏}_{人。○}^{又好笔}_{力。}

看看天色又晚了，望见前面一所古庙，庙前树下，时迁放着担儿在那里坐地。^{奇奇妙}_{妙。}汤隆看见，叫道："好了！^{段段作踢}_{跳之调。}前面树下那个，不是哥哥盛甲的红羊皮匣子？"徐宁见了，抢向前来，一把揪住了时迁，喝道："你这厮好大胆，如何盗了我这副甲来！"时迁道："住，住，不要叫。^{如此接口，}_{匪夷所思。}是我盗了你这副甲来，^{偏不赖，匪}_{夷所思。}你如今却要怎地？"^{反问怎地，匪夷所}_{思。○奇奇妙妙。}徐宁喝道："畜生无礼，倒问我要怎的！"时迁道："你且看匣子里有甲也无？"汤隆便把匣子打开看时，里面却是空的。^{奇奇妙妙。○看他行文何等撇捷}_{何等洁净，我一生学不到者。}徐宁道："你这厮把我这副甲那里去了？"时迁道："你听我说。小人姓张，排行第一，泰安州人氏。本州有个财主，要结识老种经略相公，知道你家有这副雁翎锁子甲，不肯货卖，特地使我同一个李三，两人来你家偷盗，许俺们一万贯。不想我在你家柱子上跌下来，闪胂

此第二段押贼赶。

了腿，因此走不动，先教李三拿了甲去，只留得空匣在此。你若要奈何我时，便到官司，就拼死我也不招。_{一段作对。}若还肯饶我时，我和你去讨来还你。"_{一段作正。}徐宁踌躇了半晌，决断不下。_{是气昏人。}汤隆便道："哥哥，不怕他飞了去，只和他去讨甲！_{承他第二段。}若无甲时，须有本处官司告理。"_{翻他第一段。}徐宁道："兄弟也说得是。"三个厮赶着，又投客店里来歇了。徐宁、汤隆监住时迁一处宿歇。_{见鬼绝倒。}原来时迁故把些绢帛扎缚了腿，只做闪腼了的。徐宁见他又走不动，因此十分中只有五分防他。三个又歇了一夜，次日早起来再行。时迁一路买酒买肉陪告，_{一路无事，惟恐寂寞，故特写此一句，便有多少景色可想。若写作徐宁、汤隆买酒肉吃，便无多少景色可想也。}又行了一日。

　　次日，徐宁在路上心焦起来，不知毕竟有甲也无。正走之间，只见路傍边三四个头口，拽出一辆空车子，背后一个人驾车。傍边一个客人，看着汤隆，纳头便拜。_{忽然变幻出来，奇奇妙妙。}汤隆问道："兄弟，因何到此？"那人答道："郑州做了买卖，要回泰安州去。"汤隆道："最好。_{更不说第二句，陡然便合，何等撇捷，何等洁净，我一生学不到。}我三个要搭车子，也要到泰安州去走一遭。"那人道："莫说三个上车，再多些也不计较。"汤隆大喜，叫与徐宁相见。徐宁问道："此人是谁？"汤隆答道："我去年在泰安州烧香，结识得这个兄弟，姓李_{林连切洛。}名荣，_{云元切学。}是个有义气的

人。"徐宁道:"既然如此,这张一又走不动,^{闪腿为可赶地,今又为搭都上车子坐地。}"只叫车客驾车子

此第三段上车赶。 行。四个人坐在车子上,^{一个贼,一个失主,一个报信人,一个闲人,坐得好笑。}徐宁问道:^{赶甲极急,搭车又极闲,东究西审,便如活画。}"张一,你且说与我那个财主姓名。"时迁推托再三,说道:"他是有名的郭大官人。"徐宁却问李荣道:^{问一个,又问一个,又画出急,又画出闲。}"你那泰安州曾有个郭大官人么?"李荣答道:"我那本州郭大官人,是个上户财主,^{是出得一万贯人。}专好结识官宦来往,^{是要扳老种经略相公人。}门下养着多少闲人。"^{是张一、李三主人。○只三句,而句句恰怕,奇奇妙妙。}徐宁听罢,心中想道:"既有主坐,必不碍事。"又见李荣一路上说些枪棒,唱几个曲儿,^{不惟引路,亦已明明写出此客人。}不觉又过了一日。

看看到梁山泊只有两程多路,只见李荣叫车客把葫芦去沽些酒来,^{是。}买些肉来,就车子上吃三杯。李荣把出一个瓢来,先倾一瓢来劝徐宁,徐宁一饮而尽。李荣再叫倾酒,车客假做手脱,把这一葫芦酒,都翻在地下。李荣喝叫车客再去沽些。只见徐宁口角流涎,扑地倒在车子上了。——李荣是谁?便是铁叫子乐和。^{好笔力。○如脱面具。}三个从车上跳将下来,赶着车子,直送到旱地忽律朱贵酒店里。众人就把徐宁扛扶下船,都到金沙滩上岸。宋江已有人报知,和众头领下山接着。

徐宁此时麻药已醒,众人又用解药解了。徐宁

开眼见了众人，吃了一惊，便问汤隆道："兄弟，你如何赚我来到这里？"汤隆道："哥哥听我说。小弟今次闻知宋公明招接四方豪杰，因此上在武冈镇拜黑旋风李逵做哥哥，投托大寨入伙。今被呼延灼用连环甲马冲阵，无计可破，是小弟献此钩镰枪法，只除是哥哥会使。由此定这条计，使时迁先来偷了你的甲，却教小弟赚哥哥上路，后使乐和假做李荣，过山时下了蒙汗药，请哥哥上山来坐把交椅。"徐宁道："都是兄弟送了我也！"宋江执杯向前陪告道："见今宋江暂居水泊，专待朝廷招安，尽忠竭力报国，非敢贪财好杀、行不仁不义之事。万望观察怜此真情，一同替天行道。"_{此数语是宋江所以赚人做强盗者，乃村学究遍许其忠义，何哉？只看他处处用，便可知。}林冲也来把盏陪话道："小弟亦在此间，兄长休要推却。"_{缴还林冲，章法。}徐宁道："汤隆兄弟，你却赚我到此，家中妻子必被官司擒捉，如之奈何！"宋江道："这个不妨。观察放心，只在小可身上，早晚便取宝眷到此完聚。"晁盖、吴用、公孙胜都来与徐宁陪话，安排筵席作庆。一面选拣精壮小喽啰，学使钩镰枪法。一面使戴宗和汤隆星夜往东京，搬取徐宁老小。

旬日之间，杨林自颍州取到彭玘老小，薛永自东京取到凌振老小，李云收买到五车烟火药料回寨。_{先结余文。○中间一篇徐家金甲文字，两头却插出别家别事}_{许多余文，章法奇绝。}更过数日，戴宗、汤隆取到徐宁老小上山。_{次结正文。}徐宁见了妻子到来，吃了一惊，问是如何便得到这里。妻子答道："自你转背，官司点名不到，我使了些金银首饰，只推道患病在床，因此不来叫唤。忽见汤叔叔赍着雁翎甲来，_{仍用甲，奇妙妙。}说道：'甲便夺得来了，哥哥只是于路染病，将次死在客店里，叫嫂嫂和孩儿便来看视。'把我赚上车子，我又不知路径，迤逦来到这

里。"徐宁道:"兄弟,好却好了!只可惜将我这副甲陷在家里了!"汤隆笑道:"好教哥哥欢喜,余波更作一曲。打发嫂嫂上车之后,我便复翻身去赚了这甲,甲赚人,人赚甲,时几转,变动之极。诱了这两个娅嬛,收拾了家中应有细软,做一担儿挑在这里。"徐宁道:"怎地时,我们不能够回东京去了!"汤隆道:"我又教哥哥再知一件事来。余波之余再作一曲。在半路上撞见一伙客人,我把哥哥雁翎甲穿了,仍用甲,奇妙搽画了脸,说哥哥名姓,劫了那伙客人的财物。这早晚,东京已自遍行文书,捉拿哥哥。"徐宁道:"兄弟,你也害得我不浅!"晁盖、宋江都来陪话道:"若不是如此,观察如何肯在这里住?"随即拨定房屋与徐宁安顿老小。众头领且商议破连环马军之法。

此时雷横监造钩镰枪已都完备,与前呼应。○得此一呼一应,便知从前偷甲赚人之时,皆打造钩镰之时也。宋江、吴用等启请徐宁,教众军健学使钩镰枪法。徐宁道:"小弟今当尽情剖露,训练众军头目,拣选身材长壮之士。"众头领都在聚义厅上看徐宁选军,说那个钩镰枪法。有分教:三千甲马登时破,一个英雄指日降。毕竟金枪徐宁怎的敷演钩镰枪法,且听下回分解。

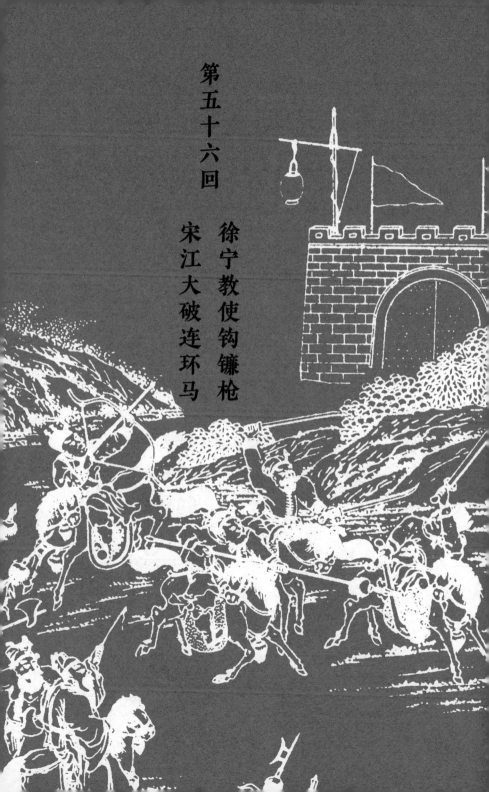

第五十六回　徐宁教使钩镰枪　宋江大破连环马

徐寧教使鉤鐮鎗

看他当日写十队诱军，不分方面，只是一齐下去。至明日写三面诱军，亦不分队号，只是一齐拥起。虽一时纸上文势有如山雨欲来，野火乱发之妙，然毕竟使读者胸中茫不知其首尾乃在何处，亦殊闷闷也。乃闷闷未几，忽然西北闪出穆弘、穆春，正北闪出解珍、解宝，东北闪出王矮虎、一丈青。七队虽战苦云深，三队已龙没爪现。有七队之不测，正显三队之出奇。有三队之分明，转显七队之神变。不宁惟是而已，又于鸣金收军、各请功赏之后，陡然又闪出刘唐、杜迁一队来。呜呼！前乎此者有战矣，后乎此者有战矣。其书法也，或先整后变，或先灭后明。奇固莫奇于今日之通篇不得分明，至拖尾忽然一闪，一闪，一闪。三闪之后，已作隔尾，又忽然两人一闪也。

当日写某某是十队，某某是放炮，某某是号带，调拨已定。至明日，忽然写十队，忽然写放炮，忽然写号带。于是读者正读十队，忽然是放炮。正读放炮，忽然又是十队。正读十队，忽然是号带。正读号带，忽然又是放炮。遂令纸上一时亦复岌岌摇动，不能不令读者目眩耳聋，而殊不知作者正自心闲手缓也。异哉，技至此乎！

吾读呼延爱马之文，而不觉垂泪浩叹。何也？夫呼延爱马，则非为其出自殊恩也，亦非为其神骏可惜也，又非为其藉此恢复也。夫天下之感，莫深于同患难，而人生之情，莫重于周旋久。盖同患难，则曾有生死一处之许，而周旋久，则真有性情如一之谊也。是何论亲之与疏，是何论人之与畜，是何论有情之与无情！吾有一苍头，自幼在乡塾，便相随不舍。虽天下之骏，无有更甚于此苍头也者，然天下之爱吾，则无有更过于此苍头者也，

而不虞其死也。吾友有一苍头，自与吾友往还，便与之风晨雨夜，同行共往，虽天下之骏，又无有更甚于此苍头也者，然天下之知吾，则又无有更过于此苍头者也，而不虞其去也。吾有一玉钩，其质青黑，制作朴略，天下之弄物，无有更贱于此钩者。自周岁时，吾先王母系吾带上，无日不在带上，犹五官之第六，十指之一枝也。无端渡河坠于中流，至今如缺一官，如隳一指也。然是三者，犹有其物也。吾数岁时，在乡塾中临窗诵书，每至薄暮，书完日落，窗光苍然，如是者几年如一日也。吾至今暮窗欲暗，犹疑身在旧塾也。夫学道之人，则又何感何情之与有，然而天下之人之言感言情者，则吾得而知之矣。吾盖深恶天下之人之言感言情，无不有为为之，故特于呼延爱马，表而出之也。

　　话说晁盖、宋江、吴用、公孙胜与众头领就聚义厅上启请徐宁教使钩镰枪法。众人看徐宁时，果是一表好人物。六尺五六长身体，团团的一个白脸，三牙细黑髭髯，十分腰围膀阔。〔就众人眼中看出。〕选军已罢，便下聚义厅来，拿起一把钩镰枪，自使一回。众人见了喝采。徐宁便教众军道："但凡马上使这般军器，就腰胯里做步上来：上中七路，三钩四拨，一挽一分，共使九个变法。〔此一段，是钩镰变法，是宾。〕若是步行使这钩镰枪，亦最得用。先使入步四拨，荡开门户，十二步一变，十六步大转身，分钩镰搠缴。二十四步，那上攒下，钩东拨西。三十六步，浑身盖护，夺硬斗强。此是钩镰枪正法。〔此一段，是钩镰正法，是主。〕有诗诀为证：'四拨三钩通七路，共分九变合神机。二十四步那前后，一十六翻大转围。'"〔以诗诀总结上二段。○竟似《考工记》文字。〕徐宁将正法一路路敷演，教众头领看。众军汉见了徐宁使钩

镰枪，都喜欢。就当日为始，将选拣精锐壮健之人，晓夜习学。又教步军藏林伏草，钩蹄拽腿下面三路暗法。〔又补一句。〕不到半月之间，教成山寨五七百人。宋江并众头领看了大喜，准备破敌。

却说呼延灼自从折了彭玘、凌振，每日只把马军来水边搦战。山寨中只教水军头领牢守，各处滩头水底钉了暗桩。呼延灼虽是在山西山北两路出哨，决不能够到山寨边。梁山泊却叫凌振制造了诸般火炮，克日定时下山对敌，学使钩镰枪军士已都成熟。宋江道：〔本是徐宁训练，吴用调拨，乃反大书宋江者，此篇抗拒王师，罪在不赦，特书尽出宋江之谋，所以深著其恶也。〕“不才浅见，未知合众位心意否？”吴用道：“愿闻其略。”宋江道：“明日并不用·骑马军，众头领都是步战。〔是。〕孙吴兵法却利于山林沮泽。今将步军下山，分作十队诱敌。〔是。〕但见军马冲掩将来，都望芦苇荆棘林中乱走。却先把钩镰枪军士埋伏在彼。〔是。〕每十个会使钩镰枪的，间着十个挠钩手。〔是。〕但见马到，一搅钩翻，便把挠钩搭将入去捉了。平川窄路也如此埋伏。此法如何？”吴学究道：〔本是吴用调拨，此反书作吴用答，是《春秋》笔法。〕“正应如此藏兵捉将。”徐宁道：〔本是徐宁训练，此反书作徐宁答，是《春秋》笔法。〕“钩镰枪并挠钩，正是此法。”宋江当日分拨十队步军人马：刘唐、杜迁引一队，〔一。〕穆弘、穆春引一队，〔二。〕杨雄、陶宗旺引一队，〔三。〕朱仝、邓飞引一队，〔四。〕解珍、解宝引一队，〔五。〕邹渊、邹闰引一队，〔六。〕一丈青、王矮虎引一队，〔七。〕薛永、马麟引一队，〔八。〕燕顺、郑天寿引一队，〔九。〕杨林、李云引一队；〔十。〕这十队步军先行下山诱引敌军。再差李俊、张横、张顺、三阮、童威、童猛、孟康九个水军头领乘驾战船接应。〔十一。〕再叫花荣、秦明、李应、柴进、孙立、欧鹏六个头领乘马引军，只在山边搦战。〔十二。〕凌振、杜兴专放号炮。〔十三。〕

却叫徐宁、汤隆总行招引使钩镰枪军士。^{十四。}中军宋江、吴用、公孙胜、戴宗、吕方、郭盛总制军马指挥号令。^{十五。}其余头领俱各守寨。^{十六。}宋江分拨已定。是夜三更，先载使钩镰枪军士过渡，四面去分头埋伏已定。^{写得明画之极。}四更，却渡十队步军过去。^{明画之极。}凌振、杜兴载过风火炮架，上高埠去处，竖起炮架，阁上火炮。^{明画之极。}徐宁、汤隆各执号带渡水。^{明画之极。○此处又写得明画，已后便纵横灭没，不复知其首尾何处，又是一样章法。}平明时分，宋江守中军人马隔水擂鼓，呐喊摇旗。^{论调拨，则中军乃居最后。论挑战，则中军独居最先，又是一样章法。○极似先用中军，却独不用中军，奇绝。}

呼延灼正在中军帐内，听得探子报知，传令便差先锋韩滔先来出哨，随即锁上连环甲马。呼延灼全身披挂，骑了踢雪乌骓马，仗着双鞭，大驱军马，杀奔梁山泊来。隔水望见宋江引着许多人马。^{奇景如画。}呼延灼教摆开马军。先锋韩滔来与呼延灼商议道：“正南上一队步军不知多少的。”呼延灼道：“休问他多少，只顾把连环马冲将去。”韩滔引着五百马军飞哨出去。又见东南上一队军兵起来，却欲分兵去哨。只见西南上又有起一队旗号，招飏呐喊。韩滔再引军回来，对呼延灼道：“南边三队贼兵都是梁山泊旗号。”呼延灼道：“这厮许多时不出来厮杀，必有计策。”^{第一段南方三队，逐队写出。}话犹未了，只听得北边一声炮响。^{叙十队诱军，就便间入炮声，离奇错落，笔力奇绝。○十队拥起之时，即施放号炮之时，既不可单叙十队，又叙放炮，又不可叙毕十队，方叙放炮，得此奇横之笔，一齐夹杂写出，令人耳目震动。}

呼延灼骂道：“这炮必是凌振从贼教他施放！”^{写出懊恼，令人失笑。}众人平南一望，只见北边又拥起三队旗号。^{第二段北方三队，一句写出。}呼延灼对韩滔道：“此必是贼人奸计！我和你把人马分为两路。我去杀北边人马，你去杀南边人马。”正欲分兵之际，只见西边又是四队人马起来。^{第三段西方四队，亦一句写出。}呼延灼心慌。又听得正北上连珠炮响，一带

直接到土坡上。那一个母炮周回接着四十九个子炮，名为"子母炮"，响处风威大作。^{又极写炮声，纸上皆发发震动。}○离奇错落，笔力奇绝。○十队既是诱军，便写不出声势，却借放炮写出十队声势来，妙笔。呼延灼军兵不战自乱，急和韩滔各引马步军兵四下冲突。这十队步军，东赶东走，西赶西走。^{此十三字是叙徐宁、汤隆号带之功，非叙十队也。}○看他写得诱敌者、放炮者、招引者人人用命，色色精神，妙绝。呼延灼看了大怒，引兵望北冲将来。^{望北第二段。}宋江军兵尽投芦苇中乱走。呼延灼大驱连环马，卷地而来。那甲马一齐跑发，收勒不住，尽望败苇折芦之中、枯草荒林之内跑了去。^{又算注，注得明，又算画，画得活。}只听里面胡哨响处，钩镰枪一齐举手，先钩倒两边马脚，中间的甲马便自咆哮起来。^{又算注，注得明，又算画，画得活。}那挠钩手军士一齐搭住，芦苇中只顾缚人。呼延灼见中了钩镰枪计，便勒马回南边去赶韩滔。^{望南第二段。}背后风火炮当头打将下来。^{又忽写炮，离奇错落，笔力奇绝。}这边那边，漫山遍野，都是步军追赶着。韩滔、呼延灼部领的连环甲马，乱滚滚都攧入荒草芦苇之中，尽被捉了。二人情知中了计策，纵马去四面跟寻马军夺路奔走时，更兼那几条路上，麻林般摆着梁山泊旗号，不敢投那几条路走，一直便望西北上来。^{望西第三段。}行不到五六里路，早拥出一队强人，当先两个好汉拦路。一个是没遮拦穆弘，一个是小遮拦穆春。^{前叙十队，不分方面，只是一齐下去。至此忽然在三面闪出六个人来，不必尽见，不必尽不见，政如怒龙行雨，见其一爪两爪也。}^{十队伏军，忽然闪出三段，绝妙章法。}撚两条朴刀，大喝道："败将休走！"呼延灼忿怒，舞起双鞭，纵马直取穆弘、穆

春。略斗四五合，穆春便走。（画出诱敌）呼延灼只怕中了计，不来追赶，（不赶妙）望正北大路而走。（仍望正北第四段）山坡下又转出一队强人，当先两个好汉拦路。一个是两头蛇解珍，一个是双尾蝎解宝。（又闪出两个）各挺钢叉，直奔前来。呼延灼舞起双鞭，来战两个。斗不到五七合，解珍、解宝拔步便走。（画出诱敌。○一队如此，余队可知）呼延灼赶不过半里多路，（试东又妙。○两段，一段写不赶，一段写赶，法变）两边钻出二十四把钩镰枪，着地卷将来。（画出无处不是钩镰枪，离奇错落，笔力奇绝）。呼延灼无心恋战，拨转马头望东北上大路便走。（望东北第五段）又撞着王矮虎、一丈青夫妻二人（又闪出两个）截住去路。呼延灼见路径不平，四下兼有荆棘遮拦，拍马舞鞭，杀开条路直冲过去。（变一句。○要变一句，便径变一句，是耐庵筋节处）王矮虎、一丈青赶了一直赶不上，（"赶"字亦翻用转来，奇笔妙笔）呼延灼自投东北上去了。（水穷云尽处，忽留此一线，妙笔）杀得大败亏输，雨零星乱。

宋江鸣金收军回山，各请功赏。三千连环甲马，有停半被钩镰枪拨倒，伤损了马蹄，剥去皮甲，把来做菜马。（字法奇绝）二停多好马，牵上山去，喂养作坐马。（开注连环甲马下落，带甲军士都被生擒上山。（又开注甲军下落）五千步军，被三面围得紧急，有望中军躲的，都被钩镰枪拖翻捉了。望水边逃命的，尽被水军头领围裹上船去，拽过滩头，拘捉上山。（又开注步军下落）先前被拿去的马匹并捉去军士，尽行复夺回寨。（要足）把呼延灼寨栅尽数拆来，水边泊内搭盖小寨。再造两处做眼酒店房屋等项，仍前着孙新、顾大嫂、石勇、时迁两处开店。（陡插闲事，以文为戏）刘唐、杜迁拿得韩滔，（挽转第一队。○上文闪出六个人，此处又闪出六个人，灭没撑研，极笔墨之变事）把来绑缚解到山寨。宋江见了，亲解其缚，请上厅来，以礼陪话，相待筵宴，令彭玘、凌振说他入伙。（说之之辞，则又是"只待招安，安民报国"等句也，而总谓之说，盖不听其久假不归也。）韩滔也是七十二煞之数，自然意气相投，就

梁山泊做了头领。宋江便教修书，使人往陈州搬取韩滔老小来山寨中完聚。〔鳖然与前卷凌振、彭玘、徐宁等句作一合相，如孤飞之雁，遥逐前行，妙笔妙笔。〕宋江喜得破了连环马，又得了许多军马、衣甲、盔刀，每日做筵席庆喜。仍旧调拨各路守把，堤防官兵，不在话下。

却说呼延灼折了许多官军人马，不敢回京，独自一个骑着那匹踢雪乌骓马，〔自此以下，以踢雪乌骓生波作折，另是一样章法。〕把衣甲拴在马上，〔活画出逃败将官来。〕于路逃难，却无盘缠，解下束腰金带，卖来盘缠。〔活画出逃败将官来。〕在路寻思道："不想今日闪得我如此，却是去投谁好？"猛然想起："青州慕容知府〔我亦猛然想起。〕旧与我有一面相识，何不去那里投奔他？却打慕容贵妃的关节，〔闲中一笔，早为慕容正罪。○非写呼延将军要关节，正表慕容知府有关节也。〕那时再引军来报仇未迟。"在路行了二日，当晚又饥又渴，见路傍一个村酒店，呼延灼下马，把马拴在门前树上。〔呼延将军有败逃饥渴之时，御赐名马有拴在野树之时。人生失意，真常事耳。〕入来店内，把鞭子放在桌上，〔都从马上写出细妙之极。〕坐下了，叫酒保取酒肉来吃。酒保道："小人这里只卖酒。要肉时，村里却才杀羊。若要，小人去回买。"呼延灼把腰里料袋解下来，取出些金带倒换的碎银两，把与酒保道："你可回一脚羊肉与我煮了，就对付草料，喂养我这匹马。〔一路都从马上着笔，细妙之极。〕今夜只就你这里宿一宵，明日自投青州府里去。"酒保道："官人，此间宿不妨，只是没好床帐。"呼延灼道："我是出军的人，但有歇处便罢。"〔出色写村店，亦出色写失意人。〕酒保拿了银子，自去买羊肉。

呼延灼把马背上捎的衣甲取将下来，松了肚带，〔我常言美人爱青镜，名士爱古砚，大将爱良马，此处又一写出。〕坐在门前。等了半晌，只见酒保提一脚羊肉归来。呼延灼便叫煮了，回三斤面来打饼，打两角酒来。酒保一面煮肉打饼，一面烧脚汤与呼延灼洗了脚，〔逃败人无可形容，忽然写出"洗脚"二字，情事如画。〕便

把马牵放屋后小屋下。〔一路都从马上着意。〕酒保一面切草煮料，呼延灼先讨热酒吃了一回。少刻肉熟，呼延灼叫酒保也与他些酒肉吃了。分付道："我是朝廷军官，为因收捕梁山泊失利，待往青州投慕容知府。你好生与我喂养这匹马，是今上御赐的，名为'踢雪乌骓马'。〔上文写大军覆没之后，更无一物可恃，只爱念得此一匹马。此文写大军覆没之后，更无一长可说，只夸示得此一匹马。人至失意时，真是活活如此。名士下第归来，向所亲吟其射策，亦犹是也。〕明日我重重赏你。"酒保道："感承相公。却有一件事教相公得知：离此间不远有座山，唤做桃花山。〔陡然回合。〕山上有一伙强人，为头的是打虎将李忠，第二个是小霸王周通，聚集着五七百小喽啰，打家劫舍，时常来搅恼村坊，官司累次着仰捕盗官军来收捕他不得，相公夜间须用小心醒睡。"呼延灼说道："我有万夫不当之勇，便道那厮们全伙都来，也待怎生！只与我好生喂养这匹马。"〔别事都不经心，勤勤只嘱此马。不惟章法应尔，亦写将军之与战马，真有死生知己之感也。〕吃了一回酒肉饼子，酒保就店里打了一铺，〔画出村店。〕安排呼延灼睡了。

一者呼延灼连日心闷，二乃又多了几杯酒，就和衣而卧，〔便于下文。〕一觉直睡到三更方醒。只听得屋后酒保在那里叫屈起来。呼延灼听得，连忙跳将起来，提了双鞭，〔只四字，写出英雄无用武之地来，可发一笑。〕走去屋后问道："你如何叫屈？"酒保道："小人起来上草，只见篱笆推翻，被人将相公的马偷将去了。〔前篇写偷甲，此篇写偷马，章法对而不对，不对而对，奇妙之极。〕远远地望见三四里火把尚明，一定是那里去了！"呼延灼道："那里正是何处？"酒保道："眼见得那条路上，正是桃花山小喽啰偷得去了！"呼延灼吃了一惊，便叫酒保引路，就田塍上赶了二三里。火把看看不见，正不知投那里去了。呼延灼说道："若无了御赐的马，却怎的是好！"〔不惜连环三千，却痛御赐一匹者，众材易集，名士难求也。苟縼佳人难再得之叹，亦此意也。〕酒保道："相公明日须去州里告了，差官军来剿捕，方才能够这

匹马。"

呼延灼闷闷不已，坐到天明，叫酒保挑了衣甲，径投青州。

第一节先赐一匹马，第二节布出无数马，第三节葬送无数马，第四节并失一匹马，章
法妙绝奇绝。○昨日画出一幅逃败将官，画得好笑；今日又画出一幅逃败将官，一发
画得好
笑。来到城里时天色已晚了，且在客店里歇了一夜。次日天晓，
径到府堂阶下，参拜了慕容知府。知府大惊，问道："闻知将军
收捕梁山泊草寇，如何却到此间？"呼延灼只得把上项诉说了一
遍。慕容知府听了道："虽是将军折了许多人马，此非慢功之
罪，中了贼人奸计，亦无奈何。下官所辖地面，多被草寇侵害。
将军到此，可先扫清桃花山，夺取那匹御赐的马，紧抱题目，妙笔。却连
那二龙山、白虎山又陡然回合出二处来。两处强人，一发剿捕了时，下官自当
一力保奏，再教将军引兵复仇如何？"呼延灼再拜道："深谢恩
相主监。若蒙如此，誓当效死报德。"慕容知府教请呼延灼去客
房里暂歇，一面更衣宿食。那挑甲酒保，自叫他回去了。前篇有偷
甲好汉，
此篇又有挑甲
酒保，妙妙。一住三日，呼延灼急欲要这匹御赐马，紧提题目，妙笔。又来
禀覆知府，便教点军。慕容知府便点马步军二千，借与呼延灼，
又与了一匹青鬃马。又引出一
匹马来。呼延灼谢了恩相，披挂上马，带领军
兵前来夺马，径往桃花山进发。

且说桃花山上打虎将李忠与小霸王周通，自得了这匹踢雪乌
骓马，每日在山上庆喜饮酒。可见名士所至，
望风而靡。当日有伏路小喽啰报
道："青州军马来也！"小霸王周通起身道："哥哥守寨，兄弟去
退官军。"便点起一百小喽啰，绰枪上马，下山来迎敌官军。却
说呼延灼引起二千兵马来到山前，摆开阵势，呼延灼出马，厉声
高叫："强贼早来受缚！"小霸王周通将小喽啰一字摆开，便挺
枪出马。呼延灼见了，便纵马向前来战，周通也跃马来迎。二马

相交，斗不到六七合，周通气力不加，拨转马头，往山上便走。呼延灼赶了一直，怕有计策，急下山来扎住寨栅，等候再战。

却说周通回寨见了李忠，诉说："呼延灼武艺高强，遮拦不住，只得且退上山。倘或他赶到寨前来，如之奈何？"李忠道："我算二龙山宝珠寺花和尚鲁智深在彼多有人伴，更兼有个甚么青面兽杨志，又新有个行者武松，都有万夫不当之勇。不如写一封书，使小喽啰去那里求救。<small>如此挽合，如扳强弩。</small>若解得危难，拼得投托他大寨，月终纳他些进奉也好。"<small>特避便归水泊一句也。</small>周通道："小弟也多知他那里豪杰，只恐那和尚记当初之事，<small>轻轻四字，提动无数。</small>不肯来救。"李忠笑道："不然！他是个直性的好人，使人到彼，必然亲引军来救我。"<small>能知鲁达，此其所以为李忠也。俗本略增数字，便不复成语。</small>周通道："哥哥也说得是。"就写了一封书，差两个了事的小喽啰从后山滚将下去，<small>妙绝妙绝，数十卷前绝倒之事，</small><small>此处忽然以闲笔又画出来。○俗本作"堑将下去"，骤读之，亦殊不觉其失。及见古本乃是"滚"字，方叹一言之讹，相去无算也。</small>取路投二龙山来。行了两日，早到山下，那里小喽啰问了备细来情。

且说宝珠寺里大殿上，坐着三个头领。为首是花和尚鲁智深，第二是青面兽杨志，第三是行者二郎武松。前面山门下，坐着四个小头领。一个是金眼彪施恩，<small>一齐出现，直挽强弩。</small>原是孟州牢城施管营的儿子，为因武松杀了张都监一家人口，官司着落他家追捉凶身，以此连夜挈家逃走在江湖上。后来父母俱亡，打听得武松在二龙山，连夜投奔入伙。<small>补血溅鸳鸯楼一篇尾。</small>一个是操刀鬼曹正，<small>一齐出现。</small>原是同鲁智深、杨志收夺宝珠寺，杀了邓龙，后来入伙。<small>补双夺宝珠寺一篇尾。</small>一个是菜园子张青，一个是母夜叉孙二娘，夫妻两个，<small>一齐出现。</small>原是孟州道十字坡卖人肉馒头的，因鲁智深、武松连连寄书招他，亦来投奔入伙。<small>补人肉馒头一篇尾。</small>曹正听得说桃花山有书，先来问了详细，直

上殿去禀复三个大头领知道。智深便道："洒家当初离五台山时，到一个桃花村投宿，好生打了那撮鸟一顿。那厮却为认得洒家，倒请上山去吃了一日酒。凡叙旧事，正以约略为妙耳。俗本止增一二字，便令太详，不复可读。○略于叙旧，详于叙偷，写结识洒家为兄，却便留俺做个寨主，俺见这厮们悭吝，被俺偷了若干金银酒器撒开他。真是青天白日心事，烈风雷雨弗迷者也。如今却来求救。且放那小喽啰上关来，看他说甚么。"曹正去不多时，把那小喽啰引到殿下，唱了喏，说道："青州慕容知府近日收得个征进梁山泊失利的双鞭呼延灼。如今慕容知府先教扫荡俺这里桃花山、二龙山、白虎山几座山寨，却借军与他收捕梁山泊复仇。俺的头领今欲启请大头领将军下山相救，明朝无事了时，情愿来纳进奉。"杨志道："俺们各守山寨，保护山头，本不去救应的是。洒家一者怕坏了江湖上豪杰，二者恐那厮得了桃花山，便小觑了洒家这里。可留下张青、孙二娘、施恩、曹正看守寨栅，俺三个亲自走一遭。"随即点起五百小喽啰，六十余骑军马，各带了衣甲军器，径往桃花山来。

却说李忠知二龙山消息，自引了三百小喽啰下山策应。呼延灼闻知，急领所部军马拦路列阵，舞鞭出马，来与李忠相持。原来李忠祖贯濠州定远人氏，家中祖传，靠使枪棒为生。人见他身材壮健，因此呼他做"打虎将"。前文所略，至此始出。当时下山与呼延灼交战，却如何敌得呼延灼过？斗了十合之上，见不是头，拨开军器便走。呼延灼见他本事低微，纵马赶上山来。小霸王周通正在半山里看见，便飞下鹅卵石来。呼延灼慌忙回马下山来。只见官军迸头呐喊。呼延灼便问道："为何呐喊？"后军答道："远望见一彪军马飞奔而来。"呼延灼听了，便来后军队里看时，见尘头起

处，当头一个胖大和尚，骑一匹白马，正是花和尚鲁智深，在马上大喝道："那个是梁山泊杀败的撮鸟，敢来俺这里唬吓人！" ^{收捕盗贼，名之为"唬吓人"，绝倒。}呼延灼道："先杀你这个秃驴，豁我心中怒气！"鲁智深轮动铁禅杖，呼延灼舞起双鞭，二马相交，两边呐喊。斗至四五十合，不分胜败。呼延灼暗暗喝采道：^{章法。}"这个和尚倒恁地了得！"^{又恶知其初之非和尚耶？}两边鸣金，各自收军暂歇。呼延灼少停，却耐不得，再纵马出阵，^{又活画出呼延，又急转出杨志，妙笔。}大叫："贼和尚，再出来！与你定个输赢，见个胜败！"鲁智深却待正要出马，杨志叫道："大哥少歇，看洒家去捉这厮！"舞刀出马，来与呼延灼交锋。两个斗到四五十合，不分胜败。呼延灼又暗暗喝采道：^{章法。}"怎的那里走出这两个来？恁地了得，不是绿林中手段！"^{又恶知其无可奈何，始入绿林耶？○借呼延灼口中一赞。}杨志也见呼延灼武艺高强，卖个破绽，拔回马，跑回本阵。呼延灼也勒转马头，不来追赶，城边各自收军。鲁智深便和杨志商议道："俺们初到此处，不宜逼近下寨。且退二十里，明日却再来厮杀。"^{轻轻一折，折出奇景，读下哑然一笑。}带领小喽啰，自过附近山岗下寨去了。

却说呼延灼在帐中纳闷，心内想道："指望到此势如破竹，便拿了这伙草寇，怎知却又逢着这般对手。我直如此命薄！"正没摆布处，只见慕容知府使人来唤道："叫将军且领兵回来保守城中。今有白虎山强人孔明、孔亮^{白虎山换一法出}引人马来青州劫牢。怕府库有失，特令来请将军回城守备。"呼延灼听了，就这机会，带领军马连夜回青州去了。^{作一不了局，妙。}次日，鲁智深与杨志、武松又引了小喽啰摇旗呐喊，直到山下来看时，一个军马也无了，到吃了一惊。^{闲处蓦出奇景，令文字不寂寞。}山上李忠、周通引人下来，拜请三位头领上

到山寨里，杀牛宰马，筵席相待，一面使人下山探听前路消息。

且说呼延灼引军回到城下，却见了一彪军马，止来到城边。为头的乃是白虎山下孔太公儿子毛头星孔明、独火星孔亮。^{如挽强弩。}两个因和本乡一个财主争竞，把他一门良贱尽都杀了，聚集起五七百人，占住白虎山，打家劫舍。^{亦补醉打孔亮一篇尾。}因为青州城里有他的叔叔孔宾，被慕容知府捉下，监在牢里。孔明、孔亮特地点起山寨小喽啰来打青州，要救叔叔出去。^{撮起一事，文字成贯。}正迎着呼延灼军马，两边拥着，敌住厮杀。呼延灼便出马到阵前。慕容知府在城楼上观看，见孔明当先挺枪出马，直取呼延灼。两马相交，斗到二十余合，呼延灼要在知府跟前显本事，又值孔明武艺低微，^{是宋江高弟也，闲中忽置一贬，以表宋江之百无一长，只是一片权诈也。○如此写宋江，真是皮里阳秋矣。}只办得架隔遮拦，斗到间深里，被呼延灼就马上把孔明活捉了去。孔亮只得引了小喽啰便走。慕容知府在敌楼上指着，叫呼延灼引兵去赶。官兵一掩，活捉得百十余人。孔亮大败，四散奔走，至晚寻个古庙安歇。

却说呼延灼活捉得孔明，解入城中来，见慕容知府。知府大喜，叫把孔明大枷钉下牢里，和孔宾一处监收。一面赏劳三军，一面管待呼延灼，备问桃花山消息。呼延灼道："本待是瓮中捉鳖，手到拿来，无端又被一伙强人前来救应。数内一个和尚，一个青脸大汉，二次交锋，各无胜败。这两个武艺不比寻常，不是绿林中手段，因此未曾拿得。"慕容知府道："这个和尚，便是延安府老种经略帐前军官提辖鲁达。^{如此人物，止令做提辖已不可，况并不容做提辖。}今次落发为僧，唤做花和尚鲁智深。这一个青脸大汉，亦是东京殿帅府制使官，唤做青面兽杨志。^{如此人物，止令做制使已不可，况并不容做制使。}再有一个行者，唤做武松，原是景阳冈打虎的武都头。^{如此人物，止令做都头已不可，况并不容做都头。○三句不是重}

出之文，正与呼延喝采相对，所谓借太守口中一哭也。这三个占住了二龙山，打家劫舍，累次拒敌官军，杀了三五个捕盗官。直至如今，未曾捉得。"呼延灼道："我见这厮们武艺精熟，原来却是杨制使、鲁提辖，真名不虚传！上呼延只赞鲁、杨，知府却并及武二。此知府自说三个，呼延却只叹二人，笔下分寸都出。○既已"这厮"，则应削其官矣，仍称之为制使、提辖者，所以深许杨志、鲁达之为边庭有用之才，不得已而至于绿林，而非其自为绿林也。借呼延口中一哭，令千载读之，人人弹泪。恩相放心，呼延灼今日在此，少不得一个个活捉了解官！"知府大喜，设筵管待已了，且请客房内歇，不在话下。

却说孔亮引了败残人马，正行之间，猛可里树林中撞出一彪人马，当先一筹好汉，便是行者武松。如此凑合，力挽强弩。○前用鲁、杨斗呼延，此用武松遇孔亮。只三个人，笔下调遣之妙如此。若在俗笔，何难昨日再写一阵，今日总写撞出耶？孔亮慌忙滚鞍下马，便拜道："壮士无恙！"武松连忙答礼，扶起问道："闻知足下弟兄们占住白虎山聚义，几次要来拜望，一者不得下山，二乃路途不顺，以此难得相见。今日何事到此？"孔亮把救叔叔孔宾陷兄之事，告诉了一遍。武松道："足下休慌。我有六七个弟兄见在二龙山聚义。今为桃花山李忠、周通被青州官军攻击得紧，来我山寨求救。鲁、杨二头领引了孩儿们先来与呼延灼交战，两个厮并了一日，不知何故，呼延灼忽然夜间去了。桃花山留我弟兄三人筵宴，把这踢雪马送与我们。连贯三山，以马为线，妙笔。今我部领头队人马回山，他二位随后便到。我叫他去打青州，救你叔兄如何？"孔亮拜谢武松。等了半晌，只见鲁智深、杨志两个并马都到。只三个人，何故两个却是并马，一个偏作前军？明明露出调遣勾停之迹，与读书之人欣赏也。武松引孔亮拜见二位，备说："那时我与宋江在他庄上相会，多有相扰。今日俺们可以义气为重，聚集三山人马，攻打青州。杀了慕容知府，擒获呼延灼，各取府库钱粮，以供山寨之用，如何？"鲁智深道："洒家也是这般思想。

便使人去桃花山报知，叫李忠、周通引孩儿们来，俺三处一同去打青州。”

　　杨志便道：“青州城池坚固，人马强壮，又有呼延灼那厮英勇。不是俺自灭威风，若要攻打青州时，只除非依我一言，指日可得。”武松道：“哥哥，愿闻其略。”那杨志言无数句，话不一席，有分教：青州百姓，家家瓦裂烟飞；水浒英雄，个个磨拳擦掌。毕竟杨志对武松说出怎地打青州，且听下回分解。

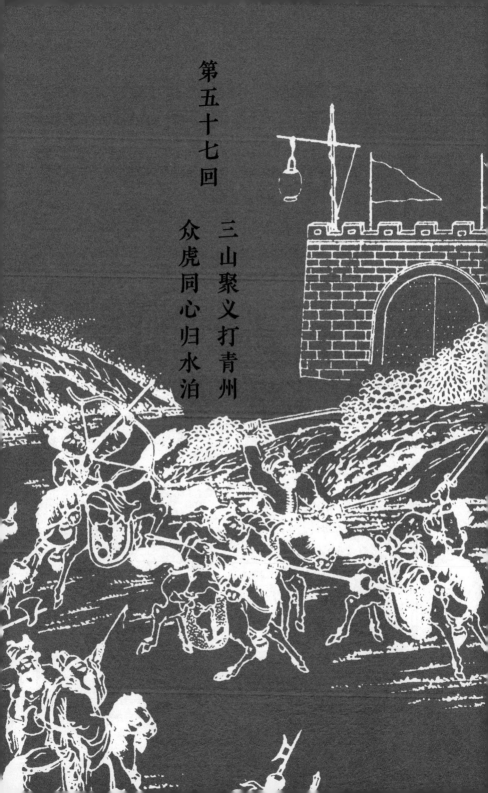

第五十七回

三山聚义打青州

众虎同心归水泊

三山
聚義青
州城

打青州，用秦明、花荣为第一拨，真乃处处不作浪笔。

村学先生团泥作腹，镂炭为眼，读《水浒传》，见宋江口中有许多好语，便遽然以"忠义"两字过许老贼。甚或弁其书端，定为题目。此决不得不与之辩。辩曰：宋江有过人之才，是即诚然。若言其有忠义之心，心心图报朝廷，此实万万不然之事也。何也？夫宋江，淮南之强盗也。人欲图报朝廷，而无进身之策，至不得已而姑出于强盗。此一大不可也。曰：有逼之者也。夫有逼之，则私放晁盖亦谁逼之？身为押司，骪法纵贼，此二大不可也。为农则农，为吏则吏。农言不出于畔，吏言不出于庭，分也。身在郓城，而名满天下，远近相煽，包纳荒秽，此三大不可也。私连大贼以受金，明杀平人以灭口。幸从小惩，便当大戒，乃浔阳题诗，反思报仇，不知谁是其仇？至欲血染江水，此四大不可也。语云："求忠臣必于孝子之门。"江以一朝小忿，贻大傀于老父。夫不有于父，何有于他？诚所谓"是可忍孰不可忍"！此五大不可也。燕顺、郑天寿、王英则罗而致之梁山，吕方、郭盛则罗而致之梁山，此犹可恕也。甚乃至于花荣亦罗而致之梁山，黄信、秦明亦罗而致之梁山，是胡可恕也！落草之事虽未遂，营窟之心实已久，此六大不可也。白龙之劫，犹出群力，无为之烧，岂非独断？白龙之劫，犹曰"救死"，无为之烧，岂非肆毒？此七大不可也。打州掠县，只如戏事，劫狱开库，乃为固然。杀官长则无不坐以污滥之名，买百姓则便借其府藏之物，此八大不可也。官兵则拒杀官兵，王师则拒杀王师，横行河朔，其锋莫犯，遂使上无宁食天子，下无生还将军，此九大不可也。初以水泊避罪，后忽忠义名堂，设印信赏罚之专司，制龙虎熊黑

之旗号，甚乃至于黄钺、白旄、朱旛、皂盖违禁之物，无一不有，此十大不可也。夫宋江之罪，擢发无穷，论其大者，则有十条。而村学先生犹鳃鳃以忠义目之，一若惟恐不得当者，斯其心何心也！

原村学先生之心，则岂非以宋江每得名将，必亲为之释缚、擎盏，流泪纵横，痛陈忠君报国之志，极诉寝食招安之诚，言言剜胸臆，声声沥热血哉？乃吾所以断宋江之为强盗，而万万必无忠义之心者，亦正于此。何也？夫招安，则强盗之变计也。其初，父兄失教，喜学拳勇。其既恃其拳勇，不事生产。其既生产乏绝，不免困剧。其既困剧不甘，试为劫夺。其既劫夺既便，遂成啸聚。其既啸聚渐伙，必受讨捕。其既至于必受讨捕，而强盗因而自思：进有自赎之荣，退有免死之乐，则诚莫如招安之策为至便也。若夫保障方面，为王干城，如秦明、呼延等；世受国恩，宠绥未绝，如花荣、徐宁等；奇材异能，莫不毕效，如凌振、索超、董平、张清等；虽在偏裨，大用有日，如彭玘、韩滔、宣赞、郝思文、龚旺、丁得孙等。是皆食宋之禄，为宋之官，感宋之德，分宋之忧，已无不展之才，已无不吐之气，已无不竭之忠，已无不报之恩者也。乃吾不知宋江何心，必欲悉擒而致之于山泊。悉擒而致之，而或不可致，则必曲为之说曰：其暂避此，以需招安。嗟乎！强盗则须招安，将军胡为亦须招安？身在水泊则须招安而归顺朝廷，身在朝廷，胡为亦须招安而反入水泊？以此语问宋江，而宋江无以应也。故知一心报国，日望招安之言，皆宋江所以诱人入水泊。谚云："饵芳可钓，言美可招也。"宋江以是言诱人入水泊，而人无不信之而甘心入于水泊。

传曰："久假而不归。"恶知其非有也？彼村学先生不知乌之黑白，犹鳃鳃以忠义目之，惟恐不得其当，斯其心何心也！

自第七回写鲁达后，遥遥直隔四十九回而复写鲁达。乃吾读其文，不惟声情鲁达也，盖其神理悉鲁达也。尤可怪者，四十九回之前，写鲁达以酒为命，乃四十九回之后，写鲁达涓滴不饮，然而声情神理无有非鲁达者。夫而后知今日之鲁达涓滴不饮，与昔日之鲁达以酒为命，正是一副事也。

话说武松引孔亮拜告鲁智深、杨志，求救哥哥孔明并叔叔孔宾，鲁智深便要聚集三山人马前去攻打。杨志道：（请宋公明，偏出自杨志、鲁达二人，脱去武松，此行文避熟之法也。）"若要打青州，须用大队军马，方可得济。俺知梁山泊宋公明大名，江湖上都唤他做及时雨宋江，更兼呼延灼是他那里仇人。俺们弟兄和孔家弟兄的人马，都并做一处。（孔家人马，杨志说并做一处，下又交付鲁达，都卸却武松，以避俗笔之熟。）洒家这里再等桃花山人马齐备，一面且去攻打青州。孔亮兄弟，你却亲身星夜去梁山泊，请下宋公明来，并力攻城，此为上计。亦且宋三郎与你至厚，你们弟兄心下如何？"鲁智深道：（请宋江若单出自杨志口，便是漏失武松。今出杨志口，又出鲁达口，便知不是漏失武松也。行文之妙如此。）"正是如此。我只见今日也有人说宋三郎好，明日也有人说宋三郎好，可惜洒家不曾相会。众人说他的名字，聒得洒家耳朵也聋了，想必其人是个真男子，以致天下闻名。（一段写得笔墨淋漓，是苏舜钦下酒物也。）前番和花知寨在清风山时，洒家有心要去和他厮会。及至洒家去时，又听得说道去了。以此无缘，不得相见。（补叙出一段，便令夺宝珠寺后，救桃花山前，作者自无两番笔墨，鲁达并非老大隔断。）罢了，（二字是计决抖擞之辞，俗本连上作一句读，可笑。）孔亮兄弟，你要救你哥哥时，快亲自去那里告请他来。洒家等先在这里和那撮鸟们厮杀！"（谓之预补法。）孔

亮交付小喽啰与了鲁智深，本是杨志说并作一处，此只带一个伴当，却交付鲁达，笔笔周匝。扮做客商，星夜投梁山泊来。

且说鲁智深、杨志、武松三人去山寨里唤将施恩、曹正再带一二百人下山来相助。桃花山李忠、周通得了消息，便带本山人马，尽数起点，只留三五十个小喽啰看守寨栅，其余都带下山来青州城下聚集，一同攻打城池，不在话下。

却说孔亮自离了青州，迤逦来到梁山泊边催命判官李立酒店里，买酒吃问路。李立见他两个来得面生，便请坐地，问道："客人从那里来？"孔亮道："从青州来。"李立问道："客人要去梁山泊寻谁？"孔亮答道："有个相识在山上，特来寻他。"李立道："山上寨中，都是大王住处，你如何去得？"孔亮道："便是要寻宋大王。"李立道："既是来寻宋头领，我这里有分例。"便叫火家快去安排分例酒来相待。孔亮道："素不相识，如何见款？"李立道："客官不知，但是来寻山寨头领，必然是社火中人故旧交友，岂敢有失祇应？便当去报。"孔亮道："小人便是白虎山前庄户孔亮的便是。"李立道："曾听得宋公明哥哥说大名来，今日且喜上山。"二人饮罢分例酒，随即开窗就水亭上放了一枝响箭，见对港芦苇深处早有小喽啰棹过船来，到水亭下。李立便请孔亮下了船，一同摇到金沙滩上岸，却上关来。孔亮看见三关雄壮，枪刀剑戟如林，心下想道："听得说梁山泊兴旺，不想做下这等大事业！"将白虎之陋陋，一笔反照出来。已有小喽啰先去报知，宋江慌忙下来迎接。孔亮见了，连忙下拜。宋江问道："贤弟缘何到此？"武艺低微，所以到此。孔亮拜罢，放声大哭。宋江道："贤弟心中有何危厄不决之难，但请尽说不妨。便当不避水火，一力与

汝相助。贤弟且请起来。"孔亮道："自从师父离别之后，老父
亡化，哥哥孔明与本乡上户争些闲气起来，杀了他一家老小，官
司来捕捉得紧，因此反上白虎山，聚得五七百人，打家劫舍。青
州城里，却有叔父孔宾，被慕容知府捉了，重枷钉在狱中，因此
我弟兄两个去打城子，指望救取叔叔孔宾。谁想去到城下，正撞
了那个使双鞭的呼延灼。哥哥与他交锋，致被他捉了，解送青
州，下在牢里，存亡未保。小弟又被他追杀一阵。次日，正撞着
武松。他便引我去拜见同伴的，一个是花和尚鲁智深，一个是青
面兽杨志。他二人一见如故，便商议救兄一事。他道：^{"他道"者，武松道也。上}
^{文本是杨志、鲁达道也，此却正云武松道者，洵知上文}
^{脱去武松，只是行文避熟，其实杨志、鲁达，即武松也。}'我请鲁、杨二头领
并桃花山李忠、周通，聚集三山人马，攻打青州。你可连夜赶去
梁山泊内，告你师父宋公明，来救你叔兄两个。'以此今日一径
到此。"宋江道："此是易为之事，你且放心。"

　　宋江便引孔亮参见晁盖、吴用、公孙胜并众头领，备说呼延
灼走在青州，投奔慕容知府，今来捉了孔明，以此孔亮来到，恳
告求救。晁盖道："既然他两处好汉尚兀自仗义行仁，今者，三
郎和他至爱交友，如何不去？三郎贤弟，你连次下山多遍，今番
权且守寨，愚兄替你走一遭。"宋江道："哥哥是山寨之主，不
可轻动，这个是兄弟的事。既是他远来相投，小可若自不去，恐
他弟兄们心下不安。小可情愿请几位弟兄同走一遭。"^{又书晁盖要}
^{去，宋江不}
^{肯，与后}
^{对看。}说言未了，厅上厅下一齐都道："愿效犬马之劳，跟随同
去！"^{须知此句，正为三山归泊，作大呼大应。盖今日若干人一齐都下去，便引后}
^{日若干人一齐都上来也。不善读书人只谓是宋江面上褥。眼光之大小，岂可}
^{以彼此}
^{计！}宋江大喜。当日设筵管待孔亮。饮筵中间，宋江唤铁面孔目
裴宣定拨下山人数，分作五军起行。前军便差花荣、秦明、燕

顺、王矮虎，^{第一拨便是花荣、秦明，而以燕}^{顺、王矮虎副之，为青州故也。}开路作先锋，第二队便差穆弘、杨雄、解珍、解宝，^{第二}^{拨。}中军便是主将宋江、吴用、吕方、郭盛，^{中军居中，又}^{是一样章法。}又第四队便是朱仝、柴进、李俊、张横，^{第三}^{拨。}后军便差孙立、杨林、欧鹏、凌振催军作合后。^{第四拨。○以前军、中}^{军、后军字，与第二队、}
^{第四队字间杂}
^{成文，甚好。}

梁山泊点起五军，共计二十个头领，马步军兵二千人马。其余头领自与晁盖守把寨栅。当下宋江别了晁盖，自同孔亮下山前进。所过州县，秋毫无犯。^{凡此书每书"所过州县"四字者，皆特著宋江之}^{恶，见其过都历国，公然横行，而又以"秋毫无}
^{犯"四字为之省文也。俗本不知，乃又于二句上另加"于路无事"四字。彼}
^{又岂知所过州县之即于路，秋毫无犯之即无事哉！世人不识字，至于如此！}已到青州，孔亮先到鲁智深等军中，报知众好汉安排迎接。宋江中军到了，武松引鲁智深、杨志、李忠、周通、施恩、曹正都来相见了。^{上文独脱去武松，此文独}^{提出武松，笔笔妙笔。}宋江让鲁智深坐地，鲁智深道：^{二句连读，}^{始知其妙。}
^{活写出宋江谦恭，鲁达却付之不知也。权诈人}
^{到大人面前，一寸一尺都行不去，可笑可且！}"久闻阿哥大名，无缘不曾拜会，今日且喜认得阿哥！"^{活是鲁达语，}^{八字哭笑都有。}宋江答道："不才何足道哉！江湖上义士甚称吾师清德，^{宋江且}^{语。}今日得识慈颜，^{且语。}平生甚幸！"杨志起身再拜道：^{写杨志，便有旧家子弟体，便有官}^{体。一发衬出鲁达直遂阔大来。}"杨志旧日经过梁山泊，多蒙山寨重义相留。为是洒家愚迷，不曾肯住。今日幸得义士壮观山寨，此是天下第一好事！"^{杨志语，又是一样，}^{八字中赞骂都有。}宋江答道："制使威名，播于江湖，只恨宋江相见太晚！"鲁智深便令左右置酒管待，一一都相见了。

次日，宋江问青州一节，近日胜败如何。杨志道："自从孔亮去了，前后也交锋三五次，各无输赢。^{只谓是补，}^{不知是省。}如今青州只凭呼延灼一个，若是拿得此人，觑此城子，如汤泼雪。"吴学究笑道："此人不可力敌，可用智擒。"^{八字极写呼延，下文以两}^{扇文字应之，章法严整。}宋江道：

"用何智可获此人？"吴学究道："只除如此如此。"宋江大喜道："此计大妙！"当日分拨了人马。次早起军，前到青州城下，四面尽着军马围住，擂鼓摇旗，呐喊搦战。城里慕容知府见报，慌忙教请呼延灼商议："今次群贼又去报知梁山泊宋江到来，似此如之奈何？"呼延灼道："恩相放心。群贼到来，先失地利。这厮们只好在水泊里张狂，今却擅离巢穴，一个来捉一个，那厮们如何施展得？请恩相上城，看呼延灼厮杀。"〔说得好，便与前文不犯。〕呼延灼连忙披挂衣甲上马，叫开城门，放下吊桥，领了一千人马，近城摆开。宋江阵中，一将出马。那人手搦狼牙棍，厉声高骂知府："滥官害民贼，徒把我全家诛戮，今日正好报仇雪恨！"慕容知府认得秦明，〔冤有头，债有主，笔有踪，墨有线，不是孟浪置笔。○高唐林冲奋威，青州秦明怒发，是一样文字。〕便骂道："你这厮是朝廷命官，国家不曾负你，缘何便敢造反！若拿住你时，碎尸万段！呼延将军可先下手拿这贼！"呼延灼听了，舞起双鞭，纵马直取秦明。秦明也出马，舞动狼牙大棍来迎呼延灼。二将交马，正是对手，直斗到四五十合，不分胜败。慕容知府见斗得多时，恐怕呼延灼有失，慌忙鸣金收军入城。〔如此救出秦明，深文曲笔，人所不晓。〕秦明也不追赶，退回本阵。宋江教众头领军校，且退十五里下寨。

却说呼延灼回到城中，下马来见慕容知府，说道："小将正要拿那秦明，恩相如何收军？"知府道："我见你斗了许多合，但恐劳困，因此收军暂歇。秦明那厮原是我这里统制，与花荣一同背反，这厮亦不可轻敌。"呼延灼道："恩相放心，小将必要擒此背义之贼！适间和他斗时，棍法已自乱了。来日教恩相看我立斩此贼！"〔此一段应前不可力敌一句。下一段应前只可智擒一句。〕知府道："既是将军如此英

雄，来日若临敌之时，可杀开条路，送三个人出去。一个教他去东京求救，两个教他去邻近府州会合起兵，相助剿捕。"详于三山之请宋江，而不详于青州之请救援，此所谓"徐六担板，只见一边"也。既写三山之请宋江，又另自写青州之请救援，此所谓"一个李白，二个李黑"也；又不担板，又不李黑，横穿斜插，情势俱备。如此段，真耐庵贯花之才也。呼延灼道："恩相高见极明。"当日知府写了求救文书，选了三个军官，都发放了当。不必明日真有是事，乃隔夜却详写如此，譬如花影横窗，有时真有，无时并无，妙绝。

只说呼延灼回到歇处，卸了衣甲暂歇。天色未明，文书未及发，官军未及送，写得好笑。只听得军校来报道："城北门外土坡上，有三骑私自在那里看城。中间一个穿红袍骑白马的，两边两个，只认得右边的是小李广花荣，左边那个道装打扮。"写三骑，或明或暗，如画如话。呼延灼道："那个穿红的眼见是宋江了，道装的必是军师吴用。你们且休惊动了他，便点一百马军，跟我捉这三个。"呼延灼连忙披挂上马，提了双鞭，带领一百余骑马军，悄悄地开了北门，放下吊桥，引军赶上坡来。只见三个正自呆了脸看城。奇事。呼延灼拍马上坡，三个勒转马头，慢慢走去。奇事。呼延灼奋力赶到前面几株枯树边厢，只见三个齐齐的勒住马。奇事。呼延灼方才赶到枯树边，只听得呐声喊，奇事。呼延灼正踏着陷坑，人马都跌将下坑去了，写得绝妙。轻轻而来，实出意外，令读者亦复一惊也。两边走出五六十个挠钩手，先把呼延灼钩将起来，绑缚了去，后面牵着那匹马。带马。其余马军赶来，花荣射倒当头五七

此一段应"只可智擒"。

个，后面的勒转马，一哄都走了。

宋江回到寨里，那左右群刀手却把呼延灼推将过来。宋江见了，连忙起身，喝叫快解了绳索，亲自扶呼延灼上帐坐定。宋江拜见。呼延灼道："何故如此？"宋江道："小可宋江怎敢背负朝廷？盖为官吏污滥，威逼得紧，误犯大罪；因此权借水泊里随时避难，只待朝廷赦罪招安。不想起动将军，致劳神力。实慕将军虎威。今者误有冒犯，切乞恕罪。"处处以此数语说人入伙，正是宋江权诈铁案，而材竖反因此文，续出半部，又衰然加以忠义之名，何也？呼延灼道："被擒之人，万死尚轻，义士何故重礼陪话？"宋江道："量宋江怎敢坏得将军性命？皇天可表寸心。"只是恳告哀求。呼延灼道："兄长尊意，莫非教呼延灼往东京告请招安，到山赦罪？"忽然借呼延口为秦宫铜镜，窜地将宋江一照，妙笔。宋江处处以招安说人入伙，人无有答之者，于是天下后世，遂真以宋江日望招安也。此处忽然用呼延反问一句，直令宋江更遁不得，皮里阳秋，其妙如此。宋江道："将军如何去得？"写宋江只用一句截住，权诈如见，然亦心事如见矣，妙笔。高太尉那厮是个心地褊窄之徒，忘人大恩，记人小过。将军折了许多军马钱粮，他如何不见你罪责？写宋江巧言如簧，必主于说入伙而后止，皆是皮里阳秋之笔，不重于骂高俅也。如今韩滔、彭玘、凌振已多在敝山入伙，倘蒙将军不弃山寨微贱，宋江情愿让位与将军。数语是宋江正经题目。○情愿让位，丑语难堪。等朝廷见用，受了招安，那时尽忠报国，未为晚矣。"仍作好言，写宋江权诈可笑。呼延灼沉吟了半晌，一者是宋江礼数甚恭，骂杀宋江。二者见宋江语言有理，骂杀宋江。叹了一口气，跪下在地道："非是呼延灼不忠于国，实感兄长义气过人，不容呼延灼不依。愿随鞭镫，决无还理。"宋江大喜，请呼延灼和众头领相见了，叫问李忠、周通讨这匹踢雪乌骓马，还将军骑坐。马字至此始结。

众人再商议救孔明之计。吴用道："只除非教呼延将军赚开城门，垂手可得，更兼绝了这呼延将军念头。"好。宋江听了，

来与呼延灼陪话道："非是宋江贪劫城池，实因孔明叔侄陷在缧绁之中，非将军赚开城门，必不可得。"呼延灼答道："小弟既蒙兄长收录，理当效力。"当晚点起秦明、花荣、_{仍点秦明、花荣为首，好。}孙立、燕顺、吕方、郭盛、解珍、解宝、欧鹏、王英十个头领，都扮作军士衣服模样，跟了呼延灼，共是十一骑军马，来到城边，直至濠堑上，大呼："城上开门，我逃得性命回来！"城上人听得是呼延灼声音，慌忙报与慕容知府。此时知府为折了呼延灼，正纳闷间，听得报说呼延灼逃得回来，心中欢喜，连忙上马，奔到城上；望见呼延灼有十数骑马跟着，又不见面颜，只认得呼延灼声音。知府问道："将军如何走得回来？"呼延灼道："我被那厮的陷坑捉了我到寨里，却有原跟我的头目暗地盗这匹马与我骑，就跟我来了。"_{马尚有余音。}知府只听得呼延灼说了，便叫军士开了城门，放下吊桥。十个头领跟到城门里，迎着知府，早被秦明一棍，把慕容知府打下马来。_{结瓦砾场一案，若写孔亮打杀，便如嚼蜡。}解珍、解宝便放起火来。欧鹏、王矮虎奔上城，把军士杀散。宋江大队人马，见城上火起，一齐拥将入来。宋江急急传令："休教残害百姓，且收仓库钱粮。"_{宋江权术如此。}就大牢里救出孔明并他叔叔孔宾一家老小，便教救灭了火，_{细笔。}把慕容知府一家老幼，尽皆斩首，抄扎家私，分俵众军。_{一知府而家私乃至可俵众军，则亦不可抄扎也。}天明，计点在城百姓被火烧之家，给散粮米救济。把府库金帛，仓廒米粮，装载五六百车。又得了二百余匹好马，就青州府里，做个庆喜筵席。请三山头领同归大寨。_{如橼之笔，读之令人壮旺。}李忠、周通使人回桃花山，尽数收拾人马钱粮下山，放火烧毁寨栅。_{毕。}鲁智深也使施恩、曹正回二龙山，与张青、孙二娘_{补出二人。}收拾人马钱粮，也烧了宝珠寺寨

栅。毕。

数日之间，三山人马都皆完备。宋江领了大队人马，班师回山。先叫花荣、秦明、呼延灼、朱仝四将开路。所过州县，分毫不扰。乡村百姓，扶老挈幼，烧香罗拜迎接。数日之间，已到梁山泊边。众多水军头领具舟迎接。晁盖引领山寨马步头领，都在金沙滩迎接。直至大寨，向聚义厅上，列位坐定。大排筵席，庆贺新到山寨头领。呼延灼、鲁智深、杨志、武松、施恩、曹正、张青、孙二娘、李忠、周通、孔明、孔亮，共十二位新上山头领。坐间，林冲说起相谢鲁智深相救一事。_{一段如观群龙戏海，彼穿此接，东牵西掣，极文章之致也。○无数大段落，不得不作此大绾结，妙极。}鲁智深动问道："洒家自与教头别后，无日不念，阿嫂近来有信息否？"_{奇语绝倒，令人闻之，又感又笑，○俗本改。}林冲道："自火并王伦之后，使人回家搬取老小，已知拙妇被高太尉逆子所逼，随即自缢而死；妻父亦为忧疑，染病而亡。"杨志说起旧日王伦手内山前相会之事。_{亦是绝倒事。}众人皆道："此皆注定，非偶然也。"晁盖说起黄泥冈劫取生辰纲一事，_{又是绝倒事。○凡举三段事，却事事绝倒，不止泛泛叙旧而已。}众皆大笑。次日轮流做筵席，不在话下。

且话宋江见山寨又添了许多人马，如何不喜？便叫汤隆做铁匠总管，提督打造诸般军器并铁叶连环等甲。侯健管做旌旗袍服总管，添造三才九曜四斗五方二十八宿等旗、飞龙飞虎飞熊飞豹旗、黄钺白旄、朱缨皂盖。山边四面筑起墩台，重造西路、南路二处酒店，招接往来上山好汉，一就探听飞报军情。山西路酒店今令张青、孙二娘——夫妇二人原是酒家，前去看守。山南路酒店仍令孙新、顾大娘夫妇看守。山东路酒店依旧朱贵、乐和；山北路酒店还是李立、时迁。三关上添造寨栅，分调头领看守。部

领已定，各各遵依。又是一番大发放。○中间只作闲叙，写出"黄钺白旄、朱缨皂盖"等字，"探听飞报军情"等句，皆深著宋江无君之罪也。不在话下。

忽一日，花和尚鲁智深来对宋公明说道："智深有个相识，是李忠兄弟徒弟，唤做九纹龙史进，又陡然回合出一人，与上文连类而动。见在华州华阴县少华山上，和那一个神机军师朱武，又有一个跳涧虎陈达，一个白花蛇杨春，又回合出三人。四个在那里聚义。洒家常常思念他。自从瓦官寺与他别了，无一日不在心上。念阿嫂则念，念少年则念，写今鲁达笔笔淋漓，声声慷慨。洒家要去那里探望他一遭，就取他四个同来入伙，未知尊意如何？"宋江道："我也曾闻得史进大名。若得吾师去请他来，最好。然虽如此，不可独自行，可烦武松兄弟相伴走一遭。他是行者，一般出家人正好同行。"写景。武松应道："我和师兄去。"当日便收拾腰包行李，鲁智深只做禅和子打扮，武松装做随侍行者，两个相辞了众头领下山。过了金沙滩，晓行夜住，不止一日，来到华州华阴县界，径投少华山来。

且说宋江自鲁智深、武松去后，一时容他下山，常自放心不下，便唤神行太保戴宗随后跟来，探听消息。布笔都好。

再说鲁智深两个来到少华山下，伏路小喽啰出来拦住，问道："你两个出家人那里来？"武松便答道："这山上有史大官人么？"亦倒脱去鲁达，即上文避熟之法。小喽啰说道："既是要寻史大王的，且在这里少等。我上山报知头领，便下来迎接。"武松道："你只说鲁智深到来相探。"既避俗笔之熟，又免俗笔之淡。小喽啰去不多时，只见神机军师朱武并跳涧虎陈达、白花蛇杨春，三个下山来接鲁智深、武松，却不见有史进。出奇。○若非此句，便一卷而去，有何生发？鲁智深便问道："史大官人在那里？却如何不见他？"朱武近前上覆道："吾师不是延安府鲁提

辖么？”鲁智深道：“洒家便是。这行者便是景阳冈打虎都头武
松。”三个慌忙剪拂道：“闻名久矣！听知二位在二龙山扎寨，
今日缘何到此？”鲁智深道：“俺们如今不在二龙山了，投托梁
山泊宋公明大寨入伙，今者特来寻史大官人。”朱武道：“既是
二位到此，且请到山寨中，容小可备细告诉。”鲁智深道：“有
话便说。史家兄弟又不见，谁鸟耐烦到你山上去！不惟爽直，兼写贞烈。○贞烈是
赞奇女子字，今赞鲁达，却用此二字，真奇事也。○忠臣不事二君，烈女不更二夫，好友不交二人，观于鲁达，可以兴矣。武松道：“师兄是
个急性的人，有话便说甚好。”朱武道：“小人等三个在此山
寨，自从史大官人上山之后，好生兴旺。近日史大官人下山，因
撞见一个画匠，原是北京大名府人氏，姓王名义，因许下西岳华
山金天圣帝庙内装画影壁，一篇以西岳圣帝为文字收放。前去还愿。因为带将一个
女儿，名唤玉娇枝同行，却被本州贺太守——原是蔡太师门人，
那厮为官贪滥，非理害民。先出其罪。一日因来庙里行香，不想正见了
玉娇枝有些颜色，累次着人来说，要娶他为姜。王义不从。太守
将他女儿强夺了去，却把王义刺配远恶军州。路经这里过，正撞
见史大官人，告说这件事。史大官人把王义救在山上，将两个防
送公人杀了，直去府里要刺贺太守；被人知觉，倒吃拿了，见监
在牢里。又要聚起军马，扫荡山寨，我等正在这里无计可施！”
鲁智深听了道：“这撮鸟敢如此无礼，倒恁么利害！洒家便去结
果了那厮！”爽直是大师天性。朱武道：“且请二位到山寨里商议。”鲁智
深立意不肯。武松一手挽住禅杖，一手指着道：“哥哥不见日色
已到树梢尽头？”画出活武松，画也画不出。鲁智深看一看，吼了一声，愤着气
只得都到山寨里坐下。画出活鲁达，画也画不出。朱武便叫王义出来拜见，再诉
太守贪酷害民，强占良家女子。三人一面杀牛宰马，管待鲁智

深、武松。鲁智深道："史家兄弟不在这里，酒是一滴不吃！要便睡一夜，明日却去州里打死那厮罢！"*句句使人洒出热泪，字字使人增长义气，非鲁达，定说不出此语，非此语，定写不出鲁达，妙绝妙绝。*武松道："哥哥不得造次。我和你星夜回梁山泊去，报知宋公明，领大队人马来打华州，方可救得史大官人。"

*写爽直，便真正爽直，写精细，又真正精细。一副笔墨，叙出两副豪杰，又能各极其致，妙绝。*鲁智深叫道："等俺们去山寨里叫得人来，史家兄弟性命不知那里去了！"*句句字字和血和泪写出来。*武松道："便打杀了太守也怎地救得史大官人？武松却决不肯放哥哥去。"*写鲁达不顾事之不济，写武松必求事之必济，活画出两个人。*朱武又劝道："师兄且息怒。武都头实论得是。"鲁智深焦躁起来，便道："都是你这般性慢直娘贼，*骂得奇绝，骂人而人不怨，友道不匮，永锡尔类故也。*送了俺史家兄弟！*二语骂尽千古。*只今性命在他人手里，还要饮酒细商！"*和血和泪之墨，带哭带骂之笔，读之纸上发发震动，妙绝之文。○俗本皆改去，何也？*众人那里劝得他呷一杯半盏。*鹅项凳边，铁匠间壁，正与此处对看。*当晚和衣歇宿，明早起个四更，提了禅杖，带了戒刀，不知那里去了。*使我敬，使我骇，使我哭，使我思。○写得便与剑侠诸传相似。*武松道："不听人说，此去必然有失。"朱武随即差两个精细小喽啰前去打听消息。

却说鲁智深奔到华州城里，路傍借问州衙在那里。人指道："只过州桥，投东便是。"鲁智深却好来到浮桥上，只见人都道："和尚且躲一躲，太守相公过来！"*反作一迎，妙笔。*鲁智深道："俺正要寻他，却正好撞在洒家手里！那厮多敢是当死？"贺太守头踏一对对摆将过来。看见太守那乘轿子，却是暖轿。轿窗两边，各有十个虞候簇拥着，人人手执鞭枪铁链，守护两下。*忽作一迎，忽又一闪，妙笔。○只一暖轿家丁，便活衬出史进前日行刺来。*鲁智深看了寻思道："不好打那撮鸟。若打不着，倒吃他笑！"贺太守却在轿窗眼里，看见了鲁智深欲进不进。过了渭桥，到府中下了轿，便叫两个虞候分付道："你与我

去请桥上那个胖大和尚到府里赴斋。"虞候领了言语来到桥上，对鲁智深说道："太守相公请你赴斋。"鲁智深想道："这厮合当死在洒家手里！俺却才正要打他，只怕打不着，让他过去了。俺要寻他，他却来请洒家！"鲁智深便随了虞候径到府里。太守已自分付下了，一见鲁智深进到厅前，太守叫放了禅杖，去了戒刀，请后堂赴斋。鲁智深初时不肯。众人说道："你是出家人，好不晓事！府堂深处，如何许你带刀杖入去？"鲁智深想道："只俺两个拳头也打碎了那厮脑袋！"^{妙解}廊下放了禅杖、戒刀，跟虞候入来。

　　贺太守正在后堂坐定，把手一招，喝声："捉下这秃贼！"两边壁衣内走出三四十个做公的来，横拖倒拽，捉了鲁智深。你便是那吒太子，怎逃地网天罗；火首金刚，难脱龙潭虎窟！正是：飞蛾投火身倾丧，怒鳖吞钩命必伤。毕竟鲁智深被贺太守拿下，性命如何，且听下回分解。

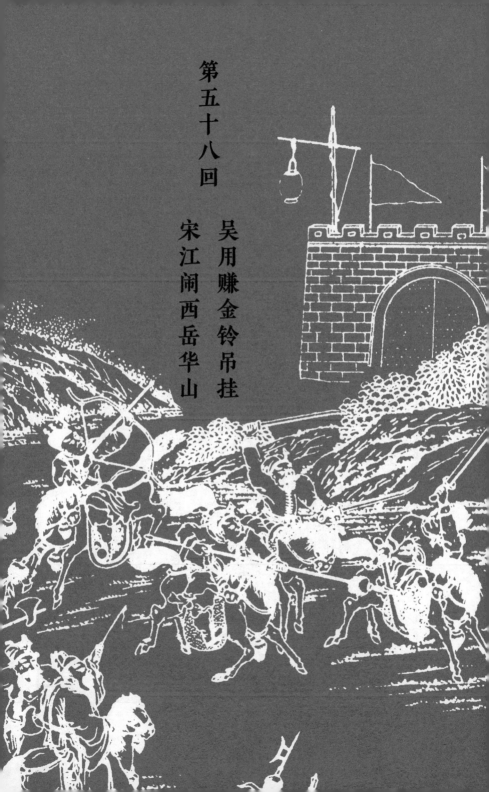

第五十八回

吴用赚金铃吊挂

宋江闹西岳华山

宋江闹西嶽华山

俗本写鲁智深救史进一段，鄙恶至不可读，每私怪耐庵，胡为亦有如是败笔。及得古本，始服原文之妙如此。吾因叹文章生于吾一日之心，而求传于世人百年之手。夫一日之心，世人未必知，而百年之手，吾又不得夺，当斯之际，文章又不能言，改窜一惟所命，如俗本《水浒》者，真可为之流涕呜咽者也。

渭河拦截一段，先写朱仝、李应执枪立宋江后，宋江立吴用后，吴用立船头，作一总提。然后分开两幅。一幅写吴用与客帐司问答，一转，转出宋江。宋江一转，转出朱仝。朱仝一转，转出岸上花荣、秦明、徐宁、呼延灼，是一样声势。一幅写宋江与太尉问答，一转，转出吴用。吴用一转，转出李应。李应一转，转出河里李俊、张顺、杨春，是一样声势。然后又以第三幅宋江、吴用一齐发作，以总结之，章法又齐整，又变化，真非草草之笔。

极写华州太守狡狯者，所以补写史进、鲁达两番行刺不成之故也。然读之殊无补写之迹，而自令人想见其时其事。盖以不补为补，又补写之一法也。

史进芒砀一叹，亦暗用阮籍"时无英雄"故事，可谓深表大郎之至矣。若夫蛮牌之败，只是文章交卸之法，不得以此为大郎惜也。

话说贺太守把鲁智深赚到后堂内，喝声："拿下！"众多做公的把鲁智深簇拥到厅阶下。贺太守正要开言勘问，只见鲁智深大怒道：<small>太守不及勘问，鲁达反先怒发，文字都有身分。俗本悉改，令人气尽。</small>"你这害民贪色的直娘贼！<small>八个字骂尽千古。</small>你敢便拿倒洒家！俺死亦与史进兄弟一处死，倒不烦恼！

据古本《水浒》第五十八回如此，不知俗本何故另改作一段奄奄欲死文字，乌焉成马，令人可恨！

一直奔来，只咬定"史进兄弟"四只字，读之令人心痛，又令人快活。是只是洒家死了，宋公明阿哥须不与你干休！俺如今说与你，天下无解不得的冤仇。此语反出其口，思之失笑。你只把史进兄弟还了洒家，亦大难事，奇绝妙绝。玉娇枝也还了洒家，等洒家自带去交还王义，还史进已大难事，又要还娇枝，又是还与和尚去还王义，奇绝妙绝。你却连夜也把华州太守交还朝廷。还娇枝已奇绝妙绝，又要还太守，一发奇绝妙绝。○说到还娇枝还太守句，回思还史进，真易量你这等贼头鼠眼，专一欢喜妇人，也做不得民之父母！千载读之，无不汗颜，此句为还太守作注也。○若依得此三事，便是佛眼相看。若道半个不的，不要懊悔不迭！如今你且先交俺去看看史家兄弟，却回俺话！"

不知是墨，不知是泪，不知是血，写得使人心痛，使人快活。贺太守听了，气得做声不得，与上"正要开言"作一句读。只道得个："我心疑是个行刺的贼，原来果然是史进一路！古本如此情文曲折，俗本真是无理可笑。那厮，你看那厮，写太守气咽不成语，真是活画出来，且监下这厮，慢慢处置！这秃驴原来果然是史进一路！"活画出气急败坏，语言重沓；又活画出自神其智，心也不拷打，口相语。妙绝。取面大枷来钉了，押下死囚牢里去。一面申闻都省，乞请明降。禅杖、戒刀，封入府堂里去了。

此时闹动了华州一府，小喽啰得了这个消息，飞报上山来。武松大惊道："我两个来华州干事，折了一个，怎地回去见众头领！"正没理会处，只见山下小喽啰报道："有个梁山泊差来的头领唤做神行太保戴宗，见在山下。"便快。武松慌忙下来迎接上山，和朱武等三人都相见了，诉说鲁智深不

听劝谏失陷一事。戴宗听了，大惊道："我不可久停了！就便回梁山泊，报与哥哥知道，早遣兵将，前来救取！"武松道："小弟在这里专等，万望兄长早去急来。"

戴宗吃了些素食，作起神行法，再回梁山泊来。三日之间，已到山寨。见了晁、宋二头领，便说鲁智深因救史进，要刺贺太守，被陷一事。晁盖听罢，大惊道："既然两个兄弟有难，如何不救！我今不可担阁，便亲去走一遭。"宋江道："哥哥山寨之主，未可轻动，原只兄弟代哥哥去。"〔又书宋江不肯。〕当日点起人马，作三队而行。前军点五员先锋，林冲、杨志、〔先拨林冲、花荣、秦杨志妙。〕明、呼延灼，〔呼延灼新到，例应立功，故亦在第一拨。〕引领一千甲马，二千步军先行，逢山开路，遇水叠桥。中军领兵主将宋公明，军师吴用，朱仝、徐宁、解珍、解宝，共是六个头领，马步军兵二千。后军主掌粮草，李应、杨雄、石秀、李俊、张顺，共是五个头领押后，马步军兵二千。共计七千人马，离了梁山泊，直取华州来。在路趱行，不止一日，早过了半路，先使戴宗去报少华山上。朱武等三人，安排下猪羊牛马，酝造下好酒等候。

再说宋江军马三队都到少华山下。武松引了朱武、陈达、杨春三人，〔亦用武松引见，笔法。〕下山拜请宋江、吴用并众头领，都到山寨里坐下。宋江备问城中之事。朱武道："两个头领已被贺太守监在牢里，只等朝廷明降发落。"宋江与吴用说道："怎地定计去救取便好？"朱武道："华州城郭广阔，濠沟深远，急切难打，只除非得里应外合，方可取得。"吴学究道："明日且去城边看那城池如何，却再商量。"宋江饮酒到晚，巴不得天明，要去看城。吴用谏道："城中监着两只大虫在牢里，如何不做提备？白日不

可去看。今夜月色必然明朗，申牌前后下山，一更时分可到那里窥望。"当日捱到午后，宋江、吴用、花荣、秦明、朱仝共是五骑马下山，迤逦前行。初更时分，已到华州城外。在山坡高处，立马望华州城里时，正是二月中旬天气，月华如昼，天上无一片云彩。_{偏向刀枪剑戟林中，写得
花明月媚，妙笔妙笔。}看见华州周围有数座城门，城高地壮，堑濠深阔。看了半晌，远远地也便望见那西岳华山。_{是王义画
壁、太尉
降香之处，不得
不映带出来。}

宋江等看见城池厚壮，形势坚牢，无计可施。吴用道："且回寨里去再作商议。"五骑马连夜回到少华山上。宋江眉头不展，面带忧容。吴学究道："且差十数个精细小喽啰，下山去远近探听消息。"两日内，忽有一人上山来报道："如今朝廷差个殿司太尉，将领御赐金铃吊挂来西岳降香，从黄河入渭河而来。"_{其事马风牛不及，
令人不知所谓。}吴用听了便道："哥哥休忧，计在这里了。"便叫李俊、张顺："你两个与我如此如此而行。"李俊道："只是无人识得地境，得一个引领路道最好。"白花蛇杨春便道："小弟相帮同去如何？"宋江大喜。三个下山去了。次日，吴学究请宋江、李应、朱仝、呼延灼、花荣、秦明、徐宁，共七个人，悄悄止带五百余人下山。到渭河渡口，李俊、张顺、杨春已夺下十余只大船在彼。吴用便叫花荣、秦明、徐宁、呼延灼四个伏在岸上，_{第一
拨。}宋江、吴用、朱仝、李应下在船里，_{中军。}李俊、张顺、杨春分船都去滩头藏了。_{第二
拨。}众人等候了一夜。

次日天明，听得远远地锣鸣鼓响，三只官船下来，船上插着一面黄旗，上写"钦奉圣旨西岳降香太尉宿"。朱仝、李应各执长枪，立在宋江背后，吴用立在船头。_{从船尾顺写至船头，读之如画。
〇正写之，则应作吴用立宋江}

前，朱仝、李应立宋江后也。○要知只四个人，便锁定一篇章法。盖吴用领第一段，宋江领第二段，朱仝领岸上诸人，李应领水军诸人也。细读之，便知其合辟之妙耳。○俗本略缺。太尉船到，当港截住。^{四字笔力。}船里走出紫衫银带虞候二十余人，喝道："你等甚么船只，敢当港拦截住大臣！"宋江执着骨朵，躬身声喏。^{此第一段宋江不开言，悉是吴用说，妙笔。}吴学究立在船头上，说道："梁山泊义士宋江，谨参祗候。"^{分明以吴用抵对客帐司，以宋江} 第一段，吴用说。抵对太尉，宾主正副，笔笔画然。船上客帐司出来答道："此是朝廷太尉，奉圣旨去西岳降香。汝等是梁山泊乱寇，何故拦截？"宋江躬身不起。船头上吴用道："俺们义士，只要求见太尉尊颜，有告覆的事。"^{宋江只不开言，段段用}吴用说，^{妙笔。}客帐司道："你等是何等人，敢造次要见太尉！"两边虞候喝道："低声！"宋江却躬身不起。船头上吴用道："暂请太尉到岸上，自有商量的事。"^{段段用吴用说，宋江只不开口，妙笔。}客帐司道："休胡说！太尉是朝廷命臣，如何与你商量？"宋江立起身来^{笔势悚骇。}道："太尉不肯相见，只怕孩儿们惊了太尉。"^{一路吴用，到此忽换宋江，妙笔。}朱仝把枪上小号旗只一招动，^{宋江背后一个传令。○写得又严整，又错纵，真正妙笔。}岸上花荣、秦明、徐宁、呼延灼引出马军，一齐搭上弓箭，都到河口，摆列在岸上。^{奇文骇事，得未曾有。}那船上艄公都惊得钻入梢里去了。^{如画。○此一段用吴用与客帐司问答，忽换宋江传令作尾，真正一篇奇绝章法。}

客帐司人慌了，只得入去禀覆。宿太尉只得出到船头上坐定。宋江又躬身唱喏道："宋江等不敢造次。"^{已下第二段，吴用不开言，悉是宋江说，妙笔。}宿太尉道："义士何故 第二段，宋江说。

如此邀截船只？"宋江道："某等怎敢邀截太尉！只欲求请太尉上岸，别有禀覆。"_{尽是宋江自说，妙笔。}宿太尉道："我今特奉圣旨，自去西岳降香，与义士有何商议？朝廷大臣如何轻易登岸！"船头上吴用道："太尉不肯时，只怕下面伴当亦不相容。"_{一路宋江，到此忽换吴用，妙笔。}李应把号带枪一招，_{宋江背后又一个传令。}李俊、张顺、杨春一齐撑出船来。_{奇文骇事，得未曾有。}宿太尉看见，大惊。_{此一段写宋江与太尉问答，忽换吴用传令作尾，又一篇真正奇绝章法。}李俊、张顺明晃晃掣出尖刀在手，早跳过船来，_{奇文骇事。}手起先把两个虞候撅下水里去。_{奇文骇事。}宋江连忙喝道："休得胡做，惊了贵人！"李俊、张顺扑通也跳下水去，_{奇文骇事。}早把两个虞候又送上船来，_{奇文骇事。}自己两个也便托地又跳上船来。_{奇文骇事。○一段写李俊、张顺跳掷忽霍，读之目眩。}吓得宿太尉魂不着体。宋江、吴用一齐喝道："孩儿们且退去，休得惊着贵人！俺自慢慢地请太尉登岸。"

第三段，宋江、吴用齐说。

_{已下第三段，宋江、吴用一齐说，妙笔。}宿太尉道："义士有甚事，就此说不妨。"宋江、吴用道："这里不是说话处，谨请太尉到山寨告禀，并无损害之心。若怀此念，西岳神灵诛灭！"_{宋江、吴用一齐说，妙笔。}

到此时候，不容太尉不上岸。宿太尉只得离船上了岸。众人在树林里牵出一匹马来，扶策太尉上了马，不得已随众同行。宋江、吴用先叫花荣、秦明陪奉太尉上山。宋江、吴用也上了马，_{看他于宋江、吴用各写一幅后，又将宋江、吴用各写一幅，真正一篇绝奇章法。}分付教把船上一应人等并御

香、祭物、金铃吊挂，齐齐收拾上山，只留下李俊、张顺带领一百余人看船。<small>此处只说看船，后又忽借作伏兵截杀，真乃笔无定墨，纸非一文。</small>一行众头领都到山上。宋江、吴用下马入寨，把宿太尉扶在聚义厅上当中坐定，两边众头领拔刀侍立。<small>奇文骇事，真写得好。</small>宋江独自下了四拜，跪在面前，告覆道："宋江原是郓城县小吏，为彼官司所逼，不得已哨聚山林，权借梁山水泊避难，专等朝廷招安，与国家出力。今有两个兄弟，无事被贺太守生事陷害，下在牢里。欲借太尉御香仪从并金铃吊挂去赚华州，事毕并还，于太尉身上并无侵犯。乞太尉钧鉴。"宿太尉道："不争你将了御香等物去，明日事露，须连累下官！"宋江道："太尉回京，都推在宋江身上便了。"<small>宋江之恶如此，闲处写出。</small>宿太尉看了那一班人模样，怎生推托得，只得应允了。宋江执盏擎杯，设筵拜谢。就把太尉带来的人穿的衣服都借穿了。于小喽啰数内，选拣一个俊俏的，剃了髭须，穿了太尉的衣服，扮做宿元景。<small>妙。</small>宋江、吴用扮做客帐司。<small>妙。</small>解珍、解宝、杨雄、石秀扮做虞候。<small>妙。</small>小喽啰都是紫衫银带，执着旌节、旗幡、仪仗、法物，擎抬了御香、祭礼、金铃吊挂。花荣、徐宁、朱仝、李应扮做四个衙兵。<small>妙。</small>朱武、陈达、杨春款住太尉并跟随一应人等，置酒管待。<small>是主人事。</small>却教秦明、呼延灼引一队人马，林冲、杨志引一队人马，分作两路取城。<small>妙。</small>教武松预先去西岳门下伺候，只听号起行事。<small>西岳门此处只写一个，后忽添换一个，皆所谓笔无定墨，纸非一文也。</small>

　　话休絮繁。且说一行人等，离了山寨，径到河口下船而行，不去报与华州太守，一径奔西岳庙来。戴宗先去报知云台观观主并庙里职事人等，直至船边，迎接上岸。香花灯烛，幢幡宝盖，摆列在前。先请御香上了香亭，庙里人夫扛抬了，导引金铃吊挂

前行。观主拜见了太尉。吴学究道："太尉一路染病不快，且把暖轿来。"^{只"暖轿"二字，亦复影衬作趣。}左右人等扶策太尉上轿，径到岳庙里官厅内歇下。客帐司吴学究对观主道："这是特奉圣旨，赍捧御香、金铃吊挂，来与圣帝供养。缘何本州官员轻慢，不来迎接？"观主答道："已使人去报了，敢是便到。"说犹未了，本州先使一员推官，带领做公的五七十人，^{极写太守狡狯。}将着酒果，来见太尉。原来那小喽啰虽然模样相似，却语言发放不得，^{绝倒。○虽复发放不得，然亦曲盖鼓吹，身为王公矣。}因此只教妆做染病，把靠褥围定在床上坐。推官一眼看那来的旌节、门旗、牙仗等物，^{极写太守狡狯。}都是内府制造出的，如何不信？客帐司匆匆入去禀覆了两遭，^{写得好。}却引推官入去，远远地阶下参拜了，见那太尉只把手指，并不听得说甚么。^{绝倒。}客帐司直走下来，埋怨推官道："太尉是天子前近幸大臣，不辞千里之遥，特奉圣旨到此降香，不想于路染病未痊，本州众官如何不来远接？"推官答道："前路官司虽有文书到州，不见近报，因此有失迎迓，不期太尉先到庙里。本是太守便来，奈缘少华山贼人纠合梁山泊强盗要打城池，^{客帐司应喝"低声"。}每日在彼堤防，以此不敢擅离。特差小官先来贡献酒礼，太守随后便来参见。"客帐司道："太尉涓滴不饮，只叫太守快来商议行礼。"^{是要紧题目。}推官随即教取酒来，与客帐司亲随人把盏了。客帐司又入去禀一遭，请了钥匙出来，引着推官去开了锁，就香帛袋中取出那御赐金铃吊挂来，把条竹竿叉起，叫推官仔细自看。^{写得好。}果然好一对金铃吊挂！乃是东京内府高手匠人做成的，浑是七宝珍珠嵌造，中间点着碗红纱灯笼，乃是圣帝殿上正中挂的。不是内府降来，民间如何做得？^{赞语入拍。}客帐司叫推官看了，再收入柜匣内锁了，又

将出中书省许多公文付与推官，^{写得好。}便叫太守快来商议拣日祭祀。^{是要紧题目。}推官和众多做公的都见了许多物件文凭，便辞了客帐司，径回到华州府里来报贺太守。

却说宋江暗暗地喝采道："这厮虽然奸猾，也骗得他眼花心乱了！"此时武松已在庙门下了。^{笔力矫健，实称武二。}吴学究又使石秀藏了尖刀，也来庙门下相帮武松行事，却又换戴宗扮做虞候。^{此等事又复当面转换，写当时众人视华州如无物也。}云台观主进献素斋，一面教执事人等安排铺陈岳庙。宋江闲步看那西岳庙时，果然是盖造得好，殿宇非凡，真乃人间天上。^{百忙中又补画出岳庙来，真是笔有余武。}宋江看了一回，回至官厅前。门上报道："贺太守来也。"宋江便叫花荣、徐宁、朱仝、李应四个衙兵各执着器械，分列在两边。解珍、解宝、杨雄、戴宗各戴暗器侍立在左右。

却说贺太守将领三百余人，^{极写太守狡狯。}来到庙前下马，簇拥入来。^{极写太守狡狯。}客帐司吴学究、宋江见贺太守带着三百余人，都是带刀公吏人等入来。客帐司喝道："朝廷贵人在此，闲杂人不许近前！"众人立住了脚，^{写得好。}贺太守独自进前来拜见太尉。客帐司道："太尉教请太守入来厮见。"贺太守入到官厅前，望着小喽啰便拜。^{绝倒。}客帐司道："太守，你知罪么？"太守道："贺某不知太尉到来，伏乞恕罪。"客帐司道："太尉奉敕到此西岳降香，如何不来远接？"太守答道："不曾有近报到州，有失迎迓。"吴学究喝声："拿下！"^{疾。}解珍、解宝弟兄两个，飕地掣出短刀，一脚把贺太守踢翻，便割了头。^{疾。○快活。}宋江喝道："兄弟们动手！"早把那跟来的人三百余个惊得呆了，正走不动。花荣等一齐向前，把那一干人算子般都倒在地下。^{可谓大算盘，无帐不结矣。}有一半

抢出庙门下，武松、石秀舞刀杀将入来，小喽啰四下赶杀，三百余人不剩一个回去。^{疾快活。}○续后到庙来的都被张顺、李俊杀了。^{须知此句是文外之文，笔势飘忽如此。}宋江急叫收了御香、吊挂下船。都赶到华州时，早见城中两路火起，一齐杀将入来。先去牢中救了史进、鲁智深，就打开库藏，取了财帛，装载上车。鲁智深径奔后堂取了戒刀、禅杖。玉娇枝早已投井而死。^{此二句俗本失，古本有。}众人离了华州，上船回到少华山上，都来拜见宿太尉，纳还了御香、金铃吊挂、旌节、门旗、仪仗等物，拜谢了太尉恩相。宋江教取一盘金银相送太尉。随从人等不分高低，都与了金银。^{大书金银，可谓许伯哭世矣。}就山寨里做了个送路筵席，谢承太尉。众头领直送下山，到河口交割了一应什物船只，一些不少，还了原来的人等。宋江谢别了宿太尉，回到少华山上，便与四筹好汉商议收拾山寨钱粮，放火烧了寨栅。^{再结一处。}一行人等，军马粮草，都望梁山泊来。王义自赍发盘缠，投奔别处不题。

且说宿太尉下船来到华州城中，已知被梁山泊贼人杀死军兵人马，劫了府库钱粮，城中杀死军校一百余人，马匹尽皆掳去，西岳庙中又杀了许多人性命。便叫本州推官^{推官使。}动文书申达中书省起奏，都做"宋江先在途中劫了御香、吊挂，因此赚知府到庙，杀害性命"。宿太尉到庙里焚了御香，把这金铃吊挂分付与了云台观主，星夜急急自回京师奏知此事，不在话下。

再说宋江救了史进、鲁智深，带了少华山四个好汉，仍旧作三队分俵人马，回梁山泊来。所过州县，秋毫无犯。^{八字只算"于路无话"四字，作省文耳。}先使戴宗前来上山报知，晁盖并众头领下山迎接宋江等一同到山寨里聚义厅上，都相见已罢，一面做庆喜筵席。次日，史

进、朱武、陈达、杨春各以己财做筵宴，拜谢晁、宋二公。酒席间，晁盖说道："我有一事，为是公明贤弟连日不在山寨，只得权时阁起。昨日又是四位兄弟新到，不好便说出来。三日前，有朱贵上山报说：'徐州沛县芒砀山中，新有一伙强人，聚集着三千人马。为头一个先生，姓樊名瑞，绰号"混世魔王"，能呼风唤雨，用兵如神。手下两个副将。一个姓项名充，绰号"八臂那吒"，能使一面团牌，牌上插飞刀二十四把，百步取人，无有不中，手中仗一条铁标枪。又有一个姓李名衮，绰号"飞天大圣"，也使一面团牌，牌上插标枪二十四根，亦能百步取人，无有不中，手中使一口宝剑。这三个结为兄弟，占住芒砀山，打家劫舍。三个商量了，要来吞并俺梁山泊大寨。'我听得说，不由不怒。"宋江听了，大怒道："这贼怎敢如此无礼！小弟便再下山走一遭！"只见九纹龙史进便起身道："小弟等四个初到大寨，无半米之功，情愿引本部人马，前去收捕这伙强人！"久冷应热，固行文之法也。宋江大喜。当下史进点起本部人马，与同朱武、陈达、杨春都披挂了，来辞宋江下山，把船渡过金沙滩，上路径奔芒砀山来。三日之内，早望见那座山。史进叹口气问朱武道："这里正不知何处是昔日汉高祖斩蛇起义之处！"写史进，绝妙之文。○朱武等三人也大家叹口气。写朱武三人。不一时，来到山下，早有伏路小喽啰上山报知。

且说史进把少华山带来的人马一字摆开，自己全身披挂，骑一匹火炭赤马当先出阵，手中横着三尖两刃刀，背后三个头领便是朱武、陈达、杨春。四个好汉，勒马阵前。好看。望不多时，只见芒砀山上飞下一彪人马来，当先两个好汉。为头那个便是徐州沛县人，姓项名充，果然使一面团牌，背插飞刀二十四把，右手

仗条标枪，后面打着一面认军旗，上书"八臂那吒"四个大字。（另是一样气色，读之正复可畏。）次后那个便是邳县人，姓李名衮，果然也使一面团牌，背插二十四把标枪，左手把牌，右手仗剑，后面打着一面认军旗，上书"飞天大圣"四个大字。（另是一样气色，读之真复可畏。）当下两个步行下山，见了对阵史进、朱武、陈达、杨春四骑马在阵前，并不打话。小喽啰筛起锣来，两个好汉舞动团牌，一齐上，直滚入阵来。（人固另是一样气色，文亦另是一样声势。）史进等拦当不住，后军先走，（写得好笑。）史进前军抵敌，（写得好笑。）朱武等中军呐喊，（写得好笑。○要知此三句，正望下篇公孙八阵，先作反衬也。）退三四十里。史进险些儿中了飞刀；（写飞刀，又写史进。）杨春转身得迟，被一飞刀，战马着伤，弃了马，逃命而走。（写飞刀。）史进点军，折了一半，和朱武等商议，欲要差人回梁山泊求救。正忧疑之间，只见军士来报："北边大路上尘头起处，约有二千军马到来。"史进等上马望时，却是梁山泊旗号，当先马上两员上将，一个是小李广花荣，一个是金枪手徐宁。（第一拨先写兵，次写将。）史进接着，备说项充、李衮蛮牌滚动，军马遮拦不住。花荣道："宋公明哥哥见兄长来了，放心不下，好生懊悔，特差我两个到来帮助。"史进等大喜，合兵一处下寨。

次日天晓，正欲起兵对敌，军士又报："北边大路上又有军马到来。"花荣、徐宁、史进一齐上马望时，却是宋公明亲自和军师吴学究、公孙胜、柴进、朱仝、呼延灼、穆弘、孙立、黄信、吕方、郭盛，带领三千人马来到。（第二拨先写将，次写兵。只小小两节，亦必变换作章法。○每次援兵，皆从山上明写调拨，此处忽变为突如其来之文，不先提出，亦是行文避熟也。）史进备说项充、李衮飞刀、标枪、滚牌难近，折了人马一事。宋江大惊。吴用道："且把军马扎下寨栅，别作商议。"宋江性急，便要起兵剿捕，直到山下。

此时天色已晚，望见芒砀山上都是青色灯笼。实写项充、李衮，虚写樊瑞，妙笔非人所及。公孙胜看了，便道："此寨中青色灯笼，便是会行妖法之人在内。我等且把军马退去，来日贫道献一个阵法，要捉此二人。"宋江大喜，传令教军马且退二十里，扎住营寨。次日清晨，公孙胜献出这个阵法，有分教：魔王拱手上梁山，神将倾心归水泊。毕竟公孙胜献出甚么阵法来，且听下回分解。

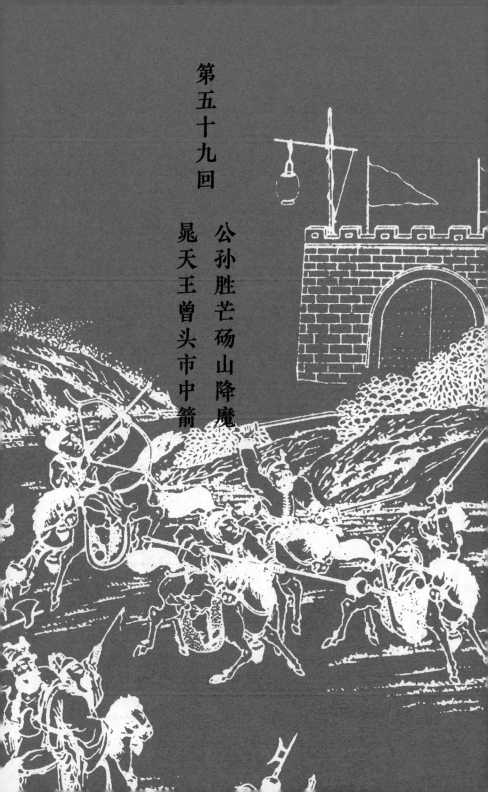

第五十九回　公孫勝芒碭山降魔　晁天王曾頭市中箭

读《水浒》俗本至此处，为之索然意尽。及见古本，始喟然而叹。呜呼妙哉，文至此乎！夫晁盖欲打祝家庄，则宋江劝："哥哥山寨之主，不可轻动也。"晁盖欲打高唐州，则宋江又劝："哥哥山寨之主，不可轻动也。"晁盖欲打青州，则又劝："哥哥山寨之主，不可轻动。"欲打华州，则又劝："哥哥山寨之主，不可轻动也。"何独至于打曾头市，而宋江默未尝发一言？宋江默未尝发一言，而晁盖亦遂死于是役。今我即不能知其事之如何，然而君子观其旧法，推其情状，引许世子不尝药之经以断斯狱，盖宋江弑晁盖之一笔为决不可宥也。此非谓史文恭之箭，乃真出于宋江之手也，亦非谓宋江明知曾头市之五虎能死晁盖，而坐不救援也。夫今日之晁盖之死，即诚非宋江所料，然而宋江之以晁盖之死为利，则固非一日之心矣。吾于何知之？于晁盖之每欲下山，宋江必劝知之。夫宋江之必不许晁盖下山者，不欲令晁盖能有山寨也，又不欲令众人尚有晁盖也。夫不欲令晁盖能有山寨，则是山寨诚得一旦而无晁盖，是宋江之所大快也。又不欲令众人尚有晁盖，则夫晁盖虽未死于史文恭之箭，而已死于厅上厅下众人之心非一日也。如是而晁盖今日之死于史文恭，是特晁盖之余矣。若夫晁盖之死，固已甚久甚久也。如是而晁盖至而若惊，晁盖死而若惊，其惟史文恭之与曾氏五虎有之。若夫宋江之心，固晁盖去而夷然，晁盖死而夷然也。故于打祝家则劝，打高唐则劝，打青州则劝，打华州则劝，则可知其打曾头市之必劝也。然而作者于前之劝则如不胜书，于后之劝则直削之者，书之以著其恶，削之以定其罪也。呜呼，以稗官而几欲上与《阳秋》分席，讵不奇绝！然不得古本，吾亦何由得知作者之笔法如

是哉!

通篇皆用深文曲笔,以深明宋江之弑晁盖。如风吹旗折,吴用独谏,一也。戴宗私探,匿其回报,二也。五将死救,余各自顾,三也。主军星殒,众人不还,四也。守定啼哭,不商疗治,五也。晁盖遗誓,先云"莫怪",六也。骤摄大位,布令详明,七也。拘牵丧制,不即报仇,八也。大怨未修,逢僧闲话,九也。置死天王,急生麒麟,十也。

第二回写少华山,第四回写桃花山,第十六回写二龙山,第三十一回写白虎山,至上篇而一齐挽结,真可谓奇绝之笔。然而吾嫌其同。何谓同?同于前若布棋,后若棋劫也。及读此篇,而忽然添出混世魔王一段,曾未尝有,突如其来。得此一虚,四实皆活。夫而后知文章真有相救之法也。

话说公孙胜对宋江、吴用献出那个阵图^{问曰:何不出自吴用?答曰:上金铃吊挂,既}已全出吴用,此处例应独出公孙不得吴用太热,公孙太冷也。道:"是汉末三分,诸葛孔明摆石为阵之法,四面八方,分八八六十四队,中间大将居之。其像四头八尾,左旋右转,按天地风云之机,龙虎鸟蛇之状。待他下山冲入阵来,两军齐开,有如伺候。等他一入阵,只看七星号带起处,把阵变为长蛇之势。贫道作起道法,教这三人在阵中,前后无路,左右无门,却于坎地上掘一陷坑,直逼此三人到于那里。两边埋伏下挠钩手,准备捉将。"宋江听了大喜,便传将令,叫大小将校依令而行。再用八员猛将守阵。那八员?呼延灼、朱全、花荣、徐宁、穆弘、孙立、史进、黄信。却叫柴进、吕方、郭盛权摄中军,宋江、吴用、公孙胜带领陈达磨旗,叫朱武指引五个

军士在近山高坡上看对阵报事。

是日巳牌时分，众军近山摆开阵势，摇旗擂鼓搦战。只见芒砀山上有三二十面锣声震地价响，三个头领一齐来到山下，便将三千余人摆开。左右两边，项充、李衮，中间拥出那个混世魔王樊瑞，骑一匹黑马，立于阵前。那樊瑞虽会使些妖法，却不识阵势。〔须知此语，正是反显公孙，非蔑樊瑞也。〕看了宋江军马，四面八方，团团密密，心中暗喜道："你若摆阵，中我计了！"分付项充、李衮："若见风起，你两个便引五百滚刀手杀入阵去。"项充、李衮得令，各执定蛮牌，挺着标枪飞剑，只等樊瑞作用。只见樊瑞立在马上，左手挽定流星铜锤，右手仗着混世魔王宝剑，口中念念有词，喝声道："疾！"却早狂风四起，飞沙走石，天昏地暗，日色无光。项充、李衮呐声喊，带了五百滚刀手杀将过去。宋江军马见杀将过来，便分开做两下。〔写得八阵图出，真是妙笔。〕项充、李衮一搅入阵，两下里强弓硬弩射住来人，只带得四五十人入来，其余的都回本阵去了。〔写得八阵图出。〕宋江望见项充、李衮已入阵里，便叫陈达把七星号旗只一招，那座阵势，纷纷滚滚，变作长蛇之阵。〔写得八阵图出。〕项充、李衮正在阵里，东赶西走，左盘右转，寻路不见。高坡上，朱武把小旗在那里指引。他两个投东，朱武便望东指，〔写得好。〕若是投西，便望西指，〔写得好。〕原来公孙胜在高处看了，已先拔出那松文古定剑来，口中念动咒语，喝声道："疾！"便借着那风，尽随着项充、李衮脚跟边乱卷。〔"便借那风"四字，读之绝倒。○古有诸葛借风，不如公孙借风之更奇也。○如此写公孙道法，真乃脱尽牛鬼蛇神，别成幽溪小洞矣。〕两个在阵中，只见天昏地暗，日色无光，〔即前八字，绝倒。〕四边并不见一个军马，一望都是黑气，〔此句写此军。〕后面跟的都不见了。〔此句写彼军。〕项充、李衮心慌起来，只要夺路出阵，百般地没寻归路处。

写出八阵
图来。正走之间，忽然雷震一声，两个在阵叫苦不迭，一齐跐了双脚，翻筋斗撷下陷马坑里去。妙绝也。○凡前文写得极难，皆倒衬后文甚易。《庄子》曰："每至于族，见其难为，然后奏刀砉然，如土委地。"盖行文之乐，正莫乐于此也，岂其扬公孙、抑史进哉！两边挠钩手早把两个搭将起来，便把麻绳绑缚了，解上山坡请功。宋江把鞭梢一指，三军一齐掩杀过去。樊瑞引人马奔走上山，三千人马折其大半。

宋江收军，众头领都在帐前坐下。军健早解项充、李衮到于麾下。宋江见了，忙叫解了绳索，亲自把盏，说道："二位壮士，其实休怪。临敌之际，不如此不得。小可宋江久闻三位壮士大名，欲来礼请上山，同聚大义。盖因不得其便，因此错过。倘若不弃，同归山寨，不胜万幸！"两个听了，拜伏在地道："久闻及时雨大名，只是小弟等无缘，不曾拜识。原来兄长果有大义！我等两个不识好人，要与天地相拗。奇崛之句，写来活是使蛮牌人声口。今日既被擒获，万死尚轻，反以礼待。若蒙不杀，誓当效死报答大恩。樊瑞那人，无我两个如何行得？义士头领若肯放我们一个回去，好。就说樊瑞来投拜，不知头领尊意如何？"宋江便道："壮士，不必留一人在此为当。便请二位同回贵寨。宋江来日专候佳音。"写宋江权术过人处，真是非常之才。两个拜谢道："真乃大丈夫！若是樊瑞不从投降，我等擒来，奉献头领麾下。"便活是使蛮牌人声口。宋江听说大喜，请入中军，待了酒食，看他尽放回去，又有尽放回去之法，写得权术非常。○一也。换了两套新衣，二也。取两匹好马，三也。呼小喽啰拿了枪牌，四也。亲送二人下坡回寨。五也。○便过诸葛七纵一等也。○因明用八阵，便又暗用借风、七纵一事以陪之，耐庵文心之巧如此。

两个于路在马上感恩不尽，来到芒砀山下。小喽啰见了大惊，接上山寨。樊瑞问两个来意如何。项充、李衮道："我等逆天之人，合该万死！"句句活是使蛮牌人声口。樊瑞道："兄弟如何说这话？"

两个便把宋江如此义气说了一遍。樊瑞道："既然宋公明如此大义，我等不可逆天。_{是一家之言。}来早都下山投拜。"两个道："我们也为如此而来。"_{不用项充、李衮相说，竟出樊瑞自家主意，好。}当夜把寨内收拾已了。次日天晓，三个一齐下山，直到宋江寨前，拜伏在地。宋江扶起三人，请入帐中坐定。三个见了宋江没半点相疑之意，彼此倾心吐胆，诉说平生之事。_{极表三人。}三人拜请众头领，都到芒砀山寨中。杀牛宰马，管待宋公明等众多头领，一面赏劳三军。饮宴已罢，樊瑞就拜公孙胜为师。宋江立主教公孙胜传授五雷天心正法与樊瑞，樊瑞大喜。_{绾结妙绝，只在篇中，又出篇外，才子之才如此。}数日之间，牵牛拽马，卷了山寨钱粮，驮了行李，收聚人马，烧毁了寨栅，_{又结一处实，此一处虚。有三处实，正不可无一处虚也。}跟宋江等班师回梁山泊。于路无话。

　　宋江同众好汉军马已到梁山泊边，却欲过渡，只见芦苇岸边大路上一个大汉望着宋江便拜。_{奇文妙接。}宋江慌忙下马扶住，问道："足下姓甚名谁？何处人氏？"那汉答道："小人姓段，双名景住。人见小弟赤发黄须，都呼小人为'金毛犬'。祖贯是涿州人氏，平生只靠去北边地面盗马。今春去到枪竿岭北边，盗得一匹好马，雪练也似价白，浑身并无一根杂毛。头至尾，长一丈，蹄至脊，高八尺。那马一日能行千里，北方有名，唤做'照夜玉狮子马'，乃是大金王子骑坐的，_{文情由前踢雪骓生来，马名照后玉麒麟立出，前映后带，绝世奇文。}放在枪竿岭下，被小人盗得来。江湖上只闻及时雨大名，无路可见，欲将此马前来进献与头领，权表我进身之意。不期来到凌州西南上曾头市过，被那'曾家五虎'夺了去。小人称说是梁山泊宋公明的，不想那厮多有污秽的言语，小人不敢尽说。_{且复收口作一顿跌，文有步骤。}逃走得脱，特来告知。"宋江看这人时，虽是黄发卷须，却也一表

非俗，心中暗喜。便道："既然如此，且同到山寨里商议。"带了段景住，一同都下船，到金沙滩上岸。晁天王并众头领接到聚义厅上。宋江教樊瑞、项充、李衮和众头领相见，段景住一同都参拜了。打起砒厅鼓来，且做庆贺筵席。

宋江见山寨连添了许多人马，四方豪杰望风而来，因此叫李云、陶宗旺监工，添造房屋并四边寨栅。_{又作一小发放。}段景住又说起那匹马的好处，宋江叫神行太保戴宗去曾头市探听那马的下落。戴宗去了四五日回来，对众头领说道："这个曾头市上共有三千余家，内有一家唤做曾家府。这老子原是大金国人，名为曾长者，生下五个孩儿，号为曾家五虎。大的儿子唤做曾涂，第二个唤做曾密，第三个唤做曾索，第四个唤做曾魁，第五个唤做曾升。又有一个教师史文恭，一个副教师苏定。去那曾头市上聚集着五七千人马，扎下寨栅，造下五十余辆陷车，发愿要与我们势不两立，定要捉尽俺山寨中头领，做个对头。那匹千里玉狮子马，见今与教师史文恭骑坐。更有一般堪恨那厮之处，杜撰几句言语，教市上小儿们都唱道：'摇动铁环铃，神鬼尽皆惊。铁车并铁锁，上下有尖钉。扫荡梁山清水泊，剿除晁盖上东京！生擒及时雨，活捉智多星。曾家生五虎，天下尽闻名！'没一个不唱，真是令人忍耐不得！"_{曾头市写得又有一样出色处，真乃风云海岳之才。○要知因偷马引出曾家五虎，亦与上文因偷鸡引出祝氏三雄特特相犯，以显笔力。}晁盖听罢，心中大怒道："这畜生怎敢如此无礼！我须亲自走一遭。不捉得这畜生，誓不回山！我只点五千人马，请启二十个头领相助下山，其余都和宋公明保守山寨。"

当日晁盖便点林冲、_{特点林冲第一，章法奇绝人。}呼延灼、徐宁、穆弘、张横、杨雄、石秀、孙立、黄信、燕顺、邓飞、欧鹏、杨林、刘

唐、阮小二、阮小五、阮小七、白胜、杜迁、宋万，^{点至后半，忽然是最初小夺泊人，章法奇绝人。}共是二十个头领，部领三军人马下山。宋江与吴用、公孙胜众头领就山下金沙滩饯行。^{上文若干篇，每动大军，便书晁盖要行，宋江力劝。独此行宋江不劝，而晁盖亦遂以死。深文曲笔，读之不寒而栗。○俗本妄添处，古本悉无，故知古本之可宝也。}饮酒之间，忽起一阵狂风，正把晁盖新制的认军旗半腰吹折。众人见了，尽皆失色。^{大书众人失色，以见宋江不失色也。不然者，何不书"宋江等众人"五字耶？}吴学究谏道：^{又大书吴用谏，以见宋江不谏。深文曲笔，遂与《阳秋》无异。}"哥哥方才出军，风吹折认旗，于军不利。不若停待几时，却去和那厮理会。"晁盖道："天地风云，何足为怪！趁此春暖之时，不去拿他，直待养成那厮气势，却去进兵，那时迟了。你且休阻我！遮莫怎地，要去走一遭！"吴用一个那里别拗得住？^{句句深著宋江之罪，深文曲笔。}晁盖引兵渡水去了。宋江回到山寨，密叫戴宗下山去探听消息。^{此语后无下落，非耐庵漏失，正故为此深文曲笔，以明曾市之败，非宋江所不料，而绝不闻有救援之意，以深著其罪也。○骤读之，极似写宋江好。细读之，始知正是写宋江罪。文章之妙，都在无字句处，安望世人读而知之！}

且说晁盖领着五千人马，二十个头领，来到曾头市相近，对面下了寨栅。次日，先引众头领上马，去看曾头市。众多好汉立马正看之间，只见柳林中飞出一彪人马来，约有七八百人。当先一个好汉，便是曾家第四子曾魁，高声喝道："你等是梁山泊反国草寇。我正要来拿你解官请赏，原来天赐其便！还不下马受缚，更待何时！"晁盖大怒，回头一看，早有一将出马去战曾魁。那人是梁山初结义的好汉豹子头林冲。^{特于此处大书林冲本色，以为一篇眼目。}两个交马，斗了二十余合。曾魁料道斗林冲不过，掣枪回马，便往柳林中走。林冲勒住马不赶。^{此篇于战处只略写，意只重在晁、宋之间耳。}晁盖领转军马回寨，商议打曾头市之策。林冲道："来日直去市口搦战，就看虚实如何，再作商议。"

次日平明，引领五千人马，向曾头市口平川旷野之地列成阵势，擂鼓呐喊。曾头市上炮声响处，大队人马出来，一字儿摆着七个好汉。中间便是都教师史文恭，上首副教师苏定，下首便是曾家长子曾涂，左边曾密、曾魁，右边曾升、曾索，都是全身披挂。教师史文恭弯弓插箭，^{照后箭。}坐下那匹便是千里玉狮子马，^{照前马。}手里使一枝方天画戟。三通鼓罢，只见曾家阵里推出数辆陷车，放在阵前。^{曾头市写得又有一样出色。}曾涂指着对阵骂道："反国草贼，见俺陷车么！我曾家府里杀你死的，不算好汉！我一个个直要捉你活的，装载陷车里解上东京，方显是五虎手段！你们趁早纳降，还有商议。"晁盖听了大怒，挺枪出马，直奔曾涂。众将一发掩杀过去，两军混战。曾家军马一步步退入村里。林冲、呼延灼东西赶杀，却见路途不好，急退回来收兵。^{本日战处只略写，却取次日失事先一勾染出来，用笔妙甚。}当日两边各折了些人马。晁盖回到寨中，心中甚忧。^{一句引。}众将劝道："哥哥且宽心，休得愁闷，有伤贵体。往常宋公明哥哥出军，亦曾失利，好歹得胜回寨。今日混战，各折了些军马，又不曾输了与他，何须忧闷！"晁盖只是郁郁不乐。^{又一句引。}一连三日搦战，曾头市上并不曾见一个。

第四日，忽有两个僧人，直到晁盖寨里投拜。^{写得突兀。}军人引到中军帐前，两个僧人跪下告道："小僧是曾头市上东边法华寺里监寺僧人，今被曾家五虎不时常来本寺作践啰唣，索要金银财帛，无所不至。小僧尽知他的备细出没去处，只今特来拜请头领入去劫寨，剿除了他时，当坊有幸！"晁盖见说大喜，便请两个僧人坐了，置酒相待。独有林冲谏道：^{一路详写林冲独谏，以恶宋江之居然不来。深文曲笔，都要细看。}"哥哥休得听信，其中莫非有诈？"晁盖道："他两个出家人，

怎肯妄语？^{（轻轻便说出三个原故，足明拒谏之人，每每如此。○一。）}我梁山泊久行仁义之道，所过之处，并不扰民，他两个与我何仇，却来掇赚？^{二。}况兼曾家未必赢得我们大军，何故相疑？^{三。}兄弟休生疑心，误了大事。今晚我自去走一遭。"林冲苦谏道："哥哥必要去时，林冲分一半人马去劫寨，哥哥只在外面接应。"^{（极写林冲，总是反刺宋江，妙极。）}晁盖道："我不自去，谁肯向前！^{（前写宋江下山，一时厅上厅下一齐愿去，何至今晁盖作如许语？深文曲笔，处处有刺。）}你却留一半军马在外接应。"林冲道："哥哥带谁人去？"晁盖道："点十个头领，分二千五百人马入去。十个头领是刘唐、呼延灼、阮小二、欧鹏、阮小五、燕顺、阮小七、杜迁、白胜、宋万。"^{（写十将，亦复间列成文，章法奇绝人。）}

当晚造饭吃了，马摘铃，军衔枚，夜色将黑，便悄悄地跟了两个僧人，直奔法华寺来。晁盖看时，却是一座古寺。晁盖下马入到寺内，见没僧众，问那两个僧人道："怎地这个大寺院没一个和尚？"僧人道："便是曾家畜生薅恼，不得已，各自归俗去了，只有长老并几个侍者自在塔院里居住。头领暂且屯住了人马，等更深些，小僧直引到那厮寨里。"晁盖道："他的寨在那里？"和尚道："他有四个寨栅，只是北寨里便是曾家弟兄屯军之处。若只打得那个寨子时，这三个寨便罢了。"晁盖道："那个时分可去？"和尚道："如今只是二更天气，且待三更时分，便无准备。"晁盖听曾头市上时整整齐齐打更鼓响，又听了半个更次，绝不闻更点之声。^{（只略写。）}僧人道："这厮想是都睡了，如今可去。"僧人当先引路，晁盖带同诸将上马，领兵离了法华寺，跟着便走。行不到五里多路，黑影处不见了两个僧人。^{（来得突兀，去得突兀。）}前军不敢行动，看四边时，又且路径甚杂，都不见有人家。军士却

慌起来，报与晁盖知道。呼延灼便叫急回旧路走。不到百十步，只见四下里金鼓齐鸣，喊声震地，一望都是火把。晁盖众将引军夺路而走，才转得两个湾，撞见一彪军马，当头乱箭射将来。扑的一箭，正中晁盖脸上，^{亦只略写}倒撞下马来。却得三阮、刘唐、白胜五个头领死并将去，救得晁盖上马，杀出村中来。^{十个人入去，却偏是五个初聚义人死救出来。生死患难之际，令人酸泪滴下。○单写初聚义五人死救晁盖，便显出满山人无不心在宋江，而视晁盖如无也。深文曲笔，妙不可言。}村口林冲等引军接应，刚才敌得个住。两军混战，直杀到天明，各自归寨。

林冲回来点军时，燕顺、欧鹏、宋万、杜迁只逃得自家性命，^{只逃自家性命者，盖言带去二千五百人马，止剩得一千二三百不及顾晁盖也，妙绝。}人，亏得跟着呼延灼，都回到帐中。^{一千二三百人亏呼延者，盖言晁盖不亏呼延也，妙笔。}众头领且来看晁盖时，那枝箭正射在面颊上。急拔得箭，出血晕倒了。看那箭时，上有史文恭字。^{写得精神。}林冲叫取金枪药敷贴上，原来却是一枝药箭。晁盖中了箭毒，已自言语不得。林冲叫扶上车子，^{极写林冲生死交情，以深恶宋江，又令火并一篇有起有结，章法奇绝人。}便差刘唐、三阮、杜迁、宋万先送回山寨。^{差六人，章法奇绝人。读之，令人忽然想到初火并时，不胜"风景不殊"之痛。○古本之妙如此，而俗本尽诮，故知古本可宝也。}其余十四个头领在寨中商议："今番晁天王哥哥下山来，不想遭这一场，正应了风折认旗之兆。我等极该收兵，一齐回去。但是必须等公明哥哥将令下来，方可回军，^{但知有宋江，不顾死晁盖，深文曲笔，直写出宋江平日使众人视晁盖如无也。}岂可半涂撤了曾头市自去？"^{书不撤曾市，以见撤晁盖也。妙绝。}当晚二更时分，天色微明，十四个头领都在寨中嗟咨不安，进退无措。^{得此语，便令其罪悉归宋江，妙绝。}忽听得伏路小校慌急来报："前面四五路军马杀来，火把不计其数！"林冲听了，一齐上马。三面山上，火把齐明，照见如同白日，四下里呐喊到寨前。林冲领了众头领，不去抵敌，拔寨

都起，回马便走。上文等宋江将令，只是借此一笔，以著宋江之恶耳。其文既见，便可脱换而去。若必真写将令，又是死板文字也。曾家军马背后卷杀将来，两军且战且走。走过了五六十里，方才得脱。计点人兵，又折了五七百人，大败亏输。急取旧路，望梁山泊回来。

众头领回到水浒寨上山，都来看视晁头领时，已自水米不能入口，饮食不进，浑身虚肿。宋江守定在床前啼哭，俗士读之，便谓宋江好，不知正极写宋江之诈也。○哭亦何罪？但通长读之，殊复不堪耳。我生生世世，不愿见此等人。众头领都守在帐前看视。宋江独哭，难乎其为下也。众人不哭，难乎其为上也。独哭，宋江今日之恶也。不哭，宋江平日之恶也。当日夜至三更，晁盖身体沉重，转头看着宋江，嘱付道："贤弟莫怪我说。若那个捉得射死我的，便教他做梁山泊主。"一路写宋江之于晁盖一位，可谓虎视眈眈。至是晁盖将死，却忽然生出一难，笔力险怪不可言。○"莫言罢"，妙绝。"莫言罢，便瞑目而死。众头领都听了晁盖遗嘱。笔法。宋江见晁盖已死，字法。○"已死"者，惟己望之之辞。放声大哭，如丧考妣。独写宋江哭，俗士以为好。○特写宋江"如丧考妣"四字，以表其哭之不伦，妙绝。众头领扶策宋江出去主事。吴用、公孙胜劝道："哥哥且省烦恼。生死人之分定，何故痛伤？且请理会大事。"

宋江哭罢，便教把香汤沐浴了尸首，装殓衣服巾帻，停在聚义厅上。众头领都来举哀祭祀。一面合造内棺外椁，选了吉时，盛放在正厅上，建起灵帏，中间设个神主，上写道"梁山泊主天王晁公神主"。山寨中头领，自宋公明以下，都带重孝。小头目并众小喽啰亦带孝头巾。林冲却把那枝誓箭，就供养在灵前。笔法。○山寨定鼎之功，实惟武师始终以之，章法奇绝人也。○众人听遗嘱，林冲供誓箭，皆特写晁盖死后宋江又不如意，便生出许多文情来。寨内扬起长幡，请附近寺院僧众上山做功德，追荐晁天王。虽必有之事，然亦前映法华僧人，后引大圆和尚。宋江每日领众举哀，无心管理山寨事务。林冲与吴用、公孙胜并众头领商议，立宋公明为梁山泊主，诸人拱听号令首书林冲，笔法。

次日清晨，香花灯烛，林冲为首，〔笔法。〕与众等请出宋公明在聚义厅上坐定。林冲开话道：〔林冲一段是义。〕"哥哥听禀：国一日不可无君，家一日不可无主。晁头领是归天去了，山寨中事业岂可无主？四海之内，皆闻哥哥大名。来日吉日良辰，请哥哥为山寨之主，诸人拱听号令。"〔再提此句，以显下文宋江之有号令也。〕宋江道："晁天王临死时嘱付，如有人捉得史文恭者，便立为梁山泊主。此话众头领皆知，〔一碑。〕誓箭在彼，〔一碑。○妙绝之文，读之令人不愿为恶，受如此苦。○权诈人一生受苦，如宋江其验也。直率人世界越阔，如李逵其验也。〕岂可忘了！又不曾报得仇，雪得恨，如何便居得此位？"吴学究道：〔吴用一段是智。〕"晁天王虽是如此说，今日又未曾捉得那人，山寨中岂可一日无主？若哥哥不坐时，其余便都是哥哥手下之人，谁人敢当此位？〔锥心之言。〕况兼众人多是哥哥心腹，亦无人敢有他言。〔又一句锥心之言。〕哥哥便可权临此位坐一坐，〔善处之言。〕待日后别有计较。"〔又一句善处言。〕宋江道："军师言之极当。今日小可权当此位，〔心事毕见。〕待日后报仇雪恨已了，拿住史文恭的，不拘何人，须当此位。"黑旋风李逵在侧边叫道："哥哥休说做梁山泊主，便做个大宋皇帝你也肯！"〔每每宋江一番权诈后，便紧接李大哥一番直遂以形击之，妙不可言。○有眼如电，有舌如刀，逵之所以如虎也。包藏祸心，外施仁义，江之所以如鬼也。〕宋江大怒道：〔不得不怒。〕"这黑厮又来胡说。再若如此乱言，先割了你这厮舌头！"李逵道："我又不教哥哥不做。说请哥哥做皇帝，倒要割了我舌头！"〔越弹压，越说出来，妙人妙文。○"不做"字妙，俗本讹。〕吴学究道："这厮不识时务的人，〔语语妙绝。○"识时务者为俊杰"，又岂知不识时务者为圣贤耶？〕众人不到得和他一般见识。〔语语妙绝。〕且请息怒，主张大事。"

宋江焚香已罢，林冲、吴用搀到主位，居中正面坐了第一把椅子。〔又书林冲、吴用搀，画尽宋江权诈。○越权诈，越见丑不可当。○"居中正面"四字，丑不可当。○论来尊宋江，正与尊晁盖一样耳，何至又有不同？嗟乎！人自不读其文耳。无如此许多字句，便可以知晁盖；有如此许多字句，便可以知宋江。夫文字，人之图像也。观其图像，知其好恶，岂有疑哉？上〕

首军师吴用，下首公孙胜。左一带林冲为头，右一带呼延灼居长。众人参拜了，两边坐下。宋江便说道：^{"便"字字法，言不须拟议也。}"小可今日权居此位，全赖众兄弟扶助，同心合意，共为股肱，一同替天行道。^{看他开口第一句，便买住众心，妙绝。}如今山寨人马数多，非比往日，可请众兄弟分做六寨驻扎。^{此皆临时辩办之言。}聚义厅今改为忠义堂。^{此皆临时辩办之言。}前后左右立四个旱寨。后山两个小寨，前山三座关隘，山下一个水寨，两滩两个小寨，今日各请弟兄分投去管。^{先作一总，次复分说，有章法。}忠义堂上是我权居尊位，第二位军师吴学究，第三位法师公孙胜，第四位花荣，第五位秦明，第六位吕方，第七位郭盛。^{第一章。}左军寨内，第一位林冲，第二位刘唐，第三位史进，第四位杨雄，第五位石秀，第六位杜迁，第七位宋万。^{第二章。}右军寨内，第一位呼延灼，第二位朱仝，第三位戴宗，第四位穆弘，第五位李逵，第六位欧鹏，第七位穆春。^{第三章。}前军寨内，第一位李应，第二位徐宁，第三位鲁智深，第四位武松，第五位杨志，第六位马麟，第七位施恩。^{第四章。}后军寨内，第一位柴进，第二位孙立，第三位黄信，第四位韩滔，第五位彭玘，第六位邓飞，第七位薛永。^{第五章。}水军寨内，第一位李俊，第二位阮小二，第三位阮小五，第四位阮小七，第五位张横，第六位张顺，第七位童威，第八位童猛。^{第六章。}六寨计四十三员头领。^{忽作一结，有章法。}山前第一关令雷横、樊瑞守把，第二关令解珍、解宝守把，第三关令项充、李衮守把。^{第七章。}金沙滩小寨令燕顺、郑天寿、孔明、孔亮四个守把。鸭嘴滩小寨令李忠、周通、邹渊、邹闰四个守把。山后两个小寨，左一个旱寨令王矮虎、一丈青、曹正，右一个旱寨令朱武、陈达、杨春六人守把。^{第八章。}忠义堂内，左一带房中，掌文卷萧让，掌赏罚裴

宣，掌印信金大坚，掌算钱粮蒋敬。^{第九章}右一带房中，管炮凌振，管造船孟康，管造衣甲侯健，管筑城垣陶宗旺。^{第十章}忠义堂后两厢房中管事人员，监造房屋李云，铁匠总管汤隆，监造酒醋朱富，监备筵宴宋清，掌管什物杜兴、白胜。^{第十一章}山下四路作眼酒店，原拨定朱贵、乐和、时迁、李立、孙新、顾大嫂、张青、孙二娘。^{第十二章}管北地收买马匹，杨林、石勇、段景住。^{第十三章}○如此十三章，岂是临时猝办之言？前书谦让，后书分拨，以深表宋江之权诈也。分拨已定，各自遵守，毋得违犯。"

梁山泊水浒寨内大小头领，自从宋公明为寨主，尽皆一心拱听约束。此亦反表前此之有二心也。二心也者，一心晁盖，一心宋江也。作者恶宋江之至矣。

明日，宋江聚众商议："本要与晁天王报仇，兴兵去打曾头市，却思庶民居丧，尚且不可轻动，我们岂可不待百日之后，然后举兵？"众头领依宋江之言，守在山寨。俗士必将以此为孝，不知此正大书宋江之缓于报仇也。○俗本亦小批，今依古本订正。每日修设好事，只做功果，追荐晁盖。

一日，请到一僧，法名大圆，乃是北京大名府在城龙华寺法主。只为游方来到济宁，经过梁山泊，就请在寨内做道场。因吃斋闲话间，宋江问起北京风土人物。极写宋江缓于报仇。那大圆和尚说道："头领如何不闻河北玉麒麟之名？"宋江听了，猛然省起说道："你看我们未老，却恁地忘事！笔墨飞舞。北京城里是有个卢大员外，双名俊义，绰号'玉麒麟'，是河北三绝，祖居北京人氏，一身好武艺，棍棒天下无对。梁山泊寨中若得此人时，小可心上还有甚么烦恼不释？"不悲失晁盖，但愿得麒麟，虽复文字转接，亦是深文曲笔。吴用笑道："哥哥何故自丧志气。若要此人上山，有何难哉！"宋江答道："他是北京大名府第一等长者，如何能够得他来落草？"吴学究道："吴用也在心多时了，不想一向忘却。小生略施小计，便教本人上

山。"宋江便道："人称足下为'智多星'，端的名不虚传！敢问军师用甚计策，赚得本人上山？"吴用不慌不忙说出这段计来，有分教：卢俊义撇却锦簇珠围，来试龙潭虎穴。正是只为一人归水浒，致令百姓受兵戈。毕竟吴学究怎地赚卢俊义上山，且听下回分解。

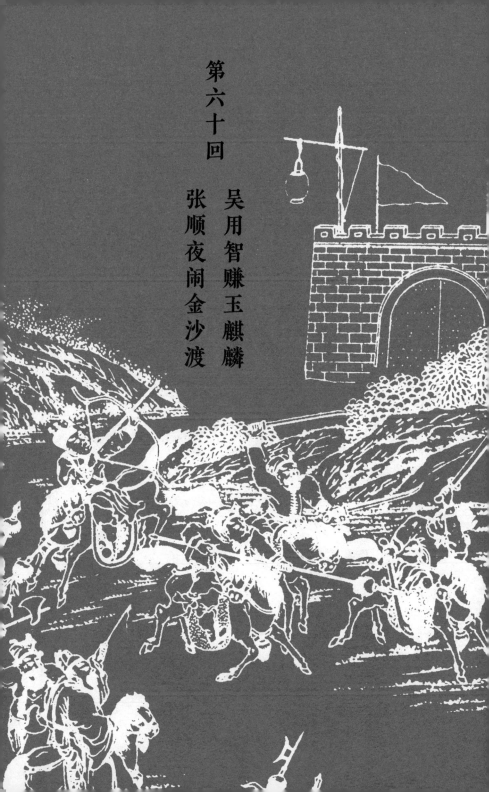

第六十回

吴用智赚玉麒麟

张顺夜闹金沙渡

張順夜閙金沙渡

吴用卖卦用李逵同去，是偶借李逵之丑，而不必尽李逵之材也。偶借其丑，则不得不为之描画一二。不必尽其材，则得省即省。盖不过以旁笔相及，而未尝以正笔专写也。是故，入城以后是正笔也。正笔则方写卢员外不暇矣，奚暇再写李逵？若未入城以前，是旁笔也。旁笔即不惜为之描画一二者，一则以存铁牛本色，一又以作明日喧动之地也。

中间写小儿自哄李逵，员外自惊"天口"，世人小大相去之际，令我浩然发叹。呜呼！同读圣人之书，而或以之弋富贵，或以之崇德业，同游圣人之门，而或以之矜名誉，或以之致精微者，比比矣，于小儿何怪之有？

卢员外本传中，忽然插出李固、燕青两篇小传。李传极叙恩数，燕传极叙风流。乃卒之受恩者不惟不报，又反噬焉。风流者笃其忠贞，之死靡忒，而后知古人所叹。狼子野心，养之成害，实惟恩不易施，而以貌取人，失之子羽，实惟人不可忽也。稗官有戒有劝，于斯篇为极矣。

夫李固之所以为李固，燕青之所以为燕青，娘子之所以为娘子，悉在后篇，此殊未及也。乃读者之心头眼底，已早有以猜测之三人之性情行径者，盖其叙事虽甚微，而其用笔乃甚著。叙事微，故其首尾未可得而指也。用笔著，故其好恶早可得而辨也。《春秋》于定、哀之间，盖屡用此法也。

写卢员外别吴用后，作书空咄咄之状，此正白绢旗、熟麻索之一片雄心，浑身绝艺，无可出脱，而忽然受算命先生之所感触，因拟一试之于梁山，而又自以鸿鹄之志未可谋之燕雀，不得已望空咄咄，以自决其心也。写英雄员外，正应作如此笔墨，

方有气势。俗本乃改作误听吴用，"寸心如割"等语，一何丑恶至此！

前写吴用，既有卦歌四句，后写员外，便有绢旗四句以配之，已是奇绝之事。不谓读至最后，却另自有配此卦歌四句者，又且不止于一首而已也。论章法，则如演连珠。论一一四句，各各入妙，则真不减于旗亭画壁赌记绝句矣。俗本处处改作唐突之语，一何丑恶至此！

写许多诱兵忽然而出，忽然而入，番番不同，人人善谲，奇矣。然尤奇者，如李逵、鲁智深、武松、刘唐、穆弘、李应入去后，忽然一断，便接入车仗人夫，读者至此孰不以为已作收煞，而殊不知乃正在半幅也。徐徐又是朱全、雷横引出宋江、吴用、公孙胜一行六七十人，真所谓愈出愈奇，越转越妙。此时忽然接入花荣神箭，又作一断，读者于是始自惊叹，以为夫而后方作收煞耳，而殊不知犹在半幅。徐徐又是秦明、林冲、呼延灼、徐宁四将夹攻，夫而后引入卦歌影中。呜呼，章法之奇，乃令读者欲迷，安得阵法之奇，不令员外中计也！

话说这龙华寺和尚说出三绝玉麒麟卢俊义名字与宋江。吴用道："小生凭三寸不烂之舌，直往北京说卢俊义上山，如探囊取物，手到拈来。只是少一个奇形怪状的伴当和我同去。"_{奇语猜不出。}说犹未了，只见黑旋风李逵高声叫道："军师哥哥，小弟与你走一遭！"_{看他出席自荐，便知李逵之奇形怪状不惟他人所惊，亦其自家所惊也。○我尝思天下美人无有不自以为美者，天下丑人亦无有不自以为丑者，如之何又有不自以为丑之人也？}宋江喝道："兄弟，你且住着！若是上风放火，下风杀人，打家劫舍，冲州撞府，合用着你。这是做细作的勾当，你这

性子怎去得？"李逵道："别遭，^{二字}你道我生得丑，^{绝倒语，如}^{有隐恨者。}嫌我，^{二字}不要我去！"^{绝倒语，如有隐恨者。○不说下半截，妙}^{不可言，既以丑自荐，又以丑自诮也。}宋江道："不是嫌你。如今大名府做公的极多，倘或被人看破，枉送了你的性命。"李逵叫道："不妨，我不去，也料无别人中得军师的意！"^{只用"不妨"二字答宋江，下却另为自负之言以鸣得}^{意，妙不可言。○以奇形怪状，独步一时，奇绝妙绝。}吴用道："你若依得我三件事，便带你去；若依不得，只在寨中坐地。"^{既欲用之，}^{又故难之，}^{便令吴用权术，李逵}^{性情，一齐出见。}李逵道："莫说三件，便是三十件也依你！"吴用道："第一件，你的酒性如烈火，自今日去，便断了酒，回来你却开。第二件，于路上做道童打扮，随着我，我但叫你，不要违拗。第三件，最难，你从明日为始，并不要说话，只做哑子一般。依得这三件，便带你去。"李逵道："不吃酒，做道童，都依得。闭着这个嘴不说话，却是憋杀我！"吴用道："你若开口，便惹出事来。"李逵道："也容易，我只口里衔着一文铜钱便了！"^{闲中忽作调侃世人}^{语，令我一叹。}众头领都笑。那里劝得住？当日忠义堂上做筵席送路，至晚各自去歇息。次日清早，吴用收拾了一包行李，教李逵打扮做道童，挑担下山。宋江与众头领都在金沙滩送行，再三分付吴用小心在意，休教李逵有失。吴用、李逵别了众人下山，宋江等回寨。

且说吴用、李逵二人往北京去，行了四五日路程，每日天晚投店安歇，平明打火上路。于路上吴用被李逵呕得苦，^{省。○此行}^{本欲以李逵}^{之丑喧动员外，若必详写一路惹事本末，岂惟顾妒失郎，亦当累纸不尽}^{耳。只用一二段约略点缀，一意径趋正传，手法高妙，非稗史所能。}行了几日，赶到北京城外店肆里歇下。当晚，李逵去厨下做饭，一拳打得店小二吐血。小二哥来房里告诉吴用道："你家哑道童忒狠。小人烧火迟了些，就打得小人吐血。"吴用慌忙与他陪话，把十

数贯钱与他将息，自埋怨李逵，不在话下。^{岂有李逵而不惹事者？然一惹事而枝节烦蔓，文几不可了矣。只如此预先安放，有意无意，正自工良心苦。}

过了一夜，次日天明起来，安排些饭食吃了。吴用唤李逵入房中，分付道："你这厮苦死要来，一路上呕死我也！今日入城，不是要处，你休送了我的性命！"李逵道："我难道不省得？"^{的的妙人，的的妙语，的的妙笔。}吴用道："我再和你打个暗号。若是我把头来摇时，你便不可动掸。"李逵应承了。^{只一李逵惹事，既已穿插于前，又复安放于后，工良心苦，始有此文。○如此，方得一片笔墨以入卢员外正传去。}两个就店里打扮入城。吴用戴一顶乌绉纱抹眉头巾，穿一领皂沿边白绢道服，系一条杂彩吕公绦，着一双方头青布履，手里拿一副渗金熟铜铃杵。李逵剱几根蓬松黄发，绾两枚浑骨丫髻，穿一领粗布短褐袍，勒一条杂色短须绦，穿一双蹬山透土靴，担一条过头木拐棒，挑着个纸招儿，上写着"讲命谈天，卦金一两"。^{两人如画。}两个打扮了，锁上房门，离了店肆，望北京城南门来。此时天下各处盗贼生发，各州府县俱有军马守把。此处北京，是河北第一个去处，更兼又是梁中书统领大军镇守，如何不摆得整齐？

且说吴用、李逵两个，摇摇摆摆，却好来到城门下。守门的约有四五十军士，簇捧着一个把门的官人在那里坐定。吴用向前施礼，军士问道："秀才那里来？"吴用答道："小生姓张名用。这个道童姓李。江湖上卖卦营生，今来大郡与人讲命。"身边取出假文引，教军士看了。众人道："这个道童的鸟眼，恰像贼一般看人！"^{写初到城门，人便惊怪，便衬出一到街市无不喧哄，所以得动卢员外也。吴用要奇形怪状伴当同去，本旨如此，不是闲画李逵，读之须知。}李逵听得，正待要发作，吴用慌忙把头来摇，李逵便低了头。^{绝倒。○李逵发作，是此传闲文。只平平放倒，不用十分描写，妙。}吴用向前与把门军士陪话道："小

生一言难尽！这个道童，又聋又哑，只有一分蛮气力。却是家生的孩儿，没奈何带他出来。这厮不省人事，望乞恕罪！"辞了便行。李逵跟在背后，脚高步低，*又添出四字，不止两眼像贼而已。凡此皆为得动卢员外作地，不是闲画李逵也。*望市心里来。吴用手中摇着铃杵，口里念着口号道："甘罗发早子牙迟，彭祖、颜回寿不齐。范丹贫穷石崇富，八字生来各有时。此乃时也，运也，命也。*骤括子平全书。*知生知死，知贵知贱。若要问前程，先赐银一两。"*既以丑仆动其耳，又以高价动其心。*说罢，又摇铃杵。北京城内小儿，约有五六十个跟着看了笑。却好转到卢员外解库门首，*星卜贱伎，何至得动卢员外？故知得奇形怪状伴当气力不少。*故一头摇头，一头唱着，去了复又回来，小儿们哄动越多了。*写得便若纸上活有吴用，活有李逵，活有群小儿，妙笔。○不惟活有而已，直写得纸上吴用是一样气色，李逵是一样气色，群小儿是一样气色。妙在何处？妙在"一头摇头"四字。*

　　卢员外正在解库厅前坐地，看着那一班主管收解，只听得街上喧哄，唤当直的问道："如何街上热闹？"当直的报覆："员外，端的好笑！街上一个别处来的算命先生，在街上卖卦，要银一两算一命，谁人舍得？*四字正挑着员外，妙笔。○一段先叙先生。*后头一个跟的道童，且是生得渗赖，走又走得没样范，小的们跟定了笑。"*"渗赖"句应前"贼眼"，"样范"句应前"脚高步低"。一段次叙伴当。*卢俊义道："既出大言，必有广学。*小儿自笑道童丑貌，员外自赏先生大言。人之相去，诚有如此。*当直的，与我请他来。"当直的慌忙去叫道："先生，员外有请。"吴用道："是那个员外请我？"*请则请耳，问甚员外？只图不像山泊好汉，岂知反不像算命先生。世间固有着意而反失之者，如此正自不少也。*当直的道："卢员外相请。"吴用便与道童跟着转来，揭起帘子，入到厅前，教李逵只在鹅项椅上坐定等候。*用李逵毕。*吴用转过前来，向卢员外施礼。卢俊义欠身答着，问道："先生贵乡何处？尊姓高名？"吴用答道："小生姓张名用，别号天口。*既说假姓矣，却又将真姓拆作隐语，而能恰与算命先生宛合，真正妙才妙笔。*祖贯山东人氏，

能算皇极先天神数，知人生死贵贱。卦金白银一两，方才排算。"卢俊义请入后堂小阁儿里，分宾坐定。茶汤已罢，叫当直的取过白银一两，奉作命金，"烦先生看贱造则个。"吴用道："请贵庚月日下算。"卢俊义道："先生，君子问灾不问福。不必道在下豪富，_{七字闹杀天下
算命人诌口}只求推算目下行藏。在下今年三十二岁，甲子年，乙丑月，丙寅日，丁卯时。"_{此年无此月，此日无此时，
必得八字会合，方有此人，}_{是必无此
人也。}吴用取出一把铁算子来，搭了一回，拿起算子一拍，大叫一声："怪哉！"_{动女子小人则用软语，动豪杰丈夫必用险
语。夫性各有所近，政不嫌于突如其来也。}卢俊义失惊问道："贱造主何吉凶？"吴用道："员外必当见怪，岂可直言！"

_{再用一激，妙绝。○动豪杰员外须作此语，若对
纨绔员外则止应云：若不见怪，当以直言矣。}卢俊义道："正要先生与迷人指路，但说不妨。"吴用道："员外这命，目下不出百日之内必有血光之灾。家私不能保守，死于刀剑之下。"卢俊义笑道："先生差矣！卢某生于北京，长在豪富，祖宗无犯法之男，亲族无再婚之女，更兼俊义作事谨慎，非理不为，非财不取，如何能有血光之灾？"吴用改容变色，急取原银付还，起身便走，_{又用一
激，妙}_{绝。○待豪杰员外必须如此，若待纨绔
员外则止应转口云：幸喜某星相救矣。}嗟叹而言："天下原来都要阿谀谄佞！罢，罢！分明指与平川路，却把忠言当恶言！小生告退。"

_{语语激动豪杰员外，却语
语活似算命声口，妙笔。}卢俊义道："先生息怒。卢某偶然戏言，愿得终听指教。"吴用道："从来直言原不易信。"卢俊义道："卢某专听，愿勿隐匿。"吴用道："员外贵造，一切都行好运，独今年时犯岁君，正交恶限。恰在百日之内，要见身首异处。此乃生来分定，不可逃也。"_{先关断一
句，妙。}卢俊义道："可以回避否？"吴用再把铁算子搭了一回，沉吟自语道："只除非去东南方巽地上一千里之外，可以免此大难。_{东南避难一句若今日越说得确，便后日越未必
来。若今日越说得不甚确，便后日越来得无疑}

惑。此皆行兵知彼，^{说法鉴机之秘诀也。}然亦还有惊恐，却不得伤大体。"^{东南避难一句亦不甚劲，妙绝。盖不甚劲，斯深于劲矣。}卢俊义道："若是免得此难，当以厚报。"吴用道："贵造有四句卦歌，小生说与员外，员外写于壁上，^{要他亲笔，恶极妙极。}日后应验，方知小生妙处。"^{黄昏渡河，始信其妙。}卢俊义叫取笔砚来，便去白粉壁上平头自写。吴用口歌四句道：

芦花滩上有扁舟，俊杰黄昏独自游。义到尽头原是命，反躬逃难必无忧。^{俗本讹。○四句忽然在前，忽然在后，忽然在壁上，忽然在河里，又是一样章法。}

当时卢俊义写罢，吴用收拾起算子，作揖便行。^{写得捷如脱兔，妙笔。}卢俊义留道："先生少坐，过午了去。"吴用答道："多蒙员外厚意，小生恐误卖卦，改日有处拜会。"^{不必先说，不必不说，妙笔。}抽身便起。卢俊义送到门首，李逵拿了拐棒，走出门外。吴学究别了卢俊义，引了李逵，径出城来。回到店中，算还房宿饭钱，收拾行李包裹，李逵挑出卦牌。出离店肆，对李逵说道："大事了也！我们星夜赶回山寨，安排迎接卢员外去。他早晚便来也！"^{数语写吴用真有名士风流。}

且不说吴用、李逵还寨。却说卢俊义自送吴用出门之后，每日傍晚，便立在厅前，独自个看着天，忽忽不乐，亦有时自言自语，正不知甚么意思。^{写卢员外，暗用书空咄咄事，妙绝。不然而真为吴用所赚，何以为卢员外也！}这一日却耐不得，便叫当直的去唤众主管商议事务。^{笔势突兀，便活衬出卢员外来。俗本皆讹。}少刻都到。那一个为头管家私的主管，姓李名固。这李固原是东京人，因来北京投奔相识不着，冻倒在卢员外门前，卢员外救了他性命，^{其恩如此。}养在家中。^{其恩如此。}因见他勤谨，写得算得，教他管顾

家间事务。其恩如此。五年之内，直抬举他做了都管。其恩如此。一应里外家私都在他身上，手下管着四五十个行财管干。其恩如此。一家内外都称他做李都管。其恩如此。○卢员外传中，忽然又入一篇小传，笔力奇绝。当日大小管事之人，都随李固来堂前声喏。卢员外看了一遭，便道："怎生不见我那一个人？"说犹未了，阶前走过一人，六尺以上身材，二十四五年纪，三牙掩口髭须，十分腰细膀阔，带一顶木瓜心攒顶头巾，穿一领银丝纱团领白衫，系一条蜘蛛斑红线压腰，着一双土黄皮油膀夹靴，脑后一对挨兽金环，鬓畔斜簪四季花朵。这人是北京土居人氏，自小父母双亡，卢员外家中养得他大。为见他一身雪练也似白肉，卢员外叫一个高手匠人，与他刺了这一身遍体花绣，却似玉亭柱上铺着软翠，若赛锦体，由你是谁，都输与他。妙人。不止一身好花绣，更兼吹得，弹得，唱得，舞得，拆白道字，顶真续麻，无有不能，无有不会。妙人。亦是说得诸路乡谈，省得诸行百艺的市语。妙人。更且一身本事，无人比得。拿着一张川弩，只用三枝短箭，郊外落生，并不放空，箭到物落。四字作一篇绝妙射赋读，政使他人千追万琢不能到。晚间入城，少杀也有百十个虫蚁。若赛锦标社，那里利物管取都是他的。妙人。亦且此人百伶百俐，道头知尾。妙人。本身姓燕，排行第一，官名单讳个青字。北京城里人口顺，都叫他做"浪子燕青"。原来他却是卢员外一个心腹之人，卢员外传中忽然又入一段小传，笔力奇绝。也上厅声喏了。做两行立住。李固立在左边，燕青立在右边。

卢俊义开言道："我夜来算了一命，道我有百日血光之灾，只除非出去东南上一千里之外躲避。因想东南方有个去处，是泰安州，那里有东岳泰山天齐仁圣帝金殿，管天下人民生死灾厄。

我一者去那里烧炷香，消灾灭罪。_{连日书空咄咄，实不曾作此想，而忽自云然者，鸿鹄之志，雀道也。}_{固不可与燕雀语。}_{不是卢员外语。}二者躲过这场灾晦。_{亦不是卢员外语。}三者做些买卖，_{一发不是卢员外语。}观看外方景致。_{亦不是卢员外语。○连举数言，悉非心语，写得卢员外智深勇沉，真好人物。}李固，你与我觅十辆太平车子，装十辆山东货物，你就收拾行李，跟我去走一遭。燕青小乙看管家里库房钥匙，只今日便与李固交割。我三日之内便要起身。"李固道："主人误矣。常言道：'卖卜卖卦，转回说话。'_{奇语如古谣谚。}休听那算命的胡言乱语。只在家中，怕做甚么？"卢俊义道："我命中注定了，你休逆我。若有灾来，悔却晚矣。"燕青道："主人在上，须听小乙愚言。这一条路，去山东泰安州，正打从梁山泊边过。_{一语便已道着，非道着吴用奇计，正道着员外雄心也。○不枉员外呼之为"我那人"。}近年泊内是宋江一伙强人在那里打家劫舍，官兵捕盗，近他不得。主人要去烧香，等太平了去。休信夜来那个算命的胡讲，倒敢是梁山泊歹人，假装做阴阳人来煽惑主人。_{只是有意无意之语，却宛然千伶百俐声口，又令行文波致横生，妙笔。}小乙可惜夜来不在家里。若在家时，三言两语盘倒那先生，倒敢有场好笑。"_{绝世妙人，绝世妙语，若真有之，真乃绝世妙事；今即无之，亦是绝世妙文。}卢俊义道："你们不要胡说，谁人敢来赚我！梁山泊那伙贼男女打甚紧，我看他如同草芥，兀自要去特地捉他，把日前学成武艺显扬于天下，也算个男子大丈夫！"说犹未了，_{不得不说，却又不欲尽说，忽作一顿，妙笔。}屏风背后走出娘子贾氏来，也劝道："丈夫，我听你说多时了。自古道：'出外一里，不如屋里。'休听那算命的胡说，撇下海阔一个家业，耽惊受怕，去虎穴龙潭里做买卖。你且只在家里收拾别室，清心寡欲，高居静坐，自然无事。"_{观其所以留丈夫者，而知意不在于留丈夫也。读之令人掩口，却又大雅，妙笔。}卢俊义道："你妇人家省得甚么！_{却不知省得一件。}我既主意定了，你都不得多言多语！"

燕青又道："小人靠主人福荫，学得些个棒法在身。不是小乙说嘴，帮着主人去走一遭，路上便有些个草寇出来，小人也敢发落得三五十个开去。留下李都管看家，小人伏侍主人走一遭。"写一个愿去，空中映发。卢俊义道："便是我买卖上不省得，要带李固去，他须省得，便替我大半气力，因此留你在家看守。自有别人管帐，只教你做个桩主。"李固便道："小人近日有些脚气的症候，十分走不得多路。"写一个不愿去，空中映发。○读者初至此处，竟不知其妙在何处，故妙绝也。卢俊义听了大怒道："养兵千日，用在一朝。我要你跟去走一遭，你便有许多推故！若是那一个再阻我的，教他知我拳头的滋味！"李固吓得只看娘子，如画。娘子便漾漾地走进去，如画。燕青亦更不再说。如画。○三句写三个人，便活画出三个人神理来，妙笔妙笔。众人散了。李固只得忍气吞声，自去安排行李，讨了十辆太平车子，唤了十个脚夫，四五十拽车头口，把行李装上车子，行货拴缚完备。卢俊义自去结束。第三日烧了神福，给散了家中大男小女，一个个都分付了。当晚，先叫李固引两个当直的尽收拾了出城。李固去了，娘子看了车仗，流泪而入。看他写娘子流泪乃在今日，不在明日，妙笔。○极猥亵事，写得极大雅，真正妙笔也。

次日五更，卢俊义起来沐浴罢，更换一身新衣服，吃了早膳，取出器械，到后堂里辞别了祖先香火。出门景色，一部所无。临时出门上路，分付娘子："好生看家。多便三个月，少只四五十日便回。"贾氏道："丈夫路上小心，频寄书信回来。"说罢，燕青流泪拜别。写娘子昨日流泪，今日不流泪也；却恐不甚明显，又特地紧接燕青流泪，以形击之，妙笔妙笔。卢俊义分付道："小乙在家，凡事向前，不可出去三瓦两舍打哄。"燕青道："主人如此出行，小乙怎敢怠慢？"只二语情义交至，令我读之泪下。

卢俊义提了棍棒，出到城外，李固接着。卢俊义道："你可

引两个伴当先去。但有干净客店，先做下饭等候。车仗脚夫到来便吃，省得耽阁了路程。"李固也提条捍棒，先和两个伴当去了。卢俊义和数个当直的，随后押着车仗行。但见途中山明水秀，路阔坡平，心中欢喜道："我若是在家，那里见这般景致！"〔此第三句之半也，点逗轻妙之甚。〕行了四十余里，李固接着主人。吃点心中饭罢，李固又先去了。再行四五十里，到客店里，李固接着车仗人马宿食。卢俊义来到店房内，倚了棍棒，挂了毡笠儿，解下腰刀，换了鞋袜宿食，皆不必说。〔第一日虽无事，亦必详写，此《水浒传》例也。〕次日清早起来，打火做饭，众人吃了。收拾车辆头口，上路又行。〔第二日独写出店上路之时，以引起下文小二报信也。〕

　　自此在路夜宿晓行，已经数日，〔省。○先详后省，故不见其空缺。今之稗官，真老大空缺耳。〕来到一个客店里宿食。天明要行，只见店小二哥对卢俊义说道："好教官人得知：离小人店不得二十里路，正打梁山泊边口子前过去。山上宋公明大王虽然不害来往客人，官人须是悄悄过去，休得大惊小怪。"〔瞥然而出。○每每惊天惊地之事，其来必轻轻冉冉。〕卢俊义听了道："原来如此！"便叫当直的〔奇绝。〕取下衣箱，打开锁，去里面提出一个包，〔奇绝。〕包内取出四面白绢旗；〔奇绝。〕问小二哥讨了四根竹竿，〔奇绝。〕每一根缚起一面旗来，每面栲栳大小七个字，〔奇绝。〕写道："慷慨北京卢俊义，金装玉匣来深地。太平车子不空回，收取此山奇货去。"〔此回前用卦歌，此用白绢旗，后用三阮唱歌作章法。○绝妙好诗。俗本之讹，真乃可恨。○"奇货"字，又用得妙。〕李固、当直的、脚夫、店小二看了一齐叫起苦来。〔不曰"李固等"，而必备写众人，活画出一齐叫苦情状来。〕店小二问道："官人莫不和山上宋大王是亲么？"〔吓极，说出趣话来。〕卢俊义道："我自是北京财主，却和这贼们有甚么亲！我特地要来捉宋江这厮！"小二哥道："官人低声些，不要连累小人，不是要

处！你便有一万人马，也近他不得。"卢俊义道："放屁，你这厮们都合那贼人做一路！"店小二掩耳不迭，^{四字，却写出梁山声势。}众车脚夫都痴呆了。李固和当直的跪在地下告道："主人，可怜见众人，留了这条性命回乡去，强似做罗天大醮！"卢俊义喝道："你省得甚么，这等燕雀，安敢和鸿鹄厮并！^{用古不合，是精于用古之法者也。}我思量平生学得一身本事，不曾逢着买主。今日幸然逢此机会，不就这里发卖，更待何时？我那车子上叉袋里不是货物，却是准备下一袋熟麻索。^{可知连日咄咄，不是为趋吉避凶之计，写卢员外精神过人。}倘或这贼们当死合亡，撞在我手里，一朴刀一个砍翻，你们众人与我便缚，把车子里货物撇了不打紧，且收拾车子装贼。^{可知此行不为买卖而来，真乃写得精神过人。}把这贼首解上京师，请功受赏，方表我平生之志。若你们一个不肯去的，只就这里把你们先杀了！"^{只此一句，写卢员外与山泊众人一鼻孔出气。}

前面摆四辆车子，上插了四把绢旗。后面六辆车子，随后了行。那李固和众人哭哭啼啼，只得依他。卢俊义取出朴刀，装在杆棒上，三个丫儿扣牢了，^{要出色写其人，因出色写其刀，妙笔。}赶着车子奔梁山泊路上来。众人见了崎岖山路，行一步，怕一步，卢俊义只顾赶着要行。从清早起来，行到巳牌时分，远远地望见一座大林，有千百株合抱不交的大树。却好行到林子边，只听得一声胡哨响，吓得李固和两个当直的没躲处。卢俊义教把车仗押在一边，车夫众人都躲

在车子底下叫苦。^{勤勤描写众人，皆}卢俊义喝道："我_{染叶衬花之法。}若搠翻，你们与我便缚！"说犹未了，只见林子边走出四五百小喽啰来，^{来得闪闪}听得后面锣声响处，_{忽忽。}又有四五百小喽啰截住后路。^{一发闪闪}林子里一声炮_{忽忽。}响，托地跳出一筹好汉，手搠双斧，^{读之觉纸上乱如}_{麻，杂如火，闪闪}忽忽，真厉声高叫："卢员外！认得哑道童么？"^{正妙绝。}
^{趣极。○偏是哑道童，}卢俊义猛省，喝道："我时常有_{偏厉声高叫，妙绝。}心要来拿你这伙强盗，今日特地到此，快教那宋江下山投拜！倘或执迷，我片时间教你人人皆死，个个不留！"李逵大笑道："员外，你今日被俺军师算定了命，^{趣极。}快来坐把交椅！"卢俊义大怒，搠着手中朴刀，来斗李逵，李逵轮起双斧来迎。两个斗不到三合，李逵托地跳出圈子外来，转过身望林子里便走。^{妙。○一路都以三}卢俊义挺着朴刀，随后_{合便走为章法。}赶去。李逵在林木丛中东闪西躲，^{妙。}引得卢俊义性发，破一步，抢入林来。李逵飞奔乱松林中去了。^{一个去}卢俊义赶过林子这边，一个人也不见_{了。}了。^{闪闪忽忽}却待回身，只听得松林傍边转出一伙人_{之极。}来，一个人高声大叫："员外不要走。难得到此，认认洒家去！"^{趣极。}卢俊义看时，却是一个胖大和尚，^{又一样出}身穿皂直裰，倒提铁禅杖。卢俊义喝_{来法。}道："你是那里来的和尚？"鲁智深大笑道："洒家便是花和尚鲁智深。今奉军师将令，着俺来迎接员外避难！"^{趣极。}卢俊义焦躁，大骂："秃驴敢如

自李逵已下，逐个有逐个出来法，逐个有逐个去法，写得纵横变乱之极。○一路俱作趣语，又是一番妙笔也。

此无礼！"挺着朴刀，直取鲁智深。鲁智深轮起铁禅杖来迎。两个斗不到三合，鲁智深拨开朴刀，回身便走。^{又一个去了。}卢俊义赶将去。正赶之间，喽啰里走出行者武松，^{又一样来法出}轮两口戒刀直奔将来，叫道："员外，只随我去，不到得有血光之分！"^{句句趣极}卢俊义不赶智深，径取武松。又不到三合，武松拔步便走。^{又一个去了。}卢俊义哈哈大笑道："我不赶你，你这厮们何足道哉！"说犹未了，只见山坡下一个人在那里叫道："卢员外，你不要夸口，岂不闻'人怕落荡，铁怕落炉'？军师定下计策，犹如落地定了八字。你待走那里去？"^{句句趣极。}卢俊义喝道："你这厮是谁？"那人笑道："小可只是赤发鬼刘唐。"^{又一样出来法}卢俊义骂道："草贼休走！"挺手中朴刀，直取刘唐。方才斗得三合，^{此处不说便走文法一变也，}刺斜里一个人大叫道："员外，没遮拦穆弘在此！"^{又一样出来法}当时刘唐、穆弘两个，两条朴刀，双斗卢俊义。正斗之间，不到三合，^{亦不说便走文法一变，}只听得背后脚步响。^{又一样出来法}卢俊义喝声"着！"刘唐、穆弘跳退数步。卢俊义急转身，看背后那人时，却是扑天雕李应。^{一个人有一样出法，而李应此处尤为奇笔。}三个头领丁字脚围定，卢俊义全然不慌，越斗越健。正好步斗，只听得山顶上一声锣响，三个头领各自卖个破绽，一齐拔步去了。^{又三个去了。○此又是一样去法，文亦一变。}

卢俊义此时也自一身臭汗，不去赶他。却出林子外来寻车仗人伴时，十辆车子、人伴、头口，都不见了。卢俊义便向高阜处四下里打一望，只见远远地山坡下，一伙小喽啰把车仗头口赶在前面，将李固一干人，连连串串，缚在后面，鸣锣擂鼓，解投松树那边去。^{上文无数诱兵，逐递而出，至此处忽然收到人夫车仗，读者只谓已作结煞矣，却不知还有一半在后，一递一递正要出来，章法变动之极，非小篇所得侔也。}卢俊义望见，心头火炽，鼻里烟生，提着朴刀，直赶将

去。约莫离山坡不远，只见两筹好汉喝一声道："那里去！"一个是美髯公朱仝，一个是插翅虎雷横。_{先是一个一个，次是接连三个，此是一齐两个，后是六七十个，后又是并肩四个，末是散散四五个，章法变动之极。○又一样出来法。}卢俊义见了，高声骂道："你这伙草贼，好好把车仗人马还我！"朱仝手撚长髯大笑道：_{妙。}"卢员外，你还恁地不晓事！我常听得俺军师说：'一盘星辰，只有飞来，没有飞去。'_{句句趣极。}事已如此，不如坐把交椅。"卢俊义听了大怒，挺起朴刀，直奔二人。朱仝、雷横各将兵器相迎，斗不到三合，两个回身便走。_{又两个去了。}卢俊义寻思道："须是赶翻一个，却才讨得车仗。"舍着性命，赶转山坡，两个好汉都不见了。只听得山顶上击鼓吹笛。_{妙绝之笔。}仰面看时，风刮起那面杏黄旗来，上面绣着"替天行道"四字。_{妙绝之笔。}转过来打一望，望见红罗销金伞下，盖着宋江，_{妙绝之笔。}左有吴用，右有公孙胜。一行部从六七十人，_{又一样出来法。○此一段另增出无数色泽，真正妙绝之笔。}一齐声喏道："员外，且喜无恙！"_{句句趣极。}卢俊义见了越怒，指名叫骂。山上吴用劝道："员外且请息怒，宋公明久慕威名，特令吴某亲诣门墙，迎员外上山，一同替天行道，请休见外。"卢俊义大骂："无端草贼，怎敢赚我！"宋江背后，转过小李广花荣，拈弓取箭，看着卢俊义喝道："卢员外，休要逞能，先教你看花荣神箭！"说犹未了，飕地一箭正射落卢俊义头上毡笠儿的红缨，吃了一惊，回身便走。_{"便走"字，上都在此，此忽在彼，笔端变动，真乃才子。○读至此处，只谓结煞矣。却不知还有一半在后，章法奇绝妙绝。}山上鼓声震地，只见霹雳火秦明、豹子头林冲引一彪军马，摇旗呐喊，从东山边杀出来；又见双鞭将呼延灼、金枪手徐宁_{四将又一样出来法。}也领一彪军马，摇旗呐喊，从山西边杀出来，吓得卢俊义走头没路。看看天又晚，脚又疼，肚又饿，正是慌不择路，望山僻小径只顾走。_{上文数段悉是诱兵走，}

约莫黄昏时分，平烟如水，蛮雾沉山，月少星多，不分丛莽。_{此二段悉是员外走力转变，非人所知。}^{四句绝妙好辞。}看看走到一处，不是天尽头，须是地尽处。抬头一望，但见满目芦花，浩浩大水。^{妙绝。}卢俊义立住脚，仰天长叹道："是我不听人言，今日果有此祸！"

正烦恼间，只见芦苇里面一个渔人摇着一只小船出来。那渔人倚定小船叫道："客官好大胆！这是梁山泊出没的去处，半夜三更怎地来到这里！"_{又一样出来法。○又写得吉凶不定，妙甚。}卢俊义道："便是我迷踪失路，寻不着宿头，你救我则个。"渔人道："此间大宽转有一个市井，却用走三十余里向开路程，更兼路杂，最是难认。若是水路，去时只有三五里远近。_{使其必从。}你舍得十贯钱与我，我便把船载你过去。"卢俊义道："你若渡得我过去，寻得市井客店，我多与你些银两。"那渔人摇船傍岸，扶卢俊义下船，把铁篙撑开。约行三五里水面，只听得前面芦苇丛中橹声响，一只小船飞也似来。船上有两个人：_{又一样出来法。}前面一个赤条条地拿着一条水篙，后面那个摇着橹。_{此段先写篙，次写橹。}前面的人横定篙，口里唱着山歌道：

英雄不会读诗书，_{英雄不读书，千古快论，彼刘、项原来之诗，真是儒生酸馅耳。○不曰"不曾读"，而曰"不会读"。便有睥睨不屑之意，《项羽本纪》起首数行，此只以七字尽之，异哉！}只合梁山泊里居，_{"只合"二字妙绝。一若安分守己之甚者，而读之乃觉嘻笑怒骂，色色俱有，才子之笔，真奇事也。○既以读书人居廊庙，则不读书人定合居山泊矣，千古通病，可胜叹息。}准备窝弓收猛虎，安排香饵钓鳌鱼。

卢俊义听得，吃了一惊，不敢做声。又听得左边芦苇丛中，也是两个人摇一只小船出来。_{又一个出来。}后面的摇着橹，有咿哑之声，

前面横定篙，<small>此段先写橹，次写篙。</small>口里也唱山歌道：

虽然我是泼皮身，杀贼原来不杀人。<small>分疏奇快，读之一则以喜，一则以惧。喜者喜其实未尝杀一人，</small>

<small>惧者惧其直将杀尽世间也。○亦暗用药师疗鹤事。</small>手拍胸前青豹子，眼睃船里玉麒麟。<small>如此妙绝之语，俗</small>

<small>本悉行改窜，真乃可恨。○极险之情，极趣之笔，读之便欲满引一斗。</small>

卢俊义听了，只叫得苦。只见当中一只小船，飞也似摇将来。<small>又一个出来。</small>船头上立着一个人，倒提铁钻木篙，<small>此段单写篙，省却橹。○三段凡三样。</small>口里亦唱着山歌道：

芦花滩上有扁舟，俊杰黄昏独自游。义到尽头原是命，反躬逃难必无忧。<small>日后验矣，先生妙哉。○卦歌恰是太岁唱出，奇绝之事，奇绝之文。○三面皆唱卦歌，是何卦歌之多也。</small>

歌罢，三只船一齐唱喏。中间是阮小二，左边是阮小五，右边是阮小七。<small>水军通姓名，或不自通，或自通，或通而长，或通而短，亦段段多变。</small>那三只小船一齐撞将来。卢俊义心内自想又不识水性，连声便叫渔人："快与我拢船近岸！"那渔人哈哈大笑，对卢俊义说道："上是青天，下是绿水。我生在浔阳江，来上梁山泊，三更不改名，四更不改姓，绰号混江龙李俊的便是！<small>通姓名却作誓辞，奇妙不可言。○读至此段，又欲满引一斗。</small>员外若还不肯降，枉送了你性命！"卢俊义大惊，喝一声："不是你，便是我！"拿着朴刀，望李俊心窝里搠将来。李俊见朴刀搠将来，拿定棹牌，一个背抛筋斗扑通的翻下水去了。<small>又是一样去法，愈变而愈妙也。</small>那只船滴溜溜在水面上转，朴刀又搠将下水去了。<small>写得妙绝。○先是刀下去，次是人下去，只落水一句，不肯</small><small>草草着笔。</small>只见船尾一个人从水底钻出来，叫一声："我是浪里白条张

顺！"又一个出来。○李俊通姓名，有许多语，张顺通姓名，只一语，可谓长短各极其致。○读至此，又欲满引一斗。把手挟住船梢，脚踏水浪，把船只一侧，船底朝天，英雄落水。八字奇文。正是铺排打凤捞龙计，坑陷惊天动地人。毕竟卢俊义性命如何，且听下回分解。

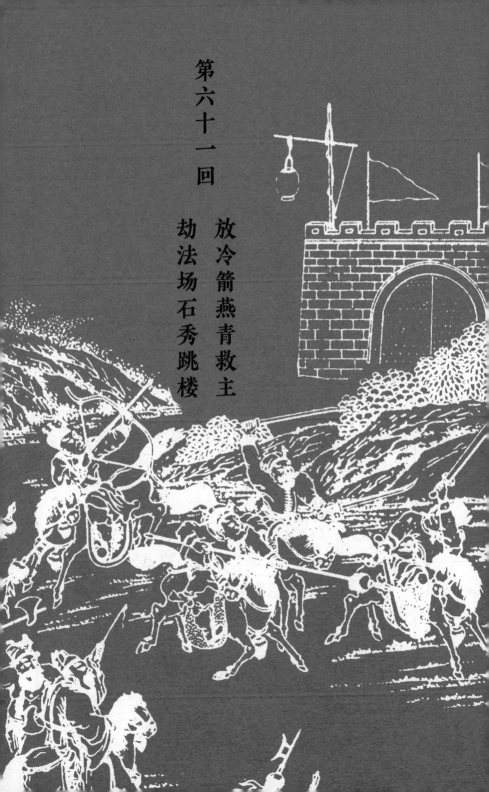

第六十一回

放冷箭燕青救主

劫法场石秀跳楼

牧俭萎薪青秋生

写卢员外宁死不从数语，语语英雄员外。梁山泊有如此人，庶儿差强人意耳。俗本悉遭改窜，对之使人气尽。

写宋江以"忠义"二字网罗员外，却被兜头一喝，既又以金银一盘诱之，却又被兜头一喝。遂令老奸一生权术，此书全部关节，至此一齐都尽也。呜呼！其才能以权术网罗众人者，固众人之魁也，其才能不为权术之所网罗如彼众人者，固亦众人之魁也。卢员外之坐第二把交椅，诚宜也。乃其才能不为权术之所网罗，而终亦不如能以权术网罗众人者之更为奸雄。呜呼，不雄不奸，不奸不雄！然则卢员外即欲得坐第一交椅，又岂可得哉！

读俗本至小乙求乞，不胜笔墨疏略之疑。窃谓以彼其人，即何至无术自资，乃万不得已而且出于求乞？既读古本，而始流泪叹息也。嗟乎！员外不知小乙，小乙自知员外。夫员外不知小乙，员外不知小乙，故不知小乙也。若小乙而既已知员外矣，既已知员外，则更不能不知员外。更不能不知员外，即又以何辞弃员外而之他乎？或曰：人之感恩，为相知也。相知之为言我知彼，彼亦知我也。今者小乙自知员外，员外初不能知小乙，然则小乙又何感于员外而必恋恋不弃此而之他？曰：是何言哉，是何言哉！夫我之知人，是我之生平一片之心也，非将以为好也。其人而为我所知，是必其人自有其人之异常耳，而非有所赖于我也。若我知人，而望人亦知我，我将以知为之钓乎？必人知我，而后我乃知人，我将以知为之报与？夫钓之与报，是皆市井之道。以市井之道，施于相知之间，此乡党自好者之所不为也。况于小乙知员外者，身为小乙则其知员外也易。员外不知小乙者，身为员外则其知小乙也难。然则小乙今日之不忍去员外者，无

他，亦以求为可知而已矣。夫而后小乙知员外，员外亦知小乙。前乎此者为主仆，后乎此者为兄弟，诚有以也。夫而后天下后世无不知员外者，即无不知小乙。员外立天罡之首，小乙即居天罡之尾，洵非诬也。不然，而自恃其一身技巧，不难舍此远去。嗟乎！自员外而外，茫茫天下，小乙不复知之矣。夫舍我心所最知之员外，而别事一不复可知之人，小乙而猪狗也者则出于此。小乙而非猪狗也，如之何其不至于求乞也？

自有《水浒传》至于今日，彼天下之人，又孰不以燕小乙哥为花拳绣腿、逢场笑乐之人乎哉！自我观之，仆本恨人，盖自有《水浒传》至于今日，殆曾未有人得知燕小乙哥者也。李俊主云："此中日夕只以眼泪洗面。"是燕小乙哥之为人也。

蔡福出得牢来，接连遇见三人，文势层见迭出，使人应接不暇，固矣。乃吾读第一段燕青，不觉为之一哭失声。哀哉！奴而受恩于主，所谓主犹父也。奴而深知其主，则是奴犹友也。天下岂有子之于父而忍不然，友之于友而得不然也与？哭竟，不免满引一大白。又读第二段李固，不觉为之怒发上指，有是哉！昔者主之生之，可谓至矣，尽矣。今之奴之杀之，亦复至矣，尽矣。古称恶人，名曰"穷奇"，言穷极变态，非心所料，岂非此奴之谓与？我欲唾之而恐污我颊，我欲杀之而恐污我刀。怒甚，又不免满引一大白。再读第三段柴进，不觉为之慷慨悲歌，增长义气。悲哉，壮哉！卢员外死，三十五人何必独生。卢员外生，三十五人何妨尽死。盖不惟黄金千两，同于草芥，实惟柴进一命，等于鸿毛。所谓不诺我，则请杀我，不能杀我，则请诺我，两言决也。感激之至，又不免满引一大白。或曰：然则当子之读

是篇也，亦既大醉矣乎？笑曰：不然，是夜大寒，童子先睡，竟无处索酒，余未尝引一白也。

最先上梁山者，林武师也。最后上梁山者，卢员外也。林武师，是董超、薛霸之所押解也。卢员外，又是董超、薛霸之所押解也。其押解之文，乃至于不换一字者，非耐庵有江郎才尽之日，盖特特为此，以锁一书之两头也。

董超、薛霸押解之文，林、卢两传可谓一字不换，独至于写燕青之箭，则与昔日写鲁达之杖，遂无纤毫丝粟相似，而又一样争奇，各自入妙也。才子之为才子，信矣！

薛霸手起棍落之时，险绝矣，却得燕青一箭相救；乃相救不及一纸，而满村发喊，枪刀围匝，一二百人，又复擒卢员外而去。当是时，又将如之何？为小乙者，势不得不报梁山。乃无端行劫，反几至于不免。于一幅之中，而一险初平，骤起一险，一险未定，又加一险，真绝世之奇笔也。

必燕青至梁山，而后梁山之救至，不惟虑燕青之迟，亦殊怪梁山之疏也。燕青一路自上梁山，梁山一路自来打听，则行路之人又多多矣，梁山之人如之何而知此人之为燕青，燕青如之何而知此人之为梁山之人也？工良心苦而算至行劫，工良心苦而算至行劫之前倒插射鹊，才子之为才子信也！

六日之内而杀宋江，不已险乎？六日之内杀宋江，而终亦得劫法场者，全赖吴用之见之早也。乃今独于一日之内而杀卢俊义，此其势于宋江为急，而又初无一人预为之地也。呜呼！生平好奇，奇不望至此。生平好险，险不望至此。奇险至于如此之极，而终又得劫法场，才子之为才子信也！

话说这卢俊义虽是了得，却不会水，被浪里白条张顺扳翻小船，倒撞下水去。张顺却在水底下拦腰抱住，锁过对岸来。只见岸上早点起火把，有五六十人在那里等。^{一个"只见"。○从水底下钻上岸来，接连写此无数"只见"，文势如满盘珠迸也。}接上岸来，团团围住，解了腰刀，尽脱下湿衣服，便要将索绑缚。只见神行太保戴宗传令高叫将来："不得伤犯了卢员外贵体！"^{两个"只见"。}只见一人捧出一包袱锦衣绣袄，与卢俊义穿了。^{三个"只见"。}只见八个小喽啰抬过一乘轿来，推卢员外上轿便行。^{四个"只见"。}只见远远地早有二三十对红纱灯笼，照着一簇人马，动着鼓乐，前来迎接。为头宋江、吴用、公孙胜，后面都是众头领。^{五个"只见"。}只见一齐下马。^{六个"只见"。○此六字只是半句，未毕。}卢俊义慌忙下轿，宋江先跪，后面众头领排排地都跪下。^{写得使人心动泪落，虽有金铁之人，至此不能自持矣。}卢俊义亦跪在地下道："既被擒捉，只求早死！"宋江笑道："且请员外上轿。"众人一齐上马，动着鼓乐，迎上三关，直到忠义堂前下马，请卢俊义到厅上，明晃晃地点着灯烛。宋江向前陪话道："小可久闻员外大名，如雷贯耳，今日幸得拜识，大慰平生！却才众兄弟甚是冒渎，万乞恕罪！"吴用向前道："昨奉兄长之命，特令吴某亲诣门墙，以卖卦为由，赚员外上山，共聚大义，一同替天行道。"

宋江便请卢员外坐第一把交椅。^{晁盖之誓何在？处处故出宋江之恶，不为少讳也。}卢俊义大笑道："卢某昔日在家，实无死法。^{此句照破前日吴用。}卢某今日到此，并无生望。^{此句喝破今日宋江。}要杀便杀，何得相戏！"^{数语画出一位英雄员外，读之令人起敬起爱，叹名下真无虚士也。^{俗本草草，何可笑。○亦暗用严将军语。}}宋江陪笑道："岂敢相戏。实慕员外威德，如饥如渴，已非一日，所以定下计策，屈员外作山寨之主，早晚共听严命。"卢俊义道："住口，卢某要死极易，要从实

难！"真正英雄员外，^{语语}吴用道："来日却又商议。"^{吴用于此不措一语，}语语吴用道："来日却又商议。"但主延捱时日而已，

^{读之，使人壮气。}吴用道："来日却又商议。"^{但主延捱时日而已，}盖其计已久定也。当时置备酒食管待。卢俊义无计奈何，只得默饮数杯，小

喽啰请去后堂歇了。

次日，^{次日。}宋江杀牛宰马，大排筵宴，请出卢员外来赴席，

再三再四偎留在中间坐了，酒至数巡，宋江起身把盏陪话道：

"夜来甚是冲撞，幸望宽恕。虽然山寨窄小，不堪歇马，员外可

看'忠义'二字之面，^{宋江"忠义"二字，处处网罗豪}宋江情愿让位，

^{杰，独不能网罗卢员外，妙笔。}休得推却！"卢俊义道："咄，^{只一字，便令谈忠}头领差矣！^{宋江开口说}

^{说义人惊心夺魄。}"忠义"，^{员外却接口说"差}卢某一身无罪，薄有家私。生为大宋人，死为大宋

^{矣"，妙绝。}鬼。若不提起'忠义'两字，今日还胡乱饮此一杯，^{快绝之谈，足}

^{令老奸心死。}若是说起'忠义'来时，卢某头颈热血可以便溅此处！"^{快绝之}

^{语语令老奸}吴用道："员外既然不肯，难道逼勒？只留得员外身，留

^{心死。}不得员外心。只是众弟兄难得员外到此，既然不肯入伙，且请小

寨略住数日，却送还宅。"^{吴用只是一}卢俊义道："头领既留卢某

^{意，妙笔。}不住，何不便放下山？^{英雄员外语语健}实恐家中老小，不知这般消

^{旺，俗本尽讹。}息。"吴用道："这事容易，先教李固送了车仗回去，员外迟去

几日，却何妨？"^{写吴用实}吴用便问："李都管，你的车仗货物都

^{是妙人。}有么？"李固应道："一些儿不少。"宋江叫取两个大银，把与

李固，两个小银，打发当直的。那十个车脚，共与他白银十两。

众人拜谢。卢俊义分付李固道："我的苦，你都知了，你回家中

说与娘子，不要忧心。我若不死，可以回来。"^{到底是英雄}李固

^{员外语。}道："头领如此错爱，主人多住两月，但不妨事。"^{李固又有李}辞

^{固心事。}了，便下忠义堂去。吴用随即起身说道："员外宽心少坐，小生

发送李都管下山便来。"吴用一骑马，却先到金沙滩等候。

少刻，李固和两个当直的并车仗、头口、人伴都下山来。吴用将引五百小喽啰围在两边，坐在柳阴树下，^{写吴用实是妙人。}便唤李固近前说道："你的主人，已和我们商议定了，今坐第二把交椅。^{此句非早}定员外之座，正阴破宋江之心。盖知宋江之深者，莫如吴用；吴用口中，并不以第一把予员外，则知宋江心中久不以第一把予晁盖也。此书处处故出宋江之恶，不为少^{讳如}此乃未曾上山时，预先写下四句反诗在家里壁上。^{四句卦歌，一用之以赚}员外出门，再用之以排员外下水，三又用之使员外还家不得，奇绝。我教你们知道。壁上二十八个字，每一句头上出一个字。^{自注一遍，奇绝}'芦花滩上有扁舟'，头上'卢'字；^{奇绝。}'俊杰黄昏独自游'，头上'俊'字；^{奇绝。}'义士手提三尺剑'，头上'义'字；^{奇绝。}'反时须斩逆臣头'，头上'反'字，^{奇绝。○四句，后二句忽变，正妙，不必印板写出三遍也。}这四句诗，包藏'卢俊义反'四字。^{奇绝。○宋江反诗，黄文炳逐句闲评，卢俊义反诗，吴用亲口注释，可谓各极其妙。}今日上山，你们怎知？本待把你众人杀了，显得我梁山泊行短。今日姑放你们回去，便可布告京城。主人决不回来！"^{不惟李固反噬，惟吴用亦实教之。}李固等只顾下拜。吴用教把船送过渡口，一行人上路奔回北京。

话分两头。不说李固等归家，且说吴用回到忠义堂上，再入筵席，各自默默饮酒，至夜而散。次日，^{次日。}山寨里再排筵会庆贺。卢俊义说道："感承众头领不杀。但卢某杀了倒好罢休，不杀便是度日如年。今日告辞。"^{英雄员外，到底不作软语。}宋江道："小可不才，幸识员外。来日宋江梯己备一小酌，对面论心一会，望勿推却。"又过了一日，^{又过一次日。}宋江请。^{次日。}次日，吴用请。^{次日。}又次日，公孙胜请。^{又次日。}话休絮繁，三十余个上厅头领，每日轮一个做筵席。^{三十余日可知。}光阴荏苒，日月如流，早过一月有余。^{过一月有余。}卢俊义性发，又要告别。宋江道："非是不留员外，争奈急急要回。来日忠义堂上，安排薄酒送行。"^{又一日。}

次日，宋江又梯己送路。^{又次日。}只见众头领都道："俺哥哥敬员外十分，俺等众人当敬员外十二分！^{好话。}偏我哥哥饯行便吃！砖儿何厚，瓦儿何薄！"^{妙妙。}李逵在内大叫道："我受了多少气闷，直往北京请得你来，却不容我饯行了去？我和你眉尾相结，性命相扑！"^{更妙更妙。}吴学究大笑道："不曾见这般请客的。我劝员外鉴你众人薄意，再住几时。"^{吴用只是一意，妙笔。}便不觉又过四五日。^{又过四五日。}卢俊义坚意要行。只见神机军师朱武，将引一班头领直到忠义堂上，开话道："我等虽是以次弟兄，也曾与哥哥出气力，偏我们酒中藏着毒药？卢员外若是见怪，不肯吃我们的，我自不妨。只怕小兄弟们做出事来，老大不便！"^{又妙又妙。○厅上厅下，写得参差蓬勃，声音情状都有。}吴用起身便道："你们都不要烦恼。我与你央及员外再住几时，有何不可？常言道：'将酒劝人，本无恶意。'"^{吴用只是一意，妙笔。}卢俊义抑众人不过，只得又住了几日。^{又几日。}前后却好三五十日。^{总结一句，笔法老到。}自离北京是五月的话，不觉在梁山泊早过了两个多月。但见金风淅淅，玉露泠泠，早是深秋时分。卢俊义一心要归，对宋江诉说。宋江笑道："这个容易，来日金沙滩送行。"^{又来日。}卢俊义大喜。次日，还把旧时衣裳刀棒送还员外，一行众头领都送下山。宋江把一盘金银相送。^{又写宋江银子。处处网罗豪杰，独不能网罗卢员外，妙绝。}卢俊义笑道："山寨之物，从何而来，卢某好受？^{骂得痛快。}若无盘缠，如何回去，卢某好却？^{又算得阔绰。}但得度到北京，其余也是无用。"^{数语写进以礼，退以义。绰绰有余，真乃英雄员外。}宋江等众头领直送过金沙滩，作别自回，不在话下。

不说宋江回寨。只说卢俊义拽开脚步，星夜奔波。行了旬日，方到北京。日已薄暮，赶不入城，就在店中歇了一夜。次日早晨，卢俊义离了村店，飞奔入城。尚有一里多路，只见一人头

巾破碎，衣裳褴褛，看着卢俊义，伏地便哭。卢俊义抬眼看时，却是浪子燕青。[先出小乙，布笔甚好，亦恐员外归家后，更插不下也。]便问小乙："你怎地这般模样？"燕青道："这里不是说话处。"卢俊义转过土墙侧首，细问缘故。燕青说道："自从主人去后，不过半月，李固回来对娘子说：'主人归顺了梁山泊宋江，坐了第二把交椅。'当时便去官司首告了。他已和娘子做了一路，嗔怪燕青违拗，将一房家私尽行封了，赶出城外。更兼分付一应亲戚相识，但有人安着燕青在家歇的，他便舍半个家私和他打官司。因此小乙城中安不得身，只得来城外求乞度日。小乙非是飞不得别处去，[得此一语，便令千伶百俐人乃复求乞更不遭驳。]只为深知主人必不落草，故此忍这残喘，在这里候见主人一面。[只二十余字，已抵一篇《豫让列传》矣。读此语时，正值寒冬深更，灯昏酒尽，无可如何，因拍桌起立，浩叹一声，开门视天，云黑如磐也。]若主人果自山泊里来，可听小乙言语，再回梁山泊去，别做个商议。若入城中，必中圈套。"卢俊义喝道："我的娘子不是这般人，你这厮休来放屁！"燕青又道："主人脑后无眼，怎知就里？主人平昔只顾打熬气力，不亲女色。[倒补员外。]娘子旧日和李固原有私情，[倒补娘子。]今日推门相就，做了夫妻。主人回去，必遭毒手！"卢俊义大怒，喝骂燕青道："我家五代在北京住，谁不识得！量李固有几颗头，敢做恁般勾当！莫不是你做出歹事来，今日到来反说！[前嘱付云休去三瓦两舍，此喝骂云莫不倒来反说，皆写员外失之燕青，而欲得之李固，皆文家反衬之法也。]我到家中问出虚实，必不和你干休！"燕青痛哭，爬倒地下，拖住员外衣服。[不惟小乙哭，我亦要哭。非哭员外，哭小乙也。]卢俊义一脚踢倒燕青，大踏步便入城来。

奔到城内，径入家中，只见大小主管都吃一惊。李固慌忙前来迎接，请到堂上，纳头便拜。卢俊义便问："燕青安在？"李

固答道："主人且休问，端的一言难尽！辛苦风霜，待歇息定了却说。"^{李固语与娘子语不差一字，写两人一路，绝倒。}贾氏从屏风后哭将出来。卢俊义说道："娘子见了，且说燕小乙怎地来？"贾氏道："丈夫且休问，端的一言难尽！辛苦风霜，待歇息定了却说。"^{娘子语与李固语不差一字，绝倒。}卢俊义心中疑虑，定死要问燕青来历。李固便道："主人且请换了衣服，拜了祠堂，吃了早膳，那时诉说不迟。"^{写李固安排手脚，乃恰与出门时事逐句相应，妙绝之笔。}一边安排饭食与卢员外吃。方才举箸，只听得前门后门喊声齐起，二三百个做公的抢将入来。卢俊义惊得呆了，就被做公的绑了，一步一棍，直打到留守司来。

其时梁中书正坐公厅，左右两行，排列狼虎一般公人七八十个，把卢俊义拿到当面。李固和贾氏也跪在侧边。^{俗本作"贾氏和李固"，古本作"李固和贾氏"。夫贾氏和李固者，犹似以尊及卑，是二人之罪不见也。李固和贾氏者，彼固俨然如夫妇焉，然则李固之叛与贾氏之淫，不言而自见也。先贾氏，则李固之罪不见，先李固，则贾氏之罪见，此书法也。}厅上梁中书大喝道："你这厮是北京本处良民，如何却去投降梁山泊落草，坐了第二把交椅？如今倒来里勾外连，要打北京！^{别又增出八字，便正李固之罪，明更非吴用之教之也。○吴用之教李固也，其计可谓毒甚矣，乃李固只增八字，而其毒遂更甚于吴用百倍。天下负恩之奴，真有如此之奇凶者。}今被擒来，有何理说？"卢俊义道："小人一时愚蠢，被梁山泊吴用，假做卖卜先生来家，口出讹言，煽惑良心，掇赚到梁山泊，软监了两个多月。今日幸得脱身归家，并无歹意，望恩相明镜。"梁中书喝道："如何说得过！你在梁山泊中，若不通情，如何住了许多时？见放着你的妻子并李固告状出首，怎地是虚？"李固道：^{看他写"李固道""贾氏道"，一递一口，俨然唱随，读之丑不可堪。}"主人，既到这里，招伏了罢。家中壁上见写下藏头反诗，便是老大的证见，不必多说。"贾氏道："不是我们要害你，只怕你连累我。常言道：'一人造反，九族全诛。'"卢俊义跪在厅下，叫

起屈来。李固道："主人，不必叫屈。是真难灭，是假易除。早早招了，免致吃苦。"贾氏道："丈夫，虚事难入公门，实事难以抵对。你若做出事来，送了我的性命。不奈有情皮肉，无情杖子。你便招了，也只吃得有数的官司。"李固上下都使了钱。张孔目上厅禀道："这个顽皮赖骨，不打如何肯招！"梁中书道："说得是！"喝叫一声："打！"左右公人把卢俊义捆翻在地，不由分说，打得皮开肉绽，鲜血迸流，昏晕去了三四次。卢俊义打熬不过，伏地叹道："果然命中合当横死，<small>忽然捎带算命，可谓随笔成趣。</small>我今屈招了罢！"张孔目当下取了招状，讨一面一百斤死囚枷钉了，押去大牢里监禁。府前府后看的人都不忍见。<small>特此语，以反衬受恩之奴，当结发之妻，不是浪笔。</small>当日推入牢门，押到庭心内，跪在面前。狱子炕上坐着那个两院押牢节级，兼充行刑剑子，姓蔡名福，北京土居人氏。因为他手段高强，人呼他为"铁臂膊"。傍边立着这个嫡亲兄弟小押狱，生来爱带一枝花，河北人顺口都叫他做"一枝花"蔡庆。那人挂着一条水火棍，立在哥哥侧边，<small>写二蔡，便若一幅绝妙白描地狱变相。</small>蔡福道："你且把这个死囚带在那一间牢里，我家去走一遭便来。"蔡庆把卢俊义且带去了。

蔡福起身，出离牢门来，只见司前墙下转过一个人来，<small>此下写"只见一人"，又"只见一人"，令人眼光闪动应接不及。</small>手里提着饭罐，满面挂泪。<small>只四字活画出屈原、申生、豫让等一辈人。</small>蔡福认得是浪子燕青。<small>李固之急于杀员外也，应书先遇李固可也，李固急于杀员外，而书先遇燕青，夫然后知燕青之忠事员外，加于常情万万也。</small>蔡福问道："燕小乙哥，你做甚么？"燕青跪在地下，眼泪如抛珠撒豆，告道："节级哥哥，可怜见小人的主人卢员外，吃屈官司，又无送饭的钱财！小人城外叫化得这半罐子饭，权与主人充饥！节级哥哥，怎地做个方……"<small>缩一"便"字，妙绝，不惟小乙说不完，虽读</small>

者亦不忍读完也。说不了，气早咽住，爬倒在地。真是活画，画亦画不出，读之真乃猪狗有心，皆当下泪。蔡福道："我知此事，你自去送饭把与他吃。"写二蔡。燕青拜谢了，自进牢里去送饭。蔡福行过州桥来，只见一个茶博士，又"只见二人"。叫住唱喏道："节级，有个客人在小人茶房内楼上，专等节级说话。"蔡福来到楼上看时，正是主管李固。俗本作"却是"，古本作"正是"。"却是"者，出自意外之辞也；"正是"者，不出所料之辞也。只一字，便写尽叛奴之毒，公人之惯，古本之妙如此。各施礼罢。蔡福道："主管有何见教？"李固道："'奸不厮瞒，俏不厮欺'，小人的事，都在节级肚里。今夜晚间，只要光前绝后。只将"绝"字换过"耀"字，而"光"字亦都换却矣。换古之妙，至此方是出神入化。笑村学先生，取古人语拗相改直，自称绝调也。○吾生平所见笔舌之妙，无逾临川清远先生者，其《牡丹亭》传奇杜丽娘入塾诗曰："酒是先生馔，女为君子儒。"上句以"是"字换过"食"字，而恰恰字异音同，已为奇绝。至下句并不换一字，而化板重为风流，变圣经为香口，真乃千秋绝唱，一座尽倾也。○然犹未若昏友斫山先生之妙舌也。其他多不可举，故举其一。一日会食蛤蜊，有校书在席，问客曰：不审何故，崔入大水化为蛤。先生应口答曰：卿且莫理会此。我正未解卿家何故崔入大蛤便化为水耳。一座哄然大笑，乃至有翻酒失箸者。其灵唇妙舌，日有千言，言言仿此。盖其心清如水，故物来毕照，非他人之所得及也。无甚孝顺，五十两蒜条金在此，送与节级。厅上官吏，小人自去打点。"蔡福笑道："你不见正厅戒石上刻着'下民易虐，上苍难欺'？你那瞒心昧己勾当，怕我不知？你又占了他家私，谋了他老婆，如今把五十两金子与我，结果了他性命，日后提刑官下马，我吃不得这等官司！"李固道："只是节级嫌少，小人再添五十两。"蔡福道："李主管，你'割猫儿尾，拌猫儿饭'！北京有名怎地一个卢员外，只值得这一百两金子？你若要我倒地他，不是我诈你，只把五百两金子与我！"非不为二蔡地，盖行文欲险，不得不尔。李固便道："金子有在这里，便都送与节级，只要今夜完成此事。"蔡福收了金子，藏在身边，起身道："明日早来扛尸。"李固拜谢，欢喜去了。

蔡福回到家里，却才进门，只见一人揭起芦帘，跟将入来，

叫一声："蔡节级相见。"又"只见一人"来，叠墨而起，妙不可言。○接笔而蔡福看时，但见那一个人生得十分标致，且是打扮整齐。身穿鸦翅青圆领，腰系羊脂玉闹妆，头带骏趺冠，足蹑珍珠履。那人进得门，看着蔡福便拜。前二人读之易知，此一人思之难解，奇绝妙绝。蔡福慌忙答礼。便问道："官人高姓，有何见教？"那人道："可借里面说话。"蔡福便请入来一个商议阁里，阁名绝倒，不知商议何事？不出与官过账，替人谋命耳。分宾坐下。那人开话道："节级休要吃惊，开语令人吃惊。在下便是沧州横海郡人氏，姓柴名进，大周皇帝嫡派子孙，绰号小旋风的便是。此来用柴进者，何也？富莫富于卢员外，贵莫贵于柴王孙，富贵相衬，一也。高唐救出之后，至今未尝立功，借此立功，二也。只因好义疏财，结识天下好汉，不幸犯罪，流落梁山泊。今奉宋公明哥哥将令，差遣前来打听卢员外消息。谁知被赃官、梁中书。污吏、张孔目。淫妇、贾氏。奸夫、李固。○四物以类相从，写得好笑。通情陷害，监在死囚牢里，一命悬丝，尽在足下之手。妙妙。不避生死，特来到宅告知。若是留得卢员外性命在世，佛眼相看，不忘大德。但有半米儿差错，兵临城下，将至濠边，无贤无愚，无老无幼，打破城池，尽皆斩首！妙妙。久闻足下是个仗义全忠的好汉，无物相送，今将一千两黄金薄礼在此。倘若要捉柴进，就此便请绳索，誓不皱眉。"妙妙。蔡福听罢，吓得一身冷汗，半晌答应不得。柴进起身道："好汉做事，休要踌躇，便请一决！"又妙又妙。蔡福道："且请壮士回步，小人自有措置。"柴进便拜道："既蒙语诺，当报大恩。"又妙又妙。出门唤过从人，取出黄金，递与蔡福，唱个喏便走。又妙又妙。○以上三段，写燕青是一样，写李固是一样，写柴进是一样。外面从人乃是神行太保戴宗——又是一个不会走的！百忙中忽作趣语，然非此传正例也。

蔡福得了这个消息，摆拨不下。思量半晌，回到牢中，把上项的事，却对兄弟说了一遍。蔡庆道："哥哥生平最会断决，量

这些小事，有何难哉！常言道：'杀人须见血，救人须救彻。'既然有一千两金子在此，我和你替他上下使用。_{写二蔡。}梁中书、张孔目都是好利之徒，接了贿赂，必然周全卢俊义性命，葫芦提配将出去。救得救不得，自有他梁山泊好汉_{此等语鲁达不肯说，此七十二人之所以逊于三十六人也与？}俺们干的事便完了。"蔡福道："兄弟这一论，正合我意。你且把卢员外安顿好处，早晚把些好酒食将息他，传个消息与他。"蔡福、蔡庆两个商议定了，暗地里把金子买上告下，关节已定。

次日，李固不见动静，前来蔡福家催并。蔡庆回说："我们正要下手结果他，中书相公不肯，已叫人分付，要留他性命。你自去上面使用，嘱付下来，我这里何难？"_{妙妙，如闻。}李固随即又央人去上面使用。中间过钱人去嘱托，梁中书道："这是押牢节级的勾当，难道教我下手？过一两日教他自死。"_{妙妙，如闻。}两下里厮推。张孔目已得了金子，只管把文案拖延了日期。蔡福就里又打关节，教极早发落，张孔目将了文案来禀。梁中书道："这事如何决断？"张孔目道："小吏看来，卢俊义虽有原告，却无实迹。虽是在梁山泊住了许多时，这个是扶同诖误，难问真犯。只宜脊杖四十，刺配三千里。不知相公心下如何？"梁中书道："孔目见得极明，正与下官相合。"_{笑杀。}随唤蔡福牢中取出卢俊义来，就当厅除了长枷，读了招状文案，决了四十脊杖，换一具二十斤铁叶盘头枷，就厅前钉了，便差董超、薛霸管押前去，直配沙门岛。原来这董超、薛霸，自从开封府做公人，押解林冲去沧州，路上害不得林冲，回来被高太尉寻事刺配北京。梁中书因见他两个能干，就留在留守司勾当。_{闲中忽补闲事，笔墨奇逸之甚。}今日又差他两个监押卢

俊义。林冲者山泊之始，卢俊义者山泊之终。一始一
终，都用董超、薛霸作关锁，笔墨奇逸之甚。

当下董超、薛霸领了公文，带了卢员外离了州衙，把卢俊义
监在使臣房里。以下皆特地与林
冲文相似也。各自归家收拾行李包裹，即便起程。
李固得知，只叫得苦，便叫人来请两个防送公人说话。董超、薛
霸到得那里酒店内，李固接着，请至阁儿里坐下，一面铺排酒食
管待。三杯酒罢，李固开言说道："实不相瞒，卢员外是我仇
家。千载受恩深处，必至于
此，读之使人寒心。今配去沙门岛，路途遥远，他又没一文，
绝倒之语，为
守财房寒心。教你两个空费了盘缠。急待回来，也得三四个月。我
没甚的相送，两锭大银，权为压手。多只两程，少无数里，就便
的去处结果了他性命，揭取脸上金印回来表证，教我知道，每人
再送五十两蒜条金与你。你们只动得一张文书，留守司房里，我
自理会。"董超、薛霸两两相觑。董超道："只怕行不得！"薛
霸便道："哥哥，这李官人，有名一个好男子。绝倒，世间月旦，
大率如此矣。我
们也把这件事结识了他，若有急难之处，要他照管。"李固道：
"我不是忘恩失义的人，足见高谊，
绝倒杀人。慢慢地报答你两个。"

董超、薛霸收了银子，相别归家收拾包裹，连夜起身。卢俊
义道："小人今日受刑，杖疮作痛，容在明日上路罢！"薛霸骂
道："你便闭了鸟嘴！老爷自晦气，撞着你这穷神！沙门岛往回
六千里有余，费多少盘缠！你又没一文，教我们如何布摆！"卢
俊义诉道："念小人负屈含冤，上下看觑则个。"董超骂道："你
这财主们，闲常一毛不拔，今日天开眼，报应得快！你不要怨
怅，我们相帮你走。"卢俊义忍气吞声，只得走动。

行出东门，董超、薛霸把衣包雨伞都挂在卢员外枷头上。两
个一路上做好做恶，管押了行。看看天色傍晚，约行了十四五

里，前面一个村镇寻觅客店安歇。当时小二哥引到后面房里，安放了包裹。薛霸说道："老爷们苦杀是个公人，那里倒来伏侍罪人？你若要饭吃，快去烧火！"卢俊义只得带着枷来到厨下，问小二哥讨了个草柴，缚做一块，来灶前烧火。小二哥替他淘米做饭，洗刷碗盏。卢俊义是财主出身，这般事却不会做，草柴火把又湿，又烧不着，一齐灭了，甫能尽力一吹，被灰眯了眼睛。^{写得好极。}董超又喃喃呐呐地骂。做得饭熟，两个都盛去了，卢俊义并不敢讨吃。两个自吃了一回，剩下些残汤冷饭，与卢俊义吃了。薛霸又不住声骂了一回。吃了晚饭，又叫卢俊义去烧脚汤，等得汤滚，卢俊义方敢去房里坐地。两个自洗了脚，掇一盆百煎滚汤，赚卢俊义洗脚，^{与林冲文倒转。}方才脱得草鞋，被薛霸扯两条腿纳在滚汤里，大痛难禁。薛霸道："老爷伏侍你，颠倒做嘴脸！"两个公人自去炕上睡了。把一条铁索，将卢员外锁在房门背后。声唤到四更，两个公人起来，叫小二哥做饭，自吃饱了，收拾包裹要行。卢俊义看脚时，都是潦浆泡，点地不得。当日秋雨纷纷，路上又滑，^{写得好极。○"自是断肠听不得，非干吹出断肠声"，为此秋雨作一注脚。}卢俊义一步一撅，薛霸拿起水火棍，拦腰便打。董超假意去劝，一路上埋冤叫苦。

离了村店，约行了十余里，到一座大林。卢俊义道："小人其实走不动了，可怜见权歇一歇。"

两个公人带入林子来，正是东方渐明，未有人行。薛霸道："我两个起得早了，好生困倦；欲要就林子里睡一睡，只怕你走了。"卢俊义道："小人插翅也飞不去。"薛霸道："莫要着你道儿，且等老爷缚一缚！"^{可谓与林冲传一字不换矣，笔力之大如此。}腰间解下麻索来，兜住卢俊义肚皮，去那松树上只一勒，反拽过脚来绑在树上。^{缚法于林冲文为加详。}薛霸对董超道："大哥，你去林子外立着，若有人来撞着，咳嗽为号。"董超道："兄弟放手快些个。"薛霸道："你放心去看着外面。"说罢，拿起水火棍，看着卢员外道："你休怪我两个。你家主管李固，教我们路上结果你。便到沙门岛也是死，不如及早打发了！你阴司地府，不要怨我们，明年今日是你周年！"卢俊义听了，泪如雨下，低头受死。

薛霸两只手拿起水火棍，望着卢员外脑门上劈将下来。^{故作险笔，惊死读者。}董超在外面，只听得一声扑地响，只道完事了，慌忙走入来看时，卢员外依旧缚在树上，^{奇之甚，妙之甚。}薛霸倒仰卧在树下，水火棍撇在一边。^{奇之甚，妙之甚。}董超道："却又作怪！莫不你使得力猛，倒吃一交？"^{又趣甚。}用手去扶时，那里扶得动？只见薛霸口里出血，心窝里露出三四寸长一枝小小箭杆。^{奇之甚，妙之甚。}却待要叫，只见东北角树上坐着一个人。^{奇之甚，妙之甚。}听得叫声："着！"撒手响处，董超脖项上早中了一箭，两脚蹬空，扑地也倒了。^{奇之甚，妙之甚。}那人托地从树上跳将下来，拔出解腕尖刀，割断绳索，劈碎盘头枷，就树边抱住卢员外放声大哭。

卢俊义闪眼看时，认得是浪子燕青，^{奇之甚，妙之甚。○一路偏要写得与林冲传一样，乃至不差一字，然后转出燕青救主来，却与鲁达救林冲，并无毫厘相犯，所谓"不辞险道，务臻妙境"也。}叫道："小乙，莫不是魂魄和你相见么？"燕青道："小乙直从留守司前，跟定这厮两个

到此。不想这厮果然来这林子里下手。如今被小乙两弩箭结果了，主人见么？"卢俊义道："虽是你强救了我性命，却射死了这两个公人，这罪越添得重了，待走那里去的是？"燕青道："当初都是宋公明苦了主人，今日不上梁山泊时，别无去处。"卢俊义道："只是我杖疮发作，脚皮破损，点地不得。"燕青道："事不宜迟，我背着主人去。"莫伶俐于小乙也，而此时此际，遂宛然李铁牛身分者，至性所发，固当不谋而合也。○只六字，遂抵一篇陆秀夫、张世杰列传。心慌手乱，便踢开两个死尸，带着弩弓，插了腰刀，拿了水火棍，背着卢俊义，一直望东便走。不得十数里，早驮不动，见一个小小村店，入到里面寻房安下。叫做饭来，权且充饥。两个暂时安歇。

这里却说过往人看见林子里射死两个公人在彼，近处社长报与里正得知，却来大名府里首告。随即差官下来简验，却是留守司公人董超、薛霸。回复梁中书，着落大名府缉捕观察，限了日期，要捉凶身。做公的人都来看了，"论这弩箭，眼见得是浪子燕青的。事不宜迟！"一二百做公的分头去一到处贴了告示，说那两个模样，晓谕远近村房道店，市镇人家，挨捕捉拿。

却说卢俊义正在店房将息杖疮，正走不动，只得在那里且住。店小二听得有杀人公事，无有一个不说，又见画他两个模样，小二心疑，却走去告本处社长，"我店里有两个人，好生脚又，不知是也不是。"社长转报做公的去了。

却说燕青为无下饭，拿了弩子去近边处寻几个虫蚁吃。脱得妙绝，又无痕影。却待回来，只听得满村里发喊。燕青躲在树林里张时，看见一二百做公的，枪刀围匝，把卢俊义缚在车子上，推将过去。燕青要抢出去救时，又无军器，只叫得苦。方脱一险，又成一险，奇峰怪壑，层见出迭，真欲惊死

寻思道：“若不去梁山泊报与宋公明得知，叫他来救，却不是我误了主人性命？”当时取路。行了半夜，肚里又饥，身边又没一文，走到一个土冈子上，丛丛杂杂有些树木，就林子里睡到天明。心中忧闷，只听得树枝上喜鹊咶咶噪噪，〔写至此处，可谓笔慌墨促，急不得了矣，偏有余力作此奇波，才子洵非恒情可量耳。〕寻思道：“若是射得下来，村坊人家讨些水煮瀑得熟，也得充饥。”〔只一喜鹊作波，却又写出燕青绝技，又写出燕青穷途，妙笔妙笔。〕只一喜鹊作波走出林子外抬头看时，那喜鹊朝着燕青噪。〔百忙中作闲笔，却画出许多身分。上是听得鹊噪，此方是走出来看也。〕燕青轻轻取出弩弓，暗暗问天买卦，望空祈祷，说道：“燕青只有这一枝箭了！〔特写燕青神技。〕若是救得主人性命，箭到，〔句。〕灵鹊坠空。若是主人命运合休，箭到，〔句。〕灵鹊飞去！”〔祝辞都妙。〕搭上箭，叫声：“如意子，不要误我！”〔闻此妙语，如见妙人。〕弩子响处，正中喜鹊后尾，带了那枝箭，直飞下冈子去。〔中鹊而鹊飞去，后知作者之意，固不在于得鹊也。〕

燕青大踏步赶下冈子去，不见喜鹊，却见两个人从前面走来。〔如此交卸过来，文字便无牵合之迹，不然，燕青恰下冈，而两人前头的带顶恰上冈，天下容或有如是之巧事，而文家固必无如是之率笔也。〕前头的带顶猪嘴头巾，脑后两个金裹银环，上穿香皂罗衫，腰系销金搭膊，穿半膝软袜麻鞋，提一条齐眉棍棒。〔奇哉，此何人斯？〕后面的白范阳遮尘笠子，茶褐攒线袖衫，腰系绯红缠袋，脚穿踢土皮鞋，背了衣包，提条短棒，跨口腰刀。〔奇哉，又何人斯？〕这两个来的人，正和燕青打个肩厮拍。燕青转回身看一看，寻思：“我正没盘缠，何不两拳打倒他两个，夺了包裹，却好上梁山泊？”揣了弩弓，抽身回来。这两个低着头只顾走。〔如画。〕燕青赶上，把后面带毡笠儿的后心一拳，扑地打倒。却待拽拳再打那前面的，却被那汉手起棒落，正中燕青左腿，打翻在地。后面那汉子爬将起来，踏住燕青，掣出腰刀，劈面门便剁。〔又蹴出一险事，令人一惊未了，一惊又起，妙绝。〕燕青大叫道：“好汉！我死

不妨，可怜无人报信！"那汉便不下刀，收住了手，提起燕青，问道："你这厮报甚么信？"燕青道："你问我待怎地！"前面那汉把燕青手一拖，却露出手腕上花绣，慌忙问道："你不是卢员外家甚么浪子燕青？"燕青自通姓名既不可，那汉自晓姓名又不可，良工苦心，忽算到花绣上来，奇妙不可言。○一路写燕青忠勇，处处写出妙人，可谓雕青剔绿之文矣。燕青想道："左右是死，索性说了，教他捉去，和主人阴魂做一处！"便道："我正是卢员外家浪子燕青！"读之甚似极曲折者，却不知其极径直也。○此处固不径直不得，若其径直而又似曲折，则非他笔之所能耳。二人见说，一齐看一看道："早是不杀了你，原来正是燕小乙哥。你认得我两个么？我是梁山泊头领病关索杨雄，他便是拼命三郎石秀。"用杨雄、石秀，亦从奸夫淫妇上映带而来。杨雄道："我两个今奉哥哥将令，差往北京，打听卢员外消息。军师与戴院长亦随后下山，专候通报。"先伏一句。燕青听得是杨雄、石秀，把上件事都对两个说了。杨雄道："既是如此说时，我和小乙哥上山寨报知哥哥，别做个道理。你可自去北京打听消息，便来回报。"只轻轻飏下一笔，其弱如丝，岂料其后文变作惊天动地耶！石秀道："最好！"便取身边烧饼干肉与燕青吃，结射鹊一案。把包裹与燕青背了，跟着杨雄，连夜上梁山泊来。见了宋江，燕青把上项事备细说了一遍。宋江大惊，便会众头领商议良策。

　　且说石秀只带自己随身衣服，来到北京城外，天色已晚，入不得城，就城外歇了一宿。次日早饭罢，入得城来。但见人人嗟叹，个个伤情。奇文骇笔。石秀心疑，来到市心里，问市户人家时，只见一个老丈回言道："客人你不知，我这北京有个卢员外，等地财主，因被梁山泊贼人掳掠前去，逃得回来，倒吃了一场屈官司，迭配去沙门岛。又不知怎地路上坏了两个公人，昨夜拿来，今日午时三刻，解来这里市曹上斩他！客人可看一看。"石秀听

罢，兜头一杓冰水。六日后斩宋江，已成险绝之笔，此更写出当日斩卢俊义，令我读至此处，不敢更望有转笔处。○真是吓死人。才子之才如此。急走到市曹，却见一个酒楼，石秀便来酒楼上，临街占个阁儿坐下。酒保前来问道："客官，还是请人，还是独自酌杯？"急杀人时，偏有此消停之语，写得如画。石秀睁着怪眼道："大碗酒，大块肉，只顾卖来，问甚么鸟！"酒保倒吃了一惊，打两角酒，切一大盘牛肉将来。石秀大碗大块，吃了一回。坐不多时，只听得楼下街上热闹，吓杀，吓杀！如之何，如之何？石秀便去楼窗外看时，先将楼窗挑逗一笔。只见家家闭户，铺铺关门。酒保上楼来道："客官醉也。楼下出人公事，快算了酒钱，别处去回避！"石秀道："我怕甚么鸟！你快走下去，莫要讨老爷打！"酒保不敢做声，下楼去了。

不多时，只听得街上锣鼓喧天价来。吓杀，吓杀！如之何，如之何？石秀在楼窗外看时，再将楼窗挑逗一句。十字路口，周回围住法场，十数对刀棒刽子，前排后拥，把卢俊义绑押到楼前跪下。铁臂膊蔡福拿着法刀，一枝花蔡庆扶着枷梢，写二蔡。说道："卢员外，你自精细着，不是我弟兄两个救你不得，事做拙了。前面五圣堂里，我已安排下你的坐位了，你可一魂去那里领受。"说罢，人丛里一声叫道："午时三刻到了！"吓，吓杀！如之何，如之何？一边开枷。吓杀！蔡庆早拿住了头，吓杀！蔡福早掣出法刀在手。吓杀！当案孔目高声读罢犯由牌，吓杀！众人齐和一声。吓杀！如之何，如之何？楼上石秀只就那一声和里，掣着腰刀在手，应声大叫："梁山泊好汉全伙在此！"吓杀人，乐杀人，奇杀人，妙杀人！蔡福、蔡庆撇了卢员外，扯了绳索先走。兼写二蔡。石秀从楼上跳将下来，手举钢刀，杀人似砍瓜切菜，走不迭的，杀翻十数个，吓杀，乐杀，奇杀，妙杀！一只手拖住卢俊义，投南便走。原来这石秀不认得北京的路，只谓救出一个，却是陷入两个，笔力之奇，如龙搅海，的的才子。更兼卢员外惊得呆了，越走

不动。梁中书听得报来，大惊，便点帐前头目，引了人马，分头去把城门关上，差前后做公的合将拢来。随你好汉英雄，怎出高城峻垒。正是分开陆地无牙爪，飞上青天欠羽毛。毕竟卢员外同石秀当下怎地脱身，且听下回分解。

第六十二回　宋江兵打大名城　关胜议取梁山泊

　　奴才，古作奴财，始于郭令公之骂其儿，言为群奴之所用也。乃白今日观之，而群天之下又何此类之多乎哉！一哄之市，抱布握粟，棼如也。彼棼如者何为也？为奴财而已也。山川险阻，舟车翻覆，棼如也。彼棼如者何为也？为奴财而已也。甚而至于穷夜咿唔，比年入棘，棼如也。彼棼如者何为？为奴财而已也。又甚至于握符绾绶，呵殿出入，棼如也。彼棼如者何为？为奴财而已也。驰戈骤马，解脰陷脑，棼如也。幸而功成，即无不为奴财者也，千里行脚，频年讲肄，棼如也。既而来归，亦无不为奴财者也。呜呼！群天下之人，而无不为奴财。然则君何赖以治，民何赖以安，亲何赖以养，子何赖以教，己德何赖以立，后学何赖以仿哉？石秀之骂梁中书曰："你这与奴才做奴才的奴才。"诚乃耐庵托笔骂世，为快绝哭绝之文也。

　　索超先是已从杨志文中出见，至是隔五十余卷，而乃忽然欲合。恐人谓其无因而至前也，于是先从此处斜见横出，却又借韩滔一箭再作一顿，然后转出雪天之擒，其不肯率然置笔如此。

　　射索超用韩滔者，何也？意在再顿索超，非意在必射索超也。故有时射用花荣，是成乎其为射也。有时射用韩滔，是不成乎其为射也。不成乎其射，而必用韩滔者何也？韩滔为秦明副将，便即借之也。

　　以堂堂宰相之尊，衮衮枢密院官，三衙太尉之众，而面面厮觑，则面面厮觑已耳，亦有何策上纾国忧，下弭贼势乎哉？忽然背后转出一人，忽然背后转出之人，又从背后引出一人，忽然背后人所引之背后人，又从背后引出一人。呜呼，才难未必然乎！是何背后之多人也？然则之三人亦幸而得遇朝廷多事，尚得有以

自见。不然者，几何其不为堂堂宰相、衮衮枢密院官、三衙太尉之脚底下泥，终亦不见天日之面也。之三人亦不幸而得遇朝廷多事，终亦不免自见。不然者，吾知其闭户高卧，亦足自老，殊不愿从堂堂宰相、衮衮枢密院官、三衙太尉之鼻下喉间仰取气息也。读竟，为之三叹。

话说当时石秀和卢俊义两个，在城内走投没路，四下里人马合来，众做公的把挠钩套索一齐上，可怜寡不敌众，两个当下尽被捉了。解到梁中书面前，叫押过劫法场的贼来。石秀押在厅下，睁圆怪眼，高声大骂："你这与奴才做奴才的奴才！ "奴才"二字，始于郭令公之骂其儿也，曰是殆为奴辈之所用耳。今亦暗用其意，撰成奇句，凡十一字，而有三"奴才"字，妙绝快绝。 我听着哥哥将令，早晚便引军来打你城子，踏为平地，把你砍做三截！先教老爷来和你们说知！"石秀在厅前千奴才万奴才价骂，厅上众人都唬呆了。 俗本误作"千贼万贼"，无谓之甚。 梁中书听了，沉吟半响，叫取大枷来，且把二人枷了，监放死囚牢里，分付蔡福在意看管，休教有失。蔡福要结识梁山泊好汉，把他两个做一处牢里关着，忙将好酒好肉与他两个吃，因此不曾吃苦。 安放此句于没头帖子之前者，表二蔡也。

却说梁中书唤本州新任王太守当厅发落，就城中计点被伤人数。杀死的有七八十个，跌伤头面、磕折腿脚者，不计其数， 此非表梁中书爱民，盖补写上文势头之猛恶也。 报名在官。梁中书支给官钱，医治烧化了当。次日，城里城外报说将来："收得梁山泊没头帖子数十张，不敢隐瞒，只得呈上。 " 不会读书人只谓从天而降，会读书人却谓前文已有线了。 梁中书接着念道：

梁山泊义士宋江，仰示大名府官吏：员外卢俊义者，天下豪杰之士。_{好文章，掷地当作金石声。}吾今启请上山，一同替天行道。如何妄徇奸贿，屈害善良？吾令石秀先来报知，不期反被擒捉。如是存得二人性命，献出淫妇奸夫，吾无多求。_{好文章。}倘若故伤羽翼，屈坏股肱，便当拔寨兴师，同心雪恨。大兵到处，玉石俱焚。剿除奸诈，殄灭愚顽，天地咸扶，鬼神共佑。谈笑而来，鼓舞而去。_{好文章，从来露布之所未有。}义夫节妇，孝子顺孙，安分良民，清慎官吏，切勿惊惶，各安职业。谕众知悉。_{真正绝妙一篇好文章。}

当时梁中书看毕，便唤王太守到来商议："此事如何剖决？"王太守是个善懦之人，听得说了这话，便禀梁中书道："梁山泊这一伙，朝廷几次尚且收捕他不得，何况我这里一郡之力？倘若这亡命之徒引兵到来，朝廷救兵不迭，那时悔之晚矣！若论小官愚意，且姑存此二人性命，_{没头帖子正复何用？只求得此一句耳。}一面写表申奏朝廷，二即奉书呈上蔡太师恩相知道，三着可教本处军马出城下寨，堤备不虞。如此可保大名无事，军民不伤。若将这两个一时杀坏，诚恐寇兵临城，一者无兵解救，二者朝廷见怪，三乃百姓惊慌，城中扰乱，深为未便。"_{看他做出一正一反两股文章，知其进士出身也。}梁中书听了道："知府言之极当。"先唤押牢节级蔡福来，便道："这两个贼徒，非同小可。你若是拘束得紧，诚恐丧命。若教你宽松，又怕走了。你弟兄两个，早早晚晚，可紧可慢，在意坚固，管候发落，休得时刻怠慢。"_{没头帖子之用如此。}蔡福听了，心中暗喜。如此发放，正中下怀。领了钧旨，自去牢中安慰两个，不在话下。

只说梁中书便唤兵马都监大刀闻达、天王李成两个，都到厅

前商议。梁中书备说梁山泊没头告示，王太守所言之事。两个都监听罢，李成便道："量这伙草寇，如何敢擅离巢穴？相公何必有劳神思？李某不才，食禄多矣，无功报德，愿施犬马之劳，统领军卒，离城下寨。草寇不来，别作商议，如若那伙强寇年衰命尽，擅离巢穴，领众前来，不是小将夸口，定令此贼片甲不回！"梁中书听了大喜，随即取金花绣缎赏劳二将。两个辞谢，别了梁中书，各回营寨安歇。次日，李成升帐，唤大小官军上帐商议。傍边走过一人，威风凛凛，相貌堂堂，便是急先锋索超，又出头相见。^{可谓久别。}李成传令道："宋江草寇，早晚临城要来打俺大名。你可点本部军兵离城三十五里下寨，我随后却领军来。"索超得了将令，次日点起本部军兵，至三十五里，地名飞虎峪，靠山下了寨栅。^{飞虎峪是一段。}次日，李成引领正偏将，离城二十五里，地名槐树坡，下了寨栅。^{槐树坡是一段。}周围密布枪刀，四下深藏鹿角，三面掘下陷坑。众军摩拳擦掌，诸将协力同心，只等梁山泊军马到来，便要建功。^{写得有声势。}

话分两头。原来这没头帖子，却是吴学究闻得燕青、杨雄报信，又叫戴宗打听得卢员外、石秀都被擒捉，因此虚写告示，向没人处撒下，及桥梁道路上贴放，只要保全卢俊义、石秀二人性命。^{注明。}戴宗回到梁山泊，把上项事备细与众头领说知。宋江听罢大惊，就忠义堂上打鼓集众。大小头领各依次序而坐，宋江开话对吴学究道："当初军师好计，启请卢员外上山，今日不想却教他受苦，又陷了石秀兄弟，再用何计可救？"吴用道："兄长放心。小生不才，乘此机会，要取大名钱粮，以供山寨之用。明日是个吉辰，请兄长分一半头领把守山寨，其余尽随出去攻打城

池。"宋江当下便唤铁面孔目裴宣，派拨大小军兵，来日起程。黑旋风李逵便道："我这两把大斧多时不曾发市，听得打州劫县，他也在厅边欢喜！〔真正妙人，有此灵心妙舌。○说得板斧便似两个快友，奇妙非他人可及。〕哥哥拨与我五百小喽啰，抢到大名，把那鸟城池砍做肉地，救出卢员外、石三郎，也使我哑道童吐口宿气！又教我做事做彻，却不快活？"〔说得情理都尽，真正妙人○一语中有三故焉，高兴是一，出气是一，义愤是一也。〕宋江道："兄弟虽然勇猛，这所在非比别处州府。那梁中书又是蔡太师女婿，更兼手下有李成、闻达，都是万夫不当之勇，不可轻敌。"李逵大叫道："哥哥，前日晓得我一生口快，便要我去妆做哑子，今日晓得我欢喜杀人，便不教我去做个先锋。依你这样用人之时，却不是屈杀了铁牛！"〔心直口快，骂得宋江更无可辩。○语语带定哑道童，便令章法不断，读者应知。○俗本讹。〕吴用道："既然你要去，便教做先锋。点与五百好汉相随，就充头阵，来日下山。"

当晚宋江和吴用商议拨定了人数，裴宣写了告示送到各寨，各依拨次施行，不得时刻有误。此时秋末冬初天气，征夫容易披挂，战马久已肥满。军卒久不临阵，皆生战斗之心，正是有事为荣，无不欢天喜地，收拾枪刀，拴束鞍马，吹风嗯哨，时刻下山。〔句句有鼓鼙之声，绝妙军中铙吹曲辞，若杜工部前、后《出塞》，徒乱军心耳。〕第一拨，当先哨路黑旋风李逵，部领小喽啰五百。〔好。〕第二拨，两头蛇解珍、双尾蝎解宝、毛头星孔明、独火星孔亮，部领小喽啰一千。〔好。〕第三拨，女头领一丈青扈三娘、副将母夜叉孙二娘、母大虫顾大嫂，部领小喽啰一千。〔好。〕第四拨，扑天雕李应、副将九纹龙史进、小尉迟孙新，部领小喽啰一千。〔好。○已上是一段。〕中军主将都头领宋江、军师吴用。〔好。〕簇帐头领四员，小温侯吕方、赛仁贵郭盛、病尉迟孙立、镇三山黄信。〔好。此一段虚。〕前军头领霹雳火秦明、副将百胜将韩

滔、天目将彭玘。^{好。}后军头领豹子头林冲、副将铁笛仙马麟、火眼狻猊邓飞。^{好。}左军头领双鞭呼延灼、副将摩云金翅欧鹏、锦毛虎燕顺。^{好。}右军头领小李广花荣、副将跳涧虎陈达、白花蛇杨春，^{好。}并带炮手轰天雷凌振。^{好。○前后左右四军并/炮手是一段。○实。}接应粮草探听军情头领一员，神行太保戴宗。^{好，○只一调拨，文字亦殊易相犯耳，偏/能逐番变换，逐番出色，岂非才子之笔？}军兵分拨已定，平明各头领依次而行，当日进发。只留下副军师公孙胜并刘唐、朱仝、穆弘四个头领，统领马步军兵，守把山寨。三关水寨中，自有李俊等守把，^{独详此段，为下关胜/用围魏救赵计作案。}不在话下。

却说索超正在飞虎峪寨中坐地，只见流星报马前来报说："宋江军马大小人兵，不计其数，离寨约有二三十里，将近到来！"索超听得，飞报李成槐树坡寨内。李成听了，一面报马入城，一面自备了战马，直到前寨。索超接着，说了备细。次日，五更造饭，平明拔寨都起，前到庾家疃，列成阵势，摆开一万五千人马。李成、索超全副披挂，门旗下勒住战马。平东一望，远远地尘土起处，约有五百余人飞奔前来，当前一员好汉，乃是黑旋风李逵，^{调拨时第一/段之一。}奇称。手搭双斧，高声大叫："认得梁山泊好汉黑爷爷么？"^{奇称。}李成在马上看了，与索超大笑道："每日只说梁山泊好汉，原来只是这等腌臜草寇，何足为道！^{真堪一/笑。}先锋，你看么？何不先捉此贼？"索超笑道："不须小将，有人建功。"^{李成委索超，索超委偏裨，/写得风流谈笑之极。}言未绝，索超马后一员首将，姓王名定，手撚长枪，引领部下一百马军，飞奔冲将过来。李逵被马军一冲，当下四散奔走。索超引军直赶过庾家疃时，只见山坡背后，锣鼓喧天，早撞出两彪军马，左有解珍、孔亮，右有孔明、解宝，^{第一段/之二。}各领五百小喽啰，冲杀将来。索超见他有接应军马，

方才吃惊，不来追赶，勒马便回。李成问道："如何不拿贼来？"索超道："赶过山去，正要拿他，原来这斯们倒有接应人马，伏兵齐起，难以下手。"李成道："这等草寇，何足惧哉！"将引前部军兵，尽数杀过庚家疃来。只见前面摇旗呐喊，擂鼓鸣锣，另是一彪军马，当先一骑马上，却是一员女将，引军红旗上金书大字"美人一丈青"，^{奇称。○"黑爷爷"奇，"美人一丈青"又奇，俗本都失之，遂令文章削色不少。}左手顾大嫂，右手孙二娘，^{第一段之三。}引一千余军马，尽是七长八短汉，四山五岳人。李成看了道："这等军人，作何用处！先锋与我向前迎敌，我却分兵勒捕四下草寇！"索超领了将令，手搭金蘸斧，拍坐下马，杀奔前来。一丈青勒马回头，望山凹里便走。李成分开人马，四下赶杀。忽然当头一彪人马，^{写得奇变。}喊声动地，却是扑天雕李应，左有史进，右有孙新，着地卷来。^{第一段之四。}李成急忙退入庚家疃时，左冲出解珍、孔亮，右冲出孔明、解宝，部领人马，重复杀转。三员女将拨转马头，随后杀来，赶得李成等四分五落。将及近寨，黑旋风李逵当先拦住，^{上只四分五落，至此忽然而合，兵势奇变，笔势亦奇变也。}李成、索超冲开人马，夺路而去。比及至寨，大折无数。宋江军马也不追赶，一面收兵暂歇，扎下营寨。

却说李成、索超慌忙差人入城报知梁中书。梁中书连夜再差闻达速领本部军马前来助战。李成接着，就槐树坡寨内商议退兵之策。闻达笑道："疥癞之疾，何足挂意！"当夜商议定了，明日四更造饭，五更披挂，平明进兵。战鼓三通，拔寨都起，前到庚家疃。只见宋江军马泼风也似价来。^{"泼风"奇文。}闻达便教将军马摆开，强弓硬弩，射住阵脚。宋江阵中，早已捧出一员大将，红旗银字，大书"霹雳火秦明"，^{"早已"二字，为秦明摹神。}勒马阵前，厉声大叫：

"大名滥官污吏听着！多时要打你这城子，诚恐害了百姓良民。好好将卢俊义、石秀送将出来，淫妇奸夫一同解出，我便退兵罢战，誓不相侵。若是执迷不悟，亦须有话早说！"闻达听了大怒，便问："谁去力擒此贼？"说犹未了，索超早已出马，（"早已"二字为索超摹神。）立在阵前，高声喝道："你这厮是朝廷命官，国家有何负你？你好人不做，却落草为贼！我今拿住你时，碎尸万段！"秦明听了这话，一发炉中添炭，火上浇油，（写得如画。）拍马向前，轮狼牙棍直奔将来，索超纵马直挺秦明。二匹劣马相交，两个急人发愤，（秦明、索超真是一双妙笔写出，只须二语。）众军呐喊，斗过二十余合，不分胜败。前军队里转过韩滔，就马上拈弓搭箭，觑得索超较亲，飕地只一箭，正中索超左臂，（此非为韩滔立功，正是与索超作地。）撇了大斧，回马望本阵便走。宋江鞭梢一指，大小三军一齐卷杀过去。正是尸横遍野，流血成河，大败亏输，直追过庾家疃，随即夺了槐树坡小寨。（完槐树坡一寨。）当晚闻达直奔飞虎峪，计点军兵，三停去一。宋江就槐树坡寨内屯扎。吴用道："军兵败走，心中必怯。若不乘势追赶，诚恐养成勇气，急忙难得。"宋江道："军师之言极当。"随即传令：当晚就将精锐得胜军将，分作四路，连夜进发，杀奔将来。

再说闻达奔到飞虎峪，方在寨中坐了喘息。（如画。）小校来报："东边山上一带火起！"（写得有声有势。）闻达带领军兵上马投东看时，只见遍山遍野通红。西边山上又是一带火起，（不出来将姓名，先写两带火起，笔下声势之甚。）闻达便引军兵急投西时，听得马后喊声震地，当先首将小李广花荣引副将杨春、陈达，从东边火里直冲出来。（声势之甚。）闻达一时心慌，领兵便回飞虎峪。西边火里，（"东边火里""西边火里"，声势之甚。）当先首将双鞭呼延灼引副将欧鹏、燕顺，直冲出来。（声势之甚。）两路并力追来，后面

喊声越大，火光越明，^{声势之甚。}又是首将霹雳火秦明引副将韩滔、彭
玘，人喊马嘶，不计其数。闻达军马大乱，拔寨都起。只见前面
喊声又发，火光晃耀。^{声势之甚。}闻达引军夺路，只听得震天震地一声
炮响，^{又添出凌振，声势不可当。}却是轰天雷凌振将带副手，从小路直转飞虎峪
那边，放起这炮。炮响里一片火把，^{妙妙。}火光里一彪军马拦路，
^{妙妙，声势百倍。}乃是首将豹子头林冲引副将马麟、邓飞，截住归路。四下
里战鼓齐鸣，烈火竞举，^{此是第二段所调拔也。}众军乱窜，各自逃生。闻达手
舞大刀，苦战夺路，恰好撞着李成，合兵一处，且战且走。直到
天明，方至城下。梁中书听得这个消息，惊得三魂失二，七魄剩
一，^{奇语。}连忙点军出城，接应败残人马。紧闭城门，坚守不出。
次日，宋江军马追来，直抵东门下寨，准备攻城。

　　且说梁中书在留守司聚众商议如何解救，李成道："贼兵临
城，事在告急，若是迟延，必至失陷。相公可修告急家书，差心
腹之人，星夜赶上京师，报与蔡太师知道，早奏朝廷，调遣精
兵，前来救应，此是上策。第二，作紧行文，关报邻近府县，亦
教早早调兵接应。第三，北京城内着仰大名府起差民夫上城，同
心协助，守护城池，准备擂木炮石，踏弩硬弓，灰瓶金汁，晓夜
堤备。如此，可保无虞。"梁中书道："家书随便修下。谁人去
走一遭？"当日差下首将王定，全副披挂，又差数个马军，领了
密书，放开城门吊桥，望东京飞报声息，及关报邻近府分，发兵
救应。先仰王太守起集民夫，上城守护，不在话下。

　　且说宋江分调众将，引军围城，东西北三面下寨，只空南门
不围。每日引军攻打，一面向山寨中催取粮草，为久屯之计，务
要打破大名，救取卢员外、石秀二人。^{为关胜围魏救赵之计，反衬一笔。}李成、闻

达，连日提兵出城交战，不能取胜。^{略点以遮其冷。}索超箭疮将息，未得痊可。^{再顿以留其地。}

不说宋江军兵打城，且说首将王定赍领密书，三骑马，直到东京太师府前下马。门吏转报入去，太师教唤王定进来。直到后堂拜罢，呈上密书。蔡太师拆开封皮看了，大惊，问其备细。王定把卢俊义的事一一说了，"如今宋江领兵围城，声势浩大，不可抵敌。"庾家疃、槐树坡、飞虎峪，三处厮杀，尽皆说罢。蔡京道："鞍马劳困，你且去馆驿内安下，待我会官商议。"王定又禀道："太师恩相，大名危如累卵，破在旦夕，倘或失陷，河北县郡，如之奈何？望太师恩相，早早遣兵剿除！"蔡京道："不必多说，你且退去。"王定去了。太师随即差当日府干请枢密院官急来商议军情重事。不移时，东厅枢密使童贯引三衙太尉，都到节堂，参见太师。蔡京把大名危急之事备细说了一遍，"如今将何计策，用何良将，可退贼兵，以保城郭？"说罢，众官互相厮觑，各有惧色。只见那步军太尉背后转出一人，^{每每非常之人，多在人背后转出。}乃是衙门防御保义使，姓宣名赞，掌管兵马。此人生得面如锅底，鼻孔朝天，卷发赤须，彪形八尺，使口钢刀，武艺出众。^{画出名士，夫名士岂必鲜衣白面哉！}先前在王府曾做郡马，人呼为"丑郡马"；因对连珠箭赢了番将，郡王爱他武艺，招做女婿。谁想郡主嫌他丑陋，怀恨而亡，因此不得重用，只做得个兵马保义使。^{叙述履历，令人悲感。}○连珠箭不能偿其丑陋，郡王爱不能行于郡主。功名得失之际，使人意气都尽。当时却忍不住，出班来禀太师道："小将当初在乡中，有个相识，此人乃是汉末三分义勇武安王嫡派子孙，姓关名胜，生得规模与祖上云长相似，使一口青龙偃月刀，人称为'大刀关胜'，见做蒲东巡检，屈在下僚。

又一人背后人，妙妙。○亦与叙述履历一篇，令人愈增悲感。○丑陋者不得重用，奇伟者又在下僚，然则当时用人，真惟贿赂一途矣，今日求之不既晚乎！此人幼读兵书，深通武艺，有万夫不当之勇。若以礼币请他，拜为上将，可以扫清水寨，殄灭狂徒，保国安民。乞取钧旨。"蔡京听罢大喜，就差宣赞为使，赍了文书鞍马，连夜星火前往蒲东，礼请关胜赴京计议。众官皆退。

话休絮繁。宣赞领了文书，上马进发，带将三五个从人，不则一日，来到蒲东巡简司前下马。当日，关胜正和郝思文在衙内论说古今兴废之事，又一个背后人，妙妙。闻说东京有使命至，关胜忙与郝思文出来迎接。各施礼罢，请到厅上坐地。关胜问道："故人久不相见，今日何事，远劳亲自到此？"宣赞回言："为因梁山泊草寇攻打大名，宣某在太师面前，一力保举兄长有安邦定国之策，降兵斩将之才，特奉朝廷敕旨，太师钧命，彩币鞍马，礼请起行。兄长勿得推却，便请收拾赴京。"关胜听罢大喜，何遽"大喜"？只四字写尽英雄可怜。与宣赞说道："这个兄弟姓郝，双名思文，是我拜义弟兄。看他初被人荐，便转荐人，写豪杰胸襟真与奸臣天壤。○看他一个背后人引出一个背后人，一个背后人又引出一个背后人，章法便与杨美鹅笼无二。当初他母亲梦井木犴投胎，因而有孕，后生此人，因此人唤他做'井木犴'。这兄弟十八般武艺，无有不能，可惜至今屈沉在此。只今同去协力报国有何不可？"亦与叙述履历一篇，令人悲感不已。宣赞喜诺，就行催请登程。

当下关胜分付老小，一同郝思文，将引关西汉十数个人，收拾刀马、盔甲、行李，跟随宣赞连夜起程。来到东京，径投太师府前下马。门吏转报蔡太师得知，教唤进。宣赞引关胜、郝思文直到节堂。拜见已罢，立在阶下。蔡京看了关胜，端的好表人材，堂堂八尺五六身躯，细细三柳髭须，两眉入鬓，凤眼朝天，

面如重枣，唇若涂朱。_{又画出一名士。}太师大喜，便问："将军青春多少？"关胜答道："小将三十有二。"_{随手补出年甲。}蔡太师道："梁山泊草寇围困大名，请问将军施何妙策，以解其围？"关胜禀道："久闻草寇占住水洼，惊群动众。今擅离巢穴，自取其祸。若救大名，虚劳人力。乞假精兵数万，先取梁山，后拿贼寇，教他首尾不能相顾。"太师见说，大喜，与宣赞道："此乃围魏救赵之计，_{读至此计，令人吃惊，且叹名下无虚也。}正合吾心。"随即唤枢密院官，调拨山东、河北精锐军兵一万五千；教郝思文为先锋，宣赞为合后，关胜为领兵指挥使，步军太尉段常接应粮草。犒赏三军，限日下起行。大刀阔斧，杀奔梁山泊来。直教龙离大海，不能驾雾腾云；虎到平川，怎办张牙舞爪？正是：贪观天上中秋月，失却盘中照殿珠。毕竟宋江军马怎地结果，且听下回分解。

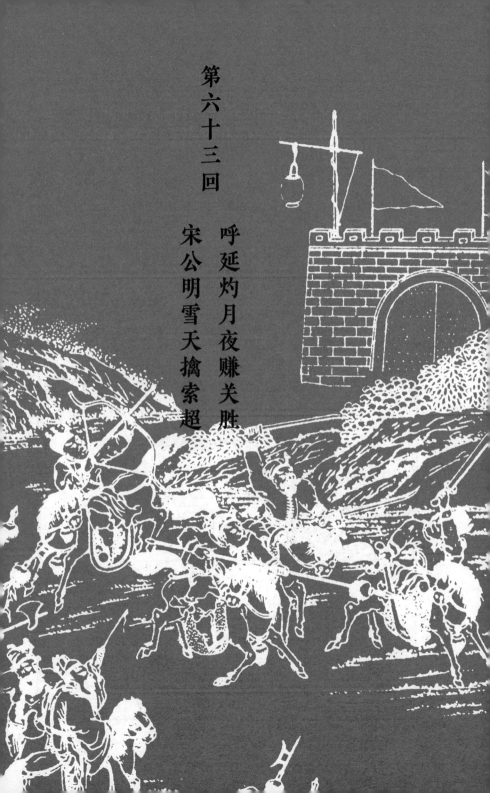

第六十三回

呼延灼月夜赚关胜

宋公明雪天擒索超

呼延灼月夜赚关胜

此回写水军劫寨，何至草草如此？盖意在衬出大刀，则余人总非所惜。所谓"琬琰之藉，无过白茅"者也。

写大刀处处摹出云长变相，可谓儒雅之甚，豁达之甚，忠诚之甚，英灵之甚。一百八人中，别有绝群超伦之格，又不得以读他传之眼读之。

写雪天擒索超，略写索超而勤写雪天者，写得雪天精神，便令索超精神。此画家所谓衬染之法，不可不一用也。

话说蒲东关胜当日辞了太师，统领一万五千人马，分为三队，离了东京，望梁山泊来。

话分两头。且说宋江与同众将每日攻打城池，李成、闻达那里敢出对阵？索超箭疮深重，又未平复，更无人出战。宋江见攻打城子不破，心中纳闷，离山已久，不见输赢。是夜在中军帐里闷坐，点上灯烛，取出玄女天书，正看之间，忽小校报说："军师来见。"吴用到得中军帐内，与宋江道："我等众军围许多时，如何杳无救军来到，城中又不出战？向有三骑马奔出城去，必是梁中书使人去京师告急。他丈人蔡太师必然上紧遣兵，中间必有良将。倘用围魏救赵之计，且不来解此处之危，反去取我梁山大寨，如之奈何？兄长不可不虑。论事可谓英雄所见略同，论文可谓忽伸忽缩，极奇极变矣。我等先着军士收拾，未可都退。"又妙。正说之间，只见神行太保戴宗到来报说："东京蔡太师拜请关菩萨玄孙蒲东郡大刀关胜，引一彪军马，飞奔梁山泊来。寨中头领主张不定，请兄长军师早早收兵回来，且解梁山之难！"吴用道："虽然如此，不可急还。今夜晚间，先教步军前行，留下两支军马，就飞虎峪两边埋伏。城

中知道我等退军，必然追赶，若不如此，我兵先乱。"真好。宋江道："军师言之极当。"传令便差小李广花荣，引五百军兵，去飞虎峪左边埋伏。是。豹子头林冲，引五百军兵，去飞虎峪右边埋伏。是。再叫双鞭呼延灼，引二十五骑马军，带着凌振，将了风火等炮，离城十数里远近，但见追兵过来，随即施放号炮，令其两下伏兵齐去并杀追兵。是。一面传令前队退兵，要如雨散云行，遇兵勿战，慢慢退回。是。步军队里，半夜起来，次第而行。直至次日巳牌前后，方才尽退。看他写退兵，亦必详尽如此。城上望见宋江军马，手拖旗幡，肩担刀斧，纷纷滚滚，拔寨都起，有还山之状。城上看了仔细，报与梁中书知道："梁山泊军马，今日尽数收兵都回去了。"梁中书听得，随即唤李成、闻达商议。闻达道："想是京师救军去取他梁山泊，这厮们恐失巢穴，慌忙归去。可以乘势追杀，必擒宋江。"说犹未了，城外报马到来，赍东京文字，约会引兵去取贼巢，"他若退兵，可以速追"。紧簇。梁中书便叫李成、闻达各带一支军马，从东西两路，追赶宋江军马。

且说宋江引兵正回，见城中调兵追赶，舍命便走。一边李成、闻达直赶到飞虎峪那边，只听得背后火炮齐响。李成、闻达吃了一惊，勒住战马看时，后面旗幡对刺，战鼓乱鸣，李成、闻达措手不及。左手下撞出小李广花荣，右手下撞出豹子头林冲，各引五百军马，两边杀来。李成、闻达知道中计，火速回军。前面又撞出呼延灼，引着一支马军，死并一阵。杀得李成、闻达头盔不见，衣甲飘零，退入城中，闭门不出。宋江军马次第方回。渐近梁山泊边，却好迎着丑郡马宣赞拦路。宋江约住军兵，权且下寨，若出俗笔，便写"竟回山寨"，然则一暗地使人从偏僻小路赴水万五千人马何在耶？故知此句必不可少。

上山报知，约会水陆军兵，两下救应。

且说水寨内船火儿张横，与兄弟浪里白条张顺商议道："我和你弟兄两个，自来寨中，不曾建功。现今蒲东大刀关胜三路调军，打我寨栅，不若我和你两个先去劫了他寨，捉得关胜，立这件大功，众兄弟面上也好争口气。"张顺道："哥哥，我和你只管得些水军，倘或不相救应，枉惹人耻笑。"张横道："你若这般把细，何年月日能够建功？你不去便罢，我今夜自去。"张顺苦谏不听。当夜张横点了小船五十余只，每船上只有三五人，浑身都是软战，手执苦竹枪，各带蓼叶刀，趁着月光微明，寒露寂静，把小船直抵旱路。此时约有二更时分。

却说关胜正在中军帐里点灯看书。有伏路小校悄悄来报："芦花荡里，约有小船四五十只，人人各执长枪，尽去芦苇里面两边埋伏，不知何意，特来报知。"关胜听了，微微冷笑，回顾贴旁首将低低说了一句。已下皆极画关胜，正不及为水军诸人惜也。〇绝妙一幅云长变相。

且说张横将引三二百人，从芦苇中间藏踪蹑迹，直到寨边，拔开鹿角，径奔中军，望见帐中灯烛荧煌，关胜手撚髭髯，坐着看书。又一幅绝妙云长变相。〇张横望见灯烛荧煌，关胜看书。三阮望见灯烛荧煌，并无一人。两"灯烛荧煌"句，相照作章法。俗本讹。张横暗喜，手搭长枪，抢入帐房里来。傍边一声锣响，众军喊动，如天崩地塌，山倒江翻，吓得张横倒拖长枪，转身便走。四下里伏兵乱起，张横同二三百人不曾走得一个，尽数被缚，推到帐前。关胜看了，笑骂："无端草贼，安敢张我！"草贼骂曰"无端"，劫寨名为"张我"，真正英雄，真正阔大，真正儒雅，真正风流。〇皆极画关胜。喝把张横陷车盛了，其余的尽数监着，直等捉了宋江，一并解上京师。每赖此句，便得不杀。

不说关胜捉了张横，却说水寨内三阮头领，正在寨中商议，

使人去宋江哥哥处听令，只见张顺到来报说："我哥哥因不听小弟苦谏，去劫关胜营寨。不料被捉，囚车监了。"阮小七听了，叫将起来，说道："我兄弟们同死同生，吉凶相救！你是他嫡亲兄弟，却怎地教他独自去，被人捉了？你不去救，我弟兄三个自去救他。"张顺道："为不曾得哥哥将令，却不敢轻动。"阮小七道："若等将令来时，你哥哥吃他剁做泥了！"阮小二、阮小五都道："说得是。"张顺说他三个不过，只得依他。当夜四更，点起大小水寨头领，各驾船一百余只，一齐杀奔关胜寨来，岸上小军望见水面上战船如蚂蚁相似，都傍岸边，慌忙报知主帅。关胜笑道："无见识奴！"（骂得妙，儒雅人骂人亦骂得儒雅，真乃妙笔传出。○俗本于此四字下，添入许多字，反减许多色泽。古本于此四字下更无许多字，却有许多色泽，不可不知。）回顾首将，又低低说了一句。（极写关胜。○此与前同作章法。）

却说三阮在前，张顺在后，呐声喊，抢入寨来。只见寨内灯烛荧煌，并无一人。（此与前变作章法。）三阮大惊，转身便走。帐前一声锣响，左右两边马军步军，分作八路，簸箕掌、栲栳圈，重重叠叠，围裹将来。张顺见不是头，扑通的先跳下水去。三阮夺路到得水边，后军却早赶上，挠钩齐下，套索飞来，早把活阎罗阮小七横拖倒拽捉去了。阮小二、阮小五、张顺，却得混江龙李俊带领童威、童猛死救回去。

不说阮小七被捉，因在陷车之中，且说水军报上梁山泊来，（报上去。）刘唐便使张顺从水路里直到宋江寨中，报说这个消息。（报下来，一丝不错。）宋江便与吴用商议，怎生退得关胜，吴用道："来日决战，且看胜败如何。"正定计间，猛听得战鼓乱起，（藏过所定之计，下便若出意外，此又一样笔法，非前文之所有。）却是丑郡马宣赞，部领三军，直到大寨。宋江举众出

迎，看了宣赞在门旗下勒战，便问："兄弟，那个出马？"只见小李广花荣^{姸丑一双。}一拍马持枪，直取宣赞。宣赞舞刀来迎。一来一往，一上一下，斗到十合，花荣卖个破绽，回马便走。宣赞赶来，花荣就了事环带住钢枪，拈弓取箭，侧坐雕鞍，轻舒猿臂，翻身一箭。宣赞听得弓弦响，却好箭来，把刀只一隔，铮地一声响，射在刀面上。^{不是写花荣，乃是写宣赞。〇写宣赞者非止为宣赞也，写宣赞所以写关胜也。古有之云：欲知其人，先看所使。但极写宣赞，便已衬出关胜来也。}花荣见一箭不中，再取第二枝箭，看得较近，望宣赞胸膛上射来。宣赞镫里藏身，又射个空。^{极写宣赞。}宣赞见他弓箭高强，不敢追赶，霍地勒回马跑回本阵。花荣见他不赶，连忙便勒转马头，望宣赞赶来。又取第三枝箭，望得宣赞后心较近，再射一箭；只听得铛地一声响，正射在背后护心镜上。^{虽意在极写宣赞，然终亦让出花荣，盖天罡之与地煞，固当有其辨耳。}宣赞慌忙驰马入阵，使人报与关胜。关胜得知，便唤小校："快牵我那马来！"霍地立起身，绰青龙刀，骑火炭马，门旗开处，直临阵前。^{又一幅绝妙云长变相。}宋江看见关胜天表亭亭，^{四字绝妙云长变相。}与吴用指指点点喝采，^{"指指点点"妙，活画出所定计来。〇上文定计，藏过其文，却隐隐约约于一路逗出之，妙}回头又高声对众将道："将军英雄，名不虚传！"^{"回头"妙，"高声"妙。}只这一句，林冲大怒，叫道："我等弟兄，自上梁山，大小五七十阵，未尝挫了锐气，今日何故灭自己威风！"说罢挺枪出马，直取关胜。^{怒叫妙。}关胜见了，大喝道："水泊草寇，我不直得便凌逼你！单唤宋江出来，吾要问他何意背反朝廷！"^{英雄儒雅，俨似其祖。〇极写关胜也。}宋江在门旗下听了，喝住林冲，纵马亲自出阵，欠身与关胜施礼，说道："郓城小吏宋江谨参，一惟将军问罪。"^{定计如此，真是妙绝。}关胜喝道："汝为小吏，安敢背叛朝廷？"宋江答道："盖为朝廷不明，纵容奸臣当道，不许忠良进身，^{是一段说话，照关胜、宣赞、郝思文说，妙妙。}布满滥

官污吏，陷害天下百姓。<small>是一段话说，照梁山泊众人说，妙妙。</small>宋江等替天行道，并无异心。"关胜大喝道："分明草贼，替何天，行何道！<small>骂得畅，骂得倒，极画关胜。</small>天兵在此，还敢巧言令色！<small>四字骂尽宋江一生，真乃绝妙关胜。</small>若不下马受缚，着你粉骨碎身！"猛可里霹雳火秦明听得，大叫一声，舞狼牙棍，纵马直抢过来。<small>是一个虎将。</small>林冲也大叫一声，挺枪出马，飞抢过来。<small>又一个虎将。</small>两将双取关胜。关胜一齐迎住。三骑马向征尘影里，转灯般厮杀。宋江忽然指指点点，便教鸣金收军。<small>"忽然指指点点"，妙绝妙绝。○忽然放出二将，忽然收转二将，定计如此，真是妙绝。</small>林冲、秦明回马，一齐叫道："正待擒捉这厮，兄长何故收军罢战？"<small>"一齐叫"妙。</small>宋江高声道："贤弟，我等忠义自守，以两取一，非所愿也。<small>语语锥入其耳，定计妙绝。</small>纵使一时捉他，亦令其心不服。<small>语语锥耳。</small>吾看大刀义勇之将，世本忠臣，乃祖为神，家家家庙。<small>语语锥耳，安能不入玄中。○三"家"字成句，句法奇绝。</small>若得此人上山，宋江情愿让位。"<small>虽是计赚之言，然此位则岂宋江之所得让乎？又于闲处逗露宋江心事，以恶之也。</small>林冲、秦明变色各退。<small>"变色"妙。○已上皆所定之计也。俗本尽诋，遂不可读。</small>当日两边各自收兵。

且说关胜回到寨中，下马卸甲，心中暗忖<small>已入玄中，写来如画。</small>道："我力斗二将不过，看看输与他了，宋江倒收了军马，不知是何意思？"<small>已入玄中，写来如画。</small>便叫小军推出陷车中张横、阮小七过来，问道："宋江是个郓城县小吏，你这厮们如何伏他？"<small>忽转到陷车，笔墨超忽之甚。</small>阮小七应道："俺哥哥山东、河北驰名，叫做及时雨呼保义宋公明。你这厮不知忠义之人，<small>以此六字骂关胜，可谓更骂不着，乃恰与关胜合拍，何也？</small>如何省得！"关胜低头不语，<small>深入玄中，写来如画。</small>且教推过陷车。当晚坐卧不安，走出中军看月，寒色满天，霜华遍地，关胜嗟叹不已。<small>又一幅绝妙云长变相，有精神意思，都画出来。</small>有伏路小校前来报说："有个胡须将军，匹马单鞭，要见元帅。"<small>突如其来，又不是突如其来，笔法可想。</small>关胜道："你不问他是谁？"小校道："他又没衣

甲军器，并不肯说姓名，只言要见元帅。"〔不便出名好。〕关胜道："既是如此，与我唤来。"没多时，来到帐中，拜见关胜。关胜回顾首将，剔灯再看，〔又一幅绝妙云长变相。〕形貌也略认得，便问那人是谁。那人道："乞退左右。"关胜大笑道："大将身居百万军中，若还不是一德一心，安能用兵如指？吾帐上帐下，无大无小，尽是机密之人；你有话但说不妨。"〔极写关胜绝伦超群，真是妙绝之论。○此语庶几惟郭子仪、岳武穆有之，读之令人起敬起畏。〕那人道："小将呼延灼的便是。前日曾与朝廷统领连环马军，征进梁山泊。谁想中贼奸计，失陷了军机，不得还京见驾。昨者听得将军到来，真乃不胜之喜。早间阵上，林冲、秦明待捉将军，宋江火急收军，诚恐伤犯足下。此人素有归顺之意，独奈众贼不从。方才暗与呼延灼商议，正要驱使众人归顺。将军若是听从，明日夜间，轻弓短箭，骑着快马，从小路直入贼寨，生擒林冲等寇，解赴京师，不惟将军建立大功，亦令宋江与小将得赎重罪。"关胜听了大喜，请入帐中，置酒相待。呼延灼备说宋江专以忠义为主，不幸陷落贼巢。关胜掀髯饮酒，拍膝嗟叹〔又一幅绝妙云长变相。〕不题。

却说次日宋江举兵搦战。关胜与呼延灼商议："晚间虽有此计，今日不可不先赢此将。"呼延灼借副衣甲穿了，〔好。〕上马都到阵前。宋江独自大骂呼延灼道："山寨不曾亏负你半分，因何黉夜私去！"〔宋江独骂妙。〕呼延灼回道："无知小吏，成何大事！"〔独骂宋江妙。〕〔○如此虚虚实实，安得不入玄中。〕宋江便令镇三山黄信出马，直奔呼延灼。两马相交，斗不到十合，呼延灼手起一鞭，把黄信打死马下。〔不说真假，竟叙打死，则非黄信可知也。俗本此批。〕关胜大喜，令大小三军一齐掩杀。呼延灼道："不可追掩！吴用那厮广有神机；若还赶杀，恐贼有计。"〔从来苦肉计不令创巨，读之绝倒。〕

关胜听了，火急收军，都回本寨。到中军帐里，置酒相待，动问镇三山黄信如何。^{极写关胜忠信过人，不愧乃祖"日在天上，心在人内"二语。}呼延灼道："此人原是朝廷命官，青州都监，与秦明、花荣一时落草，平日多与宋江意思不合。今日要他出马，正要打杀此贼。"^{又说得妙，安得不入玄中！}关胜大喜，传下将令，教宣赞、郝思文两路接应，自引五百马军，轻弓短箭，叫呼延灼引路，至夜二更起身。三更前后，直奔宋江寨中，炮响为号，里应外合，一齐进兵。是夜月光如昼。黄昏时候，披挂已了，马摘鸾铃，人披软战，军卒衔枚疾走，一齐乘马，呼延灼当先引路，众人跟着。转过山径，约行了半个更次，前面撞见三五十个小军，低声问道："来的不是呼将军么？"^{如此定计，真正妙绝。}呼延灼喝道："休言语，随在我马后走！"^{真正妙绝。}呼延灼纵马先行，关胜乘马在后。又转过一层山嘴，只见呼延灼把枪尖一指，远远地一碗红灯，^{远远红灯。〇只一红灯，作三层写来，便令一行人马如画。}关胜勒住马，问道："有红灯处是那里？"呼延灼道："那里便是宋公明中军。"急催动人马。将近红灯，^{将近红灯。}忽听得一声炮响，众军跟定关胜，杀奔前来。到红灯之下^{红灯之下。}看时，不见一个；^{妙。}便唤呼延灼时，亦不见了。^{妙。}关胜大惊，知道中计，慌忙回马。听得四边山上，一齐鼓响锣鸣。正是慌不择路，众军各自逃生。关胜连忙回马时，只剩得数骑马军跟着。^{先下此句，便令挠钩舒出，更无人救，笔法之妙如此。}转出山嘴，又听得脑后树林边一声炮响，四下里挠钩齐出，把关胜拖下雕鞍，夺了刀马，卸去衣甲，前推后拥，拿投大寨里来。却说林冲、花荣自引一支军马，截住宣赞。月明之下，三马相交，^{一幅好画。}斗无二三十合，宣赞势力不加，回马便走。肋后撞出个女将一丈青扈三娘，撒起红绵套索，把宣赞拖下马来。^{独添女将，为丑郡马三字渲染。}步军向

前，一齐捉住，解投大寨。^{一段。}

话分两处。这边秦明、孙立自引一支军马去捉郝思文，当路劈面撞住。郝思文拍马大骂："草贼匹夫，当吾者死，避我者生！"秦明大怒，跃马挥狼牙棍直取郝思文。二马相交，约斗数合，孙立侧首过来。郝思文慌张，刀法不依古格，被秦明一棍搠下马来。三军齐喊一声，向前捉住。^{二段。}再有扑天雕李应引领大小军兵，抢奔关胜寨内来，先救了张横、阮小七并被擒水军人等，夺去一应粮草马匹，却去招安四下败残人马。^{三段。}

宋江会众上山，此时东方渐明。^{妙。○因此一句，令人想见一夜月下。}忠义堂上分开坐次，早把关胜、宣赞、郝思文分投解来。宋江见了，慌忙下堂，喝退军卒，亲解其缚，把关胜扶在正中交椅上，纳头便拜，叩首伏罪，说道："亡命狂徒，冒犯虎威，望乞恕罪！"^{好。}呼延灼亦向前来伏罪道："小可既蒙将令，不敢不依，万望将军免恕虚诳之罪！"^{又好。}关胜看了一班头领，义气深重，回顾宣赞、郝思文道："我们被擒在此，所事若何？"^{极画关胜，精神意思都有。}二人答道："并听将令。"^{极画关胜。○写得被擒之后，其威令犹行于下如此，又只是四个字，妙。}关胜道："无面还京，愿赐早死！"宋江道："何故发此言？将军倘蒙不弃微贱，可以一同替天行道；若是不肯，不敢苦留，只今便送回京。"^{语语投其性之所近，定计如此，真是妙绝。○吴用所定计，直至此处方毕。}关胜道："人称忠义^{直至此语，皆吴用所定计。}

宋公明，果然有之！人生世上，君知我报君，友知我报友。^{凿凿名论，可为}今日既已心动，愿在部下为一小卒。"^{"今日既已心动"，}^{厥祖义释曹}^{公注脚。}今日既已心动，愿在部下为一小卒。"^{卓然纯臣之言，诚哉}^{"日在天上，心在人内"家法也。○说心动，便知其}^{心之难动，彼自言心不动者，正转转心之人耳。}宋江大喜。当日一面设筵庆贺，一边使人招安逃窜败军，又得了五七千人马；军内有老幼者，随即给散银两，便放回家。一边差薛永赍书往蒲东搬取关胜老小，都不在话下。

宋江正饮宴间，默然想起卢员外、石秀陷在北京，潸然泪下。^{独不想起晁}^{盖，何也？}吴用道："兄长不必忧心，吴用自有措置。只过今晚，来日再起军兵，去打大名，必然成事。"关胜便起身说道："关某无可报答爱我之恩，^{人生除君亲而外，惟爱我之恩，不可忘也。只一}^{句，直提出乃祖云长全副心事来。○"爱我"二}^{字，便囊括上文吴用}^{一篇定计，妙绝。}愿为前部。"宋江大喜。次日早晨传令，就教宣赞、郝思文为副，拨回旧有军马，便为前部先锋。其余原打大名头领，不缺一个，添差李俊、张顺将带水战盔甲随去，^{为安道全}^{也，非为}^{索超也，若诱索超之用之，}^{则所以自掩其笔迹也。}以次再望大名进发。

这里却说梁中书在城中，正与索超起病饮酒。是日，日无晶光，朔风乱吼，^{三句写得索超跌顿有}^{法，雪天穿插无痕。}只见探马报道："关胜、宣赞、郝思文并众军马，俱被宋江捉去，已入伙了！梁山泊军马，见今又到！"梁中书听得，唬得目瞪口呆，杯翻箸落。只见索超禀道："前者中贼冷箭，今番定复此仇！"梁中书便斟热酒，立赏索超，^{便捷之}^{甚。}教快引本部人马出城迎敌。李成、闻达随后调军接应。其时正是仲冬天气，连日大风，天地变色，马蹄冰合，铁甲如冰。索超出席提斧，直至飞虎峪下寨。^{写得竟是一首绝妙《饮马长}^{城窟行》，真正绝妙好辞。}

次日，宋江引前部吕方、郭盛，上高阜处看关胜厮杀。三通战鼓罢，这里关胜出阵，对面索超出马。当时索超见了关胜，却

不认得。是新起病人，妙。随征军卒说道："这个来的，便是新背反的大刀关胜。"索超听了，并不打话，直抢过来，径奔关胜。关胜也拍马舞刀来迎。两个斗无十合，李成却在中军看见索超斧法战关胜不下，自舞双刀出阵，夹攻关胜。写关胜。这边宣赞、郝思文见了，各持兵器，前来助战。五骑马搅做一块。写宣赞、郝思文。宋江在高阜看见，鞭梢一指，大军卷杀过去。李成军马大败亏输，连夜退入城去。宋江催兵直抵城下，扎住营寨。

次日彤云压城，天惨地裂，索超独引一支军马出城冲突。只雪天二字，一路渐次写来。真若北风图，对之欲寒也。○写索超极其精神。吴用见了，便教军校迎敌戏战，他若追来，乘势便退。因此索超得了一阵，欢喜入城。好。当晚云势越重，风色越紧。吴用出帐看时，却早成团打滚，降下一天大雪。凡三写欲雪之势，至此方写出雪来，妙笔。○俗本都讹。吴用便差步军去大名城外，靠山边河路狭处，掘成陷坑，上用土盖。那雪降了一夜，平明看时，约已没过马膝。写索超极其精神，写雪亦极其精神。

却说索超策马上城，望见宋江军马，各有惧色，东西策立不定，当下便点三百军马蓦地冲出城来。宋江军马四散奔波而走，却教水军头领李俊、张顺，身披软战，勒马横枪，前来迎敌。却才与索超交马，弃枪便走，特引索超奔陷坑边来。索超是个性急的，那里照顾？那里一边是路，一边是涧。李俊弃马跳入涧中，向着前面，口里叫道："宋公明哥哥快走！"妙绝，真乃戏战也。索超听了，不顾身体，飞马撞过阵来。山背后一声炮响，索超连人和马撷将下去。后面伏兵齐起，这索超便有三头六臂，也须七损八伤。正是：烂银深盖藏圈套，碎玉平铺作陷坑。毕竟急先锋索超性命如何，且听下回分解。

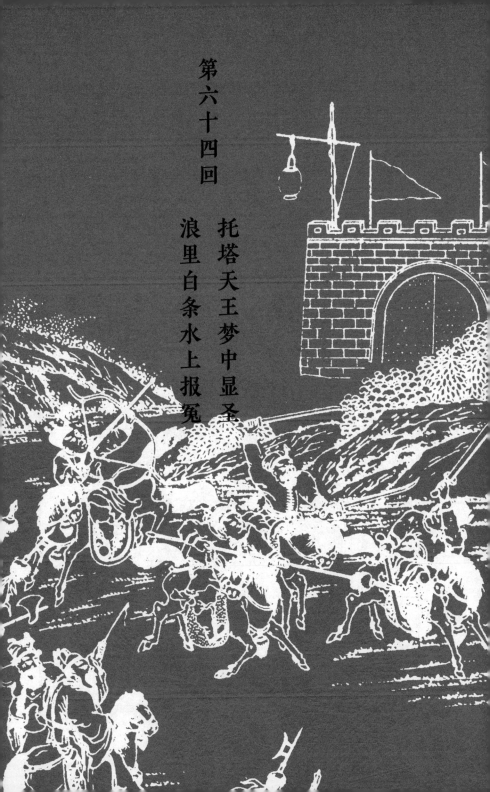

第六十四回　托塔天王梦中显圣　浪里白条水上报冤

托塔天王夢中顯聖

盖至是而宋江成于反矣，大书背疮以著其罪，盖亦用韩信相君之背字法也。独怪耐庵之恶宋江如是，而后世之人犹务欲以"忠义"予之，则岂非耐庵作书为君子春秋之志，而后人之颠倒肆言，为小人无忌惮之心哉！有世道人心之责者，于其是非可不察乎？

宋江之反，始于私放晁盖也。晁盖走而宋江之毒生，晁盖死而宋江之毒成。至是而大书宋江疽发于背者，殆言宋江反状至是乃见，而实宋江必反之志不始于今日也。观晁盖梦告之言，与宋江私放之言，乃至不差一字，是作者不费一辞，而笔法已极严矣。

打大名一来一去，又一来又一去，极文家伸缩变化之妙。

前文一打祝家庄，二打祝家庄，正到苦战之后，忽然一变，变出解珍、解宝一段文字，可谓奇幻之极。此又一打大名府，二打大名府，正到苦战之后，忽然一变，变出张旺、孙五一段文字，又复奇幻之极也。世之读者殊不觉其为一副炉锤，而不知此实一样章法也。

写张顺请安道全，忽然横斜生出截江鬼张旺一段情事。奇矣，却又于其中间，再生出瘦后生孙五一段情事。文心如江流，漩澴真是通身不定。

梁山泊之金拟聘安太医，却送截江鬼，一可骇也。半夜劫金，半夜宿娼，而送金之人与应受金之人同在一室，二可骇也。欲聘太医而已无金，太医既来而金如故，截江小船却作寄金之处，三可骇也。江心结冤，江心报复，虽一遇于巧奴房里，再遇于定六门前，而必不得及，四可骇也。板刀尚在，血迹未干，而

冤头债脚疾如反掌，前日一条缆索，今日一条缆索，遂至丝毫不爽，五可骇也。孙五发科，孙五解缆，孙五放船，及至事成，孙五吃刀，孙五下水，不知为谁忙此半日，六可骇也。孙五先起恶心，孙五便先丧命，张旺虽若稍迟，毕竟不能独免，不知江底相逢，两人是笑是哭，七可骇也。不过一叶之舟，而忽然张旺、孙五二人，忽然张顺、张旺、孙五三人，忽然张旺一人，忽然张顺、安道全、王定六、张旺四人，忽然张顺、安道全、王定六三人，忽然王定六一人，忽然无人。韦应物诗云："野渡无人舟自横。"偏于此舟祸福倏忽如此，八可骇也。

却说宋江因这一场大雪，定出计策，擒了索超，其余军马都逃入城去，报说索超被擒。梁中书听得这个消息，不由他不慌，传令教众将只是坚守，不许出战。意欲便杀卢俊义、石秀，又恐激恼了宋江，朝廷急无兵马救应，其祸愈速。只得教监守着二人，再行申报京师，听凭太师处分。^{先安顿一笔，便令下文宽然有余，手法老到之极。}

且说宋江到寨中军帐上坐下，早有伏兵解索超到麾下。宋江见了大喜，喝退军健，亲解其缚，请入帐中，置酒相待，用好言抚慰道："你看我众弟兄们，一大半都是朝廷军官。^{此语不可说关胜，而可说索超，盖关胜忠义之子，索超位不出李成、闻达上也。}若是将军不弃，愿求协助宋江，一同替天行道。"杨志向前另自叙礼，诉说别后相念，两人执手洒泪。事已到此，不得不服。^{写索超服，亦与关胜不同。〇生出杨志来作一收馆，妙甚。}宋江大喜。再教置酒帐中作贺。

次日商议打城。一连数日，急不得破，宋江闷闷不乐。是夜独坐帐中。忽然一阵冷风，刮得灯光如豆。风过处，灯影下，闪

闪走出一人。宋江抬头看时，却是天王晁盖，^{写得怕人。}欲进不进，叫声："兄弟，你在这里做甚么？"^{妙绝妙绝，只一句，便将宋江不为报仇之罪直提出来。}宋江吃了一惊，急起身问道："哥哥从何而来？冤仇不曾报得，中心日夜不安。^{宋江不为晁盖报仇，偏不用他人声罪，偏是宋江自责，可谓业镜台前，神识自首矣。}又因连日有事，一向不曾致祭。^{不报仇已不可说，乃至不致祭，彼宋江之于晁盖，殆何如也？写得深文曲笔，妙不可言。○不报仇无明文，自晁盖死至此凡四卷，皆其文也。恐人读而不能明正其罪，故特于此写其自责，而又别添"不致祭"三字以重之，笔法真正妙绝。}今日显灵，必有见责。"晁盖道："兄弟不知，我与你心腹弟兄，我今特来救你。如今背上之事发了，只除江南地灵星可免无事。兄弟曾说'三十六计，走为上计'。今不快走时，更待甚么！倘有疏失，如之奈何？休怨我不来救你！"^{"背上之事"四字定罪分明。}

^{句句用宋江私放晁盖语，乃至不换一句者，所以深明宋江背反之志，实自私放晁盖之日始也。}宋江意欲再问明白，赶向前去说道："哥哥阴魂到此，望说真实。"晁盖道："兄弟，你休要多说，只顾安排回去，不要缠障。我便去也！"^{句句用私放晁盖语，不少一句。}宋江撒然觉来，却是南柯一梦。便请吴用来到中军帐中，宋江备述前梦。吴用道："既是天王显圣，不可不信其有。目今天寒地冻，军马亦难久住，正宜权且回山。守待冬尽春初，雪消冰解，那时再来打城，亦未为晚。"^{亦不全信天王，妙甚。一则宋江、吴用平日初未尝以天王为意，一则大军进退庶不同于儿戏也。}宋江道："军师之言虽是，只是卢员外和石秀兄弟陷在缧绁，度日如年，只望我等弟兄来救。不争我们回去，诚恐这厮们害他性命。此事进退两难，如

之奈何？”当夜计议不定。

次日，只见宋江神思疲倦，身体发热，头如斧劈，一卧不起。众头领都到帐中看视。宋江道："我只觉背上好生热疼。"众人看时，只见整子一般红肿起来。大书背疮以明宋江反状已见，盖深恶之之笔也。吴用道："此疾非痈即疽。吾看方书，绿豆粉可以护心，毒气不能侵犯。快觅此物，安排与哥哥吃。得此一句安放，便只是大军所压之地，急切无有医人！"用一跌法，跌出张顺。只见浪里白条张顺说道："小弟旧在浔阳江时，因母得患背疾，百药不能得治，后请得建康府安道全，手到病除，自此小弟感他恩德，但得些银两，便着人送去谢他。书此一以表张顺生平，一以见道全必来，且令杀人不愁出首也。今见兄长如此病症，只除非是此人医得。只是此去东途路远，急速不能便到。为哥哥的事，只得星夜前去。"吴用道："兄长梦晁天王所言百日之灾，则除江南地灵星可治，莫非正应此人？"宋江道："兄弟，你若有这个人，快与我去，休辞生受，只以义气为重，星夜去请此人，救我一命！"极丑之语，可谓平生奸伪，病见真性矣。○晁盖之仇，独不以义气为重何也？作者下此等句，皆是反衬法衬出宋江之恶来。吴用教取蒜条金一百两与医人，便生出截江鬼一段文字来。再将三二十两碎银作盘缠。分付张顺："只今便行，好歹定要和他同来，便生出李巧奴一段文字来。切勿有误！我今拔寨回山，和他山寨里相会。分付细到。兄弟，是必作急快来！"张顺别了众人，背上包裹，望前便去。

且说军师吴用传令诸将火速收军，罢战回山。车子上载了宋江，只今连夜起发。"大名府内，曾经我伏兵之计，只猜我又诱他，定是不敢来追。"两番退兵，前以迟，此以速，皆极兵家之用，写吴用真正妙才。一边吴用退兵不题。却说梁中书见报宋江兵又去了，正是不知何意。李成、闻达道："吴用那厮诡计极多，只可坚守，不宜追赶。"不出所料。

话分两头。且说张顺要救宋江，连夜趱行。时值冬尽，无雨即雪，路上好生艰难。（写景妙，自此一路都是风雪中事。）张顺冒着风雪，舍命而行。独自一个奔至扬子江边，看那渡船时，并无一只，张顺只叫得苦。（先作一顿。）没奈何，绕着江边又走，只见败苇折芦里面有些烟起，（是写大江，是写风雪，是写渡船，是写薄暮，是写赶路人。妙妙。）张顺叫道："艄公，快把渡船来载我！"只见芦苇里簌簌地响，走出一个人来，（先响，次人。○忽然生出一个人，文情奇变之极。）头戴箬笠，身披蓑衣，问道："客人要那里去？"张顺道："我要渡江去建康府干事至紧，多与你些船钱，渡我则个。"那艄公道："载你不妨，只是今日晚了，便过江去，也没歇处。你只在我船里歇了，到四更风静雪止，我却渡你过去，只要多出些船钱与我。"张顺道："也说得是。"便与艄公钻入芦苇里来，见滩边缆着一只小船，篷底下，一个瘦后生在那里向火。（忽然又生出一个人，文情奇变之极。）艄公扶张顺下船，走入舱里，把身上湿衣裳脱下来，叫那小后生就火上烘焙。（看他两个，便似世间好兄弟好朋友相似，何等情义真切。○叹今世间之好兄弟好朋友，其情义真切，亦只是此两个。）张顺自打开衣包，取出绵被，和身一卷，倒在舱里，叫艄公道："这里有酒卖么？买些来吃也好。"（下船便开包，开包便取被，取被便卧倒，卧倒方问酒，活画风雪，活画薄暮，活画辛苦，活画船里歇了。）艄公道："酒却没买处，要饭便吃一碗。"张顺再坐起来，吃了一碗饭，放倒头便睡。（未吃晚饭，先已睡倒，再坐起来吃了晚饭，便又睡倒，写张顺连日辛苦如画。）（便令下文便于捆缚。）一来连日辛苦，二来十分托大，初更左侧，不觉睡着。那瘦后生一头双手向着火盆，（画也画不出。）一头把嘴努着张顺，一头口里轻轻叫那艄公（画也画不出，妙绝。）道："大哥，你见么？"（偏先是瘦后生发科，令我悲叹。）艄公盘将来，去头边只一捏，觉道是金帛之物，把手摇道："你去把船放开，去江心里下手不迟。"（反叫他把船放开，不知下手那个，令我悲叹。）那后生推开篷，（一句一画。）一跳上岸，（画。）一解了缆，（画。）一跳上船，（画。）一把竹篙点

开，一句一搭上橹，一句一画，_{妙绝。}咿咿哑哑地摇出江心里来。_{不知为谁出力，不知把谁下手？可叹可叹！}艄公在船舱里取缆船索，_{"缆船索"妙。○此回皆极写眼前果报也。}轻轻地把张顺捆缚做一块，便去船梢舱板底下取出板刀来。_{读至此句，令我忽然想着夜闹浔阳，不觉失笑。○读至夜闹浔阳，则替宋江担忧，读至此回，又替张顺担忧。人生百年，安得不老哉！}张顺却好觉来，双手被缚，挣挫不得。艄公手拿板刀，按在他身上。张顺告道：_{只四字直复衬出夜闹浔阳一篇文字来，圣人有言："己所不欲，勿施于人。"此四字，遂可为其注脚也。}"好汉！你饶我性命，都把金子与你。"艄公道："金子也要，你的性命也要！"_{笔势奇险，使人吃惊。}张顺连声叫道："你只教我囫囵死，冤魂便不来缠你！"_{上艄公语险极，此张顺语捷极。}艄公道："这个却使得。"_{又恶知其使不得哉！}放下板刀，把张顺扑通的丢下水去。那艄公便去打开包来看时，见了许多金银，倒吃一吓，_{妙绝妙绝}把眉头只一皱，_{妙绝妙绝}便叫那瘦后生道："五哥进来，和你说话。"_{妙绝妙绝。○陡然又蹴起一番波澜，大奇大奇。○写人险恶真有如此，可畏可恨。}那人钻入舱里来，被艄公一手揪住，一刀落时，砍得伶仃，推下水去。_{大奇大奇。○是他发科，是他放船，是他吃刀下水，然则人又何乐而为恶哉？}艄公打并了船中血迹，自摇船去了。

却说张顺是个水底下伏得三五夜的人，一时被推下去，就江底咬断索子，赴水过南岸时，见树林中隐隐有些灯光。张顺爬上岸，水渌渌地转入林子里看时，却是一个村酒店，半夜里起来醢酒，破壁缝透出火来。_{如画。}张顺叫开门时，见个老丈，纳头便拜。老丈道："你莫不是江中被人劫了，跳水逃命的么？"张顺道："实不相瞒老丈：小人从山东下来，要去建康府干事，晚了隔江觅船，不想撞着两个歹人，把小子应有衣服金银尽都劫了，撺入江中。小人却会赴水，逃得性命。公公救度则个！"老丈见说，领张顺入后屋中，把个衲头与他替下湿衣服来烘，_{是一番脱换}烫些热酒与他吃。_{是一番相待。○写王家子父有次第，有轻重。}老丈道："汉子，你姓甚么，山东

人来这里干何事？"^{口口只问山东，}_{有路数人。}张顺道："小人姓张。建康府安太医是我弟兄，特来探望他。"老丈道："你从山东来，曾经梁山泊过？"^{由山东问至}_{梁山泊。}张顺道："正从那里经过。"老丈道："他山上宋头领，不劫来往客人，又不杀害人性命，只是替天行道？"^{由梁山泊问}_{至宋头领。}张顺道："宋头领专以忠义为主，不害良民，只怪滥官污吏。"老丈道："老汉听得说宋江这伙，端的仁义，只是救贫济老，那里似我这里草贼！若待他来这里，百姓都快活，不吃这伙滥污官吏薅恼！"^{一段真乃妙笔妙舌，便有过望草贼之意。○非怪草贼}_{之不能救贫济老，怪草贼之不能治彼滥官污吏也。}张顺听道罢："公公不要吃惊，小人便是浪里白条张顺，因为俺哥哥宋公明害发背疮，教我将一百两黄金，来请安道全。谁想托大，在船中睡着，被这两个贼男女缚了双手，撺下江里；被我咬断绳索，到得这里。"老丈道："你既是那里好汉，我教儿子出来和你相见。"^{艄公后忽然添出一人，老丈后亦}_{忽然添出一人，都是出奇之笔。}不多时，后面走出一个瘦后生来，^{又一瘦后生，}_{奇极妙极。}看着张顺便拜道："小人久闻哥哥大名，只是无缘，不曾拜识。小人姓王，排行第六。因为走跳得快，人都唤小人做'活闪婆'王定六。平生只好赴水使棒，多曾投师，不得传受，^{一拍便合，}_{不费多墨。}权在江边卖酒度日。却才哥哥被两个劫了的，小人都认得。一个是'截江鬼'张旺，那一个瘦后生，却是华亭县人，唤做'油里鳅'孙五。^{亦还他}_{名色。}这两个男女时常在这江里劫人。哥哥放心，在此住几日，等这厮来吃酒，我与哥哥报仇。"张顺道："感承哥哥好意。我为兄长宋公明，恨不得一日奔回寨里。只等天明，便入城去请了安太医，回来却相会。"当下王定六将出自己一包新衣裳，都与张顺换了，^{又一番}_{脱换。}杀鸡置酒相待，^{又一番}_{相待。}不在话下。

次日，天晴雪消，王定六再把十数两银子与张顺，且教入建康府来。张顺进得城中，径到槐桥下，看见安道全正在门前货药。张顺进得门，看着安道全，纳头便拜。安道全看见张顺，便问道："兄弟多年不见，甚风吹得到此？"张顺随至里面，把这闹江州，跟宋江上山的事，一一告诉了，后说宋江见患背疮，特地来请神医，扬子江中险些儿送了性命，因此空手而来，都实诉了。安道全道："若论宋公明，天下义士，去医好他最是要紧。只是拙妇亡过，〔四字妙，便已伏巧奴之亲热，出门之便捷也。〕家中别无亲人，离远不得，以此难出。"〔只一句表出安道全。〕张顺苦苦求告："若是兄长推却不去，张顺也不回山！"安道全道："再作商议。"张顺百般哀告，安道全方才应允。原来安道全新和建康府一个烟花娼妓，唤做李巧奴，时常往来，正是打得火热。〔无端又生出一段事来，可谓文随手变。〕当晚就带张顺同去他家，安排酒吃。李巧奴拜张顺为叔叔。〔此句不写巧奴之视张顺如亲，正写道全之视巧奴如室也。〕三杯五盏，酒至半酣，安道全对巧奴说道："我今晚就你这里宿歇，明日早，和这兄弟去山东地面走一遭。多只是一个月，少是二十余日，便回来看你。"〔丑语。〕那李巧奴道："我却不要你去。你若不依我口，再也休上我门！"〔丑语。〕〔丑语。○悉与下有人敲门后一段对读。〕安道全道："我药囊都已收拾了，只要动身，明日便去。你且宽心，我便去也不到得担阁。"李巧奴撒娇撒痴，倒在安道全怀里说道："你若还不念我，〔句。〕去了，〔句。〕我只咒得你肉片片儿飞。"〔写得无丑不备。〕张顺听了这话，恨不得一口水吞了这婆娘。〔先伏一句。〕看看天色晚了，安道全大醉倒了，搀去巧奴房里，睡在床上。巧奴却来发付张顺道："你自归去，我家又没睡处。"〔先来发道，以为门首小房之地。小房里歇，以为张见张旺之地。不然，太医高亲，岂可撇之门首？不在门首，如何却得报仇哉？布笔都是一副心血算出。〕张顺道："我待哥哥酒醒

同去。"巧奴发遣他不动，只得安他在门首小房里歇。^{笔墨曲折，情事困凑。}

张顺心中忧煎，那里睡得着？^{睡得着便生出事来，睡不着又生出事来，妙绝。}初更时分，有人敲门。^{奇。○"你若不依我口，再也休上我门"，此人却来敲门，定是依得他口者也，可叹可笑。}张顺在壁缝里张时，只见一个人闪将入来，便与虔婆说话。^{如画绝倒。}那婆子问道："你许多时不来，却在那里？今晚太医醉倒在房里，却怎生奈何？"那人道："我有十两金子，^{即以太医金子来与太医争光，绝倒。}送与姐姐打些钗镮，老娘怎地做个方便，教他和我厮会则个。"虔婆道："你只在我房里，我叫女儿来。"张顺在灯影下张时，却正是截江鬼张旺。^{写得冤家路窄，盖真有之。}近来这厮，但是江中寻得些财，便来他家使。张顺见了，按不住火起。再细听时，只见虔婆安排酒食在房里，叫巧奴相伴张旺。^{真乃无丑不备，写之污纸，言之污频。}张顺本待要抢入去，却又怕弄坏了事，走了这贼。约莫三更时候，厨下两个使唤的也醉了。^{如画。○偏是此等人无夜不醉，是以君子义不欲醉也。}虔婆东倒西歪，却在灯前打醉眼子。^{如画。}张顺悄悄开了房门，蹅到厨下，见一把厨刀油晃晃放在灶上，^{"油晃晃"，只三字，便活写出娼妓人家厨下。俗本误作"明晃晃"，便少却多少色泽，且与下文刀卷不合也。}看这婆婆倒在侧首板凳上。张顺走将入来，拿起厨刀，先杀了虔婆。要杀使唤的时，原来厨刀不甚快，砍了一个人，刀口早卷了。^{是厨刀。○亦作一顿。}那两个正待要叫，却好一把劈柴斧正在手边，^{便捷。○一顿便起，笔力跳动。}绰起来，一斧一个，砍杀了。房中婆娘听得，慌忙开门，正迎着张顺，^{张顺进去，不如婆娘手出来，其法可想。}手起斧落，劈胸膛砍翻在地。张旺灯影下见砍翻婆娘，推开后窗，跳墙走了，^{又作一纵，大奇大奇。○瘦后生偏随手了事，截江鬼偏到此又脱，一快一迟都妙。}张顺懊恼无及。忽然想着武松自述之事，随即割下衣襟，蘸血去粉墙上写道："杀人者，我安道全也！"^{忽然想着武松旧事，忽然偷用武松文法，而其实与武松一字不同，何则？武松是自认，张顺是推人，只是题目不同，便令一篇都变也。}一连写了数十余处。^{亦与武松变。○自认只一而已足，陷人多多为益善也。}捱到五更将

明，只听得安道全在房中酒醒。便叫："我那人……"^{丑。○只如此称唤，岂复肯去山东者哉！}张顺道："哥哥不要做声，我教你看你那人！"^{"我那人""你那人"，换口成趣。}安道全起来，看见四个死尸，吓得浑身麻木，颤做一团。张顺道："哥哥，你再看你写的么？"^{"你写的"三字，妙幻之极。}安道全道："你苦了我也！"张顺道："只有两条路，从你行。若是声张起来，我自走了，哥哥却用去偿命。若还你要没事，家中取了药囊，^{拙妻早已亡过。}连夜径上梁山泊，救我哥哥。这两件随你行！"安道全道："兄弟，你忒这般短命见识！"

趁天未明，张顺卷了盘缠，同安道全回家，开锁推门，^{是无家之人。}取了药囊，出城来，径到王定六酒店里。王定六接着，说道："昨日张旺从这里走过，可惜不遇见哥哥。"^{文字忽然穿到"有人敲门"之前，奇妙不可言。}张顺道："我也曾遇见那厮，可惜措手不及。正是要干大事，那里且报小仇。"^{写张顺不必杀张旺，所以深表张顺也。}说言未了，王定六报道："张旺那厮来也！"^{惜其去，报其来，斗文紧簇，亦写冤家路窄。}张顺道："且不要惊他，看他投那里去！"^{妙妙，偏不在巧儿中，偏不在定六门前。}只见张旺去滩头看船，王定六叫道："张大哥，你留船来载我两个亲眷过去。"张旺道："要趁船，快来！"王定六报与张顺。张顺道："安兄，你可借衣服与小弟穿，小弟衣裳却换与兄长穿了，才去趁船"^{写张顺分外细慎，不似张横。}安道全道："此是何意？"张顺道："自有主张，兄长莫问。"安道全脱下衣服，与张顺换穿了。张顺戴上头巾，遮尘暖笠影身。^{妙。}王定六背了药囊，走到船边。张旺拢船傍岸，三个人上船。张顺爬入后梢，揭起艎板，板刀尚在，悄然拿了，再入船舱里。^{只"板刀尚在"四字，写得果报森然，令人不寒而栗。○不必用板刀也，而亦必拿过，见其细慎之至也。}张旺把船摇开，咿哑之声，又到江心里面。^{妙。果报可畏如此。}张顺脱去上盖，^{不欲污道全之服也，写得色色细慎过人。}叫

一声："艄公快来，你看船舱里有些血迹。"<small>妙妙。即用前血迹字，然在张顺口中只是无意而合。</small>张旺道："客人休要取笑。"一头说，一头钻入舱里来。被张顺脎膌地揪住，喝一声："强贼，认得前日雪天趁船的客人么？"<small>读之快活之甚，松颖之甚，千古恶人看样。</small>张旺看了，做声不得。张顺喝道："你这厮谋了我一百两黄金，又要害我性命！你那个瘦后生那里去了？"<small>要问。</small>张旺道："好汉，小人见金子多了，怕他要分，我便少了，<small>妙语绝倒，此即臧文仲窃位注脚。自古至今，无不尔尔，莫单笑截江鬼。</small>因此杀死，撺下江里去了。"<small>本领既大，心计转粗，不至于是不止也。</small>张顺道："你这强贼，老爷生在浔阳江边，长在小孤山下，做卖鱼牙子，天下传名！只因闹了江州，占住梁山泊里，随从宋公明纵横天下，谁不惧我！<small>雄文骇俗，读之起舞。</small>你这厮漏我下船，缚住双手，撺入江心，不是我会识水时，却不送了性命！今日冤仇相见，饶你不得！"就势只一拖，提在船舱中，取缆船索把手脚四马攒蹄捆缚做一块，<small>亦是缆船索，得果报可畏。</small>看着那扬子大江直撺下去，<small>写得果报可畏。</small>喝一声道："也免了你一刀！"<small>写得果报可畏。</small>王定六看了，十分叹息。<small>四字妙绝，善恶之报如影随形，不多一分，不少一寸，十分叹息，良有以也。</small>张顺就船内搜出前日金子并零碎银两，<small>银则犹是也，金少十两矣。</small>都收拾包裹里。三人棹船到岸，对王定六道："贤弟恩义，生死难忘。你若不弃，便可同父亲收拾起酒店，赶上梁山泊来，一同归顺大义。未知你心下如何？"王定六道："哥哥所言，正合小弟之心。"说罢分别。张顺和安道全换转衣服，就北岸上路。<small>色色细备，一笔不漏。</small>王定六作辞二人，复上小船，自摇回家，<small>本是山泊金子，欲送安太医，却送截江鬼，乃未几而仍归山泊者，安太医不得有，截江鬼又不得有也。本是截江鬼小船，乃截江鬼与瘦后生摇却半世，截江鬼又独摇数日，至是却属王定六摇归者，瘦后生不复在，截江鬼亦不复在也。嗟乎，观于此，而人犹不义命自安，纷纷妄求，不亦大衰也哉！</small>收拾行李赶来。

　　且说张顺与同安道全上得北岸，背了药囊，移身便走。那安

道全是个文墨的人，不会走路，行不得三十余里，早走不动。（行文至此，已属余尾，却忽作一顿。）张顺请入村店，买酒相待。正吃之间，只见外面一个客人，走到面前，叫声："兄弟，如何这般迟误！"张顺看时，却是神行太保戴宗，（妙绝妙绝，又妙于道全之速去，又妙于定六之迟来。）扮做客人赶来。张顺慌忙教与安道全相见了，便问宋公明哥哥消息。戴宗道："目今宋哥哥神思昏迷，水米不进，看看待死。"张顺闻言，泪如雨下。（写张顺。）安道全问道："皮肉血色如何？"（便似医人声口。）戴宗答道："肌肤憔悴，终夜叫唤，疼痛不止，性命早晚难保。"安道全道："若是皮肉身体得知疼痛，便可医治，只怕误了日期。"（一句趱入。）戴宗道："这个容易。"取两个甲马，拴在安道全腿上。戴宗自背了药囊，（妙。○前若便用此法，何以有扬子江心一案？今若不用此法，何以使背疮不误日期？故知一笔一画，皆有其故也。）分付张顺："你自慢来，我同太医前去。"两个离了村店，作起神行法，先去了。（只用一字，忽结太医，却颾下张顺作余波。）

且说这张顺在本处村店里，一连安歇了两三日，只见王定六背了包裹，同父亲果然过来。（不更生头，顺笔带下，妙甚。）张顺接见，心中大喜，说道："我专在此等你。"王定六大惊道："哥哥何由得还在这里！那安太医何在？"（写王定六。）张顺道："神行太保戴宗接来迎着，已和他先行去了。"王定六却和张顺并父亲一同起身，投梁山泊来。

且说戴宗引着安道全，作起神行法，连夜赶到梁山泊寨中。大小头领接着，拥到宋江卧榻内，（只一"拥"字，直画出众人情义来。）就床上看时，口内一丝两气。安道全先诊了脉息，说道："众头领休慌，脉体无事。身躯虽是沉重，大体不妨。不是安某说口，只十日之间，便要复旧。"众人见说，一齐便拜。安道全先把艾焙引出毒气，然

后用药。外使敷贴之饵，内用长托之剂。^{并治法皆详写。}五日之间，渐渐皮肤红白，肉体滋润。不过十日，虽然疮口未完，却得饮食如旧。只见张顺引着王定六父子二人，拜见宋江并众头领，诉说江中被劫，水上报冤之事。众皆称叹："险不误了兄长之患！"

　　宋江才得病好，便又对众洒泪商量要打大名，救取卢员外、石秀。^{看他"洒泪"二字，可谓丑极。仍不为晁天王报仇洒泪，故恶之也。}安道全谏道："将军疮口未完，不可轻动，动则急难痊可。"吴用道："不劳兄长挂心，只顾自己将息，调理体中元气。吴用虽然不才，只就目今春初时候，定要打破大名城池，救取卢员外、石秀二人性命，擒拿淫妇奸夫，以满兄长报仇之意。"宋江道："若得军师真报此仇，宋江虽死瞑目！"^{大书宋江甘心为卢员外报仇，以正其弑晁盖之罪也。}吴用便就忠义堂上传令。有分教：大名城内，变成火窟枪林；留守司前，翻作尸山血海。正是：谈笑鬼神皆丧胆，指挥豪杰尽倾心。毕竟军师吴用怎地去打大名，且听下回分解。

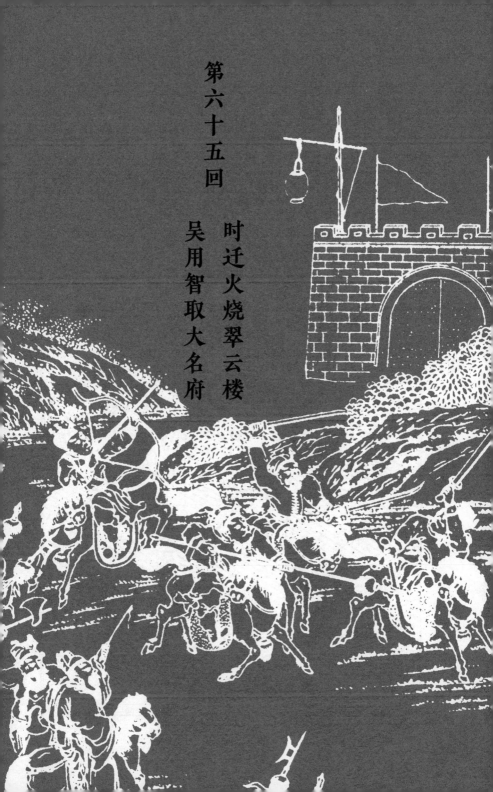

第六十五回　　时迁火烧翠云楼　吴用智取大名府

吳用智取大名府

吾友斫山先生，尝向吾夸京中口技，言："是日宾客大会。于厅事之东北角，施八尺屏障，口技人坐屏障中，一桌、一椅、一扇、一抚尺而已。众宾既团揖坐定，少顷，但闻屏障中抚尺二下，满堂寂然，无敢哗者。遥遥闻深巷犬吠声，甚久，忽耳畔鸣金一声，便有妇人惊觉欠申，摇其夫，语猥亵事。夫呓语，初不甚应，妇摇之不止，则二人语渐间杂，床又从中戛戛响。既而儿醒，大啼。夫令妇与儿乳，儿含乳啼，妇拍而呜之。夫起溺，妇亦抱儿起溺。床上又一大儿醒，狺狺不止。当是时，妇手拍儿声，口中呜声，儿含乳啼声，大儿初醒声，床声，夫叱大儿声，溺瓶中声，溺桶中声，一齐凑发，众妙毕备。满座宾客无不伸颈侧目，微笑默叹，以为妙绝也。既而夫上床寝，妇又呼大儿溺毕，都上床寝，小儿亦渐欲睡。夫鼾声起，妇拍儿亦渐拍渐止。微闻有鼠作作索索，盆器倾侧，妇梦中咳嗽之声。宾客意少舒，稍稍正坐。忽一人大呼火起，夫起大呼，妇亦起大呼，两儿齐哭。俄而百千人大呼，百千儿哭，百千狗吠。中间力拉崩倒之声，火爆声，呼呼风声，百千齐作。又夹百千求救声，曳屋许许声，抢夺声，泼水声，凡所应有，无所不有。虽人有百手，手有百指，不能指其一端。人有百口，口有百舌，不能名其一处也。于是宾客无不变色离席，奋袖出臂，两股战战，几欲先走。而忽然抚尺一下，群响毕绝。撤屏视之，一人、一桌、一椅、一扇、一抚尺如故。盖久之久之，犹满堂寂然，宾客无敢先哗者也。"吾当时闻其言，意颇不信，笑谓先生：此自是卿粲花之论耳，世岂真有是技？维时先生亦笑谓吾：岂惟卿不得信，实惟吾犹至今不信耳！今日读火烧翠云楼一篇，而深叹先生未尝吾欺，世固真

有是绝异非常之技也。

调拨时，一人一令，及乎动手，却各各变换，不必尽不同，不必尽同。无他，世固无印板厮杀，不但无印板文字也。

调拨作两半写，点逗亦作两半写，城里众人发作亦作两半写，城中大军策应亦作两半写，又是一样绝奇之格。

写梁山泊调拨劫城一大篇后，却写梁中书调拨放灯一小篇。写梁中书两头奔走一大篇后，却写李固、贾氏两头奔走一小篇。使人读之真欲绝倒。

话说吴用对宋江道："今日幸喜得兄长无事，又得安太医在寨中看视贵疾，此是梁山泊万千之幸。比及兄长卧病之时，小生累累使人去大名探听消息，^{补文中之所}梁中书昼夜忧惊，只恐俺军马临城。又使人直往大名城里城外市井去处，遍贴无头告示，晓谕居民，勿得疑虑，冤各有头，债各有主，大军到郡，自有对头。因此梁中书越怀鬼胎。^{又补一事。○并告示都补出来。}又闻蔡太师见说降了关胜，天子之前更不敢提，只是主张招安，大家无事，因累累寄书与梁中书，教且留卢俊义、石秀二人性命，好做手脚。"^{再补一事，其文愈足。}宋江见说，便要催趱军马下山去打大名。吴用道："即今冬尽春初，早晚元宵节近。大名年例，大张灯火。我欲乘此机会，先令城中埋伏，外面驱兵大进，里应外合，可以破之。"宋江道："此计大妙。便请军师发落。"吴用道："为头最要紧的是城中放火为号。你众弟兄中谁敢与我先去城中放火？"只见阶下走过一人道："小弟愿往。"众人看时，却是鼓上蚤时迁。时迁道："小弟幼年间曾到大名。城内有座楼，唤做翠云楼，楼上楼下，

大小有百十个阁子。眼见得元宵之夜，必然喧哄。小弟潜地入城，到得元宵节夜，只盘去翠云楼上，放起火来为号，军师可自调遣人马入来。"吴用道："我心正待如此，你明日天晓，先下山去。只在元宵夜一更时候，楼上放起火来，〖若依将令，放火当在一更，及后叙事，乃入二更有余，皆极情事之妙。〗便是你的功劳。"时迁应允，得令去了。〖第一日只拨一人。〗吴用次日〖次日〗却调解珍、解宝，〖次日第一调。〗〖调拨之前半截。〗扮做猎户，去大名城内官员府里献纳野味。正月十五日夜间，只看火起为号，便去留守司前截住报事官兵。〖若依将令，应截报事官兵，及后叙事，乃截中书回马，都妙。〗两个得令去了。〖两个三个去了。〗再调杜迁、宋万〖第二调。〗扮做粜米客人，推辆车子，去城中宿歇，元宵夜只看楼火起时，却来先夺东门。〖只一东门，凡用两队人内外双夺，妙绝妙绝，真可谓万全之策矣。○此一队内夺东门。〗两个得令去了。〖四个五个去了。〗再调孔明、孔亮〖第三调。〗扮做仆者，去大名城内闹市里房檐下宿歇，只看楼前火起，便要往来接应。〖定不可少，妙妙。○将将令，本是仆者，后叙事，却扮乞丐，都妙。〗两个得令去了。〖六个七个去了。〗再调李应、史进〖第四调。〗扮做客人，去大名东门外安歇，只看城中号火起时，先斩把门军士，夺下东门，好做出路。〖此一队外夺东门。〗两个得令去了。〖八个九个去了。〗再调鲁智深、武松〖第五调。〗扮做行脚僧，前去大名城外庵院挂搭，只看城中号火起时，便去南门外截住大军，〖句。〗冲击去路。〖便料定他去路，妙妙。〗两个得令去了。〖十个十一个去了。〗再调邹渊、邹闰〖第六调。〗扮做卖灯客人，直往大名城中寻客店安歇，只看楼中火起，便去司狱

司前策应。^{第一紧着，妙妙。○司狱司是一篇大书正经题目，却怪其只拨二人，及读至叙事文中，始如孔明、孔亮、柴进、乐和悉入狱来，方叹行文变化之妙也。○若前幅如此调遣，后幅如此遵依，此所谓画样葫芦，何以谓之兵犹鬼神哉？}两个得令去了。^{十二个十三个去了。}再调刘唐、杨雄^{第七调}扮作公人，直去大名州衙前宿歇，只看号火起时，便去截住一应报事人员，令他首尾不能救应。^{二解截司前兵，此截州前报兵，妙。}两个得令去了。^{十四个十五个去了。}再请公孙胜先生^{第八调}扮做云游道人，却教凌振扮做道童跟着，将带风火、轰天等炮数百个，直去大名城内净处守待，只看号火起时施放。^{定不可少。○有此一拨，又添无数声势。}两个得令去了。^{十六个十七个去了。}再调张顺，跟随燕青^{第九调}从水门里入城，径奔卢员外家，单捉淫妇奸夫。^{上调劫城大军已毕，此二队独为卢家调出。○此队在卢家后门。}再调王矮虎、孙新、张青、扈三娘、顾大嫂、孙二娘^{第十调}扮作三对村里夫妻，入城看灯，寻至卢俊义家中放火。^{此队来卢家门前。}再调柴进带同乐和^{第十一调}扮做军官，直去蔡节级家中，要保救二人性命。^{此一队又独为蔡家调出，拉杂之中，极其详尽，妙绝妙绝。}众头领俱各得令去了。^{十八个、十九个、二十个、二十一个、二十二个、二十三个、二十四个、二十五个、二十六个、二十七个去了。一路逐队结，此二队总结，章法不板。○第二日拨二十六人。}

此是正月初头。不说梁山泊好汉依次各各下山进发，且说大名梁中书唤过李成、闻达、王太守等一干官员，商议放灯一事。^{商议，则非欲歇者矣。寇至而忧，寇退而乐，食肉之人，从来如此，可叹可笑。}梁中书道："年例城中大张灯火，庆赏元宵，与民同乐，全似东京体例。^{须知非学圣人也，学文人也。}如今被梁山泊贼人两次侵境，只恐放灯，因而惹祸。下官意欲住歇放灯，你众官心下如何计议？"闻达便道："想此贼人潜地退去，没头告示乱贴，此计是穷，必无主意，相公何必多虑？若还今年不放灯时，这厮们细作探知，必然被他耻笑。^{惜小耻成大辱，从来有此等计算。}可以传下钧旨，晓示居民，比上年多设花灯，添扮社火，市心中添搭两座鳌山，照依东京体例，通宵不禁，十三至十七，放灯五夜。教府尹

点视居民，勿令缺少。^{府尹第一节。}相公亲自行春，务要与民同乐。^{相公第二节。}闻某亲领一彪军马出城，去飞虎峪驻扎，以防贼人奸计。^{大刀第三节。}再着李都监亲引铁骑马军，绕城巡逻，勿令居民惊忧。"^{天王第四节。○议劫城者，一队一队调遣出来；放灯者，亦一队一队分拨开去。写得真是绝倒。}梁中书见说大喜。众官商议已定，随即出榜晓谕居民。

这北京大名府是河北头一个大郡，冲要去处。却有诸路买卖，云屯雾集，只听放灯，都来赶趁。^{只此一句，便知二十七人已一齐入得城来，妙笔高笔。}在城坊隅巷陌，该管厢官每日点视，只得装扮社火。豪富之家，催促悬挂花灯。^{第一段，催放灯火。○"只得"字、"催促"字，写尽放灯弊政，可笑。}远者三二百里买，近者也过百十里之外。便有客商，年年将灯到城货卖。^{第二段，收买花灯。}家家门前扎起灯栅，都要赛挂好灯，巧样烟火。户内缚起山棚，摆放五色屏风炮灯，四边都挂名人书画并奇异骨董玩器之物。在城大街小巷，家家都要点灯。^{第三段，扎缚灯棚。}大名府留守司州桥边搭起一座鳌山，上面盘红黄大龙两条，每片鳞甲上点灯一盏，口喷净水。去州桥河内周围上下，点灯不计其数。铜佛寺前扎起一座鳌山，上面盘青龙一条，周回也有千百盏花灯。翠云楼前也扎起一座鳌山，上面盘着一条白龙，四面点火，不计其数。^{第四段，总叙三处鳌山。}原来这座酒楼，名贯河北，号为第一，上有三檐滴水，雕梁绣柱，极是造得好。楼上楼下，有百十处阁子。终朝鼓乐喧天，每日笙歌聒耳。^{第五段，独详翠云楼一处。}城中各处宫观寺院、佛殿法堂中，各设灯火，庆赏丰年。三瓦两舍，更不必说。^{第六段，补叙城中无处无灯。}

那梁山泊探细人得了这个消息，报上山来。吴用得知大喜，去对宋江说知备细。宋江便要亲自领兵去打大名。安道全谏道："将军疮口未完，切不可轻动，稍若怒气相侵，实难痊可。"吴

用道："小生替哥哥走一遭。"随即与铁面孔目裴宣，点拨八路军马。第一队，_{上文一番分拨，只谓大军已行，不意隔二纸有余，重复有此调遣，令人出自意外也。○分作二段，却二段各成大篇，奇绝之格。}大刀关胜引领宣赞、郝思文为前部，镇三山黄信在后策应，_{前云黄信打死，此云黄信策应，更不言是假扮，真正高手妙笔。}都是马军。_{又是一样调拨之法，真出奇无穷。○二十八个、二十九个、三十个、三十一个。}第二队，豹子头林冲引领马麟、邓飞为前部，小李广花荣在后策应，都是马军。_{三十二个、三十三个、三十四个、三十五个。}第三队，双鞭呼延灼引领韩滔、彭玘为前部，病尉迟孙立在后策应，都是马军。_{三十六个、三十七个、三十八个、三十九个。}第四队，霹雳火秦明引领欧鹏、燕顺为前部，跳涧虎陈达在后策应，都是马军。_{四十个、四十一个、四十二个、四十三个。○已上四队马军。}第五队，调步军头领没遮拦穆弘将引杜兴、郑天寿。_{又变一样调拨之法。○四十四个、四十五个、四十六个。}第六队，步军头领黑旋风李逵将引李立、曹正。_{四十七个、四十八个、四十九个。}第七队，步军头领插翅虎雷横将引施恩、穆春。_{五十个、五十一个、五十二个。}第八队，步军头领混世魔王樊瑞将引项充、李衮。_{五十三个、五十四个、五十五个。○已上四队步军。}这八路马步军兵，各自取路，即今便要起行，毋得时刻有误。正月十五日二更为期，都要到大名城下。马军步军一齐进发，那八路人马依令下山，_{第一日拨一人，第二日拨二十六人，第三日拨二十八人，前后共拨五十五人，而为章法忽散、忽整、忽联、忽断，殊不见其累坠也。}其余头领尽跟宋江保守山寨。_{如此一番大战，而杨志、索超二人独不见调者，为梁中书受恩深处，不欲以负心教天下也，亦暗用云长义放曹公事。}

且说时迁越墙入城，城中客店内却不着单身客人，_{斜插出地方紧急。}他自白日在街上闲走，到晚来东岳庙神座底下安身。正月十三日，_{十三日，看他偏能逐日写。}却在城中往来观看那搭缚灯棚，悬挂灯火。正看之间，只见解珍、解宝挑着野味，在城中往来观看，_{看他如此五十余人，前既调遣一番，后又正叙一番，中间又能点逗一番。○点逗出解珍、解宝。}又撞见杜迁、宋万两个，从瓦子里走将出来。_{点逗出杜迁、宋万。○点逗四人作一节。}时迁当日先去翠云楼上打一个矬，只见孔

明披着头发，身穿羊皮破衣，右手拄一条杖子，左手拿个碗，腌腌臜臜，在那里求乞，<small>点逗出孔明。</small><small>点逗之前半截。</small>见了时迁，打抹他去背后说话。时迁道："哥哥，你这般一个汉子，红红白白面皮，不像叫化的。城中做公的多，倘或被他看破，须误了大事。哥哥可以躲闪回避。"说不了，又见个丐者从墙边来，看时却是孔亮。<small>点逗出孔亮。</small>时迁道："哥哥，你又露出雪也似白面来，亦不像忍饥受饿的人。这般模样，必然决撒！"却才道罢，背后两个人劈角儿揪住，喝道："你们做得好事！"回头看时，却是杨雄、刘唐。<small>点逗出杨雄、刘唐。</small>时迁道："你惊杀我也！"杨雄道："都跟我来。"带去僻静处埋怨道："你三个好没分晓，却怎地在那里说话！倒是我两个看见，倘若被他眼明手快的公人看破，却不误了大事？我两个都已见了，弟兄们不必再上街去。"<small>又从口中虚点余人。</small>孔明道："邹渊、邹闰昨日街上卖灯，鲁智深、武松已在城外庵里。再不必多说，<small>又虚点出邹渊、邹闰、鲁智深、武松。</small>只顾临期各自行事。"<small>点逗四人，又作一节。</small>五个说了，都出到一个寺前，正撞见一个先生从寺里出来。众人抬头看时，却是入云龙公孙胜，背后凌振扮做道童跟着。七个人都点头会意，各自去了。<small>点逗出公孙胜、凌振。○点逗二人，又作一节。</small>

看看相近上元，梁中书先令大刀闻达将引军马出城，去飞虎峪驻扎，以防贼寇。十四日，<small>十四日。</small>却令李天王李成亲引铁骑马军五百，全副披挂，绕城

巡视。次日正是正月十五日。是日好生晴明，梁中书满心欢喜。^{自十三、十四写至十五。又自是日，是晚、初更写至二更。妙极妙极。}未到黄昏，一轮明月却涌上来，照得六街三市熔作金银一片。^{灯光月光。只用六字写尽。}士女挨肩叠背。烟火花炮比前越添得盛了。^{是放灯第三日语。}是晚，^{晚。}节级蔡福分付教兄弟蔡庆看守着大牢，"我自回家看看便来。"方才进得家门，只见两个人闪将入来。前面那个军官打扮，后面仆者模样。灯光之下^{妙。}看时，蔡福认得是小旋风柴进，后面的却不晓得是铁叫子乐和。^{若干人，有从十三日点逗者，有从十五日点逗者，有十三、十五两日都点逗者，笔法参差，墨气腾郁，总非恒手之所得有也。○将令在十五日，则十三、十四日犹闲甚也。将令在十五日之二更，则十五日之黄昏犹闲甚也。因其闲甚，而取若干人点逗一番，又因其闲甚，而取若干人再点逗一番，则其笔力横绝，诚有大过人者故也。○点逗出柴进、乐和。○不晓得是乐和，便已点出乐和矣，奇绝妙绝。}蔡节级便请入里面去，见成杯盘，^{妙。}随即管待。柴进道："不必赐酒。在下到此，有件紧事相央。卢员外、石秀全得足下相觑，称谢难尽。今晚小子欲就大牢里，赶此元宵热闹，看望一遭。望你相烦引进，休得推却。"蔡福是个公人，早猜了八分。^{好。}欲待不依，诚恐打破城池，都不见了好处，又陷了老小一家性命。只得担着血海的干系，便取些旧衣裳教他两个换了，也扮做公人，换了巾帻，^{细。○却少不得。}带柴进、乐和径奔牢中去了。

初更左右，^{初更。}王矮虎、一丈青、孙新、顾大嫂、张青、孙二娘三对儿村里夫妻，乔乔画画，装扮做乡村人，挨在人丛里，便入东门去。^{点逗出王}

矮虎、一丈青、孙新、顾大嫂、张青、孙二娘。公孙胜带同凌振，挑着荆篓，去城隍庙里廊下坐地。^{公孙胜、凌振再见。}这城隍庙，只在州衙侧边，邹渊、邹闰挑着灯，在城中闲走。^{邹渊、邹闰再见。}杜迁、宋万各推一辆车子，径到梁中书衙前，闪在人闹处。^{杜迁、宋万再见。}原来梁中书衙，只在东门里大街住。刘唐、杨雄各提着水火棍，身边都自有暗器，来州桥上两边坐定。^{刘唐、杨雄再见。}燕青领了张顺，自从水门里入城，静处埋伏。^{点逗出燕青、张顺。}都不在话下。

不移时，楼上鼓打二更。^{二更。○看他已写至二更矣，偏能徐徐而引，不作急腔促板，真乃笔力过人。}却说时迁挟着一个篮儿，里面都是硫黄、焰硝、放火的药头，篮儿上插几朵闹蛾儿，趱入翠云楼后，走上楼去。^{时迁再见。○又写得如画。}只看阁子内吹笙箫，动鼓板，掀云闹社，子弟们闹闹嚷嚷，都在楼上打哄赏灯。时迁上到楼上，只做卖闹蛾儿的，各处阁子里去看，撞见解珍、解宝，拖着钢叉，叉上挂着兔儿，在阁子前趱。^{已写至二更后；尚能以闲笔令解珍、解宝再见，真正笔力过人。}时迁便道："更次到了，怎生不见外面动掸？"^{偏作一顿。}解珍道："我两个方才在楼前，见探马过去，多管兵马到了。^{并不实写，只从口中渐渐传出，妙不可言。}你只顾去行事。"言犹未了，只见楼前都发起喊来，说道："梁山泊军马到西门外了！"^{此已算实写，然亦只是众人口中传出，妙不可言。}解珍分付时迁："你自快去，我自去留守司前接应。"奔到留守司前，^{忽接此句，便卸却时迁，转去众人也。不然者，将令老鼠入牛角，更无转动处矣。行文不可不知此法。}只见败残军马一齐奔入城来，说道："闻大刀吃劫了寨也！^{省却一段大文字。}梁山泊贼寇引军都到城下也！"^{此一发是实写，然亦只就口中传来，妙不可言也。○看他纯用虚笔，真是绝世奇文。}李成正在城上巡逻，听见说了，飞马来到留守司前，教点军兵，分付闭上城门，守护本州。却说王太守亲引随从百余人，长枷铁锁，在街镇压，^{画出行春太守，笔法闲婉。}听得报说这话，慌忙回留守司前。

却说梁中书正在衙前醉了闲坐。*如画，○醉了闲坐，是二更已后；梁中书寇警在郊，而醉了闲坐，是蔡太师女婿梁中书也。* 初听报说，尚自不甚慌。*活画文官行径。* 次后没半个更次，流星探马接连报来，吓得一言不吐，单叫："备马，备马！"*活画文官行径。* 说言未了，只见翠云楼上烈焰冲天，火光夺月，十分浩大。*此是时迁功劳。○时迁虚写。* 梁中书见了，急上得马，却待要去看时，*第一段，要去看火。*

（眉批）城中发作之前半截。

只见两条大汉推两辆车子，放在当路，便去取碗挂的灯来*妙*。望车子点着，随即火起。*此是杜迁、宋万功劳。* 梁中书要出东门时，*第二段，要出东门。* 两条大汉口称："李应、史进在此！"手撚朴刀，大踏步杀来。把门官军吓得走了，手边的伤了十数个。*李应、史进自外而入。* 杜迁、宋万却好接着出来，*杜迁、宋万自内而出。* 四个合做一处，把住东门。*调时分，此时合，文字变动，妙绝妙绝。* 梁中书见不是头势，带领随行伴当，飞奔南门。*第三段，要出南门。* 南门传说道：*妙妙。从东门走南门，而必至南门方知有寇，其于情事岂有当乎？只须传说便复回马，不必定至南门，妙绝妙绝。○下文梁中书实夺南门而去，此却先写传说有贼，一中路回马，不惟使仓卒奔波如画，兼令行文跌顿有法也。* "一个胖大和尚，轮动铁禅杖，一个虎面行者，掣出双戒刀，发喊杀入城来！"*鲁智深、武松虚写。* 梁中书回马，再到留守司前，*第四段，回司前。* 只见解珍、解宝手撚钢叉，在那里东冲西撞*本令截住报事人员，却反住截中书回府，文字变化得妙。*急待回州衙，不敢近前。*第五段，要至州衙。* 王太守却好过来，刘唐、杨雄两条水火棍齐下，打得脑浆迸流，眼珠突出，死于街前。虞候押番，各逃残生去了。*本令截住报兵，却反打死太守，文字变化得妙。○若不变化，岂有印板厮杀哉！* 梁中书急急回马奔西门，

第六段，急奔西门。只听得城隍庙里火炮齐响，轰天震地。此是公孙胜、凌振功劳。〇公孙胜、凌振亦虚写。邹渊、邹闰手拿竹竿，只顾就房檐下放起火来。邹渊、邹闰本令狱中策应，却先各处放火，文字段段变化，妙妙。南瓦子前王矮虎、一丈青杀将来。孙新、顾大嫂身边掣出暗器，就那里协助。铜佛寺前，张青、孙二娘入去，爬上鳌山，放起火来。已上写得拉杂之极，清出之极，迅疾之极，闲婉之极，绝世奇文，非眼所见。此时大名城内，百姓黎民一个个鼠撺狼奔，一家家神号鬼哭。四下里十数处火光亘天，四方不辨。

却说梁中书奔到西门，接着李成军马，急到南门城上，第七段，再到南门。〇看他三写南门。第一，闻人传说，半路退转。第二，奔到楼上，不敢出去。直至第三，方夺路拼命而走，极文章跌顿之妙也。勒住马在鼓楼上看时，只见城下兵马摆满，旗号写"大刀关胜"，火焰光中，抖擞精神，施逞骁勇，左有宣赞，右有郝思文，黄信在后催动人马，雁翅般横杀将来，已到门下。已下数队写得如火如潮，如虺如龙。〇马军。梁中书出不得城去，和李成躲至北门城下，第八段，躲望见火光明亮，军马不知其数，却至北门。是豹子头林冲，跃马横枪，左有马麟，右有邓飞，花荣在后催动人马，飞奔将来。马军。再转东门，第九段，再一连火把丛中，只见没遮拦穆弘，左有杜转东门。兴，右有郑天寿，三筹好汉，当先手撚朴刀，引领一千余人，杀入城来。步军。梁中书径奔南门，舍命夺路而走。第十段，径夺吊桥边火把齐明，只见黑南门而去。旋风李逵，左有李立，右有曹正，李逵浑身脱剥，

城外策应之前半截。

手搭双斧，从城濠里飞杀过来。李立、曹正，一齐
俱到。步军。李成当先，杀开条血路，奔出城来，
护着梁中书便走。只见左手下杀声震响，火把丛中
军马无数，却是双鞭呼延灼，拍动坐下马，舞动手
中鞭，径抢梁中书。马军。李成手举双刀，前来迎
敌。那时李成无心恋战，拨马便走。左有韩滔，右
有彭玘，两肋里撞来，孙立在后催动人马，并力杀
来。正斗间，背后赶上小李广花荣，拈弓搭箭，射
中李成副将，翻身落马。李成见了，飞马奔走。未
及半箭之地，只见右手下锣鼓乱鸣，火光夺目，却
是霹雳火秦明，跃马舞棍，引着燕顺、欧鹏，背后
陈达，又杀将来。李成浑身是血，且走且战，护着
梁中书，冲路而去。不曾写了，忽然一住，章法奇绝。

话分两头，却说城中之事。忽然顺笔带出城，忽然逆笔挽入城。杜
迁、宋万去杀梁中书一门良贱。是一件事。刘唐、杨雄
去杀王太守一家老小。是一件事。孔明、孔亮已从司狱
司后墙爬将入去。二人在牢后，写得明画之极。邹渊、邹闰却在司
狱司前接住往来之人。二人在牢前，写得明画之极。大牢里柴进、
乐和看见号火起了，便对蔡福、蔡庆道：“你弟兄
两个见也不见？更待几时？”二人在牢中，写得明画之极。蔡庆在
门边守时，邹渊、邹闰早撞开牢门，大叫道：“梁
山泊好汉全伙在此，好好送出卢员外、石秀哥哥
来！”写牢前二人入来，迅疾之极。蔡庆慌忙报蔡福时，孔明、孔
亮早从牢屋上跳将下来。写牢后二人入来，迅疾之极。不由他弟兄

城中发作之后半截。

两个肯与不肯，柴进身边取出器械，便去开枷放了卢俊义、石秀。^{写牢中二人发作，迅疾之极。○牢前人入来时，牢后人已跳下；牢后人跳下时，牢中人已动手，写得七手八脚，迅疾骇人，而又能清泚如画也。}柴进说与蔡福：“你快跟我去家中保护老小！”一齐都出牢门来。邹渊、邹闰接着，合做一处。^{二邹入来，牢里早已出来，只用"接着"二字，写尽一时骇疾。已上是一件事。}蔡福、蔡庆跟随柴进，来家中保全老小。^{是一件事。}卢俊义将引石秀、孔明、孔亮、邹渊、邹闰五个弟兄，径奔家中，来捉李固、贾氏。

却说李固听得梁山泊好汉引军马入城，又见四下里火起，正在家中有些眼跳，^{绝倒。}便和贾氏商量，收拾了一包金珠细软背了，便出门奔走。^{先出前门，次出后门，文字处处翻跌。}只听得排门一带都倒，正不知多少人抢将入来。^{此是王矮虎、一丈青、孙新、顾大嫂、张青、孙二娘功劳。}李固和贾氏慌忙回身，便望里面开了后门，趱过墙边，径投河下来寻躲避处。^{写梁中书两头奔走后，忽写李固、贾氏两头奔走。读之叹其妙绝也。}只见岸上张顺大叫：“那婆娘走那里去！”李固心慌，便跳下船中去躲。却待攒入舱里，又见一个人伸出手来，劈髯儿揪住，喝道：“李固，你认得我么？”^{百忙中写来，毕竟是燕小乙哥，妙人趣事。}李固听得是燕青声音，慌忙叫道：“小乙哥，我不曾和你有甚冤仇，你休得揪我上岸！”^{你须与一个人有些冤仇耳。○燕青更不答话，可见骇疾之极。}岸上张顺早把那婆娘挟在肋下，拖到船边。^{张顺功劳。}燕青拿了李固，^{燕青功劳。}都望东门来了。^{已上是一件事。}再说卢俊义奔到家中，不见了李固和那婆娘，^{明作一跌，妙妙。}且叫众人把应有家私金银财宝都搬来，装在车子上，往梁山泊给散。^{亦是一件事。}

却说柴进和蔡福到家中，收拾家资老小，同上山寨，蔡福道：“大官人可救一城百姓，休教残害。”^{表一蔡。}柴进见说，便去寻军师吴用。比及寻着，吴用急传下号令去时，城中将及损伤一半。^{此等处却令人想宋江。}当时天色大明，吴用、柴进在城内鸣金收军。众头

领却接着卢员外并石秀，都到留守司相见，备说牢中多亏了蔡福、蔡庆弟兄两个看觑，已逃得残生。燕青、张顺早把这李固、贾氏解来。卢俊义见了，且教燕青监下，自行看管，听候发落，^{好。}不在话下。

再说李成保护梁中书出城逃难，正撞着闻达领^{城外策应之后半截。}着败残军马回来。合兵一处，^{闻达头尾一见，妙笔高笔，非人所能也。}投南便走。正走之间，前军发起喊来，却是混世魔王樊瑞，左有项充，右有李衮。三筹步军好汉，舞动飞刀、飞枪，直杀将来。背后又是插翅虎雷横，将引施恩、穆春，各引一千步军前来截住退路。^{前文不曾写了，忽然一住，至此重接头绪，再作混战，章法奇绝。}正是：狱囚遇赦重回禁，病客逢医又上床。毕竟梁中书一行人马怎地结煞，且听下回分解。

第六十六回

宋江赏马步三军 关胜降水火二将

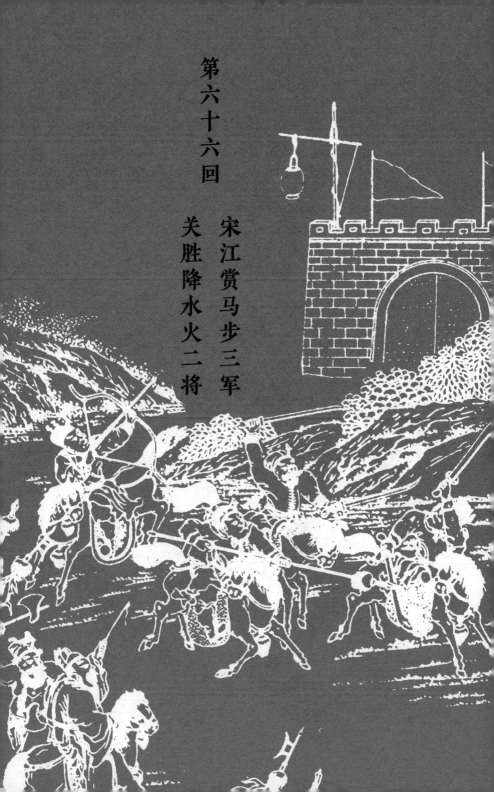

關勝降水火二將

夫忠义堂第一座，固非宋江之所得据，亦非宋江之所得逊也。非所据而据之，名曰无耻。非所逊而逊之，亦名曰无耻。无耻之人，不惟不自惜，亦不为人惜。不自惜者，如前日宋江之欲据斯座，为李逵所不许是也。不惜人者，如今日宋江之欲逊斯座，为卢员外所不许是也。何也？盖无耻之人，其机械变诈，大要归于必得斯座而后已。不惟其前日之据之为必欲得之，惟今日之逊之亦正其巧于必欲得之。夫其意而既已必欲得之，则是堂堂卢员外乃反为其所影借，以作自身飞腾之尺木也。此时为卢员外者，岂能甘之乎哉！或曰：宋江之据之也，意在于得斯座，诚有之矣，独何意知其逊之之亦欲得斯座乎？曰：忠义堂第一座，固非宋江之所得据，亦非宋江之所得逊也。使宋江而诚无意于得之，则夫天王有灵，誓箭在彼，亦听其人报仇立功自取之而已耳！自宋江有此一逊，而此座遂若已为宋江所有，此座已为宋江所有，然则后即有人报仇立功，其不敢与之争之，断断然也。此所谓机械变诈，无所用耻之尤甚者，故李逵番番大骂之也。

人即多疑，何至于疑关胜？吴用疑及关胜，则其无所不疑可知也。人即多疑，何至于疑李逵？宋江疑及李逵，则其无所不疑可知也。连书二人各有其疑，以著宋江、吴用之同恶共济也。

写李逵遇焦挺，令人读之油油然有好善之心，有谦抑之心，有不欺人之心，有不自薄之心。真好铁牛，有此风流！真好耐庵，有此笔墨矣！

打大名后，复不见有为天王报仇之心，便接水火二将一篇。然则，宋江之弑晁盖不其信乎？

水火二将文中，亦殊不肯草草，写来都能变换，不至令人

意恶。

写关胜全是云长意思，不嫌于刻画优孟者，浃浃大书，期于无美不备。固不得以群芳竞吐，而独废牡丹，水陆毕陈，而反缺江瑶也。

话说当下梁中书、李成、闻达慌速合得败残军马，投南便走。正行之间，又撞着两队伏兵，前后掩杀。李成、闻达护着梁中书，并力死战，撞透重围，逃得性命，投西一直去了。樊瑞引项充、李衮追赶不上，自与雷横、施恩、穆春等同回大名府里听令。

再说军师吴用在城中传下将令，一面出榜安民，一面救灭了火。梁中书、李成、闻达、王太守各家老小，杀的杀了，走的走了，也不来追究。^{只须如此。}便把大名府库藏打开，应有金银宝物都装载上车子，又开仓厫，将粮米俵济满城百姓了，余者亦装载上车，将回梁山泊贮用。号令众头领人马，都皆完备。把李固、贾氏钉在陷车内，将军马摽拨作三队，回梁山泊来。却叫戴宗先去报宋公明。宋江会集诸将，下山迎接，都到忠义堂上。宋江见了卢俊义，纳头便拜。卢俊义慌忙答礼。宋江道："宋江不揣，欲请员外上山同聚大义，不想却陷此难，几致倾送，寸心如割。皇天垂佑，今日再得相见！"卢俊义拜谢道："上托兄长虎威，下感众头领义气，齐心并力，救拔贱体。肝脑涂地，难以报答！"便请蔡福、蔡庆拜见宋江，言说："在下若非此二人，安得残生到此！"^{再补写二蔡。}当下宋江要卢员外坐第一把交椅。^{第一把交椅既以之自据，又以之媚人，彼晁天王誓箭竟安在哉？}卢俊义大惊道："卢某是何等人，敢为山寨之主？但得

与兄长执鞭坠镫，做一小卒，报答救命之恩，实为万幸！"宋江再三拜请，卢俊义那里肯坐？只见李逵叫道："哥哥偏不直性！〔快人快语，如镜如刀。〕前日肯坐坐了，今日又让别人。〔快人快语。〕这把鸟交椅便真个是金子做的，只管让来让去，〔快人快语。〕不要讨我杀将起来！"〔一发快人快语。〕

宋江大喝道："你这厮！"〔只三字妙绝，对此快人如镜，语如刀，不得不心惊语塞也。〕卢俊义慌忙拜道："若是兄长苦苦相让着，卢某安身不牢。"李逵又叫道："若是哥哥做个皇帝，卢员外做个丞相，我们今日都住在金殿里，也直得这般鸟乱！〔咄咄快绝。○又换出一副议论来，真乃令人闻所未闻，皇帝、丞相等语，前已曾两言之，至于今日，愈出愈奇，铁牛真人中之宝也。〕无过只是水泊子里做个强盗，不如仍旧了罢！"〔句句令宋江惊死羞死，妙绝妙绝。〕

宋江气得说话不出。〔写尽宋江。〕吴用劝道："且教卢员外东边耳房安歇，宾客相待，等日后有功，却再让位。"宋江方才住了，〔只将誓箭轻轻一提，妙妙。○此非吴用欲令宋江心死，正是吴用惟恐众人心动耳，先辨之。〕就叫燕青一处安歇。〔好。〕另拨房屋叫蔡福、蔡庆安顿老小。〔好。〕关胜家眷，薛永已取到山寨。〔好。〕宋江便叫大设筵宴，犒赏马步水三军，令大小头目并众喽啰军健，各自成团作队去吃酒。忠义堂上，设宴庆贺，大小头领，相谦相让，饮酒作乐。

卢俊义起身道："淫妇奸夫，擒捉在此，听候发落。"宋江笑道："我正忘了，叫他两个过来。"众军把陷车打开，拖出堂前，李固绑在左边将军柱上，贾氏绑在右边将军柱上。宋江道："休问这厮罪恶，请员外自行发落。"卢俊义手拿短刀，自下堂来，大骂泼妇贼奴，就将二人割腹剜心，凌迟处死，抛弃尸首，上堂来拜谢众人。众头领尽皆作贺，称赞不已。〔妙妙。〕

且不说梁山泊大设筵宴，犒赏马步水三军。却说大名梁中书探听得梁山泊军马退去，再和李成、闻达引领败残军马，入城来

看觑老小时，十损八九，众皆号哭不已。_{补梁中书下落。}比及邻近起军追赶梁山泊人马时，已自去得远了，且教各自收军。_{补救兵梁中书下落。}梁中书的夫人躲得在后花园中逃得性命，_{补蔡夫人下落。}便教丈夫写表申奏朝廷，写书教太师知道，早早调兵遣将，剿除贼寇报仇。抄写民间被杀死者五千余人，中伤者不计其数，各部军马总折却三万有余。_{一夜死伤，又从申奏文中补出。}首将赍了奏文密书上路，不则一日，来到东京太师府前下马。门吏转报，太师教唤入来。首将直至节堂下拜见了，呈上密书申奏，诉说打破大名，贼寇浩大，不能抵敌。蔡京初意亦欲苟且招安，功归梁中书身上，自己亦有荣宠，今见事体败坏，难好遮掩，便欲主战。因大怒道："且教首将退去！"

次日五更，景阳钟响，待漏院中集文武群臣，蔡太师为首，直临玉阶，面奏道君皇帝。天子览奏大惊。有谏议大夫赵鼎出班奏道："前者往往调兵征发，皆折兵将，盖因失其地利，以致如此。以臣愚意，不若降敕赦罪招安，诏取赴关，命作良臣，以防边境之害。"蔡京听了大怒，喝叱道："汝为谏议大夫，反灭朝廷纲纪，猖獗小人，罪合赐死！"天子道："如此，目下便令出朝。"当下革了赵鼎官爵，罢为庶人。当朝谁敢再奏？天子又问蔡京道："似此贼势猖獗，可遣谁人剿捕？"蔡太师奏道："臣量这等草贼，安用大军？臣举凌州有二将：一人姓单名廷珪，一人姓魏名定国，见任本州团练使。伏乞陛下圣旨，星夜差人调此一枝军马，克日扫清山泊。"天子大喜，随即降写敕符，着枢密院调遣。天子驾起，百官退朝。众官暗笑。次日，蔡京会省院差官赍捧圣旨敕符，投凌州来。

再说宋江水浒寨内，将大名所得的府库金宝钱物，给赏与马

步水三军，连日杀牛宰马，大排筵宴，庆贺卢员外。虽无炮凤烹龙，端的肉山酒海。众头领酒全半酣，吴用对宋江等说道："今为卢员外打破大名，杀损人民，劫掠府库，赶得梁中书等离城逃奔，他岂不写表申奏朝廷？况他丈人是当朝太师，怎肯干罢？必然起军发马，前来征讨。"宋江道："军师所虑，最为得理。何不使人连夜去大名探听虚实，我这里好做准备？"吴用笑道："小弟已差人去了，将次回也。"^{此非补法，只是便笔耳，须辨。}正在筵会之间，商议未了，只见原差探事人到来，说："大名府梁中书果然申奏朝廷，要调兵征剿。有谏议大夫赵鼎，奏请招安，致被蔡京喝骂，削了赵鼎官职。如今奏过天子，差人往凌州调遣单廷珪、魏定国两个团练使，起本州军马，前来征讨。"宋江便道："似此如何迎敌？"吴用道："等他来时，一发捉了。"关胜起身道："关某自从上山，从不曾出得半分气力。单廷珪、魏定国，蒲城多曾相会。久知单廷珪那厮，善用决水浸兵之法，人皆称为'圣水将军'；魏定国这厮，精熟火攻之法，上阵专用火器取人，因此呼为'神火将军'。^{水火一双，奇文。○偶一有之，正复生色，若《西游》纯是此等，则风斯下耳。}小弟不才，愿借五千军兵，不等他二将起行，先在凌州路上接住。他若肯降时，带上山来。若不肯降，必当擒来，奉献兄长，亦不须用众头领张弓挟矢，费力劳神。不知尊意若何？"宋江

此处又不闻将为晁天王报仇，妙绝。

大喜，便叫宣赞、郝思文二将就跟着一同前去。关胜带了五千军马，来日下山。次早，宋江与众头领在金沙滩寨前饯行，关胜三人引兵去了。

众头领回到忠义堂上，吴用便对宋江说道："关胜此去，未保其心。可以再差良将，随后监督，就行接应。"〔大书吴用纯以欺诈待人，全无忠义之心，与宋江正是一流人也。〕宋江道："吾观关胜义气凛然，始终如一，军师不必多疑。"吴用道："只恐他心不似兄长之心。可再叫林冲、杨志领兵，孙立、黄信为副将，带领五千人马，随即下山。"〔写关胜独行，以表义勇。写四将接应，以求济事。却又顺便表暴吴用之奸，笔下曲折老到之至。〕李逵便道："我也去走一遭。"〔四将接应后，又有李逵之去，亦是从凌州倒算出来，然实写得铁牛可爱。〕宋江道："此一去用你不着，自有良将建功。"李逵道："兄弟若闲，便要生病。〔偏能作绝世妙语。〕若不叫我去时，独自也要去走一遭！"〔妙妙。〕宋江喝道："你若不听我的军令，割了你头！"李逵见说，闷闷不已，下堂去了。不说林冲、杨志领兵下山，接应关胜。次日，只见小军来报："黑旋风李逵，昨夜二更拿了两把板斧，不知那里去了！"〔妙人妙妙。〕宋江见报，只叫得苦："是我夜来冲撞了他这几句言语，多管是投别处去了！"〔大书宋江纯以欺诈待人，全无忠义之心，甚乃至于不信李铁牛之生平，与吴用正是一流人也。○疑关胜，犹可言也。疑李逵，不可说也。作者书之，以深著宋江之恶，为更甚于吴用也。〕吴用道："兄长非也！他虽粗卤，义气倒重，不到得投别处去。多管是过两日便来，兄长放心。"宋江心慌，先使戴宗去赶。后着时迁、李云、乐和、王定六四个首将分四路去寻。〔吴用疑关胜遣四将，宋江疑李逵亦遣四将，作章法。〕

且说李逵是夜提着两把板斧下山，抄小路径投凌州去。〔可谓目无难事。〕一路上自寻思道："这两个鸟将军，何消得许多军马去征他！我且抢入城中，一斧一个，都砍杀了，也教哥哥吃一惊，也

和他们争得一口气！"走了半日，_{走得未远，故知韩伯龙
店真是朱贵所开也。}走得肚饥，把腰里摸一摸，原来贪慌下山，不曾带得盘缠。_{任意游行，随缘度
日，迩来行脚者政}_{未必有
此。}寻思道："多时不曾做这买卖，只得寻个鸟出气的！"_{妙，政复
无妨。}正走之间，看见路傍一个村酒店，李逵便入去里面坐下。连打了三角酒，二斤肉，吃了起身便走。^{妙。}酒保拦住讨钱。李逵道："待我前头去寻得些买卖，却把来还你。"说罢，便动身。^{妙。}只见处面走入个彪形大汉来，喝道："你这黑厮好大胆。谁开的酒店，_{其语便有
倚托。}你来白吃，不肯还钱"！李逵睁着眼道："老爷不拣那里，只是白吃！"_{世真有此人，调侃不少。○"不拣那
里"四字，亦便挑拨下"梁山泊"字}那汉道："我对你说时，惊得你尿流屁滚！老爷是梁山泊好汉韩伯龙的便是，本钱都是宋江哥哥的。"_{未列门墙，先使势要，其死于斧不亦
宜乎？○世真有此人，调侃不少。}李逵听了暗笑："我山寨里那里认得这个鸟人！"原来韩伯龙曾在江湖上打家劫舍，要来上梁山泊入伙，却投奔了旱地忽律朱贵，要他引见宋江。因是宋公明生发背疮，在寨中又调兵遣将，多忙少闲，不曾见得，朱贵权且教他在村中卖酒。_{补一事。○此所谓
不得与一百八人}_{之数者
也。}当时李逵在腰间拔出一把板斧，看着韩伯龙道："把斧头为当。"^{妙。}韩伯龙不知是计，舒手来接，被李逵手起，望面门上只一斧，胳膊地砍着。可怜韩伯龙不曾上得梁山，死在李逵之手。_{欲附大人成名而反遭挤�008者，
有如此龙矣，读之一叹。}两三个火家只恨爷娘少生了两只脚，望深村里走了。李逵就地下掳掠了盘缠，放火烧了草屋，望凌州便走。

行不得一日，正走之间，官道傍边只见走过一条大汉，直上直下相李逵。_{写得有意思，有气色。
便知不是韩伯龙之类。}李逵见那人看他，便道："你那厮看老爷怎地？"那汉便答道："你是谁的'老爷'？"_{妙语解人颐。
○看他开口都}

李逵便抢将入来。那汉子手起一拳，打个搭墩。〔有意思有气色。〕〔奇人奇事。〕李逵寻思："这汉子倒使得好拳！"坐在地下，仰着脸问道："你这汉子姓甚名谁？"〔被他打，便知他好拳，服他拳，便问他名姓，铁牛真有宰相胸襟。○服之至，爱之至，便急欲知其名姓，连爬起来，亦有所不及矣。好贤如铁牛，令人想杀铁牛也。〕那汉道："老爷没姓，要厮打便和你厮打，你敢起来？"〔奇人奇事。○便活写出没面目人。〕李逵大怒，正待跳将起来，被那汉子肋窝里只一脚，又踢了一跤。〔奇人奇事。〕李逵叫道："赢你不得！"爬将起来便走。〔妙人妙至此，真乃妙不可言。○看他如此服善，世岂真有此人？○赢不得，便告之言赢不得，真是夷狄不弃忠信人。〕那汉叫住问道："这黑汉子你姓甚名谁？那里人氏？"李逵道："今日输与你，不好说出来。〔妙人妙至此，真乃妙不可言。〕又可惜你是条好汉，不忍瞒你。〔妙人妙至此，真乃妙不可言。〕梁山泊黑旋风李逵的，便是我。"〔妙人妙至此，真乃妙不可言。○看他又惜自己，又惜此人，满心倾倒，一腔忠直，世岂真有此人哉？〕那汉道："你端的是不是？不要说谎。"李逵道："你不信，只看我这两把板斧。"〔人闻李逵，乃至闻其板斧，李逵自信，乃至自信板斧，写得妙绝。〕那汉道："你既是梁山泊好汉，独自一个投那里去？"〔是未信语，未是请问语。〕李逵道："我和哥哥别口气，要投凌州去杀那姓单姓魏的两个。"那汉道："我听得你梁山泊已有军马去了，你且说是谁？"〔是未信语，不是打听语。○看他问毕，方始下拜，可知也。〕李逵道："先是大刀关胜领兵，随后便是豹子头林冲、青面兽杨志领军策应。"那汉听了，纳头便拜。李逵道："你便与我说罢，端的姓甚名谁？"〔不惟不恨其打，亦复不喜其拜，一心只是服其好拳，问其名姓。铁牛妙人可爱如许。○看他便有求恳之意。〕那汉道："小人原是中山府人氏，祖传三代，相扑为生。却才手脚，父子相传，不教徒弟。〔只八字表尽好拳脚。〕平生最无面目，到处投人不着。山东、河北都叫我做'没面目'焦挺。〔奇人奇名，世亦复无此人矣。〕近日打听得寇州地面有座山，名为枯树山。山上有个强人，平生只好杀人，世人把他比做丧门神，姓鲍名旭。〔逶迤出来。〕他在那山里打家劫舍，我如今待要去那里入伙。"李逵道：

"你有这等本事，如何不来投奔俺哥哥宋公明？"焦挺道："我多时要投奔大寨入伙，却没条门路。今日得遇兄长，愿随哥哥。"李逵道："我和宋公明哥哥争口气下了山来，^{要与宋公明别口气，独有大哥一人耳。}不杀得一个人，空着双手，怎地回去？你和我去枯树山，说了鲍旭同去凌州，杀得单、魏二将，便好回山。"^{行文取径奇绝。}焦挺道："凌州一府城池，许多军马在彼，我和你只两个，便有十分本事，也不济事，枉送了性命。不如单去枯树山说了鲍旭，且去大寨入伙，此为上计。"^{各自说其意中之事，如画如话。}两个正说之间，背后时迁赶将来，叫道："哥哥忧得你苦，便请回山。如今分四路去赶你也！"^{便斗入，手法极好。}李逵引着焦挺，且教与时迁厮见了。时迁劝李逵回山："宋公明哥哥等你！"李逵道："你且住！我和焦挺商量了：先去枯树山说了鲍旭，方才回来。"时迁道："使不得。哥哥等你，即便回寨。"李逵道："你若不跟我去，你自先回山寨，报与哥哥知道，我便回也。"时迁惧怕李逵，自回山寨去了。焦挺却和李逵自投寇州来，望枯树山去了。

话分两头。却说关胜与同宣赞、郝思文，引领五千军马接来，相近凌州。且说凌州太守接得东京调兵的敕旨并蔡太师札付，便请兵马团练单廷珪、魏定国商议。二将受了札付，随即选点军兵，关领器械，拴束鞍马，整顿粮草，指日起行。忽闻报说："蒲东大刀关胜引军到来，侵犯本州。"单廷珪、魏定国听得大怒，便收拾军马，出城迎敌。两军相近，旗鼓相望。门旗下关胜出马。那边阵内，鼓声响处，转出一员将来。戴一顶浑铁打就四方铁帽，顶上撒一颗斗来大小黑缨，披一副熊皮砌就嵌缝沿边乌油铠甲，穿一领皂罗绣就点翠团花秃袖征袍，着一双斜皮踢

镫嵌线云跟靴，系一条碧鞓钉就叠胜狮蛮带。一张弓，一壶箭，骑一匹深乌马，使一条黑杆枪。前面打一把引军按北方皂纛旗，上书七个银字："圣水将军单廷珪。"又见这边鸾铃响处，又转出一员将来，戴一顶朱红缀嵌点金束发盔，顶上撒一把扫帚长短赤缨，披一副摆连环吞兽面猊猊铠，穿一领绣云霞飞怪兽绛红袍，着一双刺麒麟间翡翠云缝绵跟靴。带一张描金雀画宝雕弓，悬一壶凤翎凿山狼牙箭。骑坐一匹胭脂马，手使一口熟钢刀。前面打一把引军按南方红绣旗，上书七个银字："神火将军魏定国。"两员虎将一齐到阵前。关胜见了，在马上说道："二位将军别来久矣！"单廷珪、魏定国大笑，指着关胜骂道："无才小辈，背反狂夫！上负朝廷之恩，下辱祖宗名目，不知廉耻！引军到来，有何理说？"关胜答道："你二将差矣。目今主上昏昧，奸臣弄权，非亲不用，非仇不弹。兄长宋公明，仁义忠信，替天行道，特令关某招请二位将军。倘蒙不弃，便请过来同归山寨。"单、魏二将听得大怒，骤马齐出。一个是遥天一朵乌云，一个如近处一团烈火，^画飞出阵前。关胜却待去迎敌，左手下飞出宣赞，右手下奔出郝思文，^{初写水火二将文，例不得不作一纵；然关胜则非其所堪也，卸去大刀，替出宣、郝，极写得法。}两对儿在阵前厮杀。刀对刀，迸万道寒光，枪搠枪，起一天杀气。关胜提刀立在阵前，看了良久，啧啧叹赏不绝。正斗之间，只见水火二将一齐拨转马头，望本阵便走。^{写得好。}郝思文、宣赞随即追赶，冲入阵中。只见魏定国转入左边，单廷珪转过右边。^{写得好。}一时宣赞赶着魏定国，郝思文追住单廷珪。说时迟，那时快。却说宣赞正赶之间，只见四五百步军，都是红旗红甲，一字儿围裹将来，挠钩套索一齐举发，和人连马活捉去了。^{写得好。}再

说郝思文追到右边，却见五百来步军，尽是黑旗黑甲，一字儿裹转来，脑后一发齐上，把郝思文生擒活捉去了。^{写得好。}一面把人解入凌州，一面仍率五百精兵卷杀过来。关胜倒吃一惊，举手无措，望后便退。^{便算关胜一跌也。}随即单廷珪、魏定国拍马在背后追来。关胜正走之间，只见前面冲出二将。关胜看时，左有林冲，右有杨志，从两肋窝里撞将出来，^{笔法摇动之极。}杀散凌州军马。关胜收住本部残兵，与林冲、杨志相见，合兵一处。随后孙立、黄信一同见了，权且下寨。

　　却说水火二将捉得宣赞、郝思文，得胜回到城中。张太守接着，置酒作贺。一面教人做造陷车，装了二人，差一员偏将，带领三百步军，连夜解上东京，申达朝廷。^{作此怪峰，斗成奇笋。}且说偏将带领三百人马，监押宣赞、郝思文上东京来，迤逦前行。来到一个去处，只见满山枯树，遍地芦芽。一声锣响，撞出一伙强人，当先一个手搭双斧，声喝如雷，正是梁山泊黑旋风李逵，后面带着这个好汉，正是没面目焦挺。^{结构大奇。}两个好汉引着小喽啰，拦住去路，也不打话，便抢陷车。偏将急待要走，背后又撞出一个人来，脸如锅铁，双睛暴露，这个好汉正是丧门神鲍旭，^{大奇。}向前把偏将手起剑落砍下马来。其余人等，撇下陷车，尽皆逃命去了。李逵看时，却是宣赞、郝思文，便问了备细来由。宣赞亦问李逵："你却怎生在此？"李逵说道："为是哥哥不肯教我来厮杀，独自个私走下山来，先杀了韩伯龙，后撞见焦挺，引我到此。多承鲍家兄弟一见如故，便如我山上一般接待。却才商议，正欲去打凌州，却有小喽啰山头上望见这伙人马监押陷车到来。只道是官兵捕盗，不想却是你二位。"鲍旭邀请到寨内，杀牛置

酒相待。郝思文道："兄弟既然有心上梁山泊入伙，不若将引本部人马，就同去凌州并力攻打，此为上策。"鲍旭道："小可与李兄正如此商议，足下之言，说得最是。我山寨之中，也有三二百匹好马。"带领五七百小喽啰，五筹好汉，一齐来打凌州。

却说逃难军士奔回来，报与张太守说道："半路里有强人夺了陷车，杀了偏将。"单廷珪、魏定国听得大怒，便道："这番拿着，便在这里施刑！"趁前余势，再翻起一怪峰。只听得城外关胜引兵搦战。单廷珪争先出马，开城门，放下吊桥，引五百黑甲军，飞奔出城迎敌。门旗开处，大骂关胜："辱国败将，何不就死！"关胜听了，舞刀拍马。两个斗不到五十余合，关胜勒转马头，慌忙便走。另是一样意思。单廷珪随即赶将来，约赶十余里，关胜回头喝道："你这厮不下马受降，更待何时！"另是一样气色。单廷珪挺枪直取关胜后心。关胜使出神威，拖起刀背，只一拍，喝一声："下去！"另是一样意思。单廷珪下马。关胜下马，向前扶起，叫道："将军恕罪！"马上喝之，马下扶之，纯是儒将意思，写得真好。○二"下马"字接连，事捷文捷。单廷珪惶恐伏地，乞命受降。关胜道："某在宋公明哥哥面前多曾举你。特来相招二位将军，同聚大义。"单廷珪答道："不才愿施犬马之力，共同替天行道。"两个说罢，并马而行。与上二"下马"字映衬有情，结缚得法。林冲见二人并马行来，便问其故。关胜不说输赢，答道："山僻之内，诉旧论新，招请归降。"另是一样意思，真乃旧家子弟，非余人之所到也。林冲等众皆大喜。单廷珪回至阵前，大叫一声，五百黑甲军兵一哄过来，写得好。其余人马奔入城中去了，连忙报知太守。

魏定国听了大怒。次日，领起军马，出城交战。单廷珪与同

关胜、林冲直临阵前。只见门旗开处，神火将军出马，见单廷珪顺了关胜，大骂：“忘恩背主，不才小人！”关胜微笑，拍马向前迎敌。_{另是一样意思。}二马相交，军器并举。两将斗不到十合，魏定国望本阵便走。关胜却欲要追，单廷珪大叫道：“将军不可去赶！”关胜连忙勒住战马，说犹未了，凌州阵内早飞出五百火兵，身穿绛衣，手执火器，前后拥出有五十辆火车，车上都满装芦苇引火之物。军人背上各拴铁葫芦一个，内藏硫黄、焰硝，五色烟药，一齐点着，飞抢出来。人近人倒，马过马伤。关胜军兵四散奔走，退四十余里扎住。_{至此又作一跌，方骇为之奈何，乃读至下一行，真不图其迅疾至是也。}魏定国收转军马回城，看见本州烘烘火起，烈烈烟生。_{看官读至此二句，试掩下文思之，当作如何解？}原来却是黑旋风李逵与同焦挺、鲍旭带领枯树山人马，都去凌州背后打破北门，杀入城中，劫掳仓库钱粮，放起火来。_{大奇大奇，真乃异样结构。○以火接火，使读者出于意外。}魏定国知了，不敢入城，慌速回军；被关胜随后赶上追杀，首尾不能相顾。凌州已失，魏定国只得退走，奔中陵县屯驻。关胜引军把县四下围住，便令诸将调兵攻打。魏定国闭门不出。

单廷珪便对关胜、林冲等众位说道：“此人是一勇之夫，攻击得紧，他宁死，必不辱。_{特表魏定国。}事宽即完，急难成效。小弟愿往县中，不避刀斧，用好言招抚此人，束手来降，免动干戈。”关胜见说大喜，随即叫单廷珪单人匹马到县。小校报知，魏定国出来相见了。单廷珪用好言说道：“如今朝廷不明，天下大乱，天子昏昧，奸臣弄权。我等归顺宋公明，且居水泊。久后奸臣退位，那时去邪归正，未为晚也。”魏定国听罢，沉吟半晌，说道：“若是要我归顺，须是关胜亲自来请，我便投降。他若是不

来，我宁死不辱！"写关胜之见重如此，所以深表关胜，然魏定国之生平，亦略可见矣。单廷珪即便上马回来，报与关胜。关胜见说，便道："关某何足为重，却承将军谬爱！"匹马单刀，别了众人及单廷珪便去。全是云长意思。林冲谏道："兄长，人心难忖，三思而行。"关胜道："旧时朋友，何妨！"极写关胜忠信，以反衬宋江、吴用之欺诈也。直到县衙。魏定国接着，大喜，愿拜投降。同叙旧情，设筵管待。当日带领五百火兵，都来大寨。好。与林冲、杨志并众头领俱各相见已了，即便收军回梁山泊来。宋江早使戴宗接着，对李逵说道："只为你偷走下山，教众兄弟赶了许多路。如今时迁、乐和、李云、王定六四个先回山去了。轻轻完之。我如今先去报知哥哥，免至悬望。"

不说戴宗先去了，且说关胜等军马回到金沙滩边，水军头领棹船接济军马，陆续过渡。只见一个人气急败坏跑将来。不是宋江想起，偏是段景住跑来，深文曲笔。众人看时，却是金毛犬段景住。林冲便问道："你和杨林、石勇去北地里买马，如何这等慌速跑来？"段景住言无数句，话不一席，有分教：宋江调拨军兵，来打这个去处，重报旧仇，再雪前恨。正是：情知语是钩和线，从头钓出是非来。毕竟段景住说出甚言语来，且听下回分解。

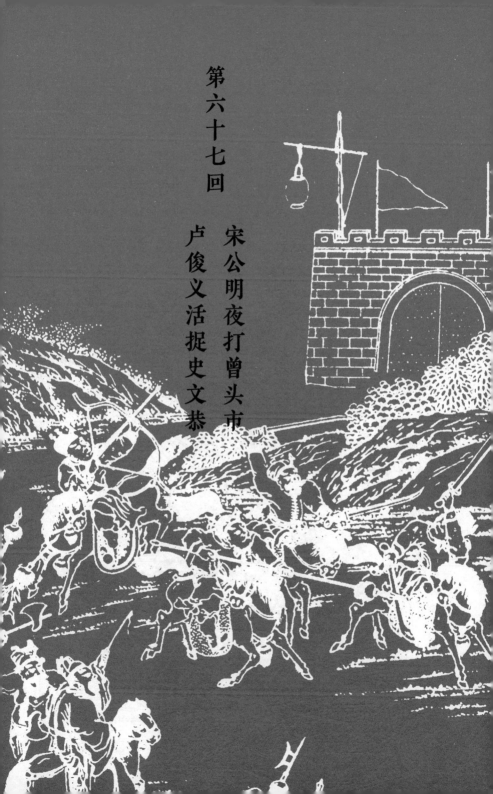

第六十七回

宋公明夜打曾头市

卢俊义活捉史文恭

宋公明夜打曾頭市
過七日 聖亨言
這又

　　我前书宋江实弑晁盖，人或犹有疑之。今读此回，观彼作者之意，何其反覆曲折，以著宋江不为晁盖报仇之罪，如是其深且明也。其一，段景住曰：郁保四把马劫夺，解送曾头市去。夫"曾头市"三字，则岂非宋江所当刻肉、刻骨、书石、书树，日夜号呼，泪尽出血也者？乃自停丧摄位以来，杳然不闻提起。夫宋江不闻提起，则亦吴用之所不复提起，林冲之所不好提起，厅上厅下众人之所不敢提起与不知提起者也。乃今无端忽有段景住归，陡然提起，则是宋江之所不及掩其口也。其二，段景住备说夺马之事，宋江听了大怒。夫蕞尔曾头，顾不自量，一则夺其马，再则夺其马。一夺之不足，而至于再夺。人各有气，谁其甘乎？然而拟诸射死天王之仇，则其痛深痛浅必当有其分矣。今也，药箭之怨，累月不修，夺马之辱，时刻不待，此其为心果何如也？其三，晁盖遗令：但有活捉史文恭者，便为梁山泊主。及宋江调拨诸将，如徐宁、呼延灼、关胜、索超、单廷珪、魏定国、宣赞、郝思文等，悉不得与斯役。夫不共之仇，不及朝食，空群而来，死之可也。宋江而志在报仇也者，尚当悬第一座作重赏以募勇夫。宋江而志在第一座者，则虽终亦不为天王报仇，亦谁得而责之？乃今调拨诸将，而独置数人，岂此数人独不能捉史文恭乎？抑独不可坐第一座也？其四，新来人中，独卢俊义起身愿往，宋江便问吴用可否？吴用调之闲处。夫调将之法，第一先锋，第二左军，第三右军，第四中军，第五合后，第六伏军。伏军者计算已定，知其必败，败则必由此去，故先设伏以俟之也。今也诸军未行，计算未定，何用知其必败？何用知其败之必由此去？若未能知其必败，未能知其败之必由此去，而又独调员外先

行埋伏，则是非所以等候史文恭，殆所以安置卢俊义也。其五，史文恭披挂上马，那匹马便是照夜玉狮子马。宋江看见好马，心头火起。夫史文恭所坐，则是先前所夺段景住之马。马之所驮，则是先前射死晁盖之史文恭。谚语有之："好人相见分外眼明，仇人相见分外眼睁。"此言眼之所至，正是心之所至也。宋江而为马来者，则应先见马。宋江而为晁盖来者，则应先见史文恭。今史文恭出马，而大书那马，宋江心头火起，而大书看见好马，然则宋江此来专为马也。其六，手书问罪，轻责其杀晁盖，而重责其还马；及还二次所夺，又问照夜狮子。夫还二次马匹，而宋江所失仅一照夜狮子已乎？若还二次马匹，又还照夜狮子，而宋江遂得班师还山，一无所问已乎？幸也保四内叛，伏窝计成，法华钟响，五曾尽灭也。不幸而青、凌两州救兵齐至，和解之约真成变卦，然则宋江殆将日夜哭念此马不能置也。其七，卢俊义既已建功，宋江乃又椎鼓集众，商议立主。夫"商议"之为言，未有成论，则不得不集思广谋以求其定，如之何不辞反覆连引其语也？今在昔，则晁盖遗令有箭可凭。在今，则员外报仇有功可据。然则卢俊义为梁山泊主，盖一辞而定也。舍此不讲，而又多自谦抑，甚至拈阄借粮，何其巧而多变一至于如是之极也？呜呼！作者书宋江之恶，其彰明昭著也如此，而愚之夫犹不正其弑晁盖之罪，而犹必沾沾以忠义之人目之，岂不大可怪叹也哉！

话说当时段景住跑来，对林冲等说道："我与杨林、石勇前往北地买马，到彼选得壮骏有筋力好毛片骏马，买了二百余匹，回至青州地面，被一伙强人，为头一个唤做'险道神'郁保四，

横添一人，而不见其迹，妙妙。聚集二百余人，尽数把马劫夺，解送曾头市去了。"曾头市"三字，却从段景住口中提起，皆深表宋江之不为晁盖报仇也。○仍从马上提起，以下彼此口口都只为马，则其不为晁盖甚明也，妙笔妙笔。石勇、杨林不知去向，小弟连夜逃来，报知此事。"林冲见说，叫且回山寨与哥哥相见了，却商议此事。众人且过渡来，都到忠义堂上见了宋江。关胜引单廷珪、魏定国与大小头领俱各相见了。李逵把下山杀了韩伯龙，遇见焦挺、鲍旭，同去打破凌州之事，说了一遍。宋江听罢，又添四个好汉，正在欢喜。段景住备说夺马一事，宋江听了大怒道："前者夺我马匹，至今不曾报仇，晁天王又反遭他射死，看他"报仇"二字放在夺马下，天王射死放在"报仇"下，妙笔。今又如此无礼！若不去剿这厮，惹人耻笑不小！"吴用道："即日春暖无事，正好厮杀取乐。天下岂有不共戴天之事，而需"春暖"、而需"无事"而言"取乐"者哉？写宋江、吴用全无报仇之心，妙笔。前者天王失其地利，如今必用智取。且教时迁，他会飞檐走壁，可去探听消息一遭，回来却作商量。"时迁听命去了。无三二日，只见杨林、石勇逃得回寨，备说曾头市史文恭口出大言，要与梁山泊势不两立。宋江见说，便要起兵。吴用道："再得时迁回报，却去未迟。"宋江怒气填胸，要报此仇，片时忍耐不住，妙妙。○天王之仇一向不提，夺马之仇片时不忍，挑剔妙绝。又使戴宗飞去打听，立等回报。

　　不过数日，却是戴宗先回来写戴宗、时迁，参差疏密可喜。○天王死后，久矣杳不闻有曾头市也，忽然再被夺马，便尔戴宗、时迁奔走旁午，笔笔皆著宋江之恶也。说："这曾头市要与凌州报仇，欲起军马。见今曾头市口扎下大寨，略。又在法华寺内做中军帐，数百里遍插旌旗，不知何路可进。"略。次日，时迁回寨报说："小弟直到曾头市里面，探知备细。与戴宗参差疏密互见。见今扎下五个寨栅。曾头市前面，二千余人守住村口。总寨内是教师史文恭执掌，详。北寨是曾涂与副教师苏定，详。南寨是次子曾密，详。西寨是三子曾

索，【详。】东寨是四子曾魁，【详。】中寨是第五子曾升与父亲曾弄守把。【详。】这个青州郁保四，身长一丈，腰阔数围，绰号'险道神'，【详。】将这夺的许多马匹都喂养在法华寺内。"【详。○马亦还他下落，则后文易于收拾也。】吴用听罢，便教会集诸将，一同商议："既然他设五个寨栅，我这里分调五支军将，可作五路去打。"卢俊义便起身道：【宋江吃惊之事。○员外若不自家起身，则亦与徐宁、关胜、呼延灼、索超、单廷珪、魏定国等，同不见调矣。】"卢某得蒙救命上山，未能报效，今愿尽命向前，未知尊意若何？"宋江便问吴用道："员外如肯下山，可屈为前部否？"【调拨则调拨耳，前部则前部耳，目顾吴用而口咨嗟之，其不欲员外之鳌弧先登，盖灼如也。】吴用道："员外初到山寨，未经战阵，山岭崎岖，乘马不便，不可为前部先锋。别引一支军马，前去平川埋伏，只听中军炮响，便来接应。"【独调员外于无可用武之地，可谓极尽心机，又岂料冷处埋伏之适遇史文恭哉？奇情曲笔，写得妙绝。】宋江大喜，叫卢员外带同燕青，引领五百步军，平川小路听号。【"宋江大喜"四字，书法。○于大军未调之先，先拨置卢员外者，盖旧日众人久已肯服，所虑独卢员外一人故也。○仅领步军五百，笔中有眼。】再分调五路军马：曾头市正南大寨，【看他调拨，又变出一样章法。奇才大笔。】差马军头领霹雳火秦明、小李广花荣，副将马麟、邓飞，引军三千攻打。【三千。】曾头市正东大寨，差步军头领花和尚鲁智深、行者武松，副将孔明、孔亮引军三千攻打。【三千。】曾头市正北大寨，差马军头领青面兽杨志、九纹龙史进，副将杨春、陈达引军三千攻打。【三千。】曾头市正西大寨，差步军头领美髯公朱仝、插翅虎雷横，副将邹渊、邹闰引军三千攻打。【三千。】曾头市正中总寨，都头领宋公明，军师吴用、公孙胜，【前书调开卢员外，又调开众将，此又大书宋公明自打总寨者，见其志在亲捉史文恭，以必得第一座也，妙笔。】随行副将吕方、郭盛、解珍、解宝、戴宗、时迁，领军五千攻打。【五千。○看他领军独多，而卢俊义则极少，皆是笔中有眼。】合后步军头领黑旋风李逵、混世魔王樊瑞，副将项充、李衮，引马步军兵五千。【分明宋江独领一万。】其余头领各守山寨。【处处有此】

一句，独此句中屈杀许
多大将，妙笔可想。

不说宋江部领五军兵将大进，且说曾头市探事人探知备细，报入寨中。曾长官听了，便请教师史文恭、苏定商议军情重事。史文恭道："梁山泊军马来时，只是多使陷坑，方才捉得他强兵猛将。这伙草寇须是这条计，以为上策。"曾长官便差庄客人等，将了锄头铁锹，去村口掘下陷坑数十处，上面虚浮土盖，四下里埋伏了军兵，只等敌军到来。又去曾头市北路，也掘下十数处陷坑。比及宋江军马起行时，吴用预先暗使时迁又去打听。此等段落悉与第五十九回晁盖轻入重地照耀。〇有吴用，又必得时迁。叹前者之并无吴用也，谁实为之？而谓宋江非弑晁盖者乎？过数日之间，时迁回来报说："曾头市寨南寨北尽都掘下陷坑，不计其数，只等俺军马到来。"吴用见说，大笑道："不足为奇！"引军前进，来到曾头市相近。此时日午时分，前队望见一骑马来，项带铜铃，尾拴雉尾，马上一人青巾白袍，手执短枪。写曾头市正复劲敌。〇意思便与小郎君祝彪一样。前队望见，便要追赶。吴用止住，便教军马就此下寨，所以然者，此青巾白袍驰马之处，即是掘下陷坑之处故也。〇青巾白袍人，竟不知其为谁。妙妙。四面掘了濠堑，下了铁蒺藜。传下令去，教五军各自分头下寨，一般掘下濠堑，下了蒺藜。

一住三日，曾头市不出交战。彼固以为以逸待劳也。吴用再使时迁扮作伏路小军，去曾头市寨中探听他不知何意，所有陷坑，暗暗地记着，一。离寨多少路远，一。总有几处。一好。〇时迁去了一日，都知备细，暗地使了记号，回报军师。次日，吴用传令，教前队步军各执铁锄，分作两队。奇极。又把粮车一百有余，装载芦苇干柴，藏在中军。奇极。当晚传下与各寨诸军头领，来日巳牌，只听东西两路步军先去打寨。奇极。再教攻打曾头市北寨的杨志、史进，把

马军一字儿摆开，只在那边擂鼓摇旗，虚张声势，切不可进。^{奇极。}吴用传令已了。

再说曾头市史文恭，只要引宋江军马打寨，便赶入陷坑。寨前路狭，待走那里去？次日巳牌，只听得寨前炮响，军兵大队都到南门。^{写寨前一炮，却是东西兵起。寨前又一炮，却是背后兵起。吴用之称智多星，洵非夸也。}次后只见东寨边来报道：^{妙妙。}"一个和尚轮着铁禅杖，一个行者舞起双戒刀，攻打前后！"史文恭道："这两个必是梁山泊鲁智深、武松。"^{一队口中猜出，一队旗上看出，只二队便有如许变换。○如此匆忙叙事中，又须文字变换，真乃心闲手敏也。}却恐有失，便分人去帮助曾魁。^{分之使弱也。}只见西寨边又来报道：^{妙妙。}"一个长髯大汉，一个虎面大汉，旗号上写着'美髯公朱仝''插翅虎雷横'前来攻打甚急！"^{一队旗上看出。}史文恭听了，又分拨人去帮助曾索。^{写分兵明画之极。}又听得寨前炮响，^{寨前炮响，寨前又炮响，绝妙兵法，却成绝妙章法。}史文恭按兵不动，只要等他入来，塌了陷坑，山下伏兵齐起，接应捉人。这里吴用却调马军，从山背后两路抄到寨前。^{妙妙，令寨前陷坑无用也。○妙妙，正令寨前陷坑有用也。}前面步军只顾看寨，又不敢去。^{可叹。○此吾所谓印板将令也。}两边伏兵都摆在寨前，^{可叹。}背后吴用军马赶来，尽数逼下坑去。^{彼掘陷坑，而我用之，妙不可言。}史文恭却待出来，吴用鞭梢一指，军寨中锣响，一齐排出百余辆车子来，尽数把火点着，^{妙妙。}上面芦苇、干柴、硫黄、焰硝，一齐着起，烟火迷天。比及史文恭军马出来，尽被火车横拦当住，只得回避。^{又令之不得冲突，所谓计必}

万全者也。〇如此一段，便是绝妙
阵法，岂得以其稗官也而忽之。急待退军。公孙胜早在

阵中挥剑作法，刮起大风，卷那火焰烧入南门，早

把敌楼排栅尽行烧毁。妙妙，可谓一已自得胜，鸣金
　　　　　　　　　　　　打曾头市矣。

收军。四下里入寨，当晚权歇。史文恭连夜修整寨 已上一打曾头市。

门，两下当住。写曾头市正
　　　　　　复劲敌。

　　次日，曾涂对史文恭计议道："若不先斩贼

首，难以追灭。"嘱付教师史文恭牢守寨栅，曾涂

率领军兵，披挂上马，出阵搦战。宋江在中军闻知

曾涂搦战，带领吕方、郭盛，相随出到前军。门旗

影里看见曾涂，心头怒起，用鞭指道："谁与我先

捉这厮，报往日之仇？"　"谁与我"，虽复顺口之辞，小
　　　　　　　　　　然亦见宋江功归一身之意。

温侯吕方拍坐下马，挺手中方天画戟，直取曾涂。

两马交锋，二器并举。斗到三十合以上，郭盛在门

旗下，看见两个中间，将及输了一个。原来吕方本

事敌不得曾涂，三十合已前，兀自抵敌不住，三十

合已后，戟法乱了，只办得遮架躲闪。郭盛只恐吕

方有失，便骤坐下马，撚手中方天画戟，飞出阵

来，夹攻曾涂。三骑马在阵前绞做一团。原来两枝

戟上都拴着金钱豹尾。吕方、郭盛要捉曾涂，两枝

戟齐举，写二曾涂眼明，便用枪只一拨，写一却被两
　　　　戟。　　　　　　　　　　枪。

条豹尾揽住朱缨，夺扯不开，三个各要掣出军器使

用。此即对影山故事也。乃对影山只是两戟豹小李广花荣
　　　尾，此又添出枪上朱缨，便有加倍好看也。

在阵中看见，恐怕输了两个，便纵马出来，左手拈

起雕弓，右手急取铍箭，搭上箭，拽满弓，望着曾

涂射来。_{二十九字一句，其事甚疾。○对影山射开豹尾，此竟射杀曾涂，妙妙。}这曾涂却好掣出枪来，那两枝戟兀自搅做一团。说时迟，那时疾，曾涂掣枪便望吕方项根搠来，_{三十七字一句，其事甚疾。令人吃吓。}花荣箭早先到，正中曾涂左臂，_{其事甚疾。}翻身落马。吕方、郭盛双戟并施，_{其事甚疾。}曾涂死于非命，_{曾涂死。}十数骑马军飞奔回来，报知史文恭，转报中寨。曾长官听得大哭。

只见旁边恼犯了一个壮士曾升，武艺绝高，使两口飞刀，人莫敢近。当时听了大怒，咬牙切齿，喝教："备我马来，要与哥哥报仇！"曾长官拦当不住。全身披挂，绰刀上马，直奔前寨。史文恭接着劝道："小将军不可轻敌。宋江军中，智勇猛将极多。若论史某愚意，只宜坚守五寨，暗地使人前往凌州，便教飞奏朝廷，调兵选将，多拨官军，分作两处征剿，一打梁山泊，一保曾头市。令贼无心恋战，必欲退兵，急奔回山。那时史某不才，与汝兄弟一同追杀，必获大功。"说言未了，北寨副教师苏定到来。见说坚守一节，也道："梁山泊吴用那厮，诡计多谋，不可轻敌。只宜退守，待救兵到来，从长商议。"曾升叫道："杀我哥哥，此冤不报，真强盗也！直等养成贼势，退敌则难！"史文恭、苏定阻当不住。曾升上马，带领数十骑马军，飞奔出寨搦战。

宋江闻知，传令前军迎敌。当时秦明得令，舞起狼牙棍，正要出阵斗这曾升，只见黑旋风李逵手搦板斧，直奔军前，不问事由，抢出垓心。_{写得妙，递更急于霹雳火也。}对阵有人认得，说道："这个是梁山泊黑旋风李逵！"曾升见了，便叫放箭。原来李逵但是上阵，便要脱膊，_{妙人，只用八个字活画出来。}全得项充、李衮蛮牌遮护。_{好。}此时独自抢来，被曾升一箭，腿上正着，身如泰山，倒在地下。曾升背后马

军齐抢过来。宋江阵上，秦明、花荣飞马向前死救。背后马麟、邓飞、吕方、郭盛一齐接应归阵。

<small>亦作一跌者，不欲写得曾家太易也。</small>曾升见了宋江阵上人多，不敢再战，以此领兵还寨。宋江也自收军驻扎。<small>已上二打曾头市。</small>

<small>已上二打曾头市。</small>

次日，史文恭、苏定只是主张不要对阵，怎禁得曾升催并道要报兄仇，史文恭无奈，只得披挂上马。那匹马便是先前夺的段景住的千里龙驹照夜玉狮子马。<small>此篇写宋江独为马来，非为晁盖来也，故处处将马出色点染，见是一篇纲领。</small>宋江引诸将摆开阵势迎敌，对阵史文恭出马。宋江看见好马，心头火起，<small>写宋江本意只为马，妙笔。</small>便令前军迎敌。秦明得令，飞奔坐下马来迎。二骑相交，军器并举。约斗二十余合，秦明力怯，望本阵便走。史文恭奋勇赶来，神枪到处，秦明后腿股上早着，倒撷下马来。吕方、郭盛、马麟、邓飞四将齐出，死命来救。虽然救得秦明，军兵折了一阵。<small>再作一跌者，不欲写得曾家太易也。</small>收回败军，离寨十里驻扎。

宋江叫把车子载了秦明，一面使人送回山寨将息。密与吴用商量，教取大刀关胜、金枪手徐宁，并要单廷珪、魏定国四位下山，同来协助。<small>密与吴用商量，书法妙绝。盖来则定当成功，归则难与争座者。如徐宁、呼延灼、关胜、索超、单廷珪、魏定国诸人是也。乃今敌势浩大，必须添人协助，而此五六人者，又未深知其心，于是进退两难，回惑无措。两人密商，而舍索超、呼延、取关、徐、单、魏，盖写宋江心事历历如鉴也。</small>宋江又自己焚香祈祷，暗卜一课。吴用看了卦象，便道："恭喜大事无损。今夜倒主有贼兵入寨。"<small>取四人后，又书宋江卜课，写心上有事人皇惑不定如鉴。○只用"恭喜大事无损"六字答宋江卜课，下却顺便接入下</small>

文，^妙
妙。宋江道："可以早作准备。"吴用道："请兄长放心，只顾传下号令，先去报与三寨头领，今夜起东西二寨，便教解珍在左，解宝在右，其余军马各于四下里埋伏。"已定。

是夜天清月白，风静云闲。^{好景。}史文恭在寨中对曾升道："贼兵今日输了两将，必然惧怯，乘虚正好劫寨。"曾升见说，便教请北寨苏定、南寨曾密、西寨曾索，引兵前来，一同劫寨。二更左侧，潜地出哨，马摘鸾铃，人披软战，直到宋江中军寨内。见四下无人，劫着空寨，急叫中计，转身便走。左手下撞出两头蛇解珍，右手下撞出双尾蝎解宝，后面便是小李广花荣，一发赶上。^{只三句已足。}曾索在黑地里被解珍一钢叉搠于马下。^{曾索死。}放起火来，后寨发喊，东西两边，进兵攻打寨栅，混战了半夜。史文恭夺路得回。^{可谓三战曾头市也。}

已上三战曾头市。

曾长官又见折了曾索，烦恼倍增。次日，要史文恭写书投降。史文恭也有八分惧怯，随即写书，速差一人赍擎直到宋江大寨。小校报知曾头市有人下书。宋江传令，教唤入来。小校将书呈上。宋江拆开看时，写道：

曾头市主曾弄顿首再拜宋公明统军头领麾下，前者小男无知，倚仗小勇，抢夺马匹，冒犯虎威。^{写曾家亦只重在夺马；若射死天王，只是轻轻言之。妙笔。}向日天王下山，理合就当归

附，无端部卒施放冷箭，<small>只四字，不更深言，妙笔。</small>罪累深重，百口何辞？然窃自原，非本意也。今顽犬已亡，遣使请和。如蒙罢战休兵，愿将原夺马匹尽数纳还，<small>首尾只重夺马，使人读其书，知其事，以深著宋江之罪也。</small>更赍金帛犒劳三军，免致两伤。谨此奉书，伏乞照察。

宋江看罢来书，目顾吴用，满面大怒，扯书骂道：<small>写宋江、吴用同恶共济，真乃如画。○扯书而必顾吴用。大怒而只是满面。活画出一时如鬼之伎来。</small>"杀吾兄长，焉肯干休！只待洗荡村坊，是吾本愿。"下书人俯伏在地，凛颤不已。吴用慌忙劝道：<small>一个骂，一个劝，一个目顾，一个慌忙，可笑可恨。</small>"兄长差矣，我等相争，皆为气耳。<small>为气则不为晁盖也。</small>既是曾家差人下书讲和，岂为一时之忿，以失大义？"随即便写回书，取银十两，赏了来使。回还本寨，将书呈上。曾长官与史文恭拆开看时，上面写道：

梁山泊主将宋江手书回示曾头市主曾弄，自古无信之国终必亡，无礼之人终必死，无义之财终必夺，无勇之将终必败。理之自然，无足奇者。<small>竟是绝妙好议论。○看他发出四句大议论，却是句句为夺马，不为杀天王，写宋江之罪著矣。</small>梁山泊与曾头市，自来无仇，各守边界。总缘尔行一时之恶，遂惹今日之冤。<small>杀天王亦不深言，只作轻轻二语，妙笔。</small>若要讲和，便须发还二次原夺马匹，并要夺马凶徒都保四，<small>看他只为马。○曾家请罪只说夺马，犹曰避罪不得不尔也。若宋江问罪亦只说夺马，然则宋江之不为天王报仇，又岂有辩哉？</small>犒劳军士金帛。<small>讨马之后又及犒军，以见其无所不说，而独不说报仇也。</small>忠诚既笃，礼数休轻。如或更变，别有定夺。

曾长官与史文恭看了俱各惊忧。次日，曾长官又使人来说："若要郁保四，亦请一人质当。"宋江、吴用随即便差时迁、李逵、

樊瑞、项充、李衮五人前去为信。临行时，吴用叫过时迁，附耳低言："倘或有变，如此如此。"不说五人去了。却说关胜、徐宁、单廷珪、魏定国到了，当时见了众人，就在中军扎住。

且说时迁引四个好汉来见曾长官。时迁向前说道："奉哥哥将令，差时迁引李逵等四人前来讲和。"史文恭道："吴用差这五个人来，未必无谋。"李逵大怒，揪住史文恭便打。^{奇人奇事。}曾长官慌忙劝住。时迁道："李逵虽然粗卤，却是俺宋公明哥哥心腹之人，特使他来，休得疑惑。"曾长官心中只要讲和，不听史文恭之言，便教置酒相待，请去法华寺寨中安歇，拨五百军人前后围住。却使曾升带同郁保四，来宋江大寨讲和。二人到中军相见了，随后将原夺二次马匹并金帛一车，送到大寨。宋江看罢道："这马都是后次夺的，正有先前段景住送来那匹千里白龙驹照夜玉狮子马，如何不见将来？"^{写宋江于马极其加意，以反映其视晁盖之仇如弃也。○马便如此记得，晁盖便如此不记得，妙笔。}曾升道："是师父史文恭乘坐着，以此不曾将来。"宋江道："你疾忙快写书去，教早早牵那匹马来还我！"^{写宋江谆谆恳恳只为马。}曾升便写书，叫从人还寨，讨这匹马来。史文恭听得，回道："别的马将去不吝，这匹马却不与他！"从人往复去了几遭，宋江定死要这匹马。^{妙笔。}史文恭使人来说道："若还定要我这匹马时，着他即便退军，我便送来还他！"

宋江听得这话，便与吴用商量，尚然未决。^{妙笔妙笔。写宋江便有即便退军之意，以见此来单为夺马，更无余志。}忽有人来报道："青州、凌州两路有军马到来。"宋江道："那厮们知得，必然变卦。"^{"变卦"者，不肯还马也。若果志在报仇，岂忧"变卦"哉？妙笔。}暗传下号令，就差关胜、单廷珪、魏定国去迎青州军马，^{好。○写青州、凌州两路救兵，只是借势层跌，以表宋江意只在马，未尝肯为晁盖报仇耳。不必又显战功，故只如此略略点去。}花荣、马麟、邓飞去迎

凌州军马。^{好。}暗地叫出郁保四来，用好言抚恤他，十分恩义相待，说道："你若肯建这场功劳，山寨里也教你做个头领。夺马之仇，折箭为誓，一齐都罢。^{"之仇，折箭为誓，一齐都罢"十个字
上，明明只是"夺马"二字。妙笔。}你若不从，曾头市破在旦夕。任从你心。"郁保四听言，情愿投拜，从命帐下。吴用授计与郁保四道："你只做私逃还寨，与史文恭说道：'我和曾升去宋江寨中讲和，打听得真实了，如今宋江大意，只要赚这匹千里马，实无心讲和。若还与了他，必然翻变。如今听得青州、凌州两路救兵到了，十分心慌。正好乘势用计，不可有误。'^{即以己之瑕处作
诱敌。妙妙。}他若信从了，我自有处置。"郁保四领了言语，直到史文恭寨里，把前事具说了一遍。史文恭领了郁保四来见曾长官，备说宋江无心讲和，可以乘势劫他寨栅。曾长官道："我那曾升当在那里，若还翻变，必然被他杀害。"史文恭道："打破他寨，好歹救了。今晚传令与各寨，尽数都起。先劫宋江大寨，如断去蛇首。众贼无用，回来却杀李逵等五人未迟。"曾长官道："教师可以善用良计。"当下传令与北寨苏定，东寨曾魁，南寨曾密，一同劫寨。郁保四却闪来法华寺大寨内，看了李逵等五人，暗与时迁走透这个消息。

再说宋江同吴用说道："未知此计若何？"吴用道："如是郁保四不回，便是中俺之计。他若今晚来劫我寨，我等退伏两边，却叫鲁智深、武松引步军杀入他东寨，朱仝、雷横引步军杀入他西寨，却令杨志、史进引马军截杀北寨。此名番犬伏窝之计，百发百中。"^{劫寨之奇，此为第一。
○名色亦奇绝。}

当晚，却说史文恭带了苏定、曾密、曾魁，尽数起发。是夜月色朦胧，星辰昏暗。史文恭、苏定当先，曾密、曾魁押后，马

摘鸾铃，人披软战，尽都来到宋江总寨。只见寨门不关，寨内并无一人，又不见些动静。情知中计，即便回身。急望本寨去时，只见曾头市里锣鸣炮响，却是时迁爬去法华寺钟楼上，撞起钟来。偏不写放起火来，筛起锣来，偏就"法华寺"三字见景生情，"撞起钟来"，妙。东西两门，火炮齐响，喊声大举，正不知多少军马杀将入来。却说法华寺中李逵、樊瑞、项充、李衮一齐发作，杀将出来，史文恭等急回到寨时，寻路不见。曾长官见寨中大闹，又听得梁山泊大军两路杀将入来，就在寨里自缢而死。曾弄死。曾密径奔西寨，被朱仝一朴刀搠死。曾密死。曾魁要奔东寨时，乱军中马踏为泥。曾魁死。苏定死命奔出北门，却有无数陷坑，写得便似出于意外，故妙。背后鲁智深、武松赶杀将来，前逢杨志、史进，一时乱箭射死。苏定死。○写数人草草而死者，意只重史文恭一人也。后头撞来的人马都攧入陷坑中去，重重叠叠，陷死不知其数。吴用不惟不遭陷坑之失，乃能反得陷坑之用。真不愧智多星矣。

且说史文恭得这千里马行得快，出色写马妙。杀出西门，落荒而走。此时黑雾遮天，不分南北，为晁盖阴魂作引。约行了二十余里，不知何处，特书四字，以见此处非史文恭必走之路，而前文之冷调员外，为可丑可恨也。只听得树林背后一声锣响，撞出四五百军来。当先一将，手提杆棒，望马脚便打。宋江冷调员外，而史文恭又偏遇着，妙笔妙笔。○写史文恭遇卢俊义，先暗写一番，次明写一番，皆极其摇曳也。那匹马是千里龙驹，见棒来时，从头上跳过去了。出色写马，妙妙。○冷调员外者，断不欲其得遇史文恭也。冷调之而又偏遇之，可谓奇绝；乃冷调之而又偏遇之，而又偏失之，一发奇绝也。史文恭正走之间，只见阴云冉冉，冷气飕飕，黑雾漫漫，狂风飒飒。虚空之中，四边都是晁盖阴魂缠住。见晁盖之实式凭于卢俊义也。史文恭再回旧路，杀出西门作一纵，头上跳过再作一纵，然后以一句擒之，笔力奇矫之甚。却撞着浪子燕青；出卢俊义，偏先出燕青，皆极其摇曳。又转过玉麒麟卢俊义来，妙笔妙笔。○如此千曲百折，无非欲表宋江之奸恶也。喝一声："强贼！待走那里去！"腿股上只一朴刀搠下马来，

便把绳索绑了，解投曾头市来。燕青牵了那匹千里龙驹，径到大寨。_{不惟写得仇是他家报，并写得马亦是他家得，妙妙。}宋江看了，心中一喜一恼。_{"一喜一恼"，只是四字，更不分明，妙不可言。○不善读史者，疏之曰：喜者喜卢员外建功，怒者怒史文恭仇人也。善读史者，疏之曰：喜者喜玉狮子归来，恼者恼玉麒麟有功也。}先把曾升就本处斩首，_{曾升死。}曾家一门老少尽数不留。抄掳到金银财宝，米麦粮食，尽行装载上车，回梁山泊给散各都头领，犒赏三军。

且说关胜领军杀退青州军马，花荣领军杀散凌州军马，都回来了。_{省。}大小头领不缺一个，已得了这匹千里龙驹照夜玉狮子马，_{看他一篇之中，大书特书，只是为马，以定宋江之罪也。}其余物件尽不必说。陷车内囚了史文恭，便收拾军马，回梁山泊来，所过州县村坊，并无侵扰。

回到山寨忠义堂上，都来参见晁盖之灵。林冲请宋江传令，_{古本有此"林冲请"三字，俗本无，两本相去如此。}教圣手书生萧让作了祭文。令大小头领人人挂孝，个个举哀。将史文恭剖腹剜心，享祭晁盖。已罢，_{晁盖一生，武师实始终之。写得妙妙。}宋江就忠义堂上，与众弟兄商议立梁山泊之主。_{晁盖遗誓，明如画石，今日之事，有何"商议"？"商议"者，明明不用晁盖遗誓也。自此以下皆宋江"商议"之辞，岂复以晁盖为念哉！}吴用便道："兄长为尊，卢员外为次。其余众弟兄，各依旧位。"_{"吴用便道"四字，书法。}宋江道："向者晁天王遗言，但有人捉得史文恭者，不拣是谁，便为梁山泊之主。今日卢员外生擒此贼，赴山祭献晁兄，报仇雪恨，正当为尊，不必多说。"卢俊义道："小弟德薄才疏，怎敢承当此位？若得居末，尚自过分。"宋江道："非宋某多谦，有三件不如员外处。_{何不一口到底，只奉天王遗令，而又别引他辞？}第一件，宋江身材黑矮。员外堂堂一表，凛凛一躯，众人无能得及。_{赞员外语，却是挑众人语。}第二件，宋江出身小吏，犯罪在逃，感蒙众弟兄不弃，暂居尊位。员外生于富贵之家，长有豪杰之誉，又非众人所能得及。_{挑众人语。}第三件，宋江文不能定邦，武不能附众，手无缚鸡之力，身无寸箭之功。员外

力敌万人，通今博古，一发众人无能得及。^{挑众人语。○看他说出三件，却偏不及为天王报仇也。宋江之奸恶无耻，至于是乎！写得妙妙。}一员外有如此才德，正当为山寨之主。他时归顺朝廷，建功立业，官爵升迁，能使弟兄们尽生光彩。^{句句挑众人语。}宋江主张已定，休得推托。"卢俊义拜于地下，说道："兄长枉自多谈，卢某宁死，实难从命。"吴用又道：^{"吴用又道"书法。}"兄长为尊，卢员外为次，皆人所伏。兄长若如是再三推让，恐冷了众人之心。"原来吴用已把眼视众人，故出此语。^{写两人同恶共济如镜。}只见黑旋风李逵大叫道："我在江州，舍身拼命，跟将你来，众人都饶让你一步。我自天也不怕，^{妙妙。天生李大哥语。}你只管让来让去假甚鸟！^{妙妙快绝。}我便杀将起来，各自散火！"^{妙妙是是。}武松见吴用以目示人，也上前叫道："哥哥手下许多军官，都是受过朝廷诰命的，他只是让哥哥，如何肯从别人！"^{妙妙，天生是武二语。}刘唐便道："我们起初七个上山，那时便有让哥哥为尊之意，今日却让后来人？"^{妙妙，天生是刘唐语。}鲁智深大叫道："若还兄长要这许多礼数，洒家们各自撒开！"^{妙妙，天生是鲁提辖语。}宋江道："你众人不必多说，我别有个道理，看天意是如何，方才可定。"^{天王之遗令置之不论，而别生出许多"商议"，许多"道理"，写得可丑可恨之极。}吴用道："有何高见？便请一言。"宋江道："有两件事。"正是：

梁山泊内，重添两个英雄；东平府中，又惹一场灾祸。直教天罡尽数投山寨，地煞空群聚水涯。毕竟宋江说出那两件事来，且听下回分解。

第六十八回

东平府误陷九纹龙

宋公明义释双枪将

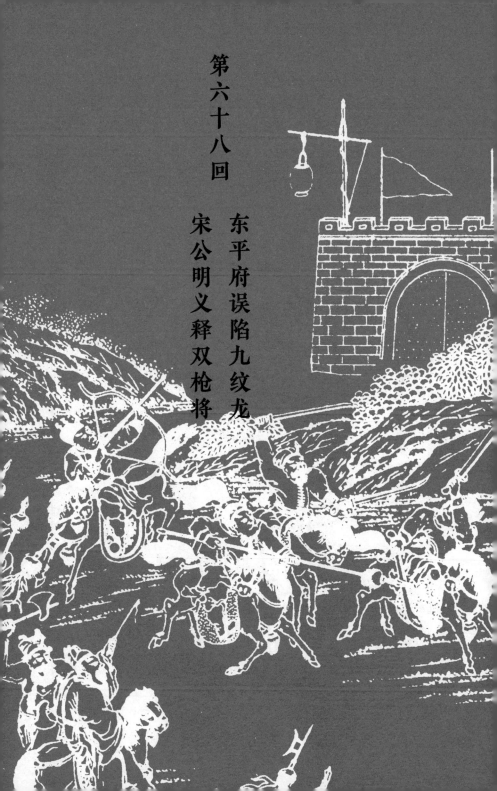

東平府誤陷九紋龍

打东平、东昌二篇，为一书最后之笔，其文愈深，其事愈隐，读者不可不察。何以言之？盖梁山泊，晁盖之业也，史文恭，晁盖之仇也，活捉史文恭，便主梁山泊，则晁盖之令也。遵晁盖之令，而报晁盖之仇，承晁盖之业，誓箭在彼，明明未忘，宋江不得与卢俊义争，断断如也。然而宋江且必有以争之。如之何宋江且必有以争之？弃晁盖遗令，而别阄东平、东昌二府借粮，则卢俊义更不得与宋江争也，亦断断如矣。或曰："二城之孰坚孰瑕，宋江未有择也，是役之胜与不胜，宋江未有必也。何用知其必济，何用知卢之必不济？彼俱不济无论，若幸而俱济，则是梁山泊主又未定也。今子之言卢俊义必不得与宋江争也，何故？"噫嘻，闻弦者赏音，读书者论事，岂其难哉，岂其难哉！观其分调众人之时，而令吴用、公孙胜二人悉居卢之部下也，彼岂不曰惟二军师实左右之，则功必易成。功必易成，是位终及之，庶几有以不负天王之言，诚为甚盛心也！乃我独有以知吴与公孙之在卢之部下，犹其不在卢之部下也，吴与公孙虽不在宋之部下，而实在宋之部下也。盖吴与公孙之在卢之部下，其外也。若其内，固曾不为卢设一计也。若吴与公孙虽不在宋之部下，然而尺书可来，匹马可去，借箸画计，曾不遗力，则犹在帐中无以异也。且此岸上粮车，水中米船，而不出于吴用耶？阴云布满，黑雾遮天，而不出于公孙胜耶？夫诚不出于吴与公孙则已耳，终亦出于吴与公孙，而宋江未来，括囊以待，宋江一至，争鞭而效，此何意也？迹其前后，推其存心，亦幸而没羽箭难胜耳！不幸而使没羽箭者方且一鼓就擒，则彼吴用、公孙胜之二人者，讵不能从中掣肘，败乃公事，于以徐俟宋江之来至哉！由斯以言，

则是宋固必济，卢固必不济。卢俊义之终不得与宋江争也，断断
如也。我故曰：打东平、东昌二篇，其文愈深，其事愈隐，读者
不可不察也。

此书每欲作重叠相犯之题，如二解越狱，史进又要越狱，是
其类也。忽然以"月尽"二字，翻空造奇，夫然后知极窘蹩题，
其中皆有无数异样文字，人自无才不能洗发出来也。

刀枪剑戟如麻似火之中，偏能夹出董将军求亲一事，读之使
人又有一样眼色。

话说宋江要不负晁盖遗言，把第一位让与卢员外，众人不
服。宋江又道："目今山寨钱粮缺少，梁山泊东有两个州府，却
有钱粮，一处是东平府，一处是东昌府。我们自来不曾搅扰他那
里百姓，今去问他借粮。可写下两个阄儿，我和卢员外各拈一
处。如先打破城子的，便做梁山泊主，如何？"天王之遗言曰：如有
活捉史文恭者，便做梁山泊主。至此宋江忽别换一令曰，吴用道："也好。"卢俊义道："休
如有先打破城子者，便做梁山泊主，如此说。只是哥哥为梁山泊主，某听从差遣。"此时不由卢俊
义，当下便唤铁面孔目裴宣，写下两个阄儿。焚香对天祈祷已
罢，各拈一个。宋江拈着东平府，卢俊义拈着东昌府。众皆
无语。

当日设筵饮酒中间，宋江传令，调拨人马。宋江部下调拨又换
出一格。
林冲、花荣、刘唐、史进、徐宁、燕顺、吕方、郭盛、韩滔、彭
玘、孔明、孔亮、解珍、解宝、王矮虎、一丈青、张青、孙二
娘、孙新、顾大嫂、石勇、郁保四、王定六、段景住，大小头领
二十五员，马步军兵一万，水军头领三员，阮小二、阮小五、阮

小七，领水军驾船接应。卢俊义部下，吴用、公孙胜、^{将吴用、公孙胜二人悉}让卢俊义，以愚众人，奇妙之极。夫又安知其不用吴用之掣其肘乎？关胜、呼延灼、朱仝、雷横、索超、杨志、单廷珪、魏定国、宣赞、郝思文、燕青、杨林、欧鹏、凌振、马麟、邓飞、施恩、樊瑞、项充、李衮、时迁、白胜，大小头领二十五员，马步军兵一万，水军头领三员，李俊、童威、童猛，引水手驾船接应。其余头领并中伤者，看守寨栅。分俵已定。宋江与众头领去打东平府，卢俊义与众头领去打东昌府。众多头领各自下山。此是三月初一日的话，日暖风和，草青沙软，正好厮杀。^{写得好。}

却说宋江领兵前到东平府，离城只有四十里路，地名安山镇，扎驻军马。宋江道："东平府太守程万里和一个兵马都监，乃是河东上党郡人氏。此人姓董名平，善使双枪，人皆称为'双枪将'，有万夫不当之勇。虽然去打他城子，也和他通些礼数，差两个人，赍一封战书去那里下。若肯归降，免致动兵。若不听从，那时大行杀戮，使人无怨。谁敢与我先去下书？"只见部下走过郁保四道："小人认得董平，情愿赍书去下。"^{郁保四新到立功，例也。}又见部下转过王定六道："小弟新来，也并不曾与山寨中出力，今日情愿帮他去走一遭。"^{王定六亦须立功，例也。}宋江大喜。随即写了战书，与郁保四、王定六两个去下。书上只说借粮一事。

且说东平府程太守，闻知宋江起军马到了安山镇驻扎，便请本州兵马都监双枪将董平，商议军情重事。正坐间，门人报道："宋江差人下战书。"程太守教唤至。郁保四、王定六当堂厮见了，将书呈上。程万里看罢来书，对董都监说道："要借本府钱粮，此事如何？"董平听了大怒，叫推出去，即便斩首。程太守

说道："不可。自古两国相战，不斩来使，于礼不当。只将二人各打二十讯棍，发回原寨，看他如何？"董平怒气未息，喝把郁保四、王定六一索捆翻，打得皮开肉绽，推出城去。两个回到大寨，哭告宋江说："董平那厮无礼，好生渺视大寨！"宋江见打了两个，怒气填胸，便要平吞州郡。先叫郁保四、王定六上车回山将息。只见九纹龙史进起身说道："小弟旧在东平府时，与院子里一个娼妓有交，唤做李睡兰，往来情熟。我如今多将些金银，潜地入城，借他家里安歇。约时定日，哥哥可打城池。只待董平出来交战，我便爬去更鼓楼上放起火来。里应外合，可成大事。"宋江道："最好。"史进随即收拾金银，安在包袱里，身边藏了暗器，拜辞起身。宋江道："兄弟善觑方便，我且顿兵不动。"

且说史进转入城中，径到西瓦子李睡兰家。大伯见是史进，吃了一惊，接入里面，叫女儿出来厮见。李睡兰引去楼上坐了，便问史进道："一向如何不见你头影？听得你在梁山泊做了大王，官司出榜捉你。这两日街上乱哄哄地说宋江要来打城借粮，你如何却到这里？"史进道："我实不瞒你说，我如今在梁山泊做了头领，不曾有功。如今哥哥要来打城借粮，我把你家备细说了。我如今特地来做细作，有一包金银相送与你，切不可走漏了消息。明日事完，一发带你一家上山快活。"^{史进且话。}李睡兰葫芦提应承，收了金银，且安排些酒肉相待，却来和大伯商量道："他往常做客时，是个好人，在我家出入不妨。如今他做了歹人，倘或事发，不是耍处。"大伯说道："梁山泊宋江这伙好汉，不是好惹的。但打城池，无有不破。若还出了言语，他们有日打破城

子入来，和我们不干罢！"虔婆便骂道："老蠢物，你省得甚么人事！自古道：'蜂刺入怀，解衣去赶。'天下通例，自首者即免本罪。你快去东平府里首告，拿了他去。省得日后负累不好。"大伯道："他把许多金银与我家，不与他担些干系，买我们做甚么？"虔婆骂道："老畜生，你这般说，却似放屁！我这行院人家，坑陷了千千万万的人，岂争他一个！_{行院中大本领语，读之可畏。}你若不去首告，我亲自去衙前叫屈，和你也说在里面！"大伯道："你不要性发，且叫女儿款住他，休得打草惊蛇，吃他走了。待我去报与做公的，先来拿了，却去首官。"

且说史进见这李睡兰上楼来，觉得面色红白不定。_{如画。}史进便问道："你家莫不有甚事，这般失惊打怪？"李睡兰道："却才上胡梯踏了个空，争些儿跌了一跤，因此心慌撩乱。"_{如画。}争不过一盏茶时，只听得胡梯边脚步响，有人奔上来，窗外呐声喊，数十个做公的抢到楼上，_{先是大伯上来，次是做公的上来，写得有光景，有次序。}把史进似抱头狮子_{画出史进。○从极狼狈时画出极雄健来，奇甚。}绑将下楼来，径解到东平府里厅上。程太守看了，大骂道："你这厮胆包身体，怎敢独自个来做细作。若不是李睡兰父亲首告，误了我一府良民！快招你的情由，宋江教你来怎地？"史进只不言语。_{妙，不惟写史进，亦图省笔也。}董平便道："这等贼骨头，不打如何肯招！"程太守喝道："与我加力打这厮！"两边走过狱卒牢子，先将冷水来喷腿上，两腿各打一百大棍。史进由他拷打，只不言语。_{妙，写出史进。}董平道："且把这厮长枷木杻送在死囚牢里，等拿了宋江，一并解京施行。"

却说宋江自从史进去了，备细写书与吴用知道。_{如此，即何异吴用在帐中？}吴用看了宋公明来书，说史进去娼妓李睡兰家做细作，大惊。急

与卢俊义说知，连夜来见宋江，_{大书吴用之急宋江如此，以表其同恶共济，妙妙。}问道："谁叫史进去来？"宋江道："他自愿去。说这李行首是他旧日的表子，好生情重，因此前去。"吴用道："兄长欠些主张。若吴某在此，决不教去。从来娼妓之家，迎新送旧，陷了多少好人。更兼水性无定，总有恩情，也难出虔婆之手。此人今去，必然吃亏！"宋江便问吴用请计。吴用便叫顾大嫂："劳烦你去走一遭。可扮做贫婆，潜入城中，只做求乞的。若有些动静，火急便回。若是史进陷在牢中，你可去告狱卒，只说：'有旧情恩念，我要与他送一口饭。'搋入牢中，暗与史进说知：'我们月尽夜，_{三字变出奇文。}黄昏前后，必来打城。你可就水火之处，安排脱身之计。'月尽夜，你就城中放火为号，此间进兵，方好成事。兄长可先打汶上县，百姓必然都奔东平府，却叫顾大嫂杂在数内，乘势入城，便无人知觉。"_{好甚，不然者，寇警戒严，如何得入去。}吴用设计已罢，上马便回东昌府去了。_{写吴用不在宋江部下，而为宋江定计，反显其在卢俊义部下而不为俊义定计也。深文妙笔，读之可思。}宋江点起解珍、解宝，引五百余人，攻打汶上县。果然百姓扶老携幼，鼠窜狼奔，都奔东平府来。

却说顾大嫂头髻蓬松，衣服蓝缕，杂在众人里面，搋入城来，绕街求乞。到州衙前，打听得史进果然陷在牢中。次日，提着饭罐，只在司狱司前往来伺候，见一个年老公人_{老人好善，庶几放入也。}从牢里出来。顾大嫂看着便拜，泪如雨下。那年老公人问道："你这贫婆，哭做甚么？"顾大嫂道："牢中监的史大郎，是我旧的主人。自从离了，又早十年。只说道在江湖上做买卖，不知为甚事陷在牢里。眼见得无人送饭，老身叫化得这一口儿饭，特要与他充饥。哥哥怎生可怜见，引进则个，强如造七层宝塔！"那公

人道：“他是梁山泊强人，犯着该死的罪，谁敢带你入去？”顾大嫂道：“便是一刀一剐，自教他瞑目而受。只可怜见引老身入去，送这口儿饭，也显得旧日之情！”^{会说。}说罢又哭。那老公人寻思道：“若是个男子汉，难带他入去。一个妇人家，有甚利害？”^{注出特遣大嫂之故。}当时引顾大嫂直入牢中来，看见史进项带沉枷，腰缠铁索。史进见了顾大嫂，吃了一惊，做声不得。顾大嫂一头假啼哭，一头喂饭。别的节级便来喝道：“这是该死的歹人！狱不通风，谁放你来送饭？即忙出去，饶你两棍！”^{斗出奇文来。}顾大嫂更住不得，只说得：“月尽夜，叫你自挣扎。”^{斗出奇文来。}史进再要问时，顾大嫂被小节级打出牢门。史进只听得“月尽夜”三个字。^{斗出奇文来。}

　　原来那个三月，却是大尽。^{斗出奇文来。}到二十九，史进在牢中见两个节级说话，问道：“今朝是几时？”那个小节级却错记了，回说道：“今日是月尽夜，晚些买帖孤魂纸来烧。”^{斗出奇文来，奇不可言，骇不可言。}史进得了这话，巴不得晚。^{令我吓绝，将如之何！}一个小节级吃得半醉，带史进到水火坑边，史进哄小节级道：“背后的是谁？”赚得他回头，挣脱了枷，只一枷梢，把那小节级面上正着一下，打倒在地。^{吓绝。}就拾砖头敲开了木杻，^{吓绝。}睁着鹘眼，抢到亭心里。^{吓绝。}几个公人都酒醉了，被史进迎头打着，死的死了，走的走了。拔开牢门，只等外面救应。^{吓绝，如之何？如之何？}又把牢中应有罪人，尽数放了，总有五六十人，就在牢内发起喊来。^{吓绝。}有人报知太守，程万里惊得面如土色，连忙便请兵马都监商量。董平道：“城中必有细作，且差多人围困了这贼！我却乘此机会，领军出城，去捉宋江。相公便紧守城池，差数十公人围定牢门，休教走

了！"董平上马，点军去了。程太守便点起一应节级、虞候、押番，各执枪棒，去大牢前呐喊。史进在牢里不敢轻出，外厢的人又不敢进去。顾大嫂只叫得苦。_{三句写三面人都尽。}

却说都监董平点起兵马，四更上马，杀奔宋江寨来。伏路小军报知宋江。宋江道："此必是顾大嫂在城中又吃亏了。他既杀来，准备迎敌。"号令一下，诸军都起。当时天色方明，却好接着董平军马。两下摆开阵势，董平出马。原来董平心灵机巧，三教九流，无所不通，品竹调弦，无有不会，山东、河北皆号他为"风流双枪将"。宋江在阵前看了董平这表人品，一见便喜。又见他箭壶中插一面小旗上，写一联道："英雄双枪将，风流万户侯。"_{大处写不尽，却向细处描点出来。所谓频上三毫，只是意思所在也。}宋江遣韩滔出马迎敌。韩滔手执铁搠，直取董平。董平那对铁枪，神出鬼没，人不可当。宋江再叫金枪手徐宁仗钩镰枪前去替回韩滔。徐宁飞马便出，接住董平厮杀。两个在战场上战到五十余合，不分胜败。交战良久，宋江恐怕徐宁有失，便教鸣金收军。徐宁勒马回来，董平手举双枪，直追杀入阵来。宋江乘势鞭梢一展，四下军兵一齐围住。宋江勒马上高阜处看望，只见董平围在阵内。他若投东，宋江便把号旗望东指，军马向东来围他。他若投西，号旗便往西指，军马便向西来围他。董平在阵中横冲直撞，两枝枪直杀到申牌已后，冲开条路，杀出去了。_{写董平。}宋江不赶。董平因见交战不胜，当晚收军回城去了。宋江连夜起兵，直抵城下，团团调兵围住。顾大嫂在城中未敢放火，史进又不敢出来，两下拒住。_{小尽却举发，大尽却不动，奇情拗笔，匪夷所及。}

原来程太守有个女儿，十分颜色。董平无妻，累累使人去求

为亲，程万里不允。因此，日常间有些言和意不和。^{忽从"风流"二字，}^{转出波澜来。}董平当晚领军入城，其日使个就里的人，乘势来问这头亲事。^{妙妙，真"英雄"，真"风}^{流"，温太真不足齿也。}程太守回说："我是文官，他是武官，相赘为婿，正当其理。只是如今贼寇临城，事在危急，若还便许，被人耻笑。待得退了贼兵，保护城池无事，那时议亲，亦未为晚。"那人把这话回复董平。董平虽是口里应道："说得是。"只是心中踌躇，不十分欢喜，恐怕他日后不肯。^{军马倥偬，羽书旁午之}^{中，偏有笔力夹写许多}蜂媒蝶使，
妙妙。

这里宋江连夜攻打得紧，太守催请出战。董平大怒，^{"大怒"}^{接上文何}^{句？妙不可言。○只"大怒"二字。}^{活写出董平"英雄风流"四字都有。}便披挂上马，带领三军，出城交战。宋江亲在阵前门旗下喝道："量你这个寡将，怎当我手下雄兵十万，猛将千员！汝但早来就降，可以免汝一死！"董平大怒，回道："文面小吏，该死狂徒，怎敢乱言！"说罢，手举双枪，直奔宋江，左有林冲，右有花荣，两将齐出，各使军器来战董平。约斗数合，两将便走。^{吴用计}^{可知。}宋江军马佯败，四散而奔。董平要逞骁勇，拍马赶来，宋江等却好退到寿春县界。宋江前面走，董平后面追。^{吴用计}^{可知。}离城有十数里，前至一个村镇，两边都是草屋，中间一条驿道。^{吴用计}^{可知。}董平不知是计，只顾纵马赶来。宋江因见董平了得，隔夜已使王矮虎、一丈青、张青、孙二娘四个带一百余人，先在草屋两边埋伏，却拴数条绊马索在路上，又用薄土遮盖，只等来时鸣锣为号，绊马索齐起，准备捉这董平。^{吴用计}^{可知。}董平正赶之间，来到那里，只听得背后孔明、孔亮大叫："勿伤吾主！"却好到草屋前。一声锣响，两边门扇齐开，拽起绳索。那马却待回头，背后绊马索齐起，将马绊倒，董平落马。^{吴用计}^{可知。}左

边撞出一丈青、王矮虎，右边走出张青、孙二娘，一齐都上，把董平捉了。头盔、衣甲、双枪、只马，尽数夺了。两个女头领将董平捉住，^{擒董平偏用两女将，为"风流"二字渲染也。}用麻绳背剪绑了。两个女将，各执钢刀，监押董平来见宋江。

却说宋江过了草屋，勒住马，立在绿杨树下，迎见这两个女头领解着董平。宋江随即喝退两个女将："我教你去相请董将军，谁教你们绑缚他来！"^{吴用计可知。}二女将诺诺而退。^{吴用计可知。}宋江慌忙下马，自来解其绳索，便脱护甲锦袍，与董平穿着，纳头便拜。^{已上皆吴用所定计可知。○写宋江擒董平，悉出吴用定计者，反显其不为卢员外定一计也。}董平慌忙答礼。宋江道："倘蒙将军不弃微贱，就为山寨之主。"^{欺董平乎？欺卢俊义乎？}董平答道："小将被擒之人，万死犹轻。若得容恕安身，已为万幸，若言山寨为主，小将受惊不小！"^{特将"山寨之主"四字作庄语相对，以形击宋江也。}宋江道："敝寨缺少粮食，特来东平府借粮，别无他意。"董平道："程万里那厮原是童贯门下门馆先生，得此美任，安得不害百姓？^{此语为是公论，为是私怨？两边闪耀，便成佳致。}若是兄长肯容董平回去，赚开城门，杀入城中，共取钱粮，以为报效。"宋江大喜。便令一行人将过盔甲枪马，还了董平，^{细。}披挂上马。董平在前，宋江军马在后，卷起旗幡，都在东平城下。董平军马在前，大叫："城上快开城门！"把门军士将火把照时，认得是董都监，随即大开城门，放下吊桥。董平拍马先入，砍断铁锁。背后宋江等长驱人马，杀入城来。都到东平府里，急传将令，不许杀害百姓、放火烧人房屋。董平径奔私衙，杀了程太守一家人口，夺了这女儿。宋江先叫开了大牢，救出史进，^{写两人各急其急，妙甚。}便开府库，尽数取了金银财帛，大开仓廒，装载粮米上车，先使人护送上梁山泊金沙滩，交割与三阮头领接

递上山。^{完正题。}史进自引人去瓦子西里李睡兰家，把虔婆老幼，一门大小，碎尸万段。^{又与董平反衬成色。}宋江将太守家私偢散居民，^{快事。}仍给沿街告示，晓谕百姓：害民州官已自杀戮，汝等良民各安生理。^{快事。}告示已罢，收拾回军。大小将校再到安山镇，只见白日鼠白胜飞奔前来，报说东昌府交战之事。宋江听罢，神眉剔竖，怪眼圆睁，大叫：“众多兄弟不要回山，且跟我来！”^{过接有气势。}正是：重驱水泊英雄将，再夺东昌锦绣城。毕竟宋江复引军马怎地救应，且听下回分解。

第六十九回

没羽箭飞石打英雄

宋公明弃粮擒壮士

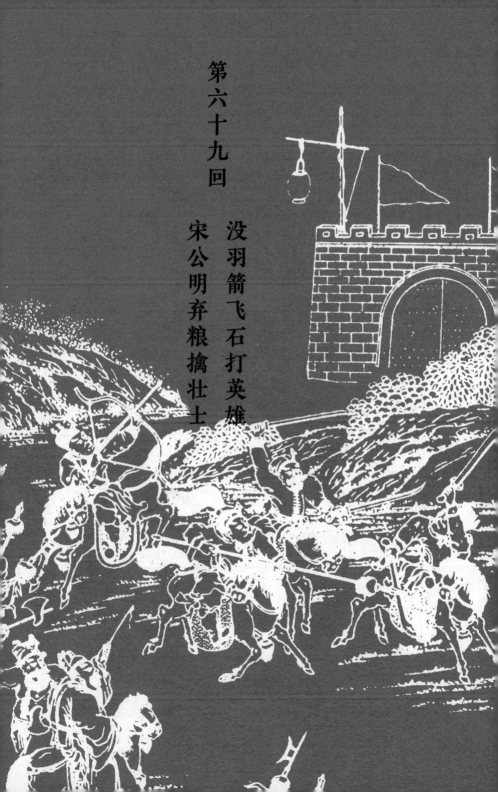

渡习飞石打英雄难笑

批详前一回中。

古亦未闻有以石子临敌者。自耐庵翻空出奇，忽然撰为此篇，而遂令读者之心头眼底，真觉石子之来，星流电掣，水泊之人，鸟骇兽窜也。此岂耐庵亦以一部大书张皇一百余人，实惟太甚，故于临绝笔时，恣意击打，以少杀其势耶？读一部七十回，篇必谋篇，段必谋段，之后忽然结以如卷如扫，如驰如撒之文，真绝奇之章法也。

叙一百八人，而终之以皇甫相马。嘻乎，妙哉！此《水浒》之所以作乎？夫支离臃肿之材，未必无舟车之用，而蹄啮嘶喊之疾，未必非千里之力也。泥其外者，未必不金其里；灶下之厮养，未必不能还王于异国也。惟贤宰相有破格之识赏，斯百年中有异常之报效，然而世无伯乐，贤愚同死，其尤驳者，乃遂走险，至于势溃事裂，国家实受其祸，夫而后叹吾真失之于牝牡骊黄之外也。嗟乎，不已晚哉！

话说宋江打了东平府，收军回到安山镇，正待要回山寨，只见白胜前来报说："卢俊义去打东昌府，连输了两阵。城中有个猛将，姓张名清，原是彰德府人，虎骑出身，善会飞石打人，百发百中，人呼为'没羽箭'。〖写出张清。〗手下两员副将，一个唤做'花项虎'龚旺，浑身上刺着虎斑，脖项上吞着虎头，马上会使飞枪；〖写出龚旺。〗一个唤做'中箭虎'丁得孙，面颊连项都有疤痕，马上会使飞叉。〖写出丁得孙。〗卢员外提兵临境，一连十日，不出厮杀。前日张清出城交锋，郝思文出马迎敌，战无数合，张清便走，郝思文赶去，被他额角上打中一石子，跌下马来。〖先就口中虚写一石子作引。〗却得燕青一

弩箭射中张清战马，因此救得郝思文性命，^{燕青弩箭，亦先虚写作引。}输了一阵。次日，混世魔王樊瑞，引项充、李衮舞牌去迎，不期被丁得孙从肋窝里飞出标叉，正中项充，因此又输了一阵。^{悉从口中二人虚写。}二人见在船中养病。军师特令小弟来请哥哥早去救应。^{"不闻为设一计，而竟请"救应"，二人诡谋如镜照面。}宋江见说，便对众人叹道："卢俊义直如此无缘！特地教吴学究、公孙胜都去帮他，只想要他见阵成功，坐这第一把交椅，谁想又逢敌手！^{看他无数权诈，无数丑态，遂令人不愿卒读。}既然如此，我等众兄弟引兵都去救应。"当时传令，便起三军。诸将上马，跟随宋江，直到东昌境界。卢俊义等接着，具说前事，权且下寨。

正商议间，小军来报："没羽箭张清搦战。"宋江领众便起，向平川旷野摆开阵势，大小头领一齐上马随到门旗下。三通鼓罢，张清在马上荡起征尘，往来驰走。门旗影里，左边闪出那个花项虎龚旺，右边闪出这个中箭虎丁得孙。三骑马来到阵前，张清手指宋江骂道："水洼草贼，愿决一阵！"宋江问道："谁可去战此人？"只是阵里一个英雄，忿怒跃马，手舞钩镰枪，出到阵前。宋江看时，乃是金枪手徐宁。宋江暗喜，便道："此人正是对手！"^{或予之，好。}徐宁飞马，直取张清。两马相交，双枪并举。斗不到五合，张清便走，徐宁赶去。张清把左手虚提长枪，右手便向锦囊中摸出石子，扭回身，觑得徐宁面门较近，只一石子，眉心早中，翻身落马。^{写石子一法。}龚旺、丁得孙便来捉人。宋江阵上人多，早有吕方、郭盛两骑马，两枝戟，救回本阵。宋江等大惊，尽皆失色，再问："那个头领接着厮杀？"宋江言未尽，马后一将飞出，看时，却是锦毛虎燕顺。宋江却待阻当，那骑马已自去了。^{或夺之，好。}燕顺接住张清，斗无数合，遮拦不住，拨回马便走。

张清望后赶来，手取石子，看燕顺后心一掷，打在镗甲护镜上，铮然有声，伏鞍而走。^{写石子又一法。}宋江阵上一人大叫："匹夫何足惧哉！"拍马提搠飞出阵去。宋江看时，乃是百胜将韩滔，不打话，便战张清。两马方交，喊声大举，韩滔要在宋江面前显能，抖搠精神，大战张清。不到十合，张清便走。韩滔疑他飞石打来，不去追赶。^{又好。}张清回头不见赶来，翻身勒马便转。韩滔却待挺搠来迎，被张清暗藏石子，手起，望韩滔鼻凹里打中，只见鲜血迸流，逃回本阵。^{写石子又一法。}彭玘见了大怒，不等宋公明将令，手舞三尖两刃刀，飞马直取张清。两个未曾交马，^{又好。}被张清暗藏石子在手，手起，正中彭玘面颊，丢了三尖两刃刀，奔马回阵。^{写石子又一法。}

宋江见输了数将，心内惊惶，便要将军马收转。只见卢俊义背后一人大叫：^{好。}"今日将威风折了，来日怎地厮杀？且看石子打得我么！"宋江看时，乃是丑郡马宣赞，拍马舞刀，直奔张清。张清便道："一个来，一个走！两个来，两个逃！你知我飞石手段么？"宣赞道："你打得别人，怎近得我！"说言未了，张清手起一石子正中宣赞嘴边，翻身落马。^{写石子又一法。}龚旺、丁得孙却待来捉，怎当宋江阵上人多，众将救了回阵。

宋江见了，怒气冲天，掣剑在手，割袍为誓："我若不拿得此人，誓不回军！"呼延灼见宋江设誓，便道："兄长此言要我们弟兄何用！"就拍踢雪乌骓，直临阵前，大骂张清："小儿得宠，一力一勇，^{妙语如古谣谚。}认得大将呼延灼么？"^{好。}张清便道："辱国败将，也遭吾毒手！"言未绝，一石子飞来，呼延灼见石子飞来，急把鞭来隔时，却中在手腕上，早着一下，便使不动钢鞭，

回归本阵。^{写石子又一法。}

宋江道："马军头领，都被损伤。步军头领，谁敢捉得这厮？"^{换一起笔。}只见部下刘唐，手撚朴刀，挺身出阵。张清见了大笑，骂道："你那败将，马军尚且输了，何况步卒！"刘唐大怒，径奔张清。张清不战，跑马归阵。刘唐赶去，人马相迎。刘唐手疾，一朴刀砍去，却砍着张清战马。那马后蹄直踢起来，刘唐面门上扫着马尾，双眼生花，早被张清只一石子打倒在地，^{写石子又一法。○一路都写石子，此忽插入马尾，奇笔。}急待挣扎，阵中走出军来，横拖倒拽，拿入阵中去了。宋江大叫："那个去救刘唐？"^{接上卸下，又换一起笔。}只见青面兽杨志便拍马舞刀直取张清。张清虚把枪来迎。杨志一刀砍去，张清镫里藏身，杨志却砍了个空。张清手拿石子，喝声道："着！"石子从肋窝里飞将过去。张清又一石子，铮的打在盔上，唬得杨志胆丧心寒，伏鞍归阵。^{写石子又一法。}

宋江看了，转转寻思："若是今番输了锐气，怎生回梁山泊！谁与我出得这口气？"朱仝听得，目视雷横，说道："一个不济事，我两个同去夹攻！"^{亦换。}朱仝居左，雷横居右，两条朴刀，杀出阵前。张清笑道："一个不济，又添一个！由你十个，更待如何！"全无惧色。在马上藏两个石子在手。雷横先到，张清手起，势如招宝七郎，雷横额上早中一石子，扑然倒地。朱仝急来快救，脖项上又一石子打着。^{写石子又一法。○上两石子打不着杨志，此两石子连打朱仝、雷横。}关胜在阵上看见中伤，大挺神威，轮起青龙刀，纵开赤兔马，来救朱仝、雷横。刚抢得两个奔走还阵，张清又一石子打来。关胜急把刀一隔，正中着刀口，迸出火光。关胜无心恋战，勒马便回。^{写石子又一法。○写关胜短。}

　　双枪将董平见了，心中暗忖："吾今新降宋江，若不显我些武艺，上山去必无光彩。"手提双枪，飞马出阵。张清看见，大骂董平："我和你邻近州府，唇齿之邦，共同灭贼，正当其理。你今缘何反背朝廷？岂不自羞！"董平大怒，直取张清。两马相交，军器并举，两条枪阵上交加，四双臂环中撩乱。约斗五七合，张清拨马便走。董平道："别人中你石子，怎近得我！"张清带住枪杆，去锦袋中摸出一个石子，右手才起，石子早到。董平眼明手快，拨过了石子。^{好。}张清见打不着，再取第二个石子，又打将去，董平又闪过了。^{好。}两个石子打不着，张清却早心慌。那马尾相衔，^{好。}张清走到阵门左侧。^{好。}董平望后心刺一枪来。^{好。}张清一闪，镫里藏身，董平却搠了空。^{好。}那条枪却搠将过来。^{好。}董平的马和张清的马两厮并着。^{好好。○"马尾相衔"妙，"两马厮并"妙，两人大战，精彩却从两匹马上活写出来。}张清便撤了枪，双手把董平和枪连臂膊只一拖，^{好好。}却拖不动，两个搅做一块。^{好好。}宋江阵上索超望见，轮动大斧，便来解救。对阵龚旺、丁得孙，两骑马齐出，截住索超厮杀。^{好好。○忽添出三人。}张清、董平又分拆不开，索超、龚旺、丁得孙三匹马搅做一团。林冲、花荣、吕方、郭盛四将一齐尽出，两条枪，两枝戟，来救董平、索超。^{好好。○又添出四人。}张清见不是势头，弃了董平，跑马入阵。^{好。}董平不舍，直撞入去，却忘了堤备石子。张清见董平追来，暗藏石子在手，待他马近，喝声道："着！"董平急躲，那石子抹耳根上擦过去了，董平便回。^{写石子又一法。○写董平长。}索超撇了龚旺、丁得孙，也赶入阵来。^{好。}张清停住枪，轻取石子，望索超打来。索超急躲不迭，打在脸上，鲜血迸流，提斧回阵。^{写石子又一法。○索超只就董平一段顺手带下。}

却说林冲、花荣把龚旺截住在一边，^{一边。}吕方、郭盛把丁得孙也截住在一边。^{一边。○两边双起，下分叙之。}龚旺心慌，便把飞枪摽将来，却摽不着花荣、林冲。龚旺先没了军器，被林冲、花荣活捉归阵。^{龚旺一边毕。}这边丁得孙舞动飞叉，死命抵敌吕方、郭盛，不堤防浪子燕青在阵门里看见，暗忖道："我这里被他片时连打了一十五员大将；若拿他一个偏将不得，有何面目！"放下杆棒，身边取出弩弓，搭上弦，放一箭去，一声响，正中了丁得孙马蹄，那马便倒。却被吕方、郭盛捉过阵来。^{丁得孙一边毕。}张清要来救时，寡不敌众，只得拿了刘唐，且回东昌府去，太守在城上看见张清前后打了梁山泊一十五员大将，虽然折了龚旺、丁得孙，也拿得这个刘唐。回到州衙，把盏相贺。先把刘唐长枷送狱，却再商议。

且说宋江收军回来，把龚旺、丁得孙先送上梁山泊。宋江再与卢俊义、吴用道："我闻五代时，大梁王彦章，日不移影，连打唐将三十六员。今日张清无一时，连打我一十五员大将，真是不在此人之下，定当是个猛将。"众人无语。宋江又道："我看此人，全仗龚旺、丁得孙为羽翼。如今羽翼被擒，可用良策捉获此人。"吴用道："兄长放心，小生见了此将出没，久已安排定了。^{何不早行？我欲问之。○"久已"，字法。}虽然如此，且把中伤头领送回山寨，却教鲁智深、武松、孙立、黄信、李立，尽数引领水军，安排车仗船只，水陆并进，船只相迎，赚出张清，便成大事。"吴用分拨已定。

再说张清在城内与太守商议道："虽是赢了两阵，贼势根本未除，可使人去探听虚实，却作道理。"只见探事人来回报："寨后西北上，不知那里将许多粮米，有百十辆车子；河内又有

粮草船，大小有五百余只，水陆并进，船马同来。沿路有几个头领监管。"太守道："这厮们莫非有计？恐遭他毒手。再差人去打听，端的果是粮草也不是？"次日，小军回报说："车上都是粮草，尚且撒下米来。水中船只虽是遮盖着，尽有米布袋露将出来。"说得如画。张清道："今晚出城，先截岸上车子，后去取他水中船只。太守助战，一鼓而得。"太守道："此计甚妙，只可善觑方便。"叫军汉饱餐酒食，尽行披挂，悄驮锦袋。张清手执长枪，引一千军兵，悄悄地出城。

是夜月色微明，星光满天。行不到十里，望见一簇车子，旗上明写"水浒寨忠义粮"。堂名"忠义"，乃至粮亦名"忠义"，世人可笑，每每有此。张清看了，见鲁智深担着禅杖，皂直裰拽扎起，当头先走。张清道："这秃驴脑袋上着我一下石子！"鲁智深担着禅杖，此时自望见了，只做不知，大踏步只顾走，却忘了堤防他石子，正走之间，张清在马上喝声："着！"一石子正飞在鲁智深头上，打得鲜血迸流，望后便倒。又一石子，妙妙，譬如大雨既歇，犹闻余滴也。张清军马一齐呐喊，都抢将来。武松急挺两口戒刀，死去救回鲁智深，撇了粮车便走。张清夺得粮车，见果是粮米，心中欢喜，不来追赶鲁智深，且押送粮草，推入城来。太守见了大喜，自行收管。张清要再抢河中米船。太守道："将军善觑方便。"张清上马，转过南门。此时望见河港内粮船，不计其数。张清便叫开城门，一齐呐喊，抢到河边，都是阴云布满，黑雾遮天；马步军兵回头看时，你我对面不见。此是公孙胜行持道法。何不早行？我欲问之。张清看见，心慌眼暗，却待要回，进退无路。四下里喊声乱起，正不知军兵从那里来。林冲引铁骑军兵，将张清连人和马都赶下水去了，河内却是李俊、张横、张

顺、三阮、两童八个水军头领，一字儿摆在那里。张清挣扎不脱，被阮氏三雄捉住，绳缠索绑，送入寨中。水军头领飞报宋江。

吴用便催大小头领连夜打城。太守独自一个怎生支吾得住？听得城外四面炮响，城门开了，吓得太守无路可逃。宋江军马杀入城中，先救了刘唐。次后便开仓库，就将钱粮一分发送梁山泊，^{结完本题。}一分给散居民。太守平日清廉，饶了不杀。^{东平、东昌两太守，两样结果，好。}宋江等都在州衙里聚集众人会面。只见水军头领早把张清解来。众多兄弟都被他打伤，咬牙切齿，尽要来杀张清。宋江见解将来，亲自直下堂阶迎接，便陪话道："误犯虎威，请勿挂意！"邀上厅来。说言未了，只见阶下鲁智深，使手帕包着头，拿着铁禅杖，径奔来要打张清。宋江隔住，连声喝退。张清见宋江如此义气，叩头下拜受降。宋江取酒奠地，折箭为誓："众弟兄若要如此报仇，皇天不佑，死于刀剑之下。"众人听了，谁敢再言？宋江设誓已罢，众人大笑，尽皆欢喜，收拾军马，都要回山。只见张清在宋公明面前，举荐东昌府一个兽医："复姓皇甫，名端；此人善能相马，知得头口寒暑病症，下药用针，无不痊可，真有伯乐之才。原是幽州人氏，为他碧眼黄须，貌若番人，以此人称为'紫髯伯'。梁山泊亦有用他处，可唤此人带引妻小，一同上山。"^{一百八人而以相马终之，岂非欲令读者得之于北牡骊黄之外耶？}宋江闻言大喜："若是皇甫端肯来相聚，大称心怀。"张清见宋江相爱甚厚，随即便去唤到兽医皇甫端来，拜见宋江并众头领。宋江看他一表非俗，碧眼重瞳，虬髯过腹，夸奖不已。皇甫端见了宋江如此义气，心中甚喜，愿从大义。宋江大喜。

　　抚慰已了，传下号令，诸多头领收拾车仗、粮食、金银，一齐进发，把这两府钱粮运回山寨。前后诸军都起。于路无话，早回到梁山泊忠义堂上。宋江叫放出龚旺、丁得孙来，亦用好言抚慰。二人叩头拜降。又添了皇甫端在山寨，专工医兽。董平、张清亦为山寨头领。宋江欢喜，忙叫排宴庆贺。都在忠义堂上，各依次序而坐。宋江看了众多头领，却好一百单八员。大结束语，如椽之笔。宋江开言说道："我等兄弟，自从上山相聚，但到处，并无疏失，皆是上天护佑，非人之能。今来扶我为尊，皆托众弟兄英勇。至此竟一句揽归自己，更不再用推让，宋江权术过人如此。我今有句言语，烦你众兄弟共听。"吴用便道："愿请兄长约束。"宋江对着众头领，开口说这个主意下来。正是有分教：三十六天罡符定数，七十二地煞合玄机。毕竟宋公明说出甚么主意，且听下回分解。

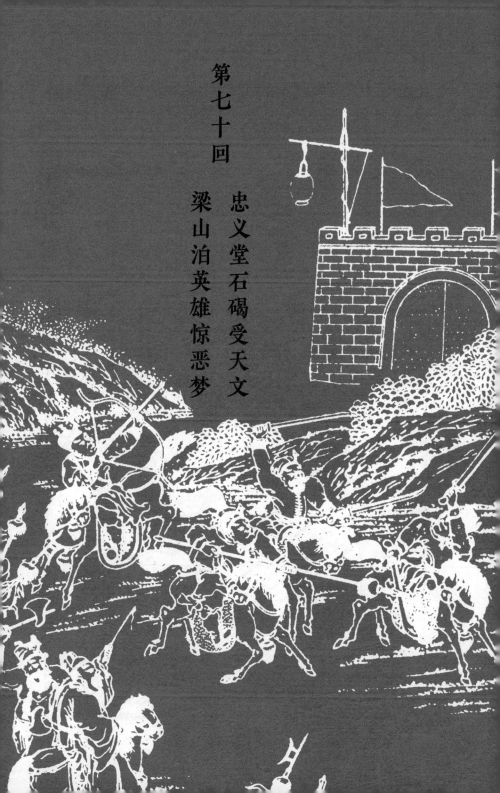

第七十回　忠义堂石碣受天文　梁山泊英雄惊恶梦

一部书七十回，可谓大铺排，此一回可谓大结束。读之正如千里群龙，一齐入海，更无丝毫未了之憾。笑杀罗贯中横添狗尾，徒见其丑也。

或问：石碣天文，为是真有是事，为是宋江伪造？此痴人说梦之智也，作者亦只图叙事既毕，重将一百八人姓名一一排列出来，为一部七十回书点睛结穴耳。盖始之以石碣，终之以石碣者，是此书大开阖。为事则有七十回，为人则有一百单八者，是此书大眼节。若夫其事其人之为有为无，此固从来著书之家之所不计，而奈之何今之读者之惟此是求也？

聚一百八人于水泊，而其书以终，不可以训矣。忽然幻出卢俊义一梦，意盖引张叔夜收讨之一案，以为卒篇也。呜呼！古之君子，未有不小心恭慎而后其书得传者也。吾观《水浒》洋洋数十万言，而必以"天下太平"四字终之，其意可以见矣。后世乃复削去此节，盛夸招安，务令罪归朝廷，而功归强盗，甚且至于衰然以"忠义"二字而冠其端，抑何其好犯上作乱，至于如是之甚也哉！

天罡、地煞等名，悉与本人不合，岂故为此不甚了了之文耶？吾安得更起耐庵而问之！

话说宋公明一打东平，两打东昌，回归山寨，计点大小头领，共有一百八员，心中大喜。遂对众兄弟道："宋江自从闹了江州，上山之后，皆托赖众弟兄英雄扶助，立我为头。今者，共聚得一百八员头领，心中甚喜。自从晁盖哥哥归天之后，但引兵马下山，公然保全，此是上天护佑，非人之能。纵有被掳之人，

陷于缧绁，或是中伤回来，且都无事。今者一百八人，皆在面前聚会，端的古往今来，实为罕有。从前兵刃到处，杀害生灵，无可禳谢，我心中欲建一罗天大醮，报答天地神明眷佑之恩。一则，祈保众弟兄身心安乐。二则，惟愿朝廷早降恩光，赦免逆天大罪，众当竭力捐躯，尽忠报国，死而后已。^{假话}三则，上荐晁天王早生天界，世世生生，再得相见，^{假话}就行超度横亡恶死，火烧水溺，一应无辜被害之人，俱得善道。我欲行此一事，未知众弟兄意下若何？”众头领都称道：“此是善果好事，哥哥主见不差。”吴用便道：“先请公孙胜一清主行醮事。^{亦须军师调拨。}然后令人下山，四远邀请得道高士，就带醮器赴寨。仍使人收取一应香烛、纸马、花果、祭仪、素馔、净食并合用一应物件。”商议选定四月十五日为始，七昼夜好事。山寨广施钱财，督并干办。日期已近，向那忠义堂前挂起长幡四首，堂上扎缚三层高台，堂内铺设七宝三清圣像，两班设二十八宿，十二宫辰，一切主醮星官真宰。堂外仍设监坛崔、卢、邓、窦神将。^{详写。}摆列已定，设放醮器齐备，请到道众，连公孙胜共是四十九员。

是日晴明得好，天和气朗，月白风清。宋江、卢俊义为首，吴用与众头领为次拈香。公孙胜作高功，主行斋事，关发一应文书符命，与那四十八员道众，每日三朝，至第七日满散。宋江要求上天报应，特教公孙胜专拜青词，奏闻天帝。^{宋江乃至欲欺上帝，真乃罪通于天矣。}每日三朝，却好至第七日三更时分，公孙胜在虚皇坛第一层，众道士在第二层，宋江等众头领在第三层，众小头目并将校都在坛下。众皆恳求上苍，务要拜求报应。是夜三更时候，只听得天上一声响，如裂帛相似，正是西北乾方天门上。众人看时，直竖金

盘，两头尖，中间阔，又唤做"天门开"，又唤做
"天眼开"，里面毫光射人眼目，霞彩缭绕，从中
间卷出一块火来，如栲栳之形，直滚下虚皇坛来。
那团火绕坛滚了一遭，竟钻入正南地下去了。
写得出奇，遂与误走妖魔
作一部大书一起一结也。此时天眼已合，众道士下坛
来。宋江随即叫人将铁锹锄头，掘开泥土，跟寻火
块。那地下掘不到三尺深浅，只见一个石碣，正面
两侧，各有天书文字。一部大书以石碣始，以
石碣终。章法奇绝。

当下宋江且教化纸满散。平明，斋众道士，各
赠与金帛之物，以充衬资。方才取过石碣看时，上
面乃是龙章凤篆蝌蚪之书，人皆不识，众道士内，
有一人姓何，法讳玄通，对宋江说道："小道家间
祖上留下一册文书，专能辨验天书。那上面都是自
古蝌蚪文字，以此贫道善能辨认。译将出来，便知
端的。"宋江听了大喜，连忙捧过石碣，教何道士
看了，良久，说道："此石都是义士大名镌在上
面。侧首一边是'替天行道'四字，一边是'忠义
双全'四字。顶上皆有星辰南北二斗，下面却是尊
号。若不见责，当以从头一一敷宣。"宋江道：
"幸得高士指迷，缘分不浅。倘蒙见教，实感大
德。唯恐上天见责之言，请勿藏匿。万望尽情剖
露，休遗片言。"宋江唤过圣手书生萧让，用黄纸
誊写。不漏。何道士乃言前面有天书三十六行，皆
是天罡星，背后也有天书七十二行，皆是地煞星。第一重结束。

下面注着众义士的姓名。

石碣前面书梁山泊天罡星三十六员：

天魁星呼保义宋江

天罡星玉麒麟卢俊义 三十六天罡。而天罡乃在第二，七十二地煞，而地煞亦在第二，奇笔。

天机星智多星吴用　　天闲星入云龙公孙胜

天勇星大刀关胜　　　天雄星豹子头林冲

天猛星霹雳火秦明　　天威星双鞭呼延灼

天英星小李广花荣　　天贵星小旋风柴进

天富星扑天雕李应　　天满星美髯公朱仝

天孤星花和尚鲁智深　天伤星行者武松

天立星双枪将董平　　天捷星没羽箭张清

天暗星青面兽杨志　　天佑星金枪手徐宁

天空星急先锋索超　　天速星神行太保戴宗

天异星赤发鬼刘唐　　天杀星黑旋风李逵

天微星九纹龙史进　　天究星没遮拦穆弘

天退星插翅虎雷横　　天寿星混江龙李俊

天剑星立地太岁阮小二　天平星船火儿张横

天罪星短命二郎阮小五　天损星浪里白条张顺

天败星活阎罗阮小七　天牢星病关索杨雄

天慧星拼命三郎石秀　天暴星两头蛇解珍

天哭星双尾蝎解宝　　天巧星浪子燕青

石碣背面书地煞星七十二员：

地魁星神机军师朱武　　　　　地煞星镇三山黄信

地勇星病尉迟孙立　　　　　　地杰星丑郡马宣赞

地雄星井木犴郝思文　　　　　地威星百胜将韩滔

地英星天目将彭玘　　　　　　地奇星圣水将单廷珪

地猛星神火将魏定国　　　　　地文星圣手书生萧让

地正星铁面孔目裴宣　　　　　地阔星摩云金翅欧鹏

地阖星火眼狻猊邓飞　　　　　地强星锦毛虎燕顺

地暗星锦豹子杨林　　　　　　地轴星轰天雷凌振

地会星神算子蒋敬　　　　　　地佐星小温侯吕方

地佑星赛仁贵郭盛　　　　　　地灵星神医安道全

地兽星紫髯伯皇甫端　　　　　地微星矮脚虎王英

地彗星一丈青扈三娘 俗本作"慧"

地暴星丧门神鲍旭　　　　　　地默星混世魔王樊瑞

地猖星毛头星孔明　　　　　　地狂星独火星孔亮

地飞星八臂那吒项充　　　　　地走星飞天大圣李衮

地巧星玉臂匠金大坚　　　　　地明星铁笛仙马麟

地进星出洞蛟童威　　　　　　地退星翻江蜃童猛

地满星玉幡竿孟康　　　　　　地遂星通臂猿侯健

地周星跳涧虎陈达　　　　　　地隐星白花蛇杨春

地异星白面郎君郑天寿　　　　地理星九尾龟陶宗旺

地俊星铁扇子宋清　　　　　　地乐星铁叫子乐和

地捷星花项虎龚旺　　　　　　地速星中箭虎丁得孙

地镇星小遮拦穆春　　　　　　地羁星操刀鬼曹正

地魔星云里金刚宋万　　　　　地妖星摸着天杜迁

地幽星病大虫薛永	地伏星金眼彪施恩
地僻星打虎将李忠	地空星小霸王周通
地孤星金钱豹子汤隆	地全星鬼脸儿杜兴
地短星出林龙邹渊	地角星独角龙邹闰
地闪星旱地忽律朱贵	地藏星笑面虎朱富
地平星铁臂膊蔡福	地损星一枝花蔡庆
地奴星催命判官李立	地察星青眼虎李云
地恶星没面目焦挺	地丑星石将军石勇
地数星小尉迟孙新	地阴星母大虫顾大嫂
地刑星菜园子张青	地壮星母药叉孙二娘
地劣星活闪婆王定六	地健星险道神郁保四
地耗星白日鼠白胜	地贼星鼓上蚤时迁
地狗星金毛犬段景住	

文字既毕，例有结束，此回固一部七十篇之结束也。一部七十篇，则非一番结束之所得了，故特重重叠叠而结束之，今第一重结束。

当时何道士辨验天书，教萧让写录出来。读罢，众人看了，俱惊讶不已。宋江与众头领道："鄙猥小吏原来上应星魁，众多弟兄也原来都是一会之人。上天显应，合当聚义。今已数足，分定次序，众头领各守其位，各休争执，不可逆了天言。"众人皆道："天地之意，理数所定，谁敢违拗！"宋江遂取黄金五十两，酬谢何道士。其余道众收得经资，收拾醮器，四散下山去了。

且不说众道士回家去了。只说宋江与军师吴学究、朱武等计议，堂上要立一面牌额，大书"忠义堂"三字。断金亭也换个大

牌匾。前面册立三关。忠义堂后建筑雁台一座。顶上正面大厅一
所，东西各设两房，正厅供养晁天王灵位。东边房内，宋江、吴
用、吕方、郭盛。西边房内，卢俊义、公孙胜、孔明、孔亮。第
二坡，左一带房内，朱武、黄信、孙立、萧让、裴宣。右一带房
内，戴宗、燕青、张清、安道全、皇甫端。忠义堂左边，掌管钱
粮仓廒收放，柴进、李应、蒋敬、凌振。右边花荣、樊瑞、项
充、李衮。山前南路第一关，解珍，解宝守把。第二关，鲁智
深、武松守把。第三关，朱仝、雷横守把。东山一关，史进、刘
唐守把，西山一关，杨雄、石秀守把。北山一关，穆弘、李逵守
把。六关之外，置立八寨，有四旱寨，四水寨。正南旱寨，秦
明、索超、欧鹏、邓飞。正东旱寨，关胜、徐宁、宣赞、郝思
文。正西旱寨，林冲、董平、单廷珪、魏定国。正北旱寨，呼延
灼、杨志、韩滔、彭玘。东南水寨，李俊、阮小二。西南水寨，
张横、张顺。东北水寨，阮小五、童威。西北水寨，阮小七、童
猛。其余各有执事。第二重结束。从新置立旌旗等项。山顶上立一面杏黄
旗，上书"替天行道"四字。忠义堂前，绣字红旗二面，一书
"山东呼保义"，一书"河北玉麒麟"。外设飞龙、飞虎旗，飞
熊、飞豹旗，青龙、白虎旗，朱雀、玄武旗，黄钺，白旄，青
幡，皂盖，绯缨，黑纛。中军器械外，又有四斗五方旗，三才九
曜旗，二十八宿旗，六十四卦旗，周天九宫八卦旗，一百二十四
面镇天旗，尽是侯健制造。金大坚铸造兵符印信。一切完备，选
定吉日良时，杀牛宰马，祭献天地神明。挂上忠义堂、断金亭牌
额，立起"替天行道"杏黄旗。宋江当日大设筵宴，亲捧兵符印
信，颁布号令：

诸多大小兄弟，各各管领，悉宜遵守，毋得违误，有伤义气。如有故违不遵者，定依军法治之，决不轻恕。

计开：

梁山泊总兵都头领二员：呼保义宋江、玉麒麟卢俊义。

掌管机密军师二员：智多星吴用、入云龙公孙胜。

一同参赞军务头领一员：神机军师朱武。

掌管钱粮头领二员：小旋风柴进、扑天雕李应。

马军五虎将五员：大刀关胜、豹子头林冲、霹雳火秦明、双鞭呼延灼、双枪将董平。

马军八骠骑兼先锋使八员：小李广花荣、金枪手徐宁、青面兽杨志、急先锋索超、没羽箭张清、美髯公朱仝、九纹龙史进、没遮拦穆弘。

马军小彪将兼远探出哨头领一十六员：镇三山黄信、病尉迟孙立、丑郡马宣赞、井木犴郝思文、百胜将军韩滔、天目将彭玘、圣水将单廷珪、神火将魏定国、摩云金翅欧鹏、火眼狻猊邓飞、锦毛虎燕顺、铁笛仙马麟、跳涧虎陈达、白花蛇杨春、锦豹子杨林、小霸王周通。

步军头领一十员：花和尚鲁智深、行者武松、赤发鬼刘唐、插翅虎雷横、黑旋风李逵、浪子燕青、病关索杨雄、拼命三郎石秀、两头蛇解珍、双尾蝎解宝。

步军将校一十七员：混世魔王樊瑞、丧门神鲍旭、八臂那吒项充、飞天大圣李衮、病大虫薛永、金眼彪施恩、小遮拦穆春、

打虎将李忠、白面郎君郑天寿、云里金刚宋万、摸着天杜迁、出云龙邹渊、独角龙邹闰、花项虎龚旺、中箭虎丁得孙、没面目焦挺、石将军石勇。

四寨水军头领八员：混江龙李俊、船火儿张横、浪里白条张顺、立地太岁阮小二、短命二郎阮小五、活阎罗阮小七、出洞蛟童威、翻江蜃童猛。

四店打听声息，邀接来宾头领八员：东山酒店，小尉迟孙新、母大虫顾大嫂；西山酒店，菜园子张青、母药叉孙二娘；南山酒店，旱地忽律朱贵、鬼脸儿杜兴；北山酒店，催命判官李立、活闪婆王定六。

总探声息头领一员：神行太保戴宗。

军中走报机密步军头领四员：铁叫子乐和、鼓上蚤时迁、金毛犬段景住、白日鼠白胜。

守护中军马军骁将二员：小温侯吕方、赛仁贵郭盛。

守护中军步军骁将二员：毛头星孔明、独火星孔亮。

专管行刑剑子二员：铁臂膊蔡福、一枝花蔡庆。

专掌三军内探事马军头领二员：矮脚虎王英、一丈青扈三娘。

掌管监造诸事头领一十六员：行文走檄调兵遣将一员，圣手书生萧让；定功赏罚军政司一员，铁面孔目裴宣；考算钱粮支出纳入一员，神算子蒋敬；监造大小战船一员，玉幡竿孟康；专造一应兵符印信一员，玉臂匠金大坚；专造一应旌旗袍袄一员，通臂猿侯健；专攻医兽一应马匹一员，紫髯伯皇甫端；专治诸疾内外科医士一员，神医安道全；监督打造一应军器铁用一员，金钱

豹子汤隆；专造一应大小号炮一员，轰天雷凌振；起造修缉房舍一员，青眼虎李云；屠宰牛马猪羊牲口一员，操刀鬼曹正；排设筵宴一员，铁扇子宋清；监造供应一切酒醋一员，笑面虎朱富；监筑梁山泊一应城垣一员，九尾龟陶宗旺；专一把捧帅字旗一员，险道神郁保四。

宣和二年四月二十二日，梁山泊大聚会，分调人员告示。

第三重
结束。

当日梁山泊宋公明传令已了，分调众头领已定，各各领了兵符印信。筵宴已毕，人皆大醉，众头领各归所拨寨分。中间有未定执事者，都于雁台前后驻扎听调。号令已定，各各遵守。明日，宋江鸣鼓集众，都到堂上。焚一炉香，又对众人道："今非昔比，我有片言。我等既是天星地曜相会，必须对天盟誓，各无异心，生死相托，患难相扶，一同扶助宋江，仰答上天之意。"众皆大喜，齐声道是。各人拈香已罢，一齐跪在堂上，宋江为首誓曰：

维宣和二年四月二十三日，梁山泊义士宋江、卢俊义、吴用、公孙胜、关胜、林冲、秦明、呼延灼、花荣、柴进、李应、朱仝、鲁智深、武松、董平、张清、杨志、徐宁、索超、戴宗、刘唐、李逵、史进、穆弘、雷横、李俊、阮小二、张横、阮小五、张顺、阮小七、杨雄、石秀、解珍、解宝、燕青、朱武、黄信、孙立、宣赞、郝思文、韩滔、彭玘、单廷珪、魏定国、萧让、裴宣、欧鹏、邓飞、燕顺、杨林、凌振、蒋敬、吕方、郭

盛、安道全、皇甫端、王英、扈三娘、鲍旭、樊瑞、孔明、孔亮、项充、李衮、金大坚、马麟、童威、童猛、孟康、侯健、陈达、杨春、郑天寿、陶宗旺、宋清、乐和、龚旺、丁得孙、穆春、曹正、宋万、杜迁、薛永、施恩、李忠、周通、汤隆、杜兴、邹渊、邹闰、朱贵、朱富、蔡福、蔡庆、李立、李云、焦挺、石勇、孙新、顾大嫂、张青、孙二娘、王定六、郁保四、白胜、时迁、段景住，同秉至诚，共立大誓：

窃念江等昔分异国，今聚一堂，准星辰为弟兄，指天地作父母，一百八人，人无同面，面面峥嵘。一百八人，人合一心，心心皎洁，乐必同乐，忧必同忧，生不同生，死必同死。既列名于天上，无贻笑于人间，一日之声气既孚，终身之肝胆无二。倘有存心不仁，削绝大义，外是内非，有始无终者，天照其上，鬼阚其旁，刀剑斩其身，雷霆灭其迹，永远沉于地狱，万世不得人身！报应分明，神天共察！

誓毕，众人同声发愿，但愿生生相会，世世相逢，永无间阻，有如今日。当日众人歃血饮酒，大醉而散。^{第四重}_{结束。}看官听说，这里方是梁山泊大聚义处。_{一百八人姓名，凡写四番，而}_{后以一句总收之，笔力奇绝。}

是夜，卢俊义归卧帐中，便得一梦。_{晁盖七人以梦始，宋江、卢}_{俊义一百八人以梦终，皆极}^{大章}_{法。}梦见一人，其身甚长，手挽宝弓，自称："我是嵇康，_{影张叔夜}_{字，妙。}要与大宋皇帝收捕贼人，故单身到此，汝等及早各各自缚，免得费我手脚！"卢俊义梦中听了此言，不觉怒从心发，便提朴刀，大踏步赶上，直戳过去，却戳不着，原来刀头先已折了。_{可谓吉祥}_{文字。}卢俊义心慌，便弃手中折刀，再去刀架上拣时，只见许多刀枪剑

载也有缺的，也有折的，齐齐都坏，更无一件可以抵敌。^{真正吉祥文字}那人早已赶到背后。卢俊义一时无措，只得提起右手拳头，劈面打去，却被那人只一弓梢，卢俊义右臂早断，扑地跌倒。那人便从腰里解下绳索，捆缚做一块，拖去一个所在。正中间排设公案，那人南面正坐，把卢俊义推在堂下草里，似欲勘问之状。只听得门外却有无数人哭声震地。那人叫道："有话便都进来！"只见无数人一齐哭着，膝行进来。卢俊义看时，却都绑缚着，便是宋江等一百七人。^{妙妙。}卢俊义梦中大惊，便问段景住道："这是甚么缘故？谁人擒获将来？"段景住却跪在后面，与卢俊义正近，低低告道："哥哥得知员外被捉，急切无计来救，便与军师商议，只除非行此一条苦肉计策，情愿归附朝廷，庶几保全员外性命！"说言未了，只见那人拍案骂道："万死狂贼！你等造下弥天大罪，朝廷屡次前来收捕，你等公然拒杀无数官军，今日却来摇尾乞怜，希图逃脱刀斧！我若今日赦免你们时，后日再以何法去治天下！^{不朽之论，可破续传招安之谬。}况且狼子野心，正自信你不得！^{不朽之论。}我那刽子手何在？"说时迟，那时快，只见一声令下，壁衣里蜂拥出行刑刽子二百一十六人，两个伏侍一个，将宋江、卢俊义等一百单八个好汉，于于堂下草里，一齐处斩。^{真正吉祥文字。}卢俊义梦中吓得魂不附体，微微闪开眼，看堂上时，却有一个牌额，大书"天下太平"四个青字。^{真正吉祥文字。古本《水浒》如此，俗本妄肆改窜，真所谓"愚而好自用也。"}

诗曰：

太平天子当中坐，清慎官员四海分。但见肥羊宁父老，不闻嘶马动将军。叨承礼乐为家世，欲以讴歌寄快文。不学东南无讳

日，却吟西北有浮云。^{好诗。} 大抵为人土一丘，百年若个得齐头。完租安隐尊于帝，负曝奇温胜苦裘。子建高才空号虎，庄生放达以为牛。夜寒薄醉摇柔翰，语不惊人也便休。^{好诗。○以诗起，以诗结，极大章法。}

图书在版编目（CIP）数据

金圣叹批评本水浒传 / （明）施耐庵著；（清）金圣叹评点 .
一长沙：岳麓书社，2024.1（2024.6 重印）
ISBN 978-7-5538-1960-0

Ⅰ . ①金… Ⅱ . ①施… ②金… Ⅲ . ①长篇小说—中国—明代
Ⅳ . ① I242.4

中国国家版本馆 CIP 数据核字 (2023) 第 208079 号

JIN SHENGTAN PIPINGBEN SHUIHUZHUAN

金圣叹批评本水浒传

著　　者｜〔明〕施耐庵
评　　点｜〔清〕金圣叹
校　　点｜罗德荣
出 版 人｜崔　灿
出版统筹｜马美著　蒋　浩
策划编辑｜陈文韬
责任编辑｜陈文韬　陶嶝玲　曾　倩　周家琛　肖　航
助理编辑｜夏楚婷
责任校对｜舒　舍
营销编辑｜谢一帆　唐　睿　向嫒嫒
书籍设计｜罗志义

岳麓书社出版发行
地址｜长沙市岳麓区爱民路 47 号
承印｜湖南天闻新华印务有限公司

开本｜890mm×1240mm 1/32　印张｜41.625　字数｜1010 千字
版次｜2024 年 1 月第 1 版　印次｜2024 年 6 月第 2 次印刷
书号｜ISBN 978-7-5538-1960-0
定价｜198.00 元

如有印装质量问题，请与本社印务部联系
电话｜0731-88884129